JN315530

二見文庫

運命は花嫁をさらう

テレサ・マデイラス／布施由紀子＝訳

The Devil Wears Plaid
by
Teresa Medeiros

本書を美しい姪たち、ジェニファー・マディラスとマギー・マリー・パーハムに捧げます。あなたがたのやさしさ、思いやり、主への愛はいつもわたしを元気づけてくれます。

そしてわたしのマイケルに。あなたと暮らす毎日は夢のように幸福です。

謝辞

何から何までお世話になったアンドレア・チリロとペギー・ゴルディンに。
そして、わたしが最善の結果を出すまで許してくれなかったローレン・マッケンナに
心からの感謝を捧げます。

運命は花嫁をさらう

登　場　人　物　紹　介

エマリーン(エマ)・マーロウ	準男爵の娘
ジェイムズ(ジェイミー)・アステア・シンクレア	シンクレア氏族の若者。 事実上の統率者
ヘップバーン伯爵	ヘップバーン氏族の長。 エマの婚約者
イアン・ヘップバーン	ヘップバーン伯爵の又甥
マーロウ準男爵	エマの父
ボン	ジェイミーのいとこ
アンガス	ジェイミーの手下
マルコム	ジェイミーの手下。アンガスと双子
グレイム	ジェイミーの手下の少年
ドケット	ヘップバーン家の猟番
ラムジー・シンクレア	ジェイミーの祖父。シンクレア氏族の長
ムイラ	山の老婦人。ラムジーの昔なじみ
ブリジッド	ムイラの家のメイド

1

「まあ、見て！　あの娘さん、震えてる。うれしくってたまらないのね！」

「無理もないわ。この日を夢見てきたんでしょうから」

「ええ、若い娘の夢よね。なんでも願いをかなえてくれるお金持ちの領主さまに嫁ぐなんて」

「びっくりするような良縁に恵まれたんだから、神さまに感謝しなきゃ。そばかすだらけで、どう見ても絶世の美女とはいえないもの」

「あれはガウランドの美白ローションをひと瓶使いきっても消せないでしょうね。それに、赤茶けた髪もぱっとしないわ。伯爵とはロンドンで知り合ったんですって。あの娘さんにとっては三度目になる最後の社交シーズンでね、生涯の伴侶《はんりょ》をつかまえるのはもう無理かもってあきらめかけたときだったらしいの。二十一になるらしいわよ」

「まさか！　そんな歳なの？」

「ええ、わたしはそう聞いてる。婚期を逃す寸前だったのよ。ほかの売れ残り娘といっしょに座ってたところを、うちの領主さまが見初められてね、遣いをやってダンスを申し込まれたんですって」

最前列の席でふたりの女が熱心にひそひそと話しこんでいたが、エマリーン・マーロウはまっすぐに前を見つめ、凜《りん》とした態度でそれを無視しようとしていた。けれども、女たちの言葉に真実がふくまれていることは否定できなかった。

確かに、エマはずっとこの日を夢見てきた。

祭壇の前に立ち、心から慕う男性に愛と終生変わらぬ忠誠を誓う瞬間を。そういう漠然とした夢の中では、相手の顔ははっきり見えなかった。けれども、彼が生涯エマを愛し、尊敬し、たいせつにすると誓うときには、その瞳にまぎれもない情熱の炎が燃えていた。

エマは目を伏せ、手にしたドライフラワーのヘザーの花束が震えているのを見つめた。中央通路の両側に並ぶ会衆席は、笑みを浮かべた人でいっぱいだった。さいわいみんな、エマが震えているのは、誓いの言葉を述べたくてうずうずしているからだと思っている。若い新婦らしい喜びと期待のためだと。でもエマだけはわかっている。ほんとうは、古い石造りの聖堂に立ちこめる冷気のせいだ。

そして、彼女の心が芯《しん》まで冷えきっているせいだった。

エマは、細長い窓から見える墓地にちらっと目をやった。四月の半ばだというのに、谷の上には、まるで真冬のように、どんより青みがかった灰色の空が広がっている。骸骨《がいこつ》のようなオークやニレの枝にはまだ、緑の新芽はひとつも顔をのぞかせていない。石ころだらけの地面には、土の中からよろよろと伸び出たような、傾いた墓石が並んでいた。墓碑はどれも容赦のない風雨にさらされて、薄れている。あの下にはいま、わたしのような花嫁だった者が何人眠っているのだろう。あふれるばかりの希望と夢を、周囲の意向とあらがえない時の流れに打ち砕かれた女性たちが……。

教会の庭の向こうには、山の険しい岩肌が、太古の時代の記念碑のようにそそり立っている。気候が厳しく、冬がいつまでも執拗《しつよう》に居座るこの高地地方《ハイランド》は、エマが妹たちと思うさま駆けまわって過ごした、なだらかな丘の連なるランカシャーとはまるでちがっていた。あちらではすでに丘という丘が新緑に覆われ、春の訪れを告げて、ふるさとを離れた愚かなさすらい人に帰っておいでと呼びかけていることだろう。

ふるさと。エマは望郷の念に駆られてそう思った。きょうをかぎりに、わたしはあそこの人間ではなくなってしまうのだ。

ふいに心が乱れて後ろを振り返ると、ヘップバーン家の信徒席に座った両親の姿が見えた。目を潤ませて、誇らしげにエマに向かって微笑《ほほえ》んでいる。エマはいい子だった。責任感のある娘だ。両親からは、いつも必ず三人の妹たちのよいお手本となってくれるものと期待されてきた。その妹たち――エルバータ、エドウィナ、アーネスタイン――は、身を寄せあって母親の隣に座り、泣き腫《は》らした目にしきりにハンカチをあてている。家族がうれし涙を流しているると思えたら、あの涙にだって、もっと楽に耐えられただろう。

と、ふたりの女がまたおしゃべりをはじめ、にやにや笑う顔が目に浮かぶようなささやき声が聞こえてきた。「あのかたを見て！　いまでもまだごりっぱじゃない？」

「ほんと！　誰もが自慢したくなるようなお婿さんだわね。それに、もう領主さまはあの娘さんにぞっこんみたいだし」

もはや自分のたどろうとしている運命は否定できない。エマは祭壇に向き直ると、いとおしげなまなざしを投げてくる新郎と目を合わせようとして顔をあげた。

が、すぐに目を下に向けた。このしわくちゃの老人より、エマのほうが半フィート以上も背が高いことを思い出したからだ。

新郎はエマを見あげて微笑んでいる。合わないウェッジウッドの陶製の入れ歯が口から落っこちそうになっていた。突然、彼の頬がすぼまって、ほとんど見えなくなったかと思うと、入れ歯がスポッと口の中に吸い戻され、その音が銃声のように大きく聖堂の中に響き渡った。

エマはごくりと喉を鳴らした。伯爵の青い目は白内障に冒されていて、いつも涙に濡《ぬ》れて濁《にご》って見える。わたしが不快そうに顔をしかめたのを、笑顔と見まちがえてくればいいのだけど。

伯爵はその貧弱な体に、ヘップバーン家の領地の保有者であり、ヘップバーン氏族《クラン》の長であることを示す証《あかし》をまとっていた。彼の丸まった肩は、赤と黒の格子柄の肩掛け《プラッド》にすっぽり包まれ、同じ生地のキルトの下からは、象牙《ぞうげ》のドアノブのように骨ばった膝がのぞいている。脚のあいだには、古ぼけた毛皮の袋がぶら下がっていた。スポーランと呼ばれる儀式用の小さな鞄《かばん》で、彼の頭と同じように、ところどころで毛が抜けてはげたようになっている。

おしゃべりなあのふたりのおばさんの言うとおりだ、と、エマはきっぱり自分に言い聞かせた。この人は、伯爵なのだ。ほかの貴族たちから尊敬され、国王陛下のおぼえもめでたいという評判の、強大な力を持った領主だ。

伯爵の求婚を受け入れるのは、わたしの家族に対する——そして急速に減りつつある一家の財産への——義務にほかならない。それに、立て続けに娘ばかりが生まれ、男の子に恵まれなかったのは、父のせいじゃない。息子がいれば、世の中へ出ていってひと財産つくってきてくれたことだろう。わたしが行かず後家の汚名を着る直前にヘップバーン伯爵の目にとまったことは、わが家にとって奇跡ともいえる幸運だった。伯爵はすでに父とのあいだで、破格の条件の夫婦財産契約を取り交わしてくださっている。これで母も妹たちも、崩れかかった屋敷の玄関扉を債権者たちがどんどんたたく音にすくみあがらずにすむ。いつ荷車に乗せられて救貧院へ連れていかれるのかと、日がな一日、おびえることもなくなるのだ。

マーロウ家の姉妹のなかで、エマはいちばん美しいかもしれないが、とびきり魅力的というわけではない。だからこれほど高名な人からの求婚を断わることはできない。長旅を続けて、ハイランド地方のこの孤立した一角に来る途中、母が覚悟を決めたように晴れやかな顔をして、エマを待ち受けている結婚のすべてを詳しく話してくれた。山裾《やますそ》に広がる丘陵地帯にたどり着き、ついに伯爵のお城が見えたときには、妹たちが義務でも果たすように息をのみ、感嘆してみせた。彼女たちは気づいていない。エマにとっては、あからさまに哀れまれるより、うらやましがるふりをされたほうがずっとつらいのだ。

雪を戴《いただ》き、高々とそびえるベンネヴィス山の影にいだかれた伯爵家の古い城——何世紀にもわたってヘップバーン家の主人とその花嫁を迎え入れてきた城——は、確かにすばらしかった。きょうという日が終われば、エマは伯爵の新妻となり、そこの女主人にもなるのだ。まばたきをして花婿を見おろしながら、エマはどうにかして、しかめっ面をほんものの笑顔に変えようとした。この人は、シーズン終盤に開かれた舞踏会の混みあった会場でわたしを見初《みそ》めて以来、わたしにも家族にも、ほんとうによくしてくれた。使者など立てずに、みずからはるばるランカシャーまで訪ねてきて、わたしに求婚し、父の承認を求めてくれたのだ。

伯爵は、訪問する都度、真の貴族らしくふるまった。マーロウ家のみすぼらしい客間に通され、色褪《あ》せたカーペットや、はがれかかった壁紙や、釣り合いのとれていない家具を目にしても、それを見下すような言葉は一度も口にしなかった。何度も繕《つくろ》った跡のある、エマの流行遅れのドレスをさげすむように見たりもしなかった。あたかもカールトンハウスで摂政皇太子とお茶を飲んでいるかのように、つねに礼儀正しく感じよく、思いやりに満ちた態度をとっていた。

エマのことも、次に無謀な賭《か》けをしてしくじれば救貧院行きという、貧乏準男爵の長女としてではなく、すでに伯爵夫人となった女性のように扱った。しかも一度も手ぶらで訪れたことがない。必ず、いかめしい顔つきの従僕がたくましい腕に贈り物をかかえて、伯爵の一歩後ろからついてくる。エマの妹たちには、手描《てが》きの扇や、ガラス製のビーズ、それに、流行の服装を描いた色鮮やかなスタイル画。母には、ラヴェンダーの香りのするフランス製の高級石鹸《せっけん》や、美しい綿織物の数々、父には、最高級のスコッチウイスキー。そしてエマには、革表紙のついたウィリアム・ブレイクの詩集『無垢《むく》の歌』やファニー・バーニーの手になる新刊小説などを持ってきてくれた。伯爵ほどの資産家にとっては、どれもたいしたものではなかっただろうが、マーロウ家の荘園《しょうえん》屋敷には、もう長いこと、このような贅沢《ぜいたく》品が持ちこまれたことはなかったのだ。伯爵の厚意に、エマの母の青ざめた頬には幸福そうな赤みがさし、妹たちは心からうれしそうな声をあげた。

エマはこの人に感謝と忠誠を捧《ささ》げる義務がある。愛は無理でも。

それに伯爵はこの先、もうさほど長くは生きられないのだ。エマは激しい自責の念に胸を刺されながら、そう思った。

伯爵はもうすぐ八十に手が届くという噂《うわさ》だったが、風貌《ふうぼう》は百五十歳にも見える。灰色がかった青白い肌をしていて、呼吸がさまたげられるほどのひどいしゃっくりにたえず悩まされていた。このぶんでは、新婚初夜を無事に乗り切れるかどうかもあやしいものだ。彼のひどい口臭が鼻先まで漂ってきて、エマは思わず身じろぎをした。これでは、わたしも乗り切れないかもしれない。

エマの暗澹《あんたん》たる思いを見透かしたように、最前列の席に座った先ほどのふたりのうちのひとりが、とりすました声でささやいた。「これだけは言えるわ。領主さまは女を喜ばせることにかけちゃ、かなりの経験を積んでいらっしゃるの」

相手の女性は、はしたなくもブタのように鼻を鳴らした。「そりゃあそうでしょうとも。何しろもう、三人もの奥方に先立たれたうえ、そのお子たちより長生きしていらっしゃるんだものね。掃いて捨てるほどいた愛人たちも、もちろん、とうにあの世に逝《い》っちゃってるし」

老いた花婿が情熱の証とばかりに、歯茎でもごもごと花嫁の唇を噛《か》むところを想像して、またもやエマの背筋を怖気《おぞけ》が駆け下った。まだ、母親の話をおとなしく聞くはめになったショックからすっかり立ち直れていない。ここへ来る途中、母は痛々しいほど真剣に、新婚初夜の心得を説いて聞かせた。まるであの行為が恐ろしくも屈辱的でもないかのように、ちょっと顔をそむけて身をよじってさしあげれば、伯爵はそれだけ早くお務めを終えてくださるわよと教えたのだ。伯爵のご寵愛《ちょうあい》ぶりがつらくなってきたら、目をつぶって何か楽しいことを考えなさい。たとえば、とりわけきれいな日の出や、焼きたてのシュガービスケットのことなんかを。事が終わればあなたは自由になれる。さっさと寝間着の裾をおろして、眠っていいのよ、と。

自由！　エマの心は絶望に震え、疼《うず》いた。きょうを境に、わたしは永遠に自由を失うのだ。希望に満ちた新郎の顔から目をそらすと、伯爵の又甥《またおい》がこちらをにらんでいた。この聖堂の中で、エマと同様、心楽しまぬようすを見せているのは、このイアン・ヘップバーンだけだった。ローマ人風の広い額、割れた顎先、後ろへ梳《と》かしつけてサテンのリボンで束ねたつややかな黒髪。ほんとうは美男子のはずだった。けれども、きょうはその端整な顔が剣呑《けんのん》なまでに憎悪に近い感情にゆがみ、この結婚を祝福していないことがありありとうかがえる。エマの若い魅力的な体がヘップバーン家の跡取りを産んで、彼から相続権を奪うことを恐れているのだろう。

牧師がスコットランド教会の『共同礼拝規定書』を開き、一節をだらだらと読みあげるのを聞きながら、エマは後ろの信徒席を振り返った。母は、これ以上式の進行を見ていられないとでもいうように、父の上着に顔を押しつけている。妹たちが洟《はな》をすする音も時を追うごとに大きくなってきて、アーネスタインのとがった小さな鼻は、ウサギの鼻のように赤らんでいる。エドウィナのふっくらした下唇が激しく震えているところをみると、あの子が本格的なすすり泣きをはじめるのも時間の問題だろう。

もうすぐ牧師の長ったらしい話が終わる。そのときが来ればわたしは、どういう人かもよくわからないしなびた老人に、愛とこの身を捧げると誓うほかはなくなるのだ。

エマは血走った目でちらっと後ろを見やった。もしわたしが絹のウエディングドレスのレースに縁取られた裾を引きあげ、出入り口に向かって猛然と駆けだしたら、みんなはどうするだろう。軽々しくハイランドの森に入った旅人が二度と姿を見せず、消息もわからなくなった例を、エマは何度となく聞かされ警告されてきた。いまの彼女は、自分がそうなったらどんなにいいだろうと思っていた。この老いぼれ花婿には、わたしを見つけ出して、肩に担いで祭壇まで戻ってくることはできないだろう。

その事実を裏付けるかのように、伯爵がしわがれ声で誓いの言葉を述べはじめた。だがあっというまに言い終え、気がつくと、牧師が期待をこめてエマを見ていた。

式に参列している人々もみんな。

エマがいつまでも黙っていると、先ほどの女性のひとりがつぶやいた。「おやおや、かわいそうに、感きわまってるわよ」

「気を失っても伯爵には抱きとめられないでしょうね。そんなことをしたら、背骨が折れちゃうわ」もうひとりがささやいた。

エマはいったん口をあけたものの、すぐにまた閉じてしまった。唇が綿のようにからからに乾いていたので、舌先で湿らせ、もう一度、口を開こうとした。牧師は金縁眼鏡の奥から、エマに向かってまばたきをしてみせた。やさしそうな茶色の瞳にあたたかく見つめられ、エマはあやうく泣きだしそうになった。

また後ろを振り返ってみると、今度は母や妹ではなく、父の姿が目を惹《ひ》いた。父の目には、見まちがえようのない哀願の情が浮かんでいる。エマとまったく同じ灰色がかった青い瞳。長いあいだ、つねに不安そうな追い詰められた表情を浮かべていた瞳だ。誓ってもいい、伯爵が夫婦財産契約書に署名をしてから、あの手の震えはとまっている。チョッキのポケットにはいつも酒瓶をしのばせていたが、エマが伯爵の求婚を受け入れて以来、父がそれを取り出すのは見たことがない。

その励ますような笑みの中に、エマはべつの人の姿をかいま見た。瞳が澄み、手の震えもなく、酒のにおいではなくペパーミントの香りの息をする男性の姿を。エマが幼いころ、その人は彼女を肩に担ぎあげてくれては、見渡すかぎりのものを治める女王になったような気分を味わわせてくれた。ほんとうは膝小僧をすりむいた乱ぐい歯の汚らしい女の子だったのに。

父の瞳の中には、もう長いあいだ見たことがなかったものが表われていた。それは、希望だ。

エマは胸を張り、花婿のほうに向き直った。はた目には、泣くか気を失うかしそうに見えるかもしれない。でも、わたしは絶対にそんなことはしない。それほどやわにはできていない。いつもそれを誇りに思ってきた。家族の将来と資産を安泰にするため、伯爵と結婚せざるをえないのなら、わたしは結婚する。そしてこの人が富によって――そして称号によって

——購《あがな》いうる最高の妻、最高の伯爵夫人になるよう、努力する。

エマは口をあけた。すっかり準備はできていた。富めるときも貧しいときも、健やかなるときも病めるときも、死がふたりを分かつまで、彼を愛し、慈しむ、と誓うのだ……。ところがそのとき、聖堂後部の、鉄帯で補強されたオーク材の両開き扉が大きな音を立てて開き、冷気がさっと流れこんだ。同時に、十人ばかりの武装した男たちがなだれこんできた。

驚きの悲鳴と息をのむ音が聖堂の中に満ちた。侵入した男たちは信徒席のあいだに散らばった。ひげだらけの顔に、決意を秘めた険しい表情をみなぎらせ、どんな抵抗のしるしも見のがすまいとして、拳銃《けんじゅう》を構えている。

だがエマは、恐怖ではなく、胸に希望の灯がともるのを感じた。

最初の悲鳴や怒号がおさまると、イアン・ヘップバーンが臆《おく》することなく中央通路へ進み出て、闖入《ちんにゅう》者の不気味な銃口と大伯父のあいだに身を置いた。「いったいなんの真似《まね》だ？」きびきびした声がドーム天井に反響した。「無作法者め、ここは領主《ロード》の館《やかた》だ。礼儀をわきまえろ」

「どのロードだ？」強いスコットランド訛《なま》りの男の声が応じた。深みのある朗々としたその響きに、エマは背筋がぞくぞくするのを感じた。「この山々をみずからの手でおつくりになった主《ロード》のことか。それとも、それを治める権利を持って生まれたと思いこんでいる男のことか」

その直後、エマもその場に居合わせた人々も息をのんだ。声の主が巨大な黒い馬にまたがって、聖堂の中に入ってきたのだ。あっけにとられた参列者たちは、口々につぶやきながら、身をすくめて信徒席に腰をおろした。誰もが恐怖にとらわれつつも魅入られたように、熱っぽい視線を向けている。じつにみごとな馬だ。胸はつややかでたくましく、漆黒のたてがみは流れるように美しい。しかし奇妙なことに、エマの目は馬ではなく、その大きな背にまたがった男のほうに惹きつけられていた。

日焼けした顔を縁取るたっぷりとした黒髪は、その冷たい緑の瞳をみごとに引き立てている。この寒いのに、身に着けているものといったら、緑と黒の毛織物のキルトと編み上げ長靴、それに茶色の革のベストだけで、広いなめらかな胸はむきだしだ。彼は鞍《くら》にまたがるために生まれてきたかのように馬を扱った。力強い肩と筋肉のついた前腕部にかすかな緊張をうかがわせただけで、手綱を操り、通路を進んでくる。イアンはよろよろと後ろに下がるしかなかった。さもなければ、あの恐ろしいひづめに踏みつぶされてしまうだろう。

エマのそばで伯爵の押し殺した声が聞こえた。「シンクレア！」

年老いた花婿は顔を真っ赤にし、憎しみにゆがめていた。こめかみに浮き出した紫色の血管が脈打っている。このようすでは、新婚初夜どころか、結婚式を乗り切れるかどうかもあやしくなってきた。

「だいじなときに、じゃまをして悪かったな」侵入者は後悔の念などみじんも感じさせずにそう言うと、手綱を引いた。馬は通路の中ほどで前脚を跳ねあげてとまった。「重要な式が執《と》りおこなわれると聞いて、これはなんとしてもご挨拶《あいさつ》に立ち寄らなければなるまいと思ったのだ。お送りいただいたはずの招待状は、配達途中でなくなってしまったらしい」

伯爵は震えるこぶしを振りまわした。「わたしがシンクレアの者に送る招待状は、判事の逮捕状と絞首刑の執行状だけだ」

この脅し文句を聞いても、男は当惑したように片方の眉を吊《つ》りあげただけだった。「今度おれがこの聖堂に足を踏み入れるのは、次の結婚式ではなく、きさまの葬式のときだと思っていた。だがきさまは昔から女に目のない好色家だった。ベッドをあたためてくれる新しい花嫁を買わずにいられないことくらい、予測しておくべきだった」

と、そのとき、男は押し入ってきて以来はじめて、あざけるような目をエマのほうに向けた。ほんの一瞬だけだったのに、エマの白い頬は痛いほどに火照《ほて》った。彼の言葉には、否定しがたい真実と、非難の響きがひそんでいたからだ。

イアン・ヘップバーンがふたたび男とのあいだに割って入り、エマはほっとしたような気分になった。「いつものように、われわれをあざけり、復讐《ふくしゅう》したつもりになるのはけっこうだ」彼は軽蔑《けいべつ》に唇を曲げて言った。「だがこの山に住む者は誰もが知っている。シンクレア氏族が人殺しの盗人《ぬすっと》でしかないことをな。与太者どもを引き連れて、客人から宝石や財布を奪いにきたのなら、さっさと取りかかったらどうだ？　おまえの息とわれわれの時間を無駄にすることはない」

伯爵が驚くような力を振りしぼり、エマを突き倒さんばかりにして進み出た。「これはわたしの戦いだ。又甥の助太刀はいらん。おい、シンクレア、おまえのような生意気な若造など少しもこわくはないぞ」伯爵はうなるように言うと、骨ばったこぶしを振りあげたまま、イアンの前に出た。「やれるものならやってみろ！」

「いや、きさまをどうこうしにきたんじゃない」男は唇をゆがめてけだるげな笑みをこしらえたかと思うと、ベルトから黒い拳銃を抜き、純白のドレスを着たエマの胸のあたりに銃口を向けた。「花嫁をいただきにきたのさ」

2

銃口ごしに、その見知らぬ男の冷たい緑の瞳を見つめているうち、ふいにエマは思った。よぼよぼのおじいさんと結婚を誓うより、もっと悲惨な運命が待ち受けているのかもしれない、と。男の濃くて黒いまつげは、瞳の奥にちらつく無言の脅威を隠そうともしていない。

エマの母親は、娘の胸に銃が向けられているのを見ると、さっと手で口を覆い、漏れかかった悲鳴を抑えた。エルバータとエドウィナはひしと抱きあい、お揃《そろ》いのボンネットに飾られた絹のスミレの花束をぶるぶると震わせながら、青い瞳を恐怖に見開いていた。

アーネスタインはバッグの中を引っ掻きまわして、気つけ薬をさがしはじめている。

父親は弾《はじ》かれたように立ったが、席を離れようとはしない。娘への愛より強い力にとらわれたように、身じろぎもせずにその場に立ちすくんでいる。「おい、おまえ」彼は前の席の背もたれをつかんで、吠《ほ》えるように言った。「いったいなんの真似だ？」

牧師は、エマからできるだけ離れようとして祭壇のほうへあとずさった。伯爵も握りしめたこぶしをおろし、そろそろと後ろへ下がっていった。エマの心臓と銃とのあいだにはなんの障害物もなかった。参列客のあいだには張り詰めた沈黙がおりている。まるでこの聖堂には、エマとシンクレアしかいないようだった。エマは、自分も何かしなければいけないような気がした。気を失うとか、泣きだすとか、かわいらしく命乞《ご》いをするとか。

おそらくこの悪党はそれを期待しているのだろう。そう考えたとたん、勇気がわいてきた。エマは恐怖をのみこみ、背筋をしゃんと伸ばすと、顎をあげて挑みかかるように男の冷酷な瞳を正面から見返した。爪が食いこむほどに強く花束を握りしめ、ほのかに香る花を押しつぶして、激しい手の震えを隠した。ほんの一瞬、男の冷たい緑の瞳を、べつの感情がよぎった。おもしろがっているような……感心したような……？

今度は、イアン・ヘップバーンが大伯父の前に出る番だった。焦げ茶色の目が軽蔑をあらわにしていた。彼は、馬にまたがった男から安全な距離をおいて立ち止まった。「おまえはとうとう、そこまで落ちぶれたのか。教会をけがし、武器を持たない無力な女性に銃を向けるとはな。いや、おまえのようなげす野郎なら、やりかねないことだ、シン」下品な悪態でも口にするように、小声であだ名を付け足した。

シンクレアは、エマからイアンにちらっと目を移した。銃を握った手は微動だにしない。

「では友よ、失望することはない」

「ぼくはおまえの友などではない！」イアンは怒鳴り返した。

「ああ、ちがうね」シンクレアは静かに答えた。その声に、苦悩か後悔に似たものがまじりこんでいる。「友だちだったことなど、一度もない」

伯爵は、後ろへ引っこんだくせに傲慢《ごうまん》な態度は崩さない。「セント・アンドルーズで学んでも、山猿は紳士になれんのだ。おまえが何よりの証拠だ！　おまえのじいさんはさぞ落胆したことだろう。孫を大学にやって、だいじな金が無駄になったとわかってな。だがその金は、どこの馬の骨とも知れぬごろつきどもを使って、わたしから盗んだものだ！」

伯爵の侮辱にも、シンクレアは動じたようすを見せない。「おれは無駄になったとは思っていない。セント・アンドルーズ大学へ行かなければ、ここにいる、きさまのかわいい又甥と出会えなかっただろうからな」またもや、イアンがぎろりと彼をにらんだ。「だが今度じいさんに会ったときには、必ずきさまの言葉を伝えることにしよう」

この山賊には、教養ある人たちにまじって暮らしていた時期があったのか。だからスコットランド訛りのとげとげしさがいくらかやわらいで、エマの耳には危険なまでにやわらかく心地よく響くのだろう。

「何をたくらんでるんだ、この野良犬野郎」伯爵がきいた。「教会の祭壇で平然とわたしの花嫁を殺して、地獄への旅を急ごうというのか」

エマは驚いた。そういう恐れがあるというのに、彼女を熱愛しているはずの花婿はさして動揺しているようには見えない。爵位とこれだけの富があれば、また新しい花嫁を調達するのは簡単なことなのだろう。アーネスタインとエルバータはそろそろ結婚してもよい年ごろだ。もしふたりのうちのどちらかを選んでください、そうすれば式は滞《とどこお》りなく進められますからと父が申し出れば、夫婦財産契約だって破棄せずにすむだろう。

もちろん、わたしの血をモップできれいに拭《ふ》き取ってからだけれど。

だしぬけに、しゃっくりのような音が喉から漏れて、エマはくすくす笑いだした。せっかく、気絶もせず命乞いもせずにがんばっていたのに、もう少しでヒステリーを起こしそうになっている。ようやく実感がわいてきたのだ。わたしはほんとうに、この冷酷非道な見知らぬ男の手にかかって死ぬかもしれない。ほんものの情熱も、いとしい人の愛撫《あいぶ》も知らぬままに、処女の花嫁として。

「どこかの御仁とはちがって」シンクレアはわざとらしく礼儀正しい態度で言った。「おれには、罪もない女性を殺す趣味はない」唇の両端が持ちあがって、やさしげな笑みが浮かんだ。なぜかそれは、どんなせせら笑いやしかめっ面よりも危険に見えた。「おれは花嫁をいただきにきたと言ったんだ、ヘップバーン。殺しにきたのじゃなくてな」

エマは誰よりも早く、彼が具体的には何をしようとしているのかを悟った。ひげの伸びた彼の顎が引き締まったから。そして、そのたくましい腿にさざ波のように緊張が走り、使いこまれた革の手綱を力強いこぶしが握りしめたから。

それでも、エマはただ、敷石に根が生えたように突っ立っていることしかできなかった。彼の細めた目に露骨な意図を見て、全身がしびれたようになっている。

突然、何もかもが一度に起きた。シンクレアが馬の腹をひと蹴《け》りしたかと思うと、馬がぎょろりと目をむき、鼻をふくらませて前につんのめった。と、いきなりエマに向かって通路を駆けてきた。母親が血も凍るような悲鳴をあげて卒倒し、牧師が黒いローブをカラスの翼のようにはためかせて、祭壇の奥へ逃げこんだ。エマは両腕をあげて顔をかばった。あのひづめに踏みつぶされる。もうだめだ！

あわやというそのとき、馬が左を向いて、シンクレアが右に身を乗り出し、たくましい片腕をエマの腰にまわして、さっと彼女をすくいあげ、虫の食ったジャガイモの袋でも扱うように、軽々と自分の膝に乗せてしまった。エマはうつぶせの姿勢でたたきつけられ、呼吸ができなくなった。まだあえいでいるうちに、シンクレアは狭い場所で強引に馬首をめぐらした。馬が後脚で突っ立ち、目がまわりそうになった。大きなひづめが空《くう》を掻く。エマはこれが最後とばかりに息を吸いこんで覚悟を決め、馬があおむけにひっくり返って、ふたりを押しつぶす瞬間を待った。

だがシンクレアの考えはちがっていた。彼は容赦なく手綱を引いて、しっかりと馬を支配し、従わせた。馬は耳をつんざくような声でいななき、前脚のひづめをどすんとおろした。蹄鉄《ていてつ》が敷石を踏んだ瞬間、火花が散った。

驚いた参列客の悲鳴や興奮した叫び声がドーム天井に反響した。そのなかでも、シンクレアの力強い声はよく通った。だがその言葉の意味を理解したのは伯爵ひとりだった。「花嫁を無傷で返してほしければな、ヘップバーン、途方もない代償を払ってもらわなければならない！　きさまの罪と、先祖の罪を償うために。おれに正当な権利のあるものを返さないかぎり、花嫁を返すつもりはない」

そう言うなり、彼は手綱を馬の背にたたきつけた。馬は猛然と駆けて通路を引き返し、たちまち外へ出ると、傾いた墓の並ぶ庭を走り抜けた。馬のたくましい長い脚が一歩前に進むたび、エマは助かる望みを失っていった。

3

どれだけの距離を、どれだけの時間、走ったのだろう。馬のひづめが凍った草地を蹴るたび、骨がばらばらになりそうなほど揺さぶられ、エマの髪から、先端を琥珀《こはく》色に染めたピンが散らばった。けさ鏡の前に座ったエマのくせ毛をどうにか押さえようとして、メイドが留めてくれたものだ。ほどなく、ほつれた髪の束がいくつも落ちてきて、カーテンのように顔のまわりに下がり、前が見えなくなった。

ふたりを囲んで走っている馬たちの姿はほとんど目に入らなかった。ほかのひづめも同じように、たえまなく一定のリズムで地面をたたいている。手下たちも聖堂を出てから馬に飛び乗り、無謀な逃避行に合流したのだろう。

大きくてあたたかい、たくましい手が背中のくぼみにしっかりとあてがわれている。それがなければ、エマのみっともない体勢は、もっと不安定になっていただろう。その手は、彼女のなだらかな尻のふくらみのそばに――困惑するほど近くに――置かれている。エマの体がエドウィナのお気に入りのぬいぐるみ人形のように跳びはねずにすんでいるのは、その手がずっと押さえてくれているおかげだ。

　そんなふうに心もとない形で守られていたのでは、次に馬が跳ねたときにどうなるかはわからない。肋骨《ろっこつ》が一本折れたり、めまぐるしく変わる視界にたえず飛びこんでくる木の幹に脳天を割られたりするかもしれないのだ。あたりの景色は、目にもとまらぬ速さで飛びすさり、何もかもがぼやけて見える。シンクレアの力強い腿の筋肉が動いているのがわかった。彼はまるで馬と一体になったように、藪《やぶ》を抜け、森を駆け、広野を突っ切っていく。

　ほどなく、馬が苔《こけ》むした草地を蹴って宙に身を躍らせ、深い峡谷を飛び越えた。エマは押し殺した悲鳴が漏れるのを必死にこらえ、ぎゅっと目を閉じた。ようやく思いきってその目をあけたときには、崖《がけ》っぷちを走っていた。揺れる視界の隅に、眼下の谷間と、起伏を描いて広がる丘陵と、銃眼を備えた石造りの塔が見えた。ヘップバーン城だ。あの聖堂からも文明からも離れて、こんなに遠くまで来てしまったのだ。そう気づいたとたん、不安が凍りつくような恐怖へと変わった。

　もうずいぶん長いこと、走ってきた。地獄の門にたどり着いたと聞いても、驚かなかっただろう。しかしやがてようやくシンクレアが手綱を引き、馬の歩をゆるめて規則正しい速歩《はやあし》に落とし、ゆったりとした常歩《なみあし》に落ち着かせると、エマは鼻をぴくぴくさせた。あたりに漂う硫黄のにおいのせいではない。シーダーのさわやかな香りが嗅《か》ぎとれたのだ。

　どことも知れぬ目的地に着いたあとには、何が起きると思っていたのだろう。自分でもよくわからない。けれども、まさかいきなりすとんと落とされて地面に立たされるとは思っていなかった。シンクレアが長い脚で馬の背をまたぎ、優雅なしぐさで楽々と鞍からおり立ったときには、エマは後ろへよろけて倒れそうになった。脚が弱って、自分のものではなくなったような気がする。家族でブライトンへ行ってヨット乗りを楽しんだあとのように。あれは、父がカードゲームで負けて大損をする前の夏だった……。

どうにか体の均衡を取り戻してみると、陰鬱《いんうつ》な灰色の空の下、青々と葉を茂らせた常緑樹の森の中の、開けた平地に立っていることがわかった。羽根のような小枝が、ごうごうという風の音をやわらげ、かすかなため息に変えていた。

ここでは、空気そのものに自由の香りが漂っている。けれどもエマは、これまで以上に、運命から逃れられなくなったのを感じていた。

たいへんな旅が終わったのだから、いくらかほっとしてもいいはずだった。けれども、もつれた巻き毛を目の前から振り払い、自分の運命を掌中におさめた男を見たとき、エマはべつの未来が自分を待ち受けているのを予感して、こわくなった。

シンクレアは馬の向こう側に立ち、器用そうな手で真鍮《しんちゆう》の鞍帯を外している。くしゃくしゃの黒髪が頬に垂れかかって、顔に影を落としているので、表情はわからない。

エマはこれからどうなるのかと、やきもきしながら突っ立っていた。シンクレアは重い鞍を引きずりおろした。力のいる作業だろうに、上腕の筋肉がわずかに盛りあがっただけだ。

彼は鞍をマツの枝の上に放《ほう》りあげると、馬のすべすべした喉から馬勒《ばろく》を取り外しにかかった。

手下の男たちも、礼儀にかなった距離をとって馬をとめ、同じように楽々と鞍をおりていた。図々《ずうずう》しくもエマを横目で見て、ささやきあう者もいたが、ほとんどは頭《かしら》を真似ているのか、無関心を装っていた。

エマの不安が次第に怒りに変わってきた。シンクレアに脅されることは覚悟していたが、無視されるとは思っていなかったのだ。彼は、結婚式のさなかにエマに銃口を向け、家族のもとから強引にさらってきたことなど忘れたように、黙々と作業をこなしている。

エマはこっそり背後に目をやった。いまわたしが後ろを向いて一目散に逃げだしても、この人は気づかないかもしれない。

「おれがきみなら、やらないね」シンクレアが落ち着いた声で言った。

びっくりして、さっと振り返ると、シンクレアは馬の震える下腹にブラシをあてていた。その仕事に熱中しているように見える。まるで聴覚や視覚のずっと奥にある感覚を使って、彼女の考えや視線の方向を読み取ったようだった。

それでもエマはかすかな勝利感をおぼえて満足した。少なくとも、彼が装っているほどには、無関心ではないことがわかったからだ。

「人質なら、当然そうしたくなるんじゃない?」エマは声を震わすまいとした。「悪党の手から逃れようとするでしょう」

シンクレアはたくましい肩の一方をすくめてみせた。「逃げても無駄だ。十歩も行かないうちに、つかまえてやるよ」

「どうやって？　背中を撃つの？」

そこでようやく、彼はエマを見た。そして、きみにはおれをおもしろがらせることしかできなかったぞと言いたげに、黒い眉の片方を吊りあげた。「そんなことをしたら特上の火薬が無駄になるじゃないか。とくにきみには、死ぬより生きていてもらったほうがずっと価値があるんだから」

エマは鼻を鳴らした。「心を打つお言葉ね、首領。でも残念ながら、あなたはうっかり本音を漏らしてしまったわ。わたしを殺すつもりがないのなら、なんのためにわたしをつかまえたの？」

彼は馬のこちら側にまわってきた。声と同じように、足取りも落ち着いていて、決然としている。「おれのためだ」

全面的に彼の注意を引きつけることに成功してしまった。エマはすぐさま、自分の軽率さを後悔した。心臓が早鐘のように打ちはじめ、エマはあわててあとずさった。そんなことをしても逃げられないことはわかっていた。相手は、エマの花婿とは何から何までちがっていたからだ。若くて、たくましくて、男らしくて……危険だった。

エマを殺す気はないかもしれないけれど、この男には、命を奪うよりひどいとされることができるのだ。

ずっとひどいことを。

背中がマツの幹にぶつかった。こうなったらもう、しっかり足を踏ん張って、ずんずんと進んでくる彼を待ち構えるしかない。この断崖《だんがい》の上では空気がうんと薄いのだろう。彼が近づくごとに、息苦しさが増してくる。彼の影がかぶさって白っぽい日光をさえぎったころには、まちがいなくめまいがしていた。

緑の瞳と濃くて黒いまつげは、彼のもっともきわだった特徴だと思っていたが、こんなに近くで見ると、そうとも言いきれなくなってきた。この男は、ただの山賊にすぎないかもしれないが、王のように気品のある高くて広い頬骨を持っていた。鼻筋は剣のようにまっすぐで、鼻孔はわずかにふくらんでいる。その下の唇は厚く、罪なまでに官能的だった。顎先には、そこが割れていることをうかがわせるかすかな影があった。

彼はエマの頭上の幹に両手を置いて、ぐっと身を寄せてきた。あまりに間近に迫ったので、彼の体中の筋肉から放たれる熱が感じ取れるほどだった。あたたかくて男らしい体臭を嗅いで、エマの恐怖とめまいはさらに強くなった。

彼の声は、荒っぽくてとげとげしいところはあるものの、エマの繊細な耳には、しわ加工をしたベルベットのようにやわらかく聞こえた。その言葉は、手下ではなく彼女に――彼女だけに――聞かせるためのものだった。「もし逃げたら、おれはきみにお仕置きをしなければならない。それを楽しみにしているのでなければ——楽しめるかもしれないがね——逃げるのは思いとどまったほうがいい」

ふいに、あたたかい彼の体がそばを離れ、エマはまた刺すような冷気にさらされた。どうしようもなく体が震えていた。寒かったからではなく、彼のものやわらかな脅し文句のせいだ。シンクレアはなんの悩みもなさそうにのんびりとした足取りで、あのいまいましい馬のほうへと戻っていく。

エマはほかの男たちをちらっと見て、いまの短いやりとりを聞かれていたことを悟った。顎《あご》先に三角形の黒っぽいひげを生やした血色の悪い男は、仲間を肘でつついて、くすくす笑ってみせさえした。

「そんなに自己満足に浸らなくてもいいわよ、首領」エマはシンクレアに向かって叫んだ。傷ついたプライドが恐怖を押しのけていた。「あなたの勝利は長く続かない。伯爵はきっとお上《かみ》に訴え出ていらっしゃるわ。こうして話しているあいだにも、わたしを取り返すために、ご自分の兵をこちらにさし向けようとしていらっしゃるはずよ」

「この山にのぼってしまえば、絶対におれたちを見つけることはできない。やつはそれを知っている」シンクレアは顔をこちらに振り向け、ぴしゃりと言い返した。「こっちが望まないかぎり、誰にもシンクレアの者を見つけることはできない。ヘップバーンでさえ。だがいらいらしなくてもいいぞ、お嬢《ラ》ちゃん《ス》」彼はやさしくからかうように付け加えた。「何もかもが計画どおりに進めば、きみは愛する花婿のベッドが冷えないうちに、彼の腕の中に戻ることができる。少なくとも、いま以上に冷えないうちにね」

シンクレアが馬の手入れに戻ると、男たちはよくやったといわんばかりに声をあげて笑い、はやし立てた。エマは両腕で自分の体を抱きしめ、またはじまった震えをなだめようとした。シンクレアが軽蔑している相手は伯爵だけではない。それがわかり、骨の髄まで凍える思いがしたのだった。

花嫁の略奪は、ハイランドの由緒ある伝統だったが、ジェイムズ・アラステア・シンクレアは、まさか自分がよその男の花嫁を盗むことになろうとは、夢にも思っていなかった。長らくささやかれてきた噂では、ジェイミーの祖父のそのまた祖父、マクタヴィッシュ・シンクレアは、わずか十七歳のとき、牛泥棒の最中に十五歳の娘をその怒れる父親からかっぱらってきて妻にしたらしい。花嫁は、最初の子供が生まれるまで口をきかなかったが、それから四十六年におよんだ結婚生活のあいだはたえずしゃべり続けて、埋め合わせをしたという。マクタヴィッシュが六十三歳で天寿をまっとうしたときには、妻は痛ましいばかりに嘆き、わずか数日後に自分も息を引き取ってしまった。心の痛みに耐えかねたのだと言う者もいた。

ジェイミーはそこまでの心の危機を味わったことがない。彼としてはそれを感謝するほかはなかった。

夜空を覆った雲が晴れ、星がまたたきはじめた。男たちはウイスキーのまわし飲みに使っていた取っ手つきの陶器の酒瓶を拭いて片づけ、おのおの毛布にもぐりこんだ。ジェイミーは焚《た》き火《び》のそばにしゃがみ、人質に警戒の目を向けながら、湯気をあげるウサギ肉のシチューをボウルに取り分けた。

エマはあたたかい火の誘惑にも、ジェイミーの手下たちにも背を向け、木立の間際に転がる岩に腰かけていた。頭上に広がる枝が、彼女の白い顔にまだらに影を投げかけ、あざのように見せている。いまや最後のピンも髪から落ち、銅《あかがね》色の巻き毛がモップのようにみすぼらしく顔のまわりにぶら下がっていた。エマはほっそりした腕で自分の体を抱きしめていた。優雅だったドレスは泥にまみれ、ずたずたに裂けて、冷たい山風を防ぐ役目はあまり果たせていないようだ。見るからに哀れなありさまだったが、エマは何かに挑むように、ふっくらとした唇をきゅっと結び、とがった小さな顎をあげていた。男たちの存在を無視してさえいれば、みんないなくなるとでも思っているように、ジェイミーの前でぱちぱちとはぜる炎だけをひたと見つめていた。

ジェイミーは眉をひそめた。伯爵の花嫁は、イングランド人のお嬢さまらしく、意気地がなくてひ弱で陰気な臆病娘にちがいないと思っていた。あのくそじじいのことだから、出産したらすぐ、もがいている赤ん坊を乳母に託して死んでしまいそうな娘を選んだものと思っていたのだ。

だがエマは聖堂でもこの野営地でも、恐怖をこらえ、弱みを見せまいとして、気丈にふるまっている。ジェイミーはそれを見て、落ち着かない気分になった。少しばかり感心もしたが、そんなふうに思うわけにはいかない。とどのつまり、あの娘は目的のための手段にすぎないのだから。厄介だがもう少しの辛抱だ。二、三日もすればヘップバーンが要求どおりのものを渡すと同意するだろう。

このときが来るのを待っているうちに、すでに一生を過ごしてしまったような――早くも寿命が尽きかけているような――気がする。それでもやはりヘップバーンには、一日か二日の猶予を与え、こちらの要求をのまなければ、純粋無垢な花嫁にどんな忌まわしい運命が降りかかるか、考えさせようと思っていた。

骨までしみ通るような風がマツの大枝のあいだを吹き抜け、野営地にたたきつけてきた。厚い革を着たジェイミーには、そよ風にしか感じられないが、娘は手指の関節が真っ白になるほどしっかりと両腕で体を抱きしめて震えている。ああしてきれいな歯を食いしばっているのは、抑えがたい怒りをこらえているからではなく、かたかた鳴るのを防ぐためだろう。

ゲール語で小さく悪態をつきながら、ジェイミーは立ちあがってエマのほうへと歩いていった。そして彼女の前でぴたりと足をとめ、シチューのボウルをさしだした。エマはまっすぐ前を見たまま、彼とそのつつましやかな申し出の両方を拒絶した。

ジェイミーは手を引っこめなかった。「飢え死にしておれを恥じ入らせようと思ってるのなら、それは無駄なことだ。きみのだいじな花婿にきいてみろ、シンクレア氏族の者はみんな、恥という感覚を持っていないと答えるだろう」

彼は、エマの傲慢そうな小さな鼻の下にボウルを持っていって左右に動かし、食欲をそそる香りで誘惑しようとした。エマのお腹《なか》が物欲しそうにグーと鳴り、彼女を裏切った。エマは悔しそうにジェイミーをちらっと見ると、その手からボウルをひったくった。

ジェイミーは、勝利感と好奇心を同時におぼえて困惑しつつ、エマが旺盛《おうせい》な食欲を見せて粗削りの木のスプーンでシチューを口に運ぶのを見ていた。やがて彼女の腹がシチューのおかげであたたまり、頬にほんのり赤みが戻ってくるのを見て、不覚にもうれしくなってしまった。ヘップバーンの花嫁はたいして美人ではないという噂だったが、そばかすの浮いた頬や目鼻立ちのはっきりした顔には、男を惹きつける愛嬌《あいきょう》がある。ジェイミーは思わず知らず、スプーンをくわえこむやわらかそうな唇や、スプーンをぺろりときれいになめる小さなピンクの舌の柔軟な動きに目を奪われていた。

なにげなく見ているうち、驚いたことに、下腹部で欲望が疼きだした。このままでは、エマに向かってうめきはじめるかもしれない。ジェイミーは背を向けて立ち去ろうとした。

「ねえ首領、わたしはいつまであなたの人質でいなきゃいけないの？」エマがきいた。

ジェイミーはため息をついて振り向き、彼女と向きあった。「花婿がどれだけきみをたいせつに思っているかによるさ。そうだろう？　人質じゃなく客だと思ったほうが、きみに降りかかったこの運命にも、いくらか楽に耐えられるだろう」

エマが鼻にしわを寄せ、ジェイミーは鼻柱に散ったシナモン色のそばかすに目を惹かれた。

「じゃあ、あなたのおもてなしぶりには、ちょっと残念なところがあると言わなきゃならないわね。お客さまを招いたときには——どんなしみったれのご主人でも——屋根ぐらいは用意するものでしょう。お客さまが凍え死なないように、四枚の壁もね」

ジェイミーは倒れた木に片足を乗せて上を向き、雄大な弧を描く紺色の夜空を眺めた。

「おれたちの壁はマツの枝、屋根は全能の神がみずから宝石を撒《ま》かれた天蓋《てんがい》だ。ロンドンのどこの舞踏場でも、これよりすばらしい眺めは見られまい」

何も言葉が返ってこないので、ちらっと横目でエマを見ると、彼女は空ではなく、彼の横顔を不思議そうにしげしげと見ていた。だがすぐに用心深く赤褐色のまつげを伏せ、その目を隠してしまった。「せいぜい、意味もなくふふんと鼻を鳴らすぐらいだろうと思っていたわ。伯爵はまちがっておられたようね。あなたの受けた教育は無駄ではなかった。少なくとも、語彙《ごい》から判断すればそう思えるわ」

ジェイミーは両手を大きく動かし、どんな紳士も合格点をつけそうな非の打ちどころのないおじぎをしてみせた。「時間とやる気さえあれば、野蛮人でも自分より優秀なやつの真似ができるようになるものさ」

「イアン・ヘップバーンのような？　聖堂であなたが言っていたことから考えると、大学時代はイアンのほうが優秀だったようね」

「対等につきあっていた時期もあったさ。だがそれは、あいつがおれを親友の〝ジン〟だと思っていたからだ。あるとき、伯爵があいつに教えたんだ。何を隠そう、おれはあのけがらわしくもいまいましいシンクレア氏族の者だとね。爪に垢《あか》を溜《た》め、手を血に染めた氏族の一員だって。そうしたら、イアンはおれとはいっさいかかわりたがらなくなった」

「あなたと知り合ってまだ数時間にしかならないけど、イアンを責められないと思うわ」

「なんてことを言うんだ」ジェイミーは大声をあげ、片手をパシッと胸にあてると、とがめるような目でエマを見た。「きみはいま、その小さな鋭い舌でおれの心臓を突き刺したんだぞ。純粋無垢なスコットランド人を哀れと思う気持ちはないのか、お嬢《ラ》ちゃ《ス》ん」

巻き舌の甘い響きに、エマは一瞬、とろけるような思いを味わった。だがそれを隠そうとして、さっと立ちあがり、彼に向きあった。「わたしの名前は〝お嬢《ラ》ちゃ《ス》ん〟じゃないわ。エマリーンよ。社交界の習わしを尊重する気があるなら、ミス・マーロウと呼んでちょうだい。父は準男爵なの。紳士階級《ジェントリー》の」

ジェイミーは腕組みをして、鼻を鳴らした。「だから上流階級の紳士にふさわしく、娘を競りにかけ、最高値をつけた者に売り飛ばしたってわけか」

エマはあざけられたからといってひるむわけにはいかない、とばかりにまたつんと顎をあげた。そして静かな声で言った。「ただひとりの入札者によ」

その告白に、ジェイミーはふいをつかれた。華奢《きゃしゃ》な体つきで胸も小さいが、彼女にはまちがいなく女らしい魅力がある。もしこの山で生まれ育っていたなら、のぼせあがった男たちが列を成して求婚に駆けつけ、彼女の足もとに身を投げ出したことだろう。

「それに、わたしの父を、中世のメロドラマに出てくる貪欲《どんよく》な悪党のように言われる筋合いはないわ」エマは付け加えた。「あなたにはどうでもいいことでしょうけど、わたしは伯爵を熱烈に愛しているかもしれないわよ」

ジェイミーは吠えるように声をあげて笑った。「じゃあ、おれがスコットランド王ってこともありうるな」ジェイミーは分別を忘れることにして、彼女の全身に無遠慮な目を走らせた。「きみのような女が、ヘップバーンみたいに貧相なくそじじいと結婚する理由はただひとつだ」

エマは細い腰に両手をあてた。「あなたはほんの何時間か前にわたしを誘拐したばかりよ。わたしがどんな女か、わかるわけがないでしょう」

ジェイミーは自分でも何をするつもりか気づかないうちに、エマに近づいていた。ほんとうにすぐそばまで……。がさがさに荒れた指の関節が、魅入られたように彼女のやわらかい頬を撫《な》でた。女性をいたぶる趣味はないが、この辛辣《しんらつ》な口をきく娘は、なぜかこちらが手荒なふるまいをしたくなるようなものを持っている。自分に不利とわかっていても、何か反応を引き出したくなってしまうのだ。

ジェイミーは彼女の耳に口を寄せ、わざと声を低くしてささやいた。「きみはまだ若い。そして魅力的だ。ベッドにはほんものの男を迎え入れたいはずだ」

エマのやわらかい肌が粟立《あわだ》った。それは恐怖のせいでも、冷たい風のせいでもない。ジェイミーが後ろへ下がってエマの顔を見つめると、彼女はかすかに開いた唇をほんの少し震わせ、灰色がかった青い瞳を大きく見開いていた。のぼりくる月がその瞳に映りこんでいる。無意識の誘惑に負けないうちに、ジェイミーはエマに背を向けた。彼女に毛布を持ってきてやろうと思った。そのあとはもう、今夜は彼女とかかわらない。

だがエマの次の言葉に、ジェイミーは、はっとして足をとめた。

「あなたは父のことを誤解しているわ、首領。貪欲なのは父じゃなくてわたしよ」

ジェイミーはゆっくりと振り返り、いぶかしげに眉根を寄せた。まるで警告するように、ちくちくとした痛みが背中を這《は》い上がり、いやな予感がした。何度も味わったことのあるおなじみの感覚だ。それが来たあとにはいつも、ヘップバーンに雇われた流れ者の殺し屋一味が奇襲をかけてきたものだ。

ジェイミーの人質はもう、心細がってもおらず、こわがってもおらず、あからさまに挑戦的な態度をとっている。声の震えは消え、その目は冷たく輝いていた。そばかすの浮いた高い頬骨にたわむれる銀色の月光のように。「卑しい無法者のあなたでも知っているはずよ。伯爵のような富と権力を持った人と結婚するためなら、たいていの女は体だけじゃなく、心も売り渡すの。伯爵夫人になれば、どんな女もほしがる宝が手に入る。宝石、毛皮、土地、それに、一生かかっても使いきれないほどの――あるいは数えきれないほどの――金貨がね。それから、はっきり言っておくけど、わたしはベッドをともにする男にだって不自由しないつもりよ」エマは軽蔑するように顔をあげて、そう付け加えた。「跡継ぎさえ産んでしまえば、わたしがロンドンで社交シーズンを過ごしても、伯爵はいやがらないでしょう。背が高くてたくましい若い恋人が、ひとりやふたりいたとしてもね」

ジェイミーは長いあいだじっと考えながら、ただ彼女を見つめていた。それから、こう言った。「ミス・マーロウ、おれの名は〝首領〟じゃない。ジェイミーだ」

次の瞬間、彼はさっと後ろを向き、立ち尽くすエマを残して歩み去った。彼女のほっそりした体を、風が激しく打ち据えていた。

ジェイミー……と、エマは心の中でつぶやいた。あんなに危険な男が、こんなにありふれた名前を持っているなんて……。

4

月が夜空にのぼり詰め、やがてゆっくりと沈みはじめたころ、エマは、ジェイミーに与えられた毛布にさらに深くもぐりこんだ。ウールがちくちくと肌を刺した。彼のにおいがする！ そう気づいた瞬間、自分のみじめさがいっそう身にしみた。

男の体臭が強く香った。革や馬や、焚き火の煙のにおいもかすかに嗅ぎとれた。こうした土臭いにおいは、エマの繊細な鼻には不快にしか感じられないはずだった。エマが社交シーズン中にロンドンで知り合った男たちは、たいてい、ひげ剃《そ》り石鹼の香りや花の香りのコロンを息苦しいばかりにぷんぷんとさせて、自分の体臭を隠していた。舞踏会場は、そのシーズン流行の香水を——蜂蜜《はちみつ》やバラの香りを——たんまりつけてめかしこんだ男たちであふれかえっていて、足を踏み入れたとたんに、息ができなくなるほどだった。でも、この嗅ぎ慣れないジェイミーのにおいは不快ではない。それどころか、気がつくと、胸の奥まで深々と吸いこんでいた。まるで冷えた血をあたためる力があると思っているように。

エマは寝返りを打った。冷たくて硬い地面は、まるで岩のようで、寝心地がよくなかった。身じろぎをするたびに、新しい石ころか小枝が頭をもたげ、やわらかい肌に突き刺さる。どのみち、スコットランドの荒野の真ん中で、危険な無法者の一団からわずか数フィートしか離れていないところに横たわっていたのでは、とうてい眠れるとは思えなかった。

酔いつぶれた男たちのいびきですら、エマの耳に残る、あざけるような自分の声をかき消してはくれなかった。〝わたしがロンドンで社交シーズンを過ごしても、伯爵はいやがらないでしょう。背が高くてたくましい若い恋人が、ひとりやふたりいたとしてもね……〟

エマは大きくうめいて、頭から毛布をかぶった。どうしてばかみたいに、あんな大口をたたいてしまったのだろう。両親が無理をして陽気にふるまったときも、妹たちが伯爵との結婚をうらやましがるふりをしたときも、なんとか平然としていられたのに、なぜ赤の他人にあんなふうに言われて、ここまでプライドが傷ついてしまったのだろう。

月光を浴びてあそこに立ち、シンクレアの冷ややかな目で値踏みをするように見られて、だめな女のように言われているうち、唯々諾々と運命に従ういけにえの子ヒツジと思われるよりは、貪欲なあばずれ女と見なされたほうがましだと思えてきたのだ。哀れまれるより、きらわれたほうがいい。ほんのつかの間、自分が強くなって力を手にし、運命を思いどおりにできるようになった気がした。あれは貴重な一瞬だった。

でもいまは自分がとても情けない。

あんなふうにいまいましい態度で、何度も〝お嬢ちゃん《ラス》〟と呼ばれなければ、感情を抑えられたかもしれない。侮辱であることは百も承知なのに、少しかすれた甘い声と巻き舌のおかげで、愛のささやきみたいに聞こえてしまった。それで、あの男とはどうしても距離をおかなければ、と思ったのだ。だからわたしのほうが身分が上であることを認めさせようとして、ミス・マーロウと呼べ、なんて言ってしまった。〝上流階級〟に属するわたしの父親が、酒と賭け事に溺《おぼ》れて債務者監獄に放り込まれる一歩手前であったことを知ったら、あの男は面と向かってわたしをあざ笑うにちがいない。

〝きみはまだ若い。そして魅力的だ。ベッドにはほんものの男を迎え入れたいはずだ〟

一枚の毛布を折りたたんでぽんぽんとたたき、なんとか枕《まくら》らしいものをつくろうとしていると、今度は自分の言葉ではなく、彼の言葉が何度も耳によみがえってきた。警戒心を取り去ってしまうほどに彼の指がやさしく頬を撫でたときの感触を思い出し、また体がぶるっと震えた。あのハスキーなささやき声に、エマはそのベッドで男が自分にすることを想像してしまった。謎《なぞ》に包まれた刺激的なことを……。それは母が説明したような不快な義務とはちがう。いまでも思い返せば血がたぎり、冷えてふしぶしの痛む体がかっと熱くなる。

エマは目をきつく閉じた。シンクレアは図々しくも、わたしには自分のような男が必要だとほのめかしたのか。母は、伯爵はわたしの上に乗っかって体をもぞもぞ動かしたりうめいたりするだけだと言っていたけれど、それ以上のことをする男をわたしが求めているというの？　やさしく愛をささやき、息がとまるようなキスとたくみな愛撫を繰り返し、わたしを骨抜きにしてしまうような男を？　ついにはわたしのほうから、あなたのものにしてとせがみはじめて……。

エマはぱっと目をあけた。馬の背に乗って跳ねまわっていたせいで、頭がどうかしてしまったようだ。ジェイミー・シンクレアのような野蛮人がそんなことをするはずがない。いまもこのあたりの山をうろついているという荒くれ者のハイランド人の噂は聞いている。そうした話から想像すると、ジェイミーはむしろ女をテーブルの上に押し倒して、スカートを頭まで引きあげ、相手を喜ばすことなどまったく考えずに、乱暴にすばやく欲望を満たす男にちがいない。

エマは毛布の上に頭を出し、ふいに熱くなった頬を冷気にさらして冷やそうとした。うちでは毎晩、母がランプを消したあと、妹たちがベッドの中でささやきあったり、くすくす笑ったりする声が聞こえてくる。それに慣れていたエマは、ふたりの男が低い声でぶつぶつと話しているのを聞いて、ぎょっとした。

「かわいい娘っこだとは思うよ」ひとりがそう言っている。「だがおれの好みからすると、ちょいと痩《や》せすぎだ」

「あのインヴァガリーの酒場女の胴まわりを標準だと思ってるんなら、おまえにとっちゃ、十五ストーン（約九十五キロ）以下の娘はみんな少々痩せすぎってことになるよ、ボン」エマは、とりちがえようのないシンクレアの声の響きを聞き取り、体を硬くした。焚き火に背を向けてはいたが、自分が盗み聞きをしていると思われてはいやなので、反射的に目を閉じた。

　ボンと呼ばれた男は、シンクレアの意見に好意のこもったため息で応《こた》えた。「言えてる。確かにおれのロージーは片手じゃつかめねえもんな。知りたきゃ教えてやるが、両手でつかんで口も使わなきゃならん」

「べつに知りたくないさ。だがその夢を見て、ひと晩中うなされそうだ」シンクレアが冷ややかに言った。

「おれの前で、聖人ぶった口をきかんでもいい。こんな肌寒い春の夜にゃ、あのやわらかい白い腿のあいだで、あったまりたい気分にもなるだろう」

「聖堂でおれが言ったことを聞いただろう」シンクレアがぶっきらぼうな口調で答えた。

「おれはヘップバーンに約束した。こちらの要求をのむなら、花嫁には危害を加えないとな」

「ああ、確かに無傷で返すとは言った。だが味見《フック》せずに返すとは言ってねえ」エマが聞き慣れない言葉に首をひねっていると、シンクレアの相手がくっくと笑った。「何よりの復讐になるぞ。花嫁の腹にシンクレアの種を仕込んであの老いぼれのもとへ送り返してやれたらな」

　男の言葉の意味がようやくわかり、エマの血は凍りついた。わたしはまだ世間知らずだけれど、ばかではない。シンクレアが復讐のためにこのか弱い若い体を利用しようと思えば、わたしにはそれを止めることはできないだろう。死に物狂いで抵抗しようが、慈悲を乞おうが、誰も気にも留めないだろう。いまあの男が言ったことからすると、彼の手下たちはわたしを助けに駆けつけるどころか、集まってきて喝采《かっさい》を送りそうだ。

エマは自分の恐ろしい言葉を改めて思い返し、身震いをした。わたしは大胆にも、伯爵が大目に見てくれれば、若い恋人をつくりたい、なんて言ってしまったのだ。シンクレアは、自分が口説けばわたしが応じると思ったかもしれない。

エマは息を殺して、シンクレアが相手の言葉を否定するのを待った。そんな不埒《ふらち》なことを口にするものじゃないと叱《しか》りつけるのを。だが張り詰めた沈黙はいつまでも続いた。ぱちぱちと勢いよくはぜる火の音のほかには、何も聞こえない。まだしっかり目を閉じたままだったが、エマには、シンクレアが焚き火の前に座っている姿をありありと思い浮かべることができた。踊る炎が、王の気品を備えた頬骨に影を描き出していることだろう。そうやって、相手の忠告について考えているにちがいない。

やがてどっちつかずの状態に耐えられなくなり、エマは肩ごしにこっそり向こうを見た。シンクレアはこちらに背を向け、焚き火のほうを向いて座っている。相手の男はその影に隠れて見えなかった。この角度から見ると、広い肩と背中がいっそう堂々として見えた。

エマには、じっとそこに横たわって、彼の影が月光をさえぎり、彼女を闇《やみ》に包むのを待つつもりはなかった。

毛布の端をそろそろとめくると、胸の内で、やわらかいとげをふくんだ彼の警告が響き渡った。〝もし逃げたら、おれはきみにお仕置きをしなければならない……〟

エマは音を立てないようにそっと毛布から転がり出た。

ジェイミー・シンクレアがわたしにお仕置きをしたければ、その前にまず、わたしをつかまえなければならない。

ジェイミーは焚き火ごしにいとこをにらみつけた。不気味な輝きを放って踊る火は、ボンの黒い瞳のいたずらっぽいきらめきと、からかうように吊りあげた細くて黒い眉毛を強調してみせただけだった。

ボンは、ジェイミーがどんなに恐ろしい目でにらんでも平気な顔をしている。そういう男はめったにいない。彼はたっぷり修養を積んできたのだ。子供のころには、シンクレア家の城塞《じょうさい》の庭をふたりで存分に駆けまわり、ここ五、六年はともに手を携えてヘップバーンに抵抗を続けてきた。ふたりが離れていたのは、ジェイミーがセント・アンドルーズ大学で学んでいたあいだだけだった。あの期間は長く、さびしく感じられたものだ。

ボンがわざとからかっていることに気づいていなければ、ジェイミーは焚き火の向こうへ飛んでいき、子供のころと同じように、彼のとがった耳を殴りつけていただろう。あのころは、しまいには土の上を転がりながら、さんざんに殴りあうはめになったものだ。誰かが――たいていは、いまは亡きボンの母親かジェイミーの祖父が――ふたりの襟首をつかんで引き離し、肩を揺さぶって叱りつけるまでやめなかった。

ジェイミーが十四歳になって、急に体が大きくなり、ボンよりも背が八インチ高く、体重が二ストーン（約十三キロ）重くなったころから、次第に取っ組み合いの喧嘩《けんか》が減ってきた。それからのボンは、こぶしではなく機知で勝負するほかはなくなった。いまもその能力を発揮し、こわい顔をしているジェイミーに向かって、無邪気にまばたきを返してみせている。

ジェイミーもすぐ反論すればよかったのだが、いとこの指摘はもっともだった。あのじいの花嫁を味見したからといって、ジェイミーを非難する者はこの山にはいないだろう。ヘップバーン氏族はシンクレアの名をこの世から消し去ろうとしたこともあった。彼らがわが氏族にしてきたことを思えば、ヘップバーンが息子を産ませようとしている女にジェイミーの子を孕《はら》ませるのは、格好の復讐となるだろう。

ジェイミーの下腹部に、思いがけなくむらむらと欲望がわき起こった。ボンの機知に意志で対抗するようになって以来はじめて、ジェイミーは自分から先に目をそらした。

ボンの勝ち誇ったような笑みを黙殺し、ジェイミーは木切れを拾って乱暴に火をつついた。黒いベルベットを思わせる夜空に、火花が噴水のように舞いあがった。「そんなふうにからかう必要はない。ちゃんとわかってるよ。おまえはヘップバーンの花嫁をさらってきたことが気に入らないんだろう」

「気に入るわけがねえだろう。考えられる結末はただひとつだからな。おれたちは縛り首になってどっかの絞首台に吊り下げられるんだ。さらった女がイングランド人ときてるから、ヘップバーンはこれさいわいと、英国軍の出動を要請するだろう」

「プライドが許すもんか。ヘップバーンは助けを求めるくらいなら、死んだほうがましだと思ってる男だ。相手がスコットランド人だろうがイングランド人だろうがな」

「じゃあ、やつがさっさとくたばって、心配の種をなくしてもらいたいもんだ」ボンはジェイミーが人質に貸した毛布のほうを指さして言った。「あの娘が災いの元になることはまちがいねえからな」

ジェイミーは鼻を鳴らした。「あんなとりすました強情娘に、何ができる？　せいぜい、聖書の文句を刺繍《ししゅう》している最中に縫い目をひとつ外すぐらいなことさ」彼はいとこをちらっと横目で見た。「それに厄介の種を撒かれたとて、トーランディのあのぽっちゃりした乳搾りの女に比べたら、どうってことはないだろう。おまえが真夜中に寝室の窓からこっそり抜け出すところをご亭主に見つかったときは、その細っこい腕をもぎとって殴り殺してやるって脅されただろうが」

「ああ、おれのかわいいペグ！」ボンはその女のことを思い出し、未練たっぷりのため息をついた。「あいつのためなら死んでもよかった……。ベッドの中でも外でもな。おまえ、へップバーンの女にも同じことが言えるか」

ジェイミーは木切れを放り出した。「彼女はヘップバーンの女じゃない。少なくともまだいまはな。それに言っとくが、おれはあの娘のために死ぬつもりはない。首吊り役人の手にかかる気も、ほかの方法で殺されるつもりもない」

「ヘップバーンが金を払ってあの娘を取り戻すと思うか。情に厚いなんて話は聞いたことがねえぞ。魂といっしょに、黒い心も悪魔に売り渡したって噂は耳にしたことがあるがな」

「いや、払うさ。あの娘に特別な気持ちがあるからじゃない。シンクレア家の者に自分のものを盗まれたなんて、考えることさえ耐えられないからだ」ジェイミーは自分の唇に暗い笑みが浮かんでいるのを感じた。「とくにこのシンクレアにな」

「イアン・ヘップバーンはそれほどプライドが高くねえかもしれねえぞ。やつがくそじじいを説得して、軍を味方につけて攻撃してきたらどうする？」

ジェイミーは、焚き火の中心の黒い部分に目を戻した。彼でさえ認めざるをえなかった。綿密に立てた計略のなかでも、イアンだけは未知数だったのだ。あの聖堂で顔を合わせたとき、かつての友の目にかいま見た憎悪の深さにショックを受けたことは否定できなかった。

ジェイミーはきっぱりと首を振った。「イアンがおれを憎む気持ちは、ヘップバーンよりも強い。こんな汚れ仕事を軍に依頼しようとは思わないだろう。絞首台の縄ではなく、自分の手がおれの喉にかかるところを見たいはずだ」

ボンの黒い瞳の輝きが不安そうに翳《かげ》った。「花嫁の身柄と引き換えに何を要求するつもりか知らんが、おまえだけじゃなく、おれたちみんなの首もあぶないとなりゃ、相当なものでなきゃならんぞ。それほどの価値があると思うのか」

「ああ」ジェイミーはボンを真正面から見据えた。彼にとってボンはいとことというより、兄といえる存在だ。少なくともその点に関しては、ほんとうのことを言うべきだろう。「それだけは保証する」

ボンが寝てからかなりの時間がたったころ、ジェイミーは彼との約束を守れるよう祈りながら、人質の毛布のそばに立っていた。ヘップバーンが軍の支援を得て花嫁を取り返しにくるようなことはないはずだが、もしその見通しがまちがっていたら、氏族の命運は尽きてしまう。

ヘップバーンとの攻防は、事実上ジェイミーが生まれた日から繰り返されてきた。ヘップバーンがひそかにそれを楽しんでいるふしもある。いまこの瞬間も、あのじいさんが骨ばった手をうれしそうにこすりあわせながら、次の作戦を練っている姿が目に浮かぶようだ。ヘップバーンにとって、この山はチェス盤のようなものだ。岩だらけの土地を耕してどうにか生計を立てている人々のことも、自分の思いつきや楽しみのために好きに動かせる駒《こま》だと思っている。あいつを打ちのめす方法はひとつしかない。それは、あいつよりも抜け目なく、非情になることだ。なんの罪もない女性を誘拐することで、おれはついにその両方になりえたのだ。

ジェイミーは顔をしかめて毛布を見おろした。自分の足もとで眠るこの娘も、伯爵にとってはもちろん、ただの手駒だ。ヘップバーンはすでに三人の息子と、その子供たちをすべて亡くしている。それなのに、ジェイミーは死ななかったばかりか、すくすくと成長した。ヘップバーンはそれを思うたび、たとえようのない激しい怒りに駆られたことだろう。自分の跡継ぎを獲得するためなら、どんなこともやるはずだ。

ジェイミーはこわばった顎を撫でながら、なぜ自分が見張り番を務めるようなばかな真似をしているのだろうと思った。誰かに命じればすむものを……。彼は、男たちが眠っている焚き火の向こう側に目をやった。大半の者には自分の命をあずけられるほどの信頼を寄せているが、なぜかミス・マーロウとふたりきりにはさせたくない。いや、いまは自分でさえ、彼女とふたりきりでいて平気でいられるかどうか、自信がない。ボンのあざけるような言葉がまだ胸の内に響いているので、なおさらそう思う。エマは毛布をうんと上まで引っぱりあげていた。頭のてっぺんの銅色の巻き毛さえのぞいていない。ふと、ジェイミーは眉をひそめた。彼女はレディだ。頑丈にできているハイランド娘とはわけがちがう。きっといつもはやわらかいベッドで羽毛入りの上掛けを何枚も掛けて休んでいたのだろう。硬い地面の上に寝て、肌をちくちく刺す薄い毛布だけで寒さをしのぐことには慣れていないにちがいない。

ジェイミーはエマのそばにしゃがんで、毛布をそっと引きおろし、彼女が自分を困らせようとして凍え死んだりしていないことを確かめようとした。

だが、銅色の巻き毛はなかった。ミス・マーロウは姿を消していた。

5

しばらくのあいだ、ジェイミーは信じられない思いで、エマが眠っていたはずの場所を、なすすべもなくぼう然と見つめていた。

ほんの数フィート離れたところに彼が座っていたのに、まんまと野営地を抜け出したのだ。それだけではない。機転をきかせて、毛布をこんもりした形に丸め、一見、なんの異変もなく彼女がそれにくるまっているように見せかけておいたのだ。

「ちくしょう」ジェイミーは小声でつぶやき、片手で髪をかきあげた。

ヘップバーンと手を結ぶようなやつは信用ならない。そのことをちゃんと心得ているべきだった。なんという失態だ。折を見てあの娘を近くの木に縛りつけておけばよかったのだ。そうすればおれも、もっと毅然としていられただろう。

ジェイミーは背中を起こすと、険しい目をして、いちばん手前のマツの木立の下の、暗い影をさぐるように見た。あんな華奢な娘にここまで度胸があるとは思わなかった。警告を無視して、この闇もこの自然も恐れずに、飛び出していくとは……。

その自然がどれほど苛酷《かこく》なものか、ジェイミーは身にしみてよくわかっている。この複雑な地形の山を、イングランド人の箱入り娘が無事におりていけるはずがない。一時間と保《も》たないだろう。川に落ち、凍える間もなく溺れ死ぬか、崖っぷちから足を滑らせて転落するのが落ちだ。若いエマのか細い体がねじ曲がり、骨が砕けて、岩だらけの谷底に横たわっている姿が目に浮かび、ジェイミーは思った以上に動揺した。

唯一、理にかなった行動は、男たちを起こして、森の中へ捜索にいかせることだ。しかし何か本能のようなものが働き、それはためらわれた。ヘップバーンは、ジェイミーが生まれたときから、首に賞金をかけてきた。だから彼には、この山中を追われて逃げる者の気持ちがよくわかる。走っていくうちに、脚が痛み、しまいには折れてしまうのではないか、肺が破裂するのではないかと思えてくる。次に息を吸ったら、それが最期《さいご》になるのではないか、と。男たちが森の獲物でも狩るようにしてエマを追い立てるところなど、想像するのも耐えられなかった。連中がエマをびっくりさせ、崖っぷちから転落させてしまうことだってありうるだろう。

ジェイミーは、開けた平地のへりまで歩いていき、低く垂れたマツの枝を払いのけた。熟練した目で下生えを透かし見て、松葉や折れた小枝が落ちていないか、さがしてみた。彼の口もとが徐々にゆるみ、笑みが浮かんだ。ミス・マーロウは、目をつぶっていてもたどれるような手がかりを残していったようだ。

一方、エマはただ逃げることだけを考え、やみくもに森の中へ飛びこんでいた。ひとりで山をおりられるわけがないのはわかっていたが、ここでシンクレアとあのならず者一味を出し抜くことができれば、木の洞《うろ》か、目につかない場所を見つけて、伯爵の従僕が助けにきてくれるまで、隠れていることができるだろう。斜面の急な角度と、自分が転んだ回数から判断すると、少なくとも正しい方向へ――下へ――向かっていることは確かだ。

この森は、ランカシャーの地所を囲んでいた森とはまるでちがっていた。エマは子供のころ、妹たちとあの森で楽しいひとときをたくさん過ごしてきた。海賊ごっこや妖精《ようせい》のお姫さまごっこをしながら、野の花を摘んだり、母に食べてもらうマッシュルームを集めたりしたものだ。木陰をつくるニレやオークの枝は、隙間《すきま》が広くあいていて、さんさんと輝く陽光を招き入れていた。そこかしこに、苔の生えた木の洞や、居心地のよい草地があり、森というより公園と呼びたいほどだった。

でも、ここはまるで暗くて不気味なおとぎ話の森だ。何百年ものあいだ、時がとまっているように見える。いつなんどき、人食い鬼がよだれを垂らして飛びかかってきてもおかしくない。

頭上では、枝が幾重にも絡みあい、月の光はほんのときたま、かすかにさしこむだけだ。つるつると滑りやすい苔むした斜面を急いで下っていると、自分の荒い息の音が耳の中に響き、まるで狂暴なけだものがあえいでいるように聞こえた。

まだ一度も、道らしきものには行きあたっていない。でも、たぶんそのほうがいいのだ。シンクレア一味が追跡しやすくなるようなことはしたくないから。

枝がエマを打ち据え、その節くれ立った指で彼女の頬を刺し、薄い絹のドレスを引っ掻いた。左足でとがった石を思いきり踏んづけたときには、あまりの痛さに、すすり泣きが漏れた。子ヤギの革の靴は底が薄くて、エマの華奢な足を守る役目は果たせていない。これでは、はだしで歩いているのとほとんど変わらない。浅瀬に足を踏み入れたときには、氷のような水の冷たさにびくっとした。このぶんでは、靴がだめになって、そう遠くないうちに素足で歩くはめになるにちがいない。うちのベッドの下に置いてきた丈夫な古い短靴があったら、どんなにいいだろう！　母は、結婚後に必要な品のよい靴は伯爵がすべて買ってくださるからと言って、あの短靴を荷物に入れさせてくれなかった。

エマはちらっと後ろを振り返った。誰かが追いかけてきたの……？　早鐘のような鼓動に重なって聞こえるのは、わたしが不器用に下生えをかき分けて進む音？　でも、立ち止まって確かめようとは思わなかった。

警告を無視した罰として、どんなお仕置きを受けるのか、わかりたいとは思わない。ジェイミー・シンクレアがあの聖堂で見せた冷ややかな表情や、男たちに対する毅然とした統率ぶりを考えれば、反抗した者に情けをかけるはずがない。

エマは足を速め、もう一度思いきって後ろを振り返った。空では月が沈みはじめ、さまざまな影がエマを追いかけてくる。闇が雲のようにうねり立ち、彼女を丸飲みにして跡形もなく消し去ろうとしているように思えた。

エマはさっと視線を前に戻したが、その瞬間、自分がまっしぐらに断崖へ向かって進んでいることがわかった。だが遅かった。歩をゆるめようにも、前のめりになった体ははずみがついて、とまらない。何をするにも遅すぎた。だがエマは夢中で手を伸ばし、岩だらけの峡谷の上に枝を広げた白樺《しらかば》の、細い幹にしがみついた。

しかしそのなめらかな樹皮はするりと手から抜けてしまった。すがる場所と望みの両方を失ったエマは、悲鳴をあげながら、崖っぷちから宙へと投げ出されてしまった。

ジェイミーはぎくりとして立ち止まった。誰かの叫ぶ声が耳に残っている。錯覚かと思うほどの、鋭くて短い悲鳴だ。動物の鳴き声だったかもしれない。狩る側か狩られる側かはわからないが。

ジェイミーは首をかしげて耳をすましたが、あたりはしんと静まり返り、近くの雑木林を吹き抜ける、悲しげな風のため息のほかには何も聞こえない。

と、そのとき、異変に気がついた。もう一時間近く、彼は耳と目だけではなく、聴覚や視覚よりもっと深くてもっと本能的な感覚を頼りに、エマのあとを追ってきた。どんなに遠く、速く進もうと、彼女がそこにいることはわかっていた。前方の、手は届かないが、その気になればすぐつかまえられる距離にいることは。だがいまは、彼女の存在が感じられない。目に見えない糸が断ち切られ、底知れぬ深い谷底をのぞきこみながら暗い絶壁にぶら下がっているような感覚がするのだ。

ジェイミーは悪態を嚙み殺し、悲鳴の聞こえた方向に向かって走りだした。枝が顔をたたき、とげで抱きすくめようとしても、少しも気にならなかった。もう何十回となく駆け抜けたことのある森だ。たいていはすぐ後ろに、ヘップバーン氏族の一団が張りついていた。だがいまは、何かから逃げているのではなく、何かに向かって走っている。残念ながら、その何かとは、下り坂であることがわかった。それがこの先で唐突に途切れ、地面がふっと消えることも。

その死の斜面の手前でジェイミーはよろよろと足をとめた。胸の内で心臓が激しく打っている。この崖のことは知りすぎるほどよく知っている。この地形に不案内だったため、あるいは不注意から、もしくはその両方が命取りとなって、ここから落ちて死んでしまった男がいたからだ。

ジェイミーはすっかり自信を失ったような足取りで、ふらふらと前に出た。もっとも恐れていた結末を迎えてしまったのだ。彼はつかの間、目をつぶってから、崖の下をのぞきこんだ。自分を待ち受けている光景を思い浮かべ、すでに腰が引けていた。

わたしは死ぬ。

土と岩でできた幅の狭い棚のような出っ張りが、落下を食いとめてくれた。これが崩れて石の墓穴へ落ちずにすんだとしても、わたしはここで凍え死ぬだろう。せっかくの努力が水の泡だ。冷気が骨までしみこんできた。エマは岩壁に背中をつけてうずくまり、ずたずたに裂けたウエディングドレスをきつく体に巻きつけた。震えがとまらない。かろうじて岩棚をつなぎとめている土に、この震動が伝わったらどうしよう。

エマは絶望に駆られて上を見た。崖のてっぺんまではほんの二、三フィート。でもいまはそれが百リーグ（約五キロ）にも思える。たとえ岩棚を下の峡谷に蹴落とすことなく、どうにか立ちあがれたとしても、やはり崖のへりには手が届かないだろう。湿り気のある岩壁には、手足をかけられそうな岩も木の根も突き出ていない。

けれどもこの期におよんでも、わたしは悲嘆にくれることもなく、キリスト教徒らしい覚悟もせず、腹を立て、ほんのちょっぴり達成感さえ味わっている。これは意志の強さの表われだろう。結局、最後に笑うのはわたしのようだ。エマは異様な興奮をおぼえながら、そう思った。ここで死ねば、わたしはシンクレアにとってなんの価値もなくなる。父にとっても伯爵にとっても。もう誰も、市場で売られる上等のヒツジかブタみたいに、わたしをやりとりすることはできない。シンクレアはわざわざ手間をかけてわたしを埋葬するだろうか。それとも、この岩棚に死体を放置して腐るにまかせ、またべつの花嫁をさらいにいってしまうだろうか。

「おーい！　そこに誰かいるか？」

エマは仰天し、また土をばらばらと谷底へ降らせてしまった。ゆっくり顔を上に向けると、崖のへりから、ジェイミー・シンクレアが笑みを浮かべてこちらを見おろしていた。

たちまち大きな安堵《あんど》感が胸いっぱいに広がり、エマを裏切った。それを隠すため、彼女は反感をあらわにして目を細め、彼をにらみつけた。「そんなにうぬぼれなくてもいいわよ、首領。わたしの知るかぎりでは、あなたは悪魔のもとへ直行できるから」

その言葉に、彼の笑みはいっそう深くなった。「おれに地獄へ行けと言った女はきみがはじめてじゃない。それに、たぶん最後でもないだろう」

エマは鼻を鳴らした。「なぜそう聞いてもわたしは驚かないのかしら」

ジェイミーは片方の膝を地面につき、崖のへりから下を見て、すばやく彼女の危機を分析した。「自力であがってくるかい？　それとも、おれのほうがおりようか」

エマは感じのよい笑顔をこしらえてみせた。「どうぞ遠慮なく落ちてちょうだい。前を通るときには、手を振ってあげるわ」

「それじゃあ、どっちの役にも立たないじゃないか。きみは少しあとからおれのところに来るはめになるんだからな。そうなりゃ、おれたちは永遠にいっしょにいなきゃならない」

エマが警戒して見ていると、ジェイミーは腹ばいになって、崖のへりから片腕を突き出し、彼女のほうへ手を伸ばした。

すぐにでもその手につかまりたかったが、そもそも、なぜこの岩棚で立ち往生するはめになったのかを思い出し、思いとどまった。「あなたの手下が話してるのを聞いたの」エマはしぶしぶ白状した。「あなたたちがふたりで焚き火のそばに座っていたときよ」

一瞬、ジェイミーの目がくもったが、すぐに合点がいったらしく、輝きが戻った。「あれか」彼は言った。そのひとことが、多くを物語っている。「だから逃げたのか。きみは……」

「味見《フック》されたくなかったからよ」エマはあとを引き取り、険のある声で言った。

ジェイミーは一瞬ぎょっとしたような顔をしたかと思うと、激しく咳きこみ、大きく目をむいて平静を取り戻そうとした。「わたしはスコットランド語を話さないから、そんな言葉は聞いたことがなかったの。でも、まったく何も知らないわけじゃないわ。結婚初夜の心得を母が話してくれたの。男の人には……動物みたいな欲望があるんだって」

ジェイミーは片方の眉を吊りあげた。「だけど女にはないって?」

「なかには、持ってる女性もいるようね。でもそれは、スキャンダルを起こして家族を破滅に追いこむように生まれついた恥ずべき人たちなんですって。母は、わたしが伯爵のお子を産むために、どんなお務めを果たさなきゃならないかも詳しく話してくれた。聞いていてつらかったわ」

ジェイミーの瞳の輝きが冷たくなり、危険なきらめきに変わった。「それで、おれがきみに同じことを期待すると思ったのか」それは質問ではなかった。

「あなたの手下の話からすると、期待するんじゃなくて要求しそうだと思ったのよ」これまででいちばんむずかしいことのひとつだったが、エマはまっすぐに見つめてくる彼の目を見返した。「あるいは、わたしに断わらずに、ただ自分のしたいようにするんじゃないかって……」

彼のいかつい顎が引き締まった。その微妙な動きは、女が男の慈悲にすがるしかない場面で、ふたりのあいだに交わされる何か暗い秘密をほのめかしただけだった。「ヘップバーンがおれの望むものをよこすなら、きみは何もこわがる必要はない。誰にもきみを傷つけさせはしない」ジェイミーはほんの一瞬だけ、黙りこんだ。「おれ自身もふくめてな」

エマはなおも迷いながら、さしのべられた手を見つめた。わたしはただ立ちあがって手を伸ばし、助けてやろうという申し出を受ければいいだけだ。

彼を信用できる根拠がなかった。この男は悪党であり、盗人なのだ。ぬけぬけとうそをついているかもしれない。エマは吸いこまれそうな深い谷底に、ちらっと目を走らせた。ほんもののレディなら、岩場に身を投げるだろう。この男の手で凌辱される危険を冒《おか》したりはしない。

その考えを読み取ったように、ジェイミーが言った。「きみはひとつ、忘れてるぞ、お嬢ちゃん。おれにとって、きみの純潔はきみの命と同じくらいだいじなんだ。ヘップバーンは、疵物《きずもの》には半ペニーだって払わないだろう」

「なぜ伯爵がまだわたしを妻にしたがってると思うの？　もう疵物になったと思ってるわよ。あなたとあの上品とはいえない一味に、地獄の手前まで連れてこられたんですからね。お付きの者もつけないで」

「心配ない、伯爵はまだきみを取り戻したがってるさ」ジェイミーは冷ややかに言った。「ただシンクレアに出し抜かれなかったことを証明したいだけかもしれないがね。あいつのことだ、きっと主治医に命じて、きみがまだヘップバーン家の花嫁にふさわしい体かどうか、調べさせるだろう」

その言葉の意味が理解できたとたん、冷えきっていたエマの頬が焼けるように火照った。

「それどころか、結婚式の客を寝室に招いて、きみの処女喪失に立ち会わせるかもしれない。あるいは、翌朝、証拠のシーツを窓に掲げるかもしれないぞ。ヘップバーン家の当主が代々してきたようにな」

「やめて！」エマは叫んだ。「心のやさしい伯爵を極悪人みたいに言わないで！　ほんとうの悪党はあなたのほうなのに！　あなたの言ってることは全部うそなんじゃないの？　うっかり信用して助けてもらったら、どんな目に遭わされるかわかったものじゃないわ。何もしないっていうのも、うそかもしれない」

「もしそうだったらどうする？」

落ち着き払った声が、エマの感情の昂《たか》ぶりを切り裂いた。

彼の唇があざけるようにゆがんだ。「おれがうそをついていたら、どうする。きみはだいじな操を守るために死ぬような、根性のない女なのか」エマに行動をうながそうとして、わざと挑発しているのだとは思ったが、その官能的な唇から繰り出される冷酷な言葉には、やはり惹きつけられずにはいられなかった。「自分の体にずいぶんと高値をつけてるんだな、お嬢ちゃん。ほんとうにそれだけの値打ちがあるかどうか、ここへあがってきて証明したらどうだ？」

険しい目で彼の顔をひたと見据え、エマは岩壁に背中をつけたまま、ゆっくり立ちあがった。重みのかかり方が微妙に変化し、また石ころがばらばらと絶壁を転がり落ちていく。たちまち、全身がしびれるようなめまいがして、エマは硬く目を閉じた。「何をしている！さっさとつかまれ！」ジェイミーの声が深くなり、懇願するような口調になった。「頼むから……」

怒鳴りつけられたからではなく、なんのてらいもなく懇願されたことで、ついにエマの心が動いた。

エマはさっと腕をあげ、ジェイミーの大きなてのひらに自分の手を打ちつけた。生きることを選び、彼を選んだのだ。ジェイミーの指が彼女の細い手首を痛いほどどきつくつかんだ。

その瞬間、足もとの狭い岩棚が崩れて谷底へ落ちていき、同時にジェイミーがエマを引っぱりあげた。そして彼女は待ち受けていた腕の中へ倒れこんだ。

6

ジェイミーは立ちあがると、よろよろと後ろへ下がり、エマを引きずって崖っぷちから離れた。やがて岩棚が谷間に落ちた音の最後の反響が消えていくと、エマはいまさらながら、あの岩場でばらばらになっていたのは自分の骨だったかもしれないと思い、ジェイミーにひしとしがみついた。頬に触れる裸の胸のあたたかさと硬さだけを感じているうちに、体の震えがひどくなり、どうにも抑えられないほど激しくなった。

ジェイミーはつかの間ためらったが、すぐに彼女の体に腕をまわし、強く抱きしめた。エマは目を閉じ、大きな安堵に身をまかせた。そして、彼の胸が自分と同じように激しく鼓動しているのに気がついた。

「よしよし」彼は小声で言い、エマのもつれた髪を片手で撫でた。「こわがらなくていい。もうだいじょうぶだ」

心の一部がエマを裏切り、彼のあたたかい腕にしっかりと抱かれていればだいじょうぶと思いたがっていたが、そうはいかない。エマは彼の胸に両手を押しあてて身を離し、自分の二本の脚で立とうと思った。

ジェイミーが注意深く見守るその目の前で、エマは、ずたずたの薄汚いぼろ布と化したウエディングドレスのスカートから、土を払い落とした。絹地の裂け目から、そばかすの散った白い肌が驚くほど露出している。まぶたを半ば閉じているジェイミーの目はそれを見逃さなかった。

「逃亡は考えるなと警告したときには、まさかきみのちっちゃな頭がこんなばかなことを考えつくとは思ってもみなかった。真夜中に逃げ出して崖っぷちから落ちてやろう、なんてな」

「それで？　わたしにどうしろというの？」エマはきき、挑むような目で彼を射た。「あやまればいいの？　逃げようとしたことを？　それとも、こんなみっともない形で逃げ損なったことを？」

ジェイミーは腕組みをした。「たぶん問題は、きみがおれにどうしてほしいのかってことだ、ミス・マーロウ。きみが思っているとおりの悪党であることを証明してほしいのか。きみに手をあげるように、わざと仕向けているのか。きみをおれの思いどおりにさせたいのか」

「わたしの望みはね、首領、家に帰ることよ！」エマの口をついて出た言葉に、ジェイミーはもちろん、彼女自身もびっくりした。永遠とも思えるほどのあいだ、胸の内に封じこめてきた言葉だったのだ。

ジェイミーは身を硬くした。目にこもっていた熱っぽさが消え、瞳が人造エメラルドのように冷たくなり、輝きを失った。「おれはできるだけ早くきみを花婿のもとへ返すと約束した。きみはやつの城にもベッドにもふさわしい奥方になれる」

エマは激しくかぶりを振って、あとずさった。そして切り株のような形をした岩に腰をおろし、顎に片手をあてた。彼の顔を見ることはできなかった。喉の奥にこみあげてくるものが涙となって目からあふれそうだったからだ。「ヘップバーン城はわたしの家じゃないわ。わたしの家は、ランカシャーにあるいまにも崩れそうな古い荘園屋敷よ。母方の一族のもので、築二百年になるわ。屋根はひどい雨漏りがするし、床板は一歩歩くごとにきしむの。それに台所の幅木の奥には、ネズミの一家が住み着いていて、毎晩こっそり出てきては、テーブルの下に落ちたパンくずを盗んでいく。鎧戸《よろいど》はほとんどがゆがんでいて、きちんと閉まらない。雪が降ったときなんかは、冷たい隙間風が吹きこんで、窓の内側にうっすら氷が張るのよ。客間の暖炉の煙突はしょっちゅう詰まるものだから、火をつけるときには、煙が部屋にこもってみんなで外へ逃げ出すはめになることを覚悟しなきゃならないの」

そっとジェイミーの顔をうかがうと、そこには、さらに読めない表情が浮かんでいた。

「わたしの寝室の窓のすぐ外には、ヒイラギが枝を伸ばしているの。毎年、そこに生意気なコマドリのつがいが巣をかけて、春の訪れを知らせてくれる。ひなが孵《かえ》ると、そのぴぃぴぃ鳴く声で夜明けに目が覚めるのよ。果樹園の端にあるあずまやは、野バラにすっぽり覆われてしまって、いまにも倒れそうになってるわ」口もとがほころび、せつなげな笑みが浮かぶのを抑えられなかった。「秋になって果樹園の木からリンゴの実が落ちはじめると、どこもかしこも甘酸っぱいにおいでいっぱいになる。それを嗅いでいるだけで酔ってしまうほどなのよ」

「まるで地上の楽園みたいに言うんだな。だがヘップバーンがきみに与える財産はどうだ？　宝石は？　毛皮は？　土地は？　黄金は？」

エマは絶望を目に浮かべて彼を見た。「夏の朝、生け垣のクロイチゴを摘みにいかせてもらえるのなら、全部捨ててもいいわ」

「そんなにその家をたいせつに思っているのに、なぜ伯爵との結婚に同意したんだ？」

エマはまた闇に目を戻した。「社交シーズンが来て、父がわたしをロンドンへ送り出したころ、屋敷が差し押さえになったという通知が届いたの。三カ月以内に家をあけるようにってね。伯爵の申し出は、天の助けだった。伯爵は持参金など要求なさらなかった。それどころか、わたしが求婚を受け入れたら、多額の結納金を父に贈ってくださった。父が一生、賭け事をしたりお酒を飲んだりし続けても使いきれないほどの金額だったわ。母は屋根のついた家で余生を過ごせる見通しが立った。わたしが伯爵夫人になれば、妹たちの社交界デビューを助けてやるだけのお金と力を手にすることになる。どこへ出しても恥ずかしくないだんなさまと家を見つけてやることができるでしょう」

「そのためにきみは故郷と幸福になる望みを捨てるのか？」ジェイミーは首を振った。高い頬が怒りに赤くなっている。「きみの父親は家族の金を最後の一シリングまで、賭け事と酒に費やすような男なんだろう。だがなぜ、きみがそのために苦しまなきゃならないんだ？」

エマは岩から立ちあがり、彼と向きあった。「みんな、わたしのせいだからよ」

7

　三年ものあいだ、エマの家族は誰ひとりとして、この言葉を口にしようとはしなかった。けれども、いまエマはここに立ち、赤の他人でしかない男に――それも危険な男に――告白している。ついに声に出して言えたのだ。あまりにほっとしたので、ジェイミーがうそをつけといわんばかりに微笑んでいることに気づくのに少し時間がかかった。病院を脱走してきた患者が、自分はイングランドのリチャード獅子心王《しし》だとか、バニラ風味のブラマンジュだとか、まくしたてるのを聞いているような笑顔だった。

「きみの？　きみのせいで父君が酒や賭け事に溺れるようになったというのか」ばかげた冗談でも聞いたように、ジェイミーは声をあげて笑いだした。「どんなひどいことをやらかしたんだい、おてんばさん？　猫を家の中に入れるのを忘れたか。それとも、母君のお気に入りの皿でも割ったのか」

　エマは受けて立つかのように、顎をつんとあげた。「ある男性の心を傷つけたの」

　きみが魔性の女とはね、といわんばかりに笑われるかと思ったが、話をしていくうちに、ジェイミーの顔から笑みが消えていった。

「わたしは十七のとき、社交界デビューするため、ロンドンに住むおばのバーディーと、いとこのクレアラのところに身を寄せたの。何もかも、両親の計画どおりに進んで、非の打ちどころのないすばらしい若い副牧師さんから求婚してもらうことができたのよ。将来有望なかたで、結婚すれば、シュロップシャーで安定した暮らしができそうだった。その人は父からあたたかい祝福を受けたあと、婚約にかかわる書類を用意した。でも、結婚式まで一カ月足らずというときになって、わたしは婚約解消をお願いするしかない、と思ったの」

「なぜ？」

エマは顔をそむけ、下唇を噛んだ。ふいに恥ずかしくなり、頬が熱くなった。「ほかの人を愛していることに気づいたからよ。その人は侯爵の次男で、ライサンダーといった。舞踏会で顔を合わせたときや、公園で乗馬中に行き合ったときなど、決まってわたしに気のあるそぶりを見せていたの。わざわざわたしといっしょに過ごす機会をつくっては、やさしくからかったりするものだから、そのうち、会っていないときも彼のことばかり考えるようになってしまった。だからわたしはフィアンセを訪ねて婚約を解消したの。そしてライサンダーに会って、そのことを伝えた。きっと大喜びしてくれると思ってたわ」

ジェイミーはたじろいだ。この次元の低いロマンスの当然の結末を予測していたのだろう。

エマの唇がゆがみ、ほかの誰でもなく自分をあざける笑みが浮かんだ。「彼は動揺したの。

アメリカ人の若い資産家令嬢との婚約を発表するところだったのよ。とても美しくて、とてもお金持ちのお嬢さまとね。彼ははっきり言ったわ。ランカシャーの準男爵のそこそこにかわいい娘とのつきあいは、自分にとっては戯れでしかなかったって。それも、ほんの軽い気持ちだったって」繊細な若い心をずたずたに引き裂かれた悲しみと悔しさがよみがえったが、エマは肩をすくめてそれを振り払おうとした。「彼は寛大にも、結婚後ある程度の時間がたったら、自分の愛人になることを考えてはどうかと言ってくれたわ」

「なんとりっぱな紳士だ！」ジェイミーはそう言って不快そうに目を細めてみせた。その表情からは、賞讃《しょうさん》というより、殺気に近いものが感じられた。

エマはうなだれた。「わたしが丁重に断わると、彼はやさしくわたしの手をたたいて、すぐにでも婚約者に会いにいって、手遅れになる前に許しを請うんだな、と言ったの」

「だがきみは行かなかった」ジェイミーは言った。それは質問ではない。

エマは力なくうなずいた。「たぶん、それでよかったのよ。結局のところ、すでに手遅れだったから。フィアンセは、表向きは聖人みたいな顔をしているけれど、じつはその裏に、執念深い一面を隠し持ってたのね。弁護士を雇って、契約不履行で父を訴えたわ。和解金の支払いが命じられ、わたしたちは債務者監獄に放りこまれる寸前まで追いこまれた。しかも、この一件が明るみに出たために、わたしがまともな人と結婚できる望みは絶たれ、妹たちの将来にも暗雲がたちこめることになったの。わたしがジョージに恥をかかせたものだから、誰もが、彼みたいに公然と名誉を傷つけられたくないと思ったでしょう。残念ながら、ジョージの舌は彼の気性と同じくらいたちが悪かったの。彼は和解金を受け取っただけでは満足せず、わたしとライサンダーが友人同士以上の親密な関係にあったという噂を広めた。わたしの評判をめちゃめちゃにしたわけではなかったけれど、疑惑の影を投げかけることには成功した。たいていの男が求婚する気をなくしてしまうような影をね。よほどわたしのことを思ってくれる人はべつでしょうけど、そんな人は現われなかった。

「しみったれたくそ野郎だ」ジェイミーはつぶやいた。「きみはそいつの心ではなく、プライドを傷つけたんだろう」

エマは肩をすくめた。「残念だけど結果は同じよ。父はますますお酒を飲むようになり、賭け事にのめりこむようになった。帰宅することはあっても、夜明け前に帰ることはまれだった」エマはしばらく目を閉じて、父がそっと階段をあがってくる靴音や、両親の寝室から聞こえてきた大きな声を思い出していた。エマと妹たちはみじめな思いで黙って毛布をかぶり、眠ったふりをしていたものだ。「父はもともとカードゲームが好きだったのよ。でもあのころは、せっせと賭けに励めば、いずれ家族の財産を築き直せるって自分に言い聞かせて、自分をあざむいていたんだと思う。もちろん現実は逆だった。父はわが家に残っていたなけなしのお金を使い果たし、わたしたちの運命を債権者の手にゆだねるしかなくなった」

ジェイミーの表情がさらにくもった。「そして、娘の運命を助平じじいの手にゆだねることにしたのか」

怒りがこみあげ、エマは彼のほうを向いた。自分でも驚いたことに、長いあいだ閉じこめていた激しい感情が一気にほとばしり出て、体が震えている。「あなたにわたしの父を非難する権利はないわ！　女とお金を交換したがるような男に！」

「おれなら、伯爵みたいな男のベッドに自分の娘をさしだして借金の完済をはかるような真似は絶対にしない」

「あなたがどう思おうと、父は悪い人じゃない。ただ、弱いだけなの」幼いころから何度、母の口からこの言葉を聞いてきたことだろう。「この件については、父に責任はないわ。家族の財産と名誉が台無しになったのは、わたしが軽率だったからよ」

「軽率だと？　イングランドの娘はそれを女の責任だというのか？　こみあった舞踏場で、男が客の頭ごしにウインクすることを？　馬車に乗りこむのを助けるふりをして、手袋をはめた手を握ることを？　イングランド人の男の血管に、生ぬるい紅茶が流れてるってことは、誰もが知っているよ。熱い、情熱的な血じゃなくてな。その弁の立つ若き元婚約者だって、きみを月明かりに照らされた庭に誘い出してこっそりキスをする勇気もなかったにちがいない！」ジェイミーの視線がエマの唇に落ちて、しばらくそこにとどまった。やがてエマは唇が熱く腫れぼったくなったような気がしてきた。

「ちゃんとしたわよ！」エマは唇をなめて火照りを鎮めたいのをがまんしながら、そう言った。「庭じゃなくて、レディ・エリクソンのロンドンのお屋敷のアルコーヴでね。誰も見ていないときに、びっくりするほど大胆なしぐさで、わたしの手首に唇を押しつけたのよ」

「なるほど、きみは疵物にされて、一生嫁に行けなくなったわけだ」ジェイミーは強い巻き舌にあざけりをこめ、とげとげしい声で言った。

エマは身をこわばらせた。「何もかも台無しにしたのはわたしよ。家族の破滅を招いたのもわたしだわ」

「それできみは、愛していない男との結婚を断わった罪を償うために、いずれ軽蔑するようになるとわかっている男に嫁ごうと決めたわけか。きみはただの子供だったんじゃないか！」ジェイミーの緑の瞳が、また新たな怒りを宿して輝いた。「無邪気な十七歳の女の子が、男の情欲を愛と勘違いして、途方もない代償を払わされたんだ」

あの日から何度も抑えこんできた怒りをまたもや封じこめ、エマは冷ややかに答えた。

「わたしは二度と同じあやまちを犯さないつもりよ」

ジェイミーはまるで挑戦状でもたたきつけられたように、エマに近づき、危険なほどそばまでやってきた。大きな体が月明かりをさえぎった。だが、彼女はその背の高さや腕力には、少しも脅威を感じなかった。こわかったのは、からかうような愛撫のやさしさだった。彼はエマの顔にかかる巻き毛を耳にかけてやり、やわらかいその頬を、親指の腹でしばらく撫でていた。「伯爵と結婚したら、その心配はなくなる。きみは愛にも情欲にも苦しまずにすむんだ」

ジェイミーの言葉には、否定できない真実があった。伯爵の妻となれば、もう二度と、男が部屋に入ってきたとたんに鼓動が速まることはないだろう。男の名を聞いただけで頬がかっと熱くなることも。手を触れられる瞬間を待ち焦がれ、胸の奥が疼くことも。

ジェイミー・シンクレアの魅惑的な冷たい瞳を見あげているこの瞬間の胸の疼きも、二度と経験することはないのだ。

耳の中に心臓の鼓動が響き渡ってエマに警告していたが、それに気づくより早く、ジェイミーの唇が彼女の唇に重なり、うっとりするほどやさしい愛撫をはじめていた。外見も行動も、いかにもスコットランドの荒くれ者らしいのに、彼は王子さまのようなキスをした。羽根の先で撫でるように、そっと何度も唇を左右に動かし、こすりあわせる。どれくらいの力をかければ、彼女がそれに応じて唇を開くか、力を抜いて彼の舌を受け入れるかを心得ていた。

エマは、伯爵の乾いてひび割れた唇から、生涯最初のほんとうのキスを受けるところを想像しては身震いしていたものだ。でもいま彼女は、得体の知れない男の舌を深く受け入れ、その愛撫を受けながら、あのときとはちがう肌のおののきを感じている。ライサンダーに対しては、こんなとんでもない勝手な真似を許すなど、夢にも思ったことがない。四六時中彼のことを考え、ふたりでともにする将来をあれやこれやと思い描いていたときでさえ。その将来とは、清らかなキスを交わし、陽《ひ》のあたる草原をふたりの好きな本の話をしながらいつまでも散歩することだったのだ。

だがこのキスには、清らかなところなどまったくない。ジェイミーの舌に魅了されつつ、エマはまた、彼のなめらかな引き締まった胸に両手をあてた。指先が硬い乳首に触れ、ぞくぞくとする。結局、そんなに遠くへ速く逃げられたわけではなさそうだ。とうとう影に追いつかれてしまった。その闇に包まれ虜《とりこ》となり、エマはもう逃げたいとは思わなくなっていた。快いけだるさに負け、彼の腕の中で体を揺らすほかには、何もできなくなってしまった。

またあの幅の狭い岩棚に戻ったような、いまにも転がり落ちて、骨だけではなく、心も砕けてばらばらになってしまいそうな気がしていた。

やがてジェイミーのほうが先に体を離した。エマはふいに、もう一度彼を引き寄せ、その魅力的な唇を味わいたい衝動に駆られてショックを受けた。わずかに残っていた彼女の自尊心が一気に崩れ去った。

ジェイミーはエマを見おろしていた。エマと同じように警戒の色を浮かべた目は、濃く黒いまつげに隠れている。伯爵との結婚では決して得られないものをわたしに味わわせようとしたのなら、ジェイミーは、彼自身の期待をはるかに超える成果をあげた。もしこのキスが、彼にさからったことに対するお仕置きだとしたら、わたしは彼をみくびっていた。彼はわたしが思っていたよりずっとたちの悪い危険な男だ。

エマは唇を震わせて、引きつるようなため息を漏らした。まだジェイミーの胸に軽く手を触れていることを痛いほどに意識しつつ、彼の瞳から目をそらすまいとした。「いまのは、逃げたことに対するお仕置きだったの？」とささやいた。

「いいや」ジェイミーは答えた。顎をぐっと引いたその顔は、さらに冷酷そうに見えた。「自分に対する罰だ。きみを追いかけるなんて、ばかなことをしたから」

エマがまだその言葉の意味を理解しようともしていないあいだに、ジェイミーは彼女の手首をつかんで、崖から引き返しはじめた。

「鎖か縄を持ってくるのを忘れたの？」エマはきいた。とまどいが怒りに変わっていく。ジェイミーが自信に満ちた足取りで長い一歩を踏み出すたび、エマは二歩歩いてついていかなければならない。「これまで、たくさんの家畜を盗んできたんでしょうね。わたしの体にシンクレア家の焼き印を押そうとしないのが不思議だわ。放牧地からふらふら出ていった雌牛か雌ヒツジならそうしたでしょう」

「誘惑しないでくれ」ジェイミーはうなるように言った。

「こんなことをして、わたしの家族をどんなに苦しめているか、考えたことがある？　母と妹たちはどんなにか心配していることでしょう！　父は？　またお酒を飲みはじめていたらどうしよう！」

「愛情深いきみのご家族は、平気で娘を伯爵に売り渡したんだ。おれが二、三日きみを借りたって気にしないよ」

エマはいらだちが――そして激しい怒りが――こみあげてくるのを感じた。「解放してくれないなら、また逃げるわよ。ハイランドのくだらない氏族間争いのために、家族が破滅に追いこまれるのはごめんだわ。そんなことは絶対にさせない！」

ジェイミーがふいに立ち止まり、エマは彼の背中にぶつかりそうになった。ジェイミーはくるっと振り返り、エマと向きあった。その顔には激しい怒りが表われている。息詰まるようなその一瞬、またキスをされるのではないか、いや、もっとひどいことをされるのではないかと思った。が、ジェイミーはただかがみこんで、ふたりの鼻がくっつきそうなほど顔を近づけただけだった。「きみはハイランド人のことも、氏族間争いのことも、何もわかっちゃいない。きみは、逃げることが家族に対する義務だと思っているかもしれないが、おれはそれを阻止することが氏族に対する義務だと思っている。今度、森に逃げこもうと思ったときには、その前によく考えるんだな」ジェイミーの無遠慮な視線がエマの全身を貫き、彼女はまたもや身震いをした。「今度逃げようとしたら、おれは考え直すかもしれない。きみの貞操は伯爵よりこのおれにとって価値があるのだとな」

ジェイミーはエマの手首をしっかりつかんだまま、容赦のない歩調で歩きはじめた。エマはよろよろとついていくか、引きずられていくしかしようがなかった。彼はこれ以上はないと思えるほど、はっきりと自分の意図を明かしたのだ。

ジェイミーは良心の呵責《かしゃく》を無視しようとしながら、先へ先へと歩を進めていた。エマのせいで、最悪の事態を持ち出して脅すほかはなくなったのだ。あの岩棚が谷底へ落ちる前に彼女を引きあげられたのは奇跡だった。また逃亡を企てられたら、今度はまにあうかどうか……。助けにいく前に、あやまって峡谷へ転落するか、腹を空《す》かせたヤマネコに食われてしまうかもしれない。あの崖っぷちにたどり着くのがあと数分、遅れていたら……。自分を待ち受けていたかもしれない光景を想像しただけで、血が凍りつくような思いがした。

ジェイミーはいらいらしてエマの手を引っぱった。足を速めてくれなければ、いまにこいつのぐったりした体を担いで山をのぼるはめになる。そうなったら、日の出前に野営地に戻って、ほんの数時間でも睡眠がとれる望みは絶たれてしまう。

エマが彼の背中にどんとぶつかり、あやうくふたり揃ってよろけそうになった。とたんにジェイミーは頭にかっと血をのぼらせ、後ろを振り向いた。「おい、さっさと歩かないと――」

ひと目で、エマがわざと歩をゆるめていたわけではないことが見てとれた。ふらふらで、まぶたも半ば閉じかけている。見る間に、膝から力が抜けてきた。

ジェイミーは自分の愚かさを呪《のろ》いながら、前に飛び出し、エマが倒れる寸前に抱きとめた。両腕で赤ん坊のようにかかえあげても、エマは、聞き取れないほどの声で抵抗することしかできなかった。ほんとうに疲れきっていたのだ。ただ彼を困らせたいがためにゆっくり歩いていたのではない。エマはすうっと目を閉じてしまった。青ざめた白い頬にそばかすがくっきり浮いて見える。歩かせるにしろ、抱いていくにしろ、これ以上進むのは、どう考えても無理だ。野宿するしかない。

ジェイミーはぐったりと力の抜けた彼女の体を、十分に気をつけて倒木にもたせかけると、焚き火にする枝を集めにかかった。このあたりの低い斜面には、アスペンや常緑樹の深い木立のほかには、雨露をしのぐ場所がない。廃屋となった納屋や小作人小屋すらなかった。ジェイミーはいつも持ち歩いている火口《ほくち》と火打ち金を使って、小枝の山をなだめすかすようにして火をおこすと、エマのほうを振り返った。彼女はまだ目を閉じて倒木に身を寄せ、うずくまっている。体が冷えきっていて、みじめで、疲れ果てていて、何もできないのだろう。美しかったドレスは、ずたずたに裂けたクモの巣のようになりかけている。靴底はところどころすり切れて、ほっそりした足の裏があらわになり、血がにじんだり、あざができたりしていた。

どんな女だろうが、こんな結婚の日――結婚の夜――を迎えてよいわけがない。エマはただ胸を静かに上下させているほかは、まったく動かなくなっている。それはジェイミーを悩ませた。まだぶるぶる震えていられたほうがましだ。唇にはかすかに青い影のような色がさしている。ほんの少し前、この唇は、彼の唇に触れてあたたまり、花のように開いて彼を受け入れた。そしてその奥の絹のようなやわらかさ、熱さを探索させてくれたのだった。

突然、思いがけず欲望が全身を貫き、ジェイミーは片手で髪をかきむしった。こんなに自分を持てあますとは、どうしたことだ。おれはあの男たちの面倒を見ることには慣れている。だが連中は頑健だ。みんな、野生のヤギみたいにたくましい。守ってやったり、だいじにしてやったりする必要はない。

彼は外套《がいとう》もマントも持たずに、エマのあとを追いかけて飛び出してきた。彼女をあたためてやるものといえば、この火と自分の体温しかない。だがおれは唇を奪うというとんでもない愚行を犯した。ヘップバーンの花嫁を抱いて一夜を明かすようなことなど、できるわけがないだろう……。

8

まどろみから覚めようとしていたエマは、快いぬくもりに包まれていることに気がついた。アーネスタインの冷たい足にふくらはぎを押されたり、エドウィナのとがった小さな肘があばらに食いこんだりするのには慣れている。でもいまは、まるで雪の日に居心地のよい暖炉のそばでお気に入りのキルトにくるまっているような気分がする。

これが夢なら、目覚めたくない。エマはあくびをしてお尻をもぞもぞと動かし、身がとろけるようなあたたかさにすり寄ろうとした。

そのとたん、危険なほど耳に近いところで、うっという苦しげなうめきがあがった。何か硬くて、簡単には曲がりそうにないものがやわらかいお尻に押しつけられ、彼女を夢とうつつの狭間《はざま》から引きずり出した。

エマはぱっと目を見開いた。鼓動が乱れて、不規則なリズムを刻みだす。硬い地面からエマの頭を守っているのは枕ではなく、男の腕だった。筋肉がしっかりとつき、肌は太陽のキスを浴びてほんのりブロンズ色に焼けている。身じろぎも息もしないように気をつけて、エマはゆっくりと視線を下に移した。もう片方の腕が、おれの女だとでもいうように、彼女の腰のくびれに巻きついている。

夢が悪夢に変わり、エマは前に乗り出し、悲鳴をあげようと息を整えた。だがまだ声が漏れ出さないうちに、手で口をふさがれた。腰を抱いた腕に力がこもってエマを引き戻し、またたくましい胸板に押しつける。

ずっと起きていて、この瞬間を待っていたにちがいない。

体がわなわなと震えだした。すると、ジェイミー・シンクレアのかすれたささやきが、あたたかいウイスキーのようにエマの耳にしみこんできた。「静かにしてろ。傷つけはしない」

エマは板のように身を硬くしていた。

「犯しもしない」ジェイミーは、驚くほど低い声で付け加えた。

エマは硬く目を閉じた。頬がかっと熱くなる。男性の口から、こんなあからさまな言葉を聞いたのははじめてだった。エマの故郷では、女が犯される、などという言い方はしない。女性の名誉が損なわれるとか、汚されるとか、さもなければ、愚かにも殿方に自由を与えすぎた、不注意にも暗い小路に迷いこんでしまった、などと表現する。どんなに忌まわしい運命に見舞われても、なぜかいつも女がみずからそうした破滅を招いてしまったように言われるのだ。

エマがじっと動かずにいたので、ジェイミーは自分の約束が説得力を持たないことに気づいたらしい。岩のように硬くなった体の一部がまだ彼女の尻をつついているのだから、無理もない。

彼の苦しげなため息が、エマの耳の後ろの細い髪をくすぐった。「きみは男がどういう生き物かってことをよく知らないからな。男は、朝起きたときにはよくこうなってるもんなんだ。きみとは関係ない」

ジェイミー自身でさえ、ほんとうにそうだと思っているわけではなさそうだった。妙なことに、口調がどこかぎこちなかったので、彼を信頼してもだいじょうぶだと思うことができた。少しずつ緊張を解いて、あたたかい彼の体に身をゆだねると、エマの口をふさいでいた彼の手がするりと引っこんだ。

ジェイミーの言ったとおりだ。エマは母と三人の妹たちと、ここ数年はしょっちゅう家をあけていた父親と暮らしてきた。男の人のことは、ほとんど何も知らない。それに、知っていたことでさえ、いまではどんどん、わけがわからなくなってきた。

気詰まりな沈黙が続いたが、やがてエマの好奇心が恐怖に打ち勝った。彼女は小声できいた。「痛むの?」

ジェイミーはその質問についてしばらく考えてから、静かに答えた。「いまは眉間《みけん》に銃弾を撃ちこまれたほうがましだね」

「銃を渡してくれたら、解決してあげるわよ」

悲しげな含み笑いが確かに聞こえたと思った。エマはそっと体をよじって彼の顔を見た。腰のくびれにあてがわれていた彼の手が下におり、所有権を主張するかのように、腰骨のあたりに軽く置かれた。エマは煙るような夜明けの薄明かりの中で彼を見あげた。下顎にうっすら生えていたひげが夜のあいだに濃くなり、彼を海賊のように、きりりとした精悍《せいかん》な印象に見せている。

ほんとうに、非凡なまでに美しい男だ。平凡な悪党にしては。思いもよらないほうへと考えが向かうのをとめられずにいるうち、エマは、毎朝こんな男の腕の中で目覚めるのはどんな気持ちだろうと思いはじめていた。

そして、毎晩この腕に抱かれて眠るのは……？

だが彼の次の言葉が、エマを現実に、じめじめする寒い夜明けに引き戻した。「ゆうべのきみは疲れきっていて、凍えて倒れそうになっていた。だから、ここで火をおこして、野宿するしかなかったんだ」

「なんてやさしいんでしょう」こわばった声で言った。ちっともそう思っていないことがわかるような口調だ。「ついでに添い寝もするしかなかったんでしょうね」

彼の瞳がくもった。「ゆうべははっきり言ったはずだ。また逃げることを考えさえしなければ、その点についておれを恐れる必要はない」

それがほんとうなら、なぜ彼に触れられることがこんなにこわいんだろう。なぜ何もかも失ってしまいそうな気持ちになるのだろう。「あなたは、伯爵が要求どおりのものを引き渡しさえすれば、わたしを傷つけないって約束したわ。でも、もし伯爵が断わったらどうなの？」

ジェイミーは何も答えず、ただ、いかつい顎をこわばらせ、後悔のようなものを目ににじませただけだった。

ふたりが野営地に戻ってきたのは、ジェイミーの手下たちがようやく毛布から這い出して、そこらをうろつきはじめたころだった。ある者は腹や頭をぽりぽりと掻き、ある者は、用を足そうとおぼつかない足取りで木陰に向かっていく。エマは森から開けた空き地に入る手前で、男たちのだらしない姿やまぬけなパントマイムを、愉快なのかこわいのか、わからないような気持ちで目を見はって眺めていた。くすくす笑いが漏れそうなのに、目を覆いたくもなる。エマの父親は、どんなに自堕落に暮らしていたときでも、髪一本乱れぬきちんとした身なりで朝食の席についたものだ。財布は空っぽ、前夜のジンの飲みすぎで目が真っ赤に充血していても、いつもアイロンのかかったチョッキを着て、スカーフタイを締めていた。

もっとも、ゆうべ男たちが浴びるように飲んでいたウイスキーの量からすると、昼前に起き出せる者がいるだけでも、驚きに値する。

サフラン色のもじゃもじゃの髪をした、ひょろりと背の高い少年が、あくびの途中でこちらに気づき、興味深げな目を向けてきた。エマはふいにどぎまぎして、ジェイミーの肘をつかんだ。「わたしの名誉はどうなるの？　みんな、わたしたちがいっしょに森から帰ってくるところを見たら、最悪のことを想像するんじゃないかしら」

「かもしれない」ジェイミーは同意し、何かを思いついたような表情を目に浮かべた。「想像させなきゃいいんだ」

「わからないわ。どうしようというの？」

ジェイミーは肩をすくめた。「きみに名誉を守るチャンスを与える。それにまさる方法はない」

「何から名誉を守るっていうの？」

「これだ」ジェイミーは白い歯を見せ、けだるそうににっこり笑った。それを見たとたん、エマの心臓は早鐘のように打ちはじめた。いやな予感がしたことを意識する間もなく、ジェイミーの片腕が腰にまわり、もう一方の腕が背中にあてがわれて、エマはあおむけにのけぞった。と、いきなり彼が情欲もあらわにむさぼるようなキスをしてきて、息もできなくなった。

ショックとせつなさに胸をかき乱されながらも、エマはジェイミーの判断の正しさを認めざるをえなかった。このキスは、まさに盗賊が誘拐してきたレディから奪うようなキスだ。あるいは、海賊が飛び板の上を歩かせる乙女の唇に、これが最後とするすキス。あるいは、ゼウスの娘ペルセポネをさらってきた冥府《めいふ》の王ハデスが、自分の閨《ねや》に彼女を運びこむ前に味わわせるキス――もっと暗い、もっとあらがいがたい喜びを教える前に与えるキス。

やがてようやくジェイミーが力を抜いてくれ、エマは震える息を吐き出した。そのころにはもう、男たちがそこにいることも自分の名前もすっかり忘れそうになっていた。

「おれを殴れ」唇をつけたまま、彼がささやいた。

「え？」エマは息をのんだ。

「殴れったら」彼はもう一度言った。「迫真の演技を見せろ」

ジェイミーが上体を離し、満足げににやりとしてみせると、エマはあやうく、彼の耳をつかんで引き戻し、もう一度キスをしたい衝動に負けそうになった。

けれども、エマはこぶしを固めてさっと腕を引き、力まかせに彼の顎を殴った。ジェイミーはよろよろと後ろに下がった。

エマは半ば覚悟した。この人は、決して傷つけないという約束を破るかもしれない。あの大きなこぶしでわたしを殴って気絶させるかもしれない。しかしジェイミーはただ片方の眉を吊りあげて、当惑したような表情をつくり、そっと顎をさすっただけだった。

エマはわざとみんなに聞こえるよう、かん高い声をあげた。「わたしがあなたみたいなけだものとキスしたがってるとでも思ったの？　スコットランドでは、女よりヒツジのほうがよっぽどだいじに扱われてるんでしょう！」わずかに体の向きを加減して、ジェイミーのたくましい肩で自分の顔が隠れるようにしてから、彼に向かってやさしく微笑みかけ、小声で付け加えた。「どう？　真に迫ってた？」

からかうような瞳の輝きがゆっくりと深まり、賞讃の色に変わった。「淑女らしい平手打ちで十分だったのにな」と、ジェイミーはささやき返した。それから、威圧するようにエマに向かってかがみこみ、響き渡るような大声で言った。「言っておくがな、ここのヒツジはキスをしなくてもおとなしくこっちの言うことを聞く。尻を一発たたけばたいがいは事足りるんだ」

男たちのひとりが声を震わせてはやし立てるように笑った。誰もが腹や頭を掻いたり用を足したりするふりをやめて、目をむき、口をぽかんとあけて、恥ずかしげもなくふたりのやりとりに耳をそばだてていた。

エマは両手を腰にあてた。だんだん気分が乗ってきた。なんの苦労もなく暮らしていたころには、毎年クリスマスに妹たちとパントマイムやお芝居をして両親を楽しませたものだ。十一歳のときには『じゃじゃ馬ならし』を演目に選び、アーネスタイン演じる舌足らずのペトルーキオを相手に、みごとにケイト役を演じた。「あなたのヒツジはそういう品のない愛情表現を喜ぶかもしれないけど、わたしはお断わりよ。その汚らしい手でさわらないでもらえるとありがたいわ！」

彼はいやらしい目つきでエマを見おろした。「きみは意外に思うかもしれないが、おれがこの手でどこをさわろうと、たいていのレディは文句を言わないんだ」

「レディですって？　ふん！　酒場の女や頭の悪い娘など、レディのうちに入らないわ。とくに、盗んだお金で歓心を買わなきゃならないような女はね。ほんもののレディは、あなたみたいな野蛮な男には心を許さないわ。花嫁をさらうような粗暴な男にはね！」

ジェイミーが手を伸ばし、エマの頬にかかった巻き毛を後ろへ撫でつけた。その指がまるで愛撫するかのように彼女の肌をこすった。「好きなだけさからうがいい。だがおれはただ、どんな女でもほしがるものを、きみに味わわせてやりたかっただけだ。レディだろうが、そうでなかろうがな。あのしなびた老花婿には絶対にできないことをしたまでだ」

その言葉は核心を突いていた。エマは打ちのめされたように見えないよう、必死で表情を取り繕い、憤慨しているふりをしなければならなかった。彼はくるっと向こうを向くと、引き締まった腰を揺すりながら、傲然《ごうぜん》と歩き去った。男たちは目をそらし、あわててほかの仕事をしはじめた。エマは震える指先でそっと唇を撫でた。わたしの名誉を守る代償として、わたしたちは何かもっと傷つきやすいものを危険にさらしてしまったのではないかと思いながら。

9

付近を流れる小川の岸辺でエマが朝の水浴びをするあいだ、ジェイミーは、サフラン色のもじゃもじゃの髪をしたひょろりと背の高い少年を見張りに立たせてくれた。それは身にしみるほどうれしい配慮だった。見せかけのキスとわかっていても、あんなに激しく心をかき乱されたあとでは、ジェイミーが近くにいる場所で服を脱ぐ勇気はなかっただろう。

夜のあいだに、最後まで残っていた雲がどこかへ散っていき、いまはまぶしいほどの青空が広がっている。肌寒さは残るものの、川沿いに生えた細い白樺の枝を貫いて、幾筋もの陽光がさしこみ、あたり一帯をあたためて、よみがえった大地のにおいを解き放っていた。エマはすがすがしい空気を胸いっぱいに吸いこまずにはいられなかった。厳寒に閉ざされたこの土地にも、いずれは春が来るような気さえしてくる。

いちばんさし迫っていた用を終えると、エマは小川のそばにひざまずき、冷たい水をすくって顔にかけた。もとはウエディングドレスだったぼろ布を一刻も早くはぎとりたい。そう思って立ちあがり、そっと後ろに目をやった。少年はかたわらの切り株の上に着替えを置いたあと、マツの木立の端まで下がってこちらに背を向け、気をつけの姿勢で見張りに立っている。

「あなた、のぞいたりしないわよね」エマは彼に声をかけた。

「ぼくはそんなことしません」少年はきっぱり言い、緊張して唾《つば》をのみこむ音が、小川のせせらぎにかぶって聞こえてきた。「もしのぞいてることがわかったら鞭《むち》でたたくって、ジェイミーさまに言われましたから」

エマは眉をひそめた。「ジェイミーはよくそう言って脅すの?」

「鞭で打たれてもしようがないことをしたときだけです」少年は答えた。エマはぎこちない手つきで、ボディスの背にびっしりと並んだ貝ボタンをさぐりあてた。ついでにメイドもさらっておいてくれたら、もっと楽ができたのに、と思った。

しばらくボタンと格闘し、ほとんど成功しないことがわかると、エマは力まかせに生地を引っぱった。高価な絹が縫い目のところで破れ、ボタンが四方に飛び散った。一瞬、してやったりという気持ちになったが、すぐに罪悪感に胸が痛んだ。伯爵はこのドレスのために莫《ばく》大《だい》な費用をかけたはずだ。嫁入り衣装もすべてロンドンにある一流のフランスモード店に注文してデザインさせた。妹たちも伯爵の厚意に甘えさせてもらった。ハイランド地方に向かう日にまにあうよう、真新しいドレスや靴やボンネットの詰まったトランクが、マーロウ家に届けられたのだ。きゃっきゃとはしゃぐ声を家中に響かせながら、わたしたちは母の寝室の埃《ほこり》だらけの姿見の前で爪先立ってくるくるまわったり、ボンネットをとっかえひっかえしたりして、自分の髪や目にいちばんよく似合うスタイルを見つけ出そうとした。

それなのにわたしは、ジェイミーにさらわれて以来、あまり伯爵のことを考えていない。これはさらに恥ずべきことだ。伯爵の繊細な心が、これだけの打撃に耐えられるかどうか……。ジェイミー・シンクレアは信憑性《しんぴょうせい》の薄い話をして、わたしに理不尽な憎しみを植えつけ、伯爵に敵意をいだかせようとしているらしい。でも、わたしは誰に誠を尽くすべきか、忘れないようにしなければ。

エマはまるで檻《おり》から逃れるようにして、ボディスに組みこまれていたコルセットをはがした。硬い鯨骨がやわらかい肌に食いこんでみみず腫れができている。エマはそこをさすった。

「あなた、ならず者の一団に加わるのはまだ少し早すぎるんじゃないの？」エマは少年に話しかけながら、切り株の上に置かれた服を調べにかかった。ジェイミーは、長袖《ながそで》のチュニックとズボンを用意してくれた。ズボンは、スカートの下にはいたらすてきなパンタロンになりそうだ。もっとも、スカートがあればの話だけれど。

「ぼくはもう、一人前の男です。今度の夏で十四になりますから」

エドウィナと同い年だ。あの子はいまだに、ぼろぼろになったお気に入りのぬいぐるみ人形を抱いて寝ている。

エマは顔をしかめ、頭からチュニックをかぶった。着古された鹿革《しかがわ》のこの服は、腿の中ほどまでの丈があった。肌触りはベルベットのようにやわらかいが、とても丈夫そうだ。これなら、冷たい風が吹きつけても平気だろう。「なぜこんな寄せ集めみたいな一味に加わったの？　あなたもシンクレアに誘拐されたの？」

「そうです、お嬢さま。ジェイミーさまはヘップバーン家の猟番のもとから、ぼくをかっさらってくれたんです。ぼくの右手が斧《おの》でぶった切られる寸前に」

エマはズボンを胸に押しあて、さっと後ろを振り返った。少年はさっきの言葉どおり、背筋をぴんと伸ばしたままの姿勢で、向こうを向いて立っている。司令官の命令下にある兵士のように揺るがない。

だが少年は、エマが息をのむ気配を耳にしたらしい。なぜなら彼は淡々と、申しわけなさそうにも聞こえる声で先を続けたからだ。「ぼくは伯爵の領地でウサギを密猟しているところをつかまったんです。長い冬で、父さんも母さんも猩紅熱《しょうこうねつ》にかかって死んじまいました。腹が減ってしようがなかったけど、やっぱりあれはぼくが悪かったんだ。盗みを働いたらどんな罰を受けるか、誰もが知ってました。ぼくはもうすぐ九つだったから、何もかもわかってなきゃいけなかったんです」

エマは恐怖にとらわれ、口に手をあてた。そんな人でなしが、どこにいる？　お腹を空かせた子供がウサギを盗んだからといって、その手を切り落とさせようとするなんて！　教養ある高貴な人は、絶対にそのような残酷なことは認めない。きっと伯爵は、ロンドンの別邸でその冬を過ごしていたのだろう。猟番は伯爵に知らせず、独断でそんなむごい罰を与えようとしたにちがいない。

「猟番はどうなったの？」エマはきいたが、そのとたん、質問したことを後悔した。

少年の顔を見なくても、声を聞いて微笑んでいることがわかった。「伯爵は新しい猟番を雇わなきゃなりませんでした」

エマはゆっくりと前に向き直った。ズボンのしなやかな生地に指がきつく食いこんでいる。ジェイミー・シンクレアに対しては、嫌悪と軽蔑以外には何も感じたくなかった。けれどもエマの心の目には、振りあげられた斧が陽光にきらめくさまと、恐怖に青ざめる男の子の痩せた薄汚い顔しか見えなかった。

少年の話を聞いて気持ちが混乱し、ぼう然としてしまったが、やがてエマは落ち着きを取り戻し、ズボンをはいた。裾が地面を引きずらないよう折り返さなければならなかったが、あとはほぼぴったりだった。小柄な者から没収したのにちがいない。ジェイミーの服だったら、全身がのみこまれてしまっただろう。

エマは顔を後ろに向けて背中を見おろした。驚いたことに、鹿革が体になじんで、丸みが大胆に強調されている。ふっと唇に笑みが浮かんだ。母がこんな姿を見たら卒倒するだろう。故郷のランカシャーでは、女性の足首がちらっと見えただけでも、たちまちスキャンダルに火がつき、何代先までも語りぐさとなる。そう、あのドリー・ストロザーズもメリウェザー・ディリンハムと結婚せざるをえなくなった。ドリーが馬車からおりるときに足を滑らせ、若きディリンハム副牧師が、彼女の腿に食いこんだ靴下留めを見るはめになったからだ！

エマは冬の寒い朝に、父の狩猟用上着とだぶだぶのズボンをはいて家を抜け出したことが何度かあったが、母はそれを知りながら、いつも目をつぶってくれた。肉が食べられない日が一週間ばかり続いたころ、焼きたてのライチョウやウサギが夕食に出されると、母はただ頭を垂れて主《しゅ》のご慈悲に感謝を捧げ、長女が夜明け前に起き出して主の御業《みわざ》の手助けをしたことは黙殺した。

頑丈そうな革のブーツも用意されていることがわかり、エマはほっとした。これで華奢な子ヤギ革の靴を脱ぐことができる。ブーツの寸法は三つ分ぐらい大きかったが、添えられていた分厚い毛糸の靴下をはけばぴったりだ。

少年に、もう振り向いてもだいじょうぶ、鞭でぶたれる心配はないわよ、と言ってやろうとしたとき、ジェイミーが用意してくれたものがもうひとつ、切り株に掛けてあるのに気がついた。

それはなめし革の細紐《ほそひも》だった。髪を後ろに束ねて結ぶのにちょうどよい長さだ。これがあれば、風に吹かれて髪が乱れることもない。細やかな心遣いにたじろぎながらも、エマは指で髪のもつれをほぐしてから、たっぷりとした巻き毛をうなじのところでまとめ、革紐で束ねた。ロンドンのボンド街の高級服地店で選んできたサテンのリボンとはちがうが、いまのエマにとって、これ以上役に立つ貴重な贈り物はない。

何十本ものへアピンに肌をつつかれずにすみ、頭がとても軽くなった。そしてびっくりするほど、心も軽くなっている。まるで屈託のない少女時代に戻ったようだった。日の出から夕暮れまで、妹たちとカントリーハウスの庭を、四匹の元気な子犬のように駆けまわっていたころに帰ったような気がする。

だが後ろを向き、若い見張り番が待っている姿を見た瞬間、自分が少しも自由ではないことを思い知らされた。わたしは人質なのだ。望むものを手に入れるためなら、盗みはもちろん、誘拐や人殺しもいとわない危険な男にとらわれているのだ。


シンクレア氏族は、昔から三つのことで有名だった。頭の回転のよさと、すばやい攻撃力、そして、気性の激しさ。じつはこの気性の激しさは、長い導火線につながっていて、何日も——ときには何十年も——くすぶることがある。ついに爆発するときが来ると、城壁が吹っ飛び、森が消失するほどのすさまじい威力となることもよく知られていた。彼らは腹が立っても、怒声をあげたりはせず、じっと機をうかがい、ここぞというときが来たら、敵を切り刻み、十五の墓に分けて死体を埋めると言われていた。

ジェイミーは馬のあいだを行ったり来たりしつつ、グレイムがエマといっしょに戻ってくるのを待っていたが、耳の中ではすでに導火線がシューシューと音を立てていた。マツの木立を吹き抜ける風のため息のように、低いが聞き違えようのない音だ。だから男たちは、半時間ほどが過ぎたころには何度も彼のようすをそっとうかがうのをやめて、ぴかぴかにした鞍頭をまた磨いたり、五回以上は締め直した鞍帯の具合をまた調べたりしはじめていた。

ジェイミーは、なぜ自分がエマにあんなことをしてみせたのか、男たちがまだ不思議がっていることを知っていた。彼は強引に女に迫ったり——あるいはキスをしたり——する男ではない。相手がスコットランド人だろうがイングランド人だろうが、それは変わらなかった。彼がようやく小川のほうをにらみつけるのをやめて、いとこのほうに目をやると、ボンはからかうように指を振ってみせ、投げキスを送ってよこした。

ボンの首を絞めてやりたいのをがまんして、ジェイミーは馬具の点検をはじめた。もうこれ以上ここでぐずぐずしている時間はない。もっと高い山域に移っておかなければならないのだ。万一ジェイミーの計算がまちがっていた場合、身代金要求が届くより先に、ヘップバーンが追っ手を仕掛けてくることも考えられる。

もしやエマは石でグレイムの頭を殴りでもしたのではないだろうか。いまごろは楽しそうにスキップしながら山腹をおりていこうとしているのではないか……。そう思ったとき、彼女が空き地のへりに姿を見せた。グレイムが礼儀正しく、数歩後ろをついてくる。

ふいにジェイミーの指から力が抜け、手から手綱が滑り落ちた。あの聖堂ではじめてヘップバーンの花嫁が祭壇の前に立っているのを見たときには、まるで引かれていく子ヒツジのように、血の気の失《う》せた元気のない顔をしていた。頬の色が真っ白で、花嫁衣装ではなく死に装束でもまとっているように見えた。あれはジェイミーを恐れていたからだと思った。

だがもしそうだったのなら、野営地に戻ってきたエマは、ちょっとやそっとのことでは動じない女に変貌していた。さわやかな風が彼女の頬をバラ色に染め、灰色がかった青い瞳をきらめかせている。そばかすの散った白い肌は太陽の愛撫を受けて輝いていた。不格好な重い革のブーツをはいた華奢な足は、しっかりとした意志を持ち、弾むように一歩一歩を踏み出してくる。

ジェイミーは、いとこのボンがあんぐり口をあけたのを目の隅にとらえた。ボンは、森の中へ用を足しにいっているあいだに、自分の鞍袋からジェイミーが服をくすねたのを知らなかったのだ。だがボンでさえ、自分よりエマのほうがはるかに着映えがすることは認めざるをえないだろう。エマのしなやかで優雅な雰囲気にぴったり合っている。まるで百年の眠りから覚めた妖精が、木の洞から出てきたようだった。

エマが近づいてくると、ジェイミーの目は、やわらかいピンクの花びらのような唇に吸い寄せられた。これまで二度、彼のくちづけを受け、思いもよらない情熱を返してきた唇だ。純潔の味と、エマが彼を見るときいつも瞳にのぞかせている欲望の味がした。男を焦《じ》らさずにはおかないキスだった。いまもジェイミーは思い出すたび体が疼いてしまう。ほかに何も期待せず――受けもせず――最後に女とキスをしたのはいつのことだっただろう。

エマがすぐそばまで来たので、ジェイミーは表情を取り繕い、無関心を装った。

「リボンのお礼を言わなくちゃと思ったのよ、首領」エマは言った。「風に吹かれて、髪がめちゃめちゃに乱れていたから」

「贈り物のつもりじゃなかった」ジェイミーはわざとからかうような口調で言った。「そうしておけば、道で行き合った人がきみを男の子と見まちがえてくれると思ったんだよ」

よほどのまぬけか、目の悪いやつなら。

「どこの道で？」エマはきつい口調でききき、ばかじゃないのといわんばかりに、まわりを取り囲んだ森に目をやった。

その質問を無視して、ジェイミーは馬の手綱を手にして鞍にまたがり、エマに向かって手をさしだした。

エマは警戒して一歩後ろに下がった。どうやら、聖堂でさらわれたときのように、ジェイミーがエマを引っぱりあげて、膝の上にうつぶせに寝かせるつもりだと思っているらしい。

「いいから、つかまれ」ジェイミーは言った。「そうしておれの後ろに飛び乗ればいい」

それでもまだ不安だったたと見え、エマはおずおずと近づいてきた。馬が彼女の緊張を感じとって、ひと声いななき、数歩わきへ歩いた。エマはまたあとずさってしまった。

ジェイミーはやれやれとばかりに長いため息をついた。エマが自分と馬にいくらか拒否反応を示したからといって、彼女を責めることはできない。

「約束するよ。馬がきみを踏んづけるようなことは――食い殺すようなことも――絶対にさせない」ジェイミーはそう請け合ってから、もう一度手をさしだした。不信を隠せない目でジェイミーを見ながら、エマは自分の手を彼の手の中に滑りこませた。日中の明るい太陽のもとでジェイミーが彼女の手に関心を持ったのは、それがはじめてだった。

それはやわらかくてユリのように白い淑女の手ではなく、少し荒れていた。見た目も感触も、ピアノの練習や水彩画などの優雅な趣味を楽しんでいる手とはちがう。ジェイミーはその手をひっくり返し、まめだらけのてのひらを親指の腹でそっと撫でた。エマは引っこめようとしたが、ジェイミーは放さなかった。

エマはこわい顔をして彼を見あげた。「子供のころにちょっと薪《まき》割りをしたり、たまにお鍋《なべ》やお皿を洗ったりしなきゃならなかったからといって、わたしを哀れむ必要はないわよ。何百年にもわたってシンクレア家の女性たちが強いられてきた苦難に比べたら、なんでもないと思うわ。木を切り倒したり、丸太ん棒を投げたり、群れのヒツジの赤ちゃんを片っ端から素手で取りあげたりしてきたんでしょう?」

彼の口から失笑が漏れた。「乳母のマグズから聞いたかぎりでは、おれの母親はヒツジの頭と尻の区別がつかなかったそうだ。祖父が溺愛《できあい》してたんだ。かなり甘やかされて育ったらしい」

エマの険しい表情がやわらいだ。「お母さま、若くして亡くなられたの?」

「ああ」ジェイミーの顔から笑みが消えていく。「あまりに若すぎた」

エマがさらに質問できないうちに、ジェイミーは彼女を引っぱりあげ、後ろの鞍にまたがらせた。

馬が駆けだし、エマは彼の腰に腕をまわしてしがみつくほかはなくなった。コルセットを着けていないので、鹿革にぴったり覆われた小ぶりな胸が彼の背中に押しつけられる格好になった。

ジェイミーは歯を食いしばり、鞍の上で身じろぎをした。くそ、体が反応している。このぶんでは、十歩歩くのもむずかしくなりそうだ。


エマは死に物狂いでジェイミーにしがみついていたが、森の中を曲がりくねって進む小道に入ると、ゆっくりと腕の力を抜いた。小鳥たちのにぎやかなさえずりがアルペジオを奏でてついてくる。風のたえまない咆哮《ほうこう》がやさしいささやきに変わり、かぐわしい吐息に春のきざしを乗せて運んできた。銀色の白樺の枝のあいだから陽光がさしこみ、けだるげに漂う花粉が金粉のようにきらきらと輝いた。

前日と同様、仏頂面をしたならず者たちにスコットランドの山中を引きずりまわされるのはうれしくなかったが、こうして太陽の光を浴びていると、自然と気分が浮き立ってくる。見るものすべてが美しいので、ただ大冒険の旅に出ただけだと、自分に言い聞かせるのもたやすくなった。たぶんこれを最後に、わたしは身を落ち着けて、伯爵の従順な妻となる。そして彼の子を産む……。ふいに背筋が寒くなった。一瞬、はぐれ雲が太陽を隠したかのように。

こんな服装をするのは不謹慎なのだろうけれど、男のように馬に乗るのは、妙に楽しいものだと思った。故郷にいたころには、父が賭けに負けるたび、馬を一頭また一頭と手放した。厩舎《きゆうしや》が空っぽになってからは、ほとんど鞍に乗ったことがなかった。社交シーズン中、ロンドンのおばの家に滞在していたときには、毎日、午後はハイドパークで馬に乗れと言われ、いとこのクレアラとふたりで、求婚者候補の男たちの前を歩かされていた。あのときは、乗馬も心地よい春の日も、楽しむ余裕はなかった。片鞍に横座りで乗って、つるつるして滑りやすい鞍頭に必死でしがみつきながら、スカートの裾が風にあおられて顔にかかったりしないことを祈り続けていた。

こうして鞍にまたがっていると、ゆったり体を揺すって歩く馬のなめらかな動きのひとつひとつが、腿の内側に感じられる。社交界デビューを控えた娘たちの前でみごとに落馬して、くすくす笑われはしないかと気をもまずにすむし、借り物のボンネットにくっついたダチョウの羽根飾りに馬が驚いて駆けだしはしないか、などと心配する必要もない。いにしえの女王の凱旋《がいせん》行進のように、大きな背で揺られて進んでいると、このみごとな雄馬《おうま》を思いのままに操る力を持ったような気にもなってくる。

だが残念ながら、当の雄馬はそんな幻想はいだいておらず、誰が自分の主人なのかをちゃんと心得ていた。やがて広々とした荒れ野《ムーア》が開け、なめらかな腹をジェイミーにひと蹴りされたとたん、馬は翼が生えたように猛然と駆けだした。エマはジェイミーの腰にひしと抱きつき、彼の広い背中に顔を埋めて、どうか振り落とされませんように、そして男たちの馬に踏みつぶされませんようにと、胸の内で祈ることしかできなかった。

少なくともきょうのジェイミーは、革のベストの下にシャツを着ていた。そうでなければ、エマはすべすべしたあたたかい裸の腹に腕をまわすはめになっただろう。それでも、着古したシャツの薄い布地を通して、鍛え抜かれたみごとな筋肉の動きが逐一伝わってきて、エマの心はかき乱された。

やがて馬が速度をゆるめて歩きだし、エマはやっと顔をあげて目をあけることができた。気持ちが昂ぶり、ぜいぜいと荒い息が漏れる。ああ、こんなもの、抑えこんでしまいたい。馬は、もっと敏捷《びんしょう》なヤギのひづめに合っていそうな幅のせまい岩棚を慎重に歩いていく。左手には、天に向かってどこまでも伸びあがる岩壁。右手には……えっと……何もない！

また目をきつく閉じようとしたちょうどそのとき、恐怖が感嘆に変わった。雪をかぶったベンネヴィス山の険しい頂上部は、まだ目の前にその威容をさらしてそびえていたが、いつのまにか一行は、めまいがするほどの高さまでのぼってきていたのだ。四方に広がる丘陵地帯となだらかな起伏を描くムーアの、息をのむばかりに美しい風景を眼下に望むことができた。伯爵の城の塔も、まだ丘陵の麓《ふもと》にはっきりと見える。まるで古いおとぎの城の尖塔《せんとう》のようだった。チョウゲンボウが一羽、輪を描いて飛んでいる。その空は明るくて青く、見ていると目が痛くなりそうだった。けれども目をそらすのは、もっとつらかっただろう。

「なんてすばらしい眺めでしょう！」エマは感動を抑えきれず、かすれた声でそう言った。

「まるで天国をのぞき見たようだわ！」

ジェイミーは不機嫌そうに鼻を鳴らしただけだった。

「このすてきな春の日に、わたしたちはどこへ向かおうとしているの？」

「上だ」

エマは彼の背中を刺すように見た。「スコットランド人は争いが好きだと聞いてるわ。いつでも、喧嘩や戦《いくさ》を仕掛ける口実をさがしてるってね」

ジェイミーはまたふふんと鼻を鳴らした。エマの誤解を解こうともしない。

「ねえ、ヘップバーンの人たちは何をしたの？　こんな氏族同士の対立を引き起こすなんて」エマはきいた。「シンクレア家のヒツジでも盗んだの？」

「いや」彼はぶっきらぼうに答えた。「城を盗んだんだ」

10

エマは愕然《がくぜん》として口をぽかんとあけた。鞍の上で上半身をひねり、城の尖塔をもう一度見ようとしたが、それは、流れてきたちぎれ雲の下に隠れていた。「つまりこういうこと？　ヘップバーン城は以前は……」

「ああ。シンクレア城だった」ジェイミーがあとを引き取って言った。

やがて小道の幅が広がると、一行は崖っぷちから、石ころの散らばった草原に入った。ジェイミーの言葉が、思いがけない形でエマの想像をかき立てていた。もし運命の風向きがちがっていたら、あのお城の石造りの広間に花嫁を連れ帰っていたのはジェイミーだったかもしれない。聖堂の祭壇の前にすっくと胸を張って立つ彼の姿が目に浮かぶようだった。肩には儀式用のタータンチェックの布を掛け、誇らしげに目を輝かせて、花嫁があの長い通路を、待ち受ける彼の腕に向かって歩いてくるのを見守っている……。

彼はそのたくましい腕で花嫁を抱きあげると、塔の寝室へと入っていく。そこは彼の先祖たちが代々、花嫁をわがものとしてきた部屋だ。彼は、サテンの上掛けの上にそっと彼女を寝かせると、唇を重ね、やさしく、しかし激しくキスをする。その手は銅色に輝く絹のようにやわらかい巻き毛をまさぐって——。

「長脛王《ながすね》のせいだ」ジェイミーが小声で言い、ありがたいことに、突拍子もない白昼夢からエマを引きずり出してくれた。「十三世紀の終わりごろ、長脛王と呼ばれたイングランドのエドワード一世がスコットランドの王にもなろうともくろみ、ヘップバーン氏族と手を結んだ。ヘップバーン氏族は忠誠を誓って臣下となったが、シンクレア氏族は拒否した。だからあいつらはイングランドの武器を使ってわれわれを城から追い出すこともできるようになった。シンクレアの者が五、六人、城の地下牢《ろう》から秘密のトンネルを使って脱出し、この山の頂上に逃げのびた。もし彼らが逃げていなければ、いまごろはシンクレアの名がハイランドの歴史から消えて、とっくに忘れ去られていただろう。それから、一七四五年の内乱のときには——」ジェイミーは、スコットランドとハイランド地方の人々を混乱に陥れた百年近く前の事件に触れた。「ヘップバーンはまたもやイングランド王の側につき、シンクレアは、反乱を起こした麗しのチャーリー王子のために戦った」彼は鼻で笑った。「われわれシンクレアは勝ち目のないやつにめっぽう弱いんだ」

「つまり、あなたたちは五百年ものあいだ恨み続けてきたわけ？　いくらなんでも執念深すぎるとは思わない？」

ジェイミーの口調がさらに皮肉っぽくなった。「先方が折を見てはおれたちをつぶそうとしなければ、城から追い出したことも、もう少し大目に見てやる気になったかもしれない。おれたちは、パンをテーブルに載せるため、赤ん坊の口に入れてやるために、やむなく略奪を働くようになった」

エマはこのときまで、ジェイミーに妻がいる可能性には思いいたらなかった。子供だっているかもしれない。あの山の頂の、粗末な小作人小屋で彼の帰りを待っているかもしれないのだ。そう考えたとたん、エマは妙にさびしい気持ちになった。

「それが略奪を働いた理由？」エマは注意深く言葉を選んで尋ねた。「家族を養うためだったの？」

「おれにとっては、この男たちが家族だ。彼らの一族はみな、シンクレア氏族に――そしてその氏族長に――忠誠を誓った。あいつらの先祖がな。連中は生まれてこのかたずっと、ここらの山に隠れ住み、伯爵の領地に忍びこんでは密猟をして生きてこなきゃならなかった。ヘップバーンの一族は、あいつらに追っ手を仕掛けて、犬みたいにつかまえようとした。あいつらには、炉をあたたかくしておいてくれる女房も子供もいない。それどころか、ほとんどの者が炉さえ持っていない。行く先々でヘップバーンの手の者に追い立てられて、家を構えられないようにされてきたからだ。あいつらは、きみの花婿やきみの知っている紳士たちとちがって、礼儀も知らないし、洗練されてもいないだろう。だが、必要とあらば、いつでもおれのために命を投げ出す気でいるんだ」

それを聞いて、エマはつかの間、言葉を失った。そこまで相手を思える人がいることを、いまはじめて知ったのだ。自分の家族にさえ、そんな者はいない。

「聖堂で伯爵が口になさっていた、あなたのおじいさまは？　その人が氏族長なの？　その人があなたをさし向けて、わたしを誘拐させたの？」

ジェイミーは悲しみのにじむ声で笑った。「祖父がいまおれのしていることを知ったら、たぶん、鞭でひっぱたこうとするだろうよ。おれが四年前にセント・アンドルーズ大学を離れて山へ戻ってきたときにも、あまり喜ばなかった。いつもおれには、何かちがったものを身につけさせたがっていた。もっと多くを手に入れさせようとした。山にいたら、ヘップバーン一族がおれの首に掛けたがっている縄から逃げまわるほかには、何もすることがないからな」

「そのほうが楽かもしれないわよ。罪を犯すのをやめたほうが……。たとえば……人の花嫁をさらってくるとか、そういうことを」

ジェイミーは首を振った。「やめたって、なんのちがいもないさ。おれの首には、生まれたときから値段がついてるんだ。おれの命には、ヘップバーンがつけた値以上の価値はないんだよ」

「伯爵はなぜそんなにあなたをきらうの？」

ジェイミーは一瞬ためらってから、答えた。「おれはシンクレアの氏族長直系の最後の子孫なんだ。おれをこの世から消すことができたら、ヘップバーン氏族の勝ちだ。伯爵は安心して死ぬことができる」

エマは眉をひそめた。彼が描いてみせた伯爵の印象と、自分がいだいている印象とがまだ一致しない。「あなたは大学で何を学んだの？　ヒツジの盗み方？　花嫁を誘拐する方法？」

「どちらかといえば猫を蹴る方法のほうを好んだね」ジェイミーは大学教授のようなしゃべり方でゆっくりと言った。「だが何より気に入っていた講義は、いかにして聞きたがり屋の乙女を凌辱するか、だな」

エマはあわてて口を閉じたが、すぐに好奇心が警戒心に打ち勝った。「開けた外の世界を見てしまったあとで……その……こういうところに戻ってくるのはたいへんじゃなかった？」エマは手を振ってあたりの自然を示しながら尋ねた。

「いや、ここから離れているほうがつらかった」

エマは荒涼とした景色を眺めた。ひと目ですべてを見ることができた。岩の斜面、冠雪した山頂、広々と開けたムーア、そして遠くには、太古の時代から深く水をたたえてきた錫《すず》色の湖。苛酷な土地だ。ここでは、たった一度の不注意から命を落とすこともある。けれども、風の吹きすさぶ荒々しい自然の美しさには、エマもまた惹かれるものをおぼえ、心を揺さぶられていた。それは否定できない。

エマはため息をついた。ジェイミーの言葉を聞いても、ただ当惑が深まるばかりだった。

「この一件では、誰を悪者だと思えばいいの？　結婚式の最中にわたしを銃で脅して連れ去った自称無法者？　わたしと家族には、物惜しみをしない懐の深さと思いやりしか見せたことのない親切なご老人？」

「好きなようにすればいい。おれにはどうでもいいことだ」

なぜかジェイミーの無関心は、彼のどんなあざけりよりも強くこたえた。「伯爵がわたしと引き換えに、一族が五百年ものあいだ暮らしてきたお城を明け渡すと思ってるんなら、残念だけど、あなたはわたしの魅力も、それに対する伯爵のご執心ぶりも買いかぶってるわよ」

ジェイミーは長いこと黙りこくっていた。なるたけわたしを傷つけないような言葉でそのとおりだと言おうとしているのだと、エマは思った。ようやくジェイミーが口を開いたときには、さらに不機嫌そうな声が出てきた。「城は、ヘップバーンがはじめてわれわれから盗んだものだ。それだけでしかない。いちばんたいせつなものじゃないんだ」

そう言うなり、彼は馬をひと蹴りした。馬は勢いよく駆けだし、それ以上の話はできなくなった。

イアン・ヘップバーンは大伯父の書斎につかつかと入っていくと、ぴしゃりと扉を閉めた。それから、鍵穴《かぎあな》に真鍮の鍵を突っこみ、乱暴にひねって施錠し、後ろに下がった。どうにかがまんしたが、ほんとうは扉の前に家具を置きたいところだった。ヘップルホワイト様式の椅子か、大伯父がマドリードの職人に注文して作らせたという十二の抽斗《ひきだし》がついた大きな書き物机を。もし手もとに煉瓦《れんが》とモルタルとこてがあったら、古代エジプトの墓のように、入り口を封じこめていただろう。

耳の中では、いまあとにしてきたばかりの不協和音がまだ鳴り響いていたが、書斎自体はありがたいほどに静かだった。もし彼が避難場所をさがしていたのであれば、よい選択をしたといえる。大伯父は、金と人の労力とを惜しみなく使い、設《しつら》えの優雅さでは、上流階級の集うパリのサロンやロンドンの高級住宅街の豪邸にもひけをとらない部屋をこしらえた。

伯爵は、結婚式に先祖伝来のキルトと肩掛けをまとって、領民の心をつかもうとするような人だが、この部屋からは、垢抜けしないスコットランドの伝統がことごとく排除されている。色褪せた両刃の剣を交差させて壁に掛けるような真似はしていないし、虫の食った格子柄の布を椅子に掛けたり、ヘップバーン家の紋章入りの古い盾を麗々しく飾ったりもしていない。

イアンの足もとに敷かれたオービュソン織のビロードの絨毯《じゅうたん》から、クリーム色に塗られた腰板、縦仕切り付きの窓を改造してつくられたモダンなアーチ形の窓にいたるまで、この部屋のすべてに、伝統や歴史より富と権力の誇示を重んじる男の好みが表われていた。

ドーム天井の中心から下がる三層のシャンデリアは、つい最近まで、家族ともどもギロチン送りとなったフランス人貴族の屋敷の、宮殿のような舞踏場に飾られていた。このシャンデリアをおさめた巨大な木箱が届いたとき、伯爵は、パリの農民どもを出し抜く知恵のない者は、こうして首とシャンデリアをなくすはめになるのだと言って、くすくす笑った。

大伯父はこの部屋を書斎というより謁見室《えっけん》のように思っている。目下の者――イアンもふくめて、彼の知る人は全部これにあたる――を呼びつけ、高みから見下すことのできる場所と考えているのだ。

イアンは呼ばれたことがないので、こうして異例の訪問をした自分を伯爵が無視したからといって、驚きはしなかった。伯爵は、堂々たるベンネヴィスの岩山を一望できる大窓の前に立っていた。まるでこの部屋が巨大な船の前甲板であるかのように、そして自分がその船長であるかのように、両手を後ろで組み、両脚を広げて踏ん張っている。新しい花嫁候補に求婚するといった特別な目的があるときには、よぼよぼのやさしいじいさんのようにふるまうが、この聖域はまだ鉄拳をもって支配していた。

この姿を何度見てきたことだろう。この窓の前で山を見あげ、何もかもをたやすく征服できたのに、なぜこいつだけが手に入らないのかと考えているような大伯父の姿を。もし長年かけて蓄えた力と貴重な富と引き換えに、あの山と図々しくもそこを故郷と呼ぶ荒くれどもを意のままにする機会を一度だけ与えてやろうと言われたら、大伯父はためらうことなくすべてを手放すかもしれない。イアンはかねがねそう思っていた。

とりわけ、あるひとりの男を支配するためならば。

イアンは咳払《せきばら》いをした。伯爵は身じろぎもしない。イアンは、まるで消化液が逆流するようにして、喉に怒りがこみあげるのを感じた。それはおなじみの苦い味がした。大伯父は老いてはいるが、従僕がカーペットにフォークを落とした音を、ふた部屋向こうからでも聞き取ることができるのだ。

最低の身分の使用人並みに扱われたことには腹が立ったが、どうにか感情を抑え、イアンは窓辺に近づいた。「伯父上、お話があるのですが」

「なんの話だ?」伯爵は穏やかな口調できいた。目はなおも雪をかぶった山頂を見据えている。「災難か? 災いか? 厄災の話か?」

「マーロウのことです!」イアンは毒でも吐き捨てるように言った。「わたしが伯父上なら、すぐにシンクレアをここへ呼びつけ、一家を追い出します」

「まさか花嫁のすばらしいご家族のことではあるまいな」

「すばらしい? 残念ながら、いまはそうではありません。ミス・マーロウがさらわれて以来、母親と妹たちは声をかぎりに泣き続けています。いや、アーネスタインだけは、少しのあいだ、めそめそするのをやめて、客間でわたしに詰め寄り、ヘップバーン家で嫁をもらいたがっているのは伯爵だけではなかろうときいてきましたがね」イアンは身震いをした。

「その一方で父親は、城内にあるブランデーとワインをほとんどすべて飲みほしてしまいました。どうしたわけか、彼は愛する娘が野蛮なスコットランド人にさらわれたのは自分のせいだと思っているようです。もし彼が地下貯蔵庫のウイスキーを見つけたら」イアンは暗い声で警告した。「樽《たる》の中で溺れ死んでしまうかもしれません」

大伯父はなおも山を眺めていた。どうにかしてあれを神の手から奪い取る方法はないものかと考えているように見えた。「おまえはつねに外交官の魅力と狡猾《こうかつ》さを兼ね備えていた」軽蔑の響きを隠そうともせずに言った。「おまえなら、きっと彼らの気持ちを鎮めることができるだろう」

イアンはいらだちをつのらせ、まったく表情を変えない大伯父の横顔がよく見えるところまで近づいていった。「彼らが心配するのをとがめることはできません。気に入っていたやかんをなくしたのとはわけがちがいます。シンクレアはもう二十四時間以上もミス・マーロウの身柄を拘束しているんですよ。彼がどんなに非情な男か、改めてお話しするまでもないでしょう。出過ぎた真似をして申しわけありません。しかし、ミス・マーロウの家族には、なぜ伯父上が法に訴えないのか、わからないのです。それに、ひとこと申しあげるなら、ぼくにもわかりません」

「わたしが法だからだ!」伯爵は怒声をあげると、老人とは思えないほどの激情をみなぎらせてイアンを見た。たるんだまぶたの下の目は、もはやどんよりとはしておらず、激しい怒りに輝いている。「ここからエディンバラまでのあいだに住む者は誰もがそれを知っておる。あの生意気なシンクレアの小倅《こせがれ》もな。英国軍は、イングランド人が殺されでもしないかぎり、こちらの氏族間争いに介入はしてこない。やつらにしてみれば、われわれなど、おもちゃの取り合いをしている子供みたいなものだ。軽く頭をたたくぐらいでよしとして、あとは成り行きにまかせ、いずれ双方相討ちとなって滅びるのを待つ。すべてが終わってから、ここへ乗りこんで、おもちゃをすべて手に入れようという算段だ」

「では、伯父上はどうなさるおつもりですか」

伯爵は感情を爆発させたのがうそだったかのように、また山を眺めだした。「いまか？　何もせんさ。シンクレアに、つまらぬたくらみでまんまとわたしを出し抜いたと思わせてやる気はない。もし花嫁の父親にあれほど莫大な結納金を支払っていなければ――きっともう、半分は賭けで擦《す》ってしまっただろう――あんな娘、シンクレアにくれてやりたいぐらいだ。べつに未練はない。たぶん半月のうちに新しい花嫁を見つけられるだろう。もう一度ロンドンへ出向いていって、また金に困っている父親をさがすまでだ」

伯爵は、イアンが九歳のときに両親を馬車の事故で亡くして以来、彼の後見人となってきた。イアンは長い歳月のあいだに、この大伯父の冷淡さから身を守るすべを習得し、とっくの昔に、あたたかみや愛情の証を求めるのはあきらめていた。そんな彼ですら、大伯父の心ない言葉にはたじろがずにはいられなかった。

イアンは直感的に知っていた。もっとも効果があるのは、娘の幸福を云々《うんぬん》することではなく、大伯父の自尊心に訴えることだ。彼は大伯父に近づき、声を落とした。「もし花嫁があのならず者集団に手込めにされたり殺されたりすれば、伯父上の名誉が傷つきます。非難を受けるのはシンクレア一味ではなく、伯父上、あなたですから。その噂がロンドンに届けば――いいですか、いずれ必ず届きますよ――どんなに困窮している父親でも、娘をあなたに託そうとはしなくなるでしょう。新婚初夜まで生きていられる保証さえないとなれば、絶対に」

これだけ言い終えると、イアンは息を詰め、大伯父がまたもや怒りをぶつけてくるのを覚悟した。

だが今度ばかりは伯爵も、イアンの忠告について真剣に考えたようだった。一瞬、薄い唇をすぼめてから、彼はこう言った。「では、最初にわたしが計画したとおり、シンクレアの次の動きを待つとしよう。おまえはとんでもないへまをやらかしたようだから、わたしが直接、あの娘の両親に会って、あの悪党から身代金要求が来るまでは動きがとれんのだと話してやろう。それが来てはじめて、次の手が考えられるのだ、と」

新たな目標ができて意気が揚がったらしく、伯爵は部屋の隅に置かれた真鍮の杖立《つえ》てから杖を引き抜き、部屋を出ていった。イアンもあとに続こうとしたが、窓を離れようとしたそのとき、すばらしい眺めに目を奪われ、そこから動けなくなった。たそがれが天からおりてこようとしていた。影が次第に濃くなり、山の頂にラベンダー色の薄いベールを掛けている。

イアンは大伯父とちがって、できるかぎりこの眺めを避けてきた。ヘップバーン城で暮らしはじめた当時の彼は、顔色の悪い、本好きの痩せた十歳の少年だった。あのころはひそかに、あの山の岩根やくぼ地を歩きまわる日を夢見ていた。いつかは堂々たるあの山の上空を舞うワシのように、のびのびと、そして自由に行動したいと思っていたのだ。しかし大伯父はほどなく、子供と暮らす生活に嫌気がさし、イアンを寄宿学校へ送りこんでしまった。夏休みなど、長期の休みはたいてい、伯爵がロンドンに持っている別邸で過ごし、そのときどきの執事から、通り一遍の世話を受けていた。

十七歳のとき、大伯父は彼をスコットランドに呼び戻し、セント・アンドルーズ大学に進学させた。そのころのイアンは、肩の厚みがかなり増してはいたものの、やはり顔色の悪い、本好きの学生だった。そのせいで、彼は自分よりも力が強くて頭の弱いクラスメートの、格好の攻撃の的になった。

ある秋の肌寒い午後のこと、イアンはセント・サルヴァトール・カレッジの中庭の芝地で、そうした同級生のうちの三人にかわるがわる小突きまわされていた。と、突然、声がかかった。「やめろ!」

三人組はイアンを殴るのをやめていっせいに振り向き、びっくりして声の主を見た。時計塔の下の、石造りのアーチに若者が立っていた。背が高く、肩幅が広かったが、身にまとったローブはみすぼらしいうえ、丈が短すぎ、裾から長い脚がにょっきりのぞいていた。黒い髪はうまく切り揃えられておらず、前髪が垂れて目にかかっていた。緑の瞳が警告をあらわにして、細められていた。

イアンをいたぶっていた三人組のリーダー――バーティマスという名の大男で、木の幹のようなふくらはぎを持ち、首は盛りあがった肩に埋もれていた――が鼻で笑った。新しい標的が見つかって喜んでいるようだった。「さもなければ、どうする、ハイランド野郎？　スコットランド名物の臓物料理を食わせるか？　バグパイプでおれたちを天国へ吹っ飛ば《ブロー》すか？」

　バーティマスと子分が肩を怒らせて見知らぬ若者のほうへ歩きだすと、彼の唇の両端が持ちあがり、けだるげな笑みが浮かんだ。奇妙なことに、その表情はかえって若者を危険な男に見せた。「バグパイプなんかいらねえよ。いま見たかぎりじゃ、おめえら三人、おれの手を借りなくとも、自分らでしゃぶり《ブロー》あって天国へ行けそうだからな」

　驚きが怒りに変わり、三人はちらっと目を見交わしたかと思うと、新参者に一度に飛びかかった。イアンもついていこうとした。何をする気なのか自分でもわからなかったが、赤の他人が自分の身代わりに殴られるようなことを、黙って見ているわけにはいかない。だがほんの数歩進んだところで、いきなり骨の砕ける音がし、かん高い悲鳴があがった。

　イアンはつんのめって立ち止まり、あんぐりと口をあけた。

　殴ったのは、襲いかかった三人ではなく、見知らぬ若者のほうだった。しかもそのやり方は、イアンがロンドンの〈ジェントルマン・ジャクソンのボクシング・サルーン〉で見てきたような洗練されたルールに従ったものではなく、心ゆくまですさまじい暴力をふるうという、非情かつ効率的な方法だった。若者が満足して攻撃をやめたころには、三人はもう肩を怒らせることはできず、ふらふらになっていた。

うんうんとうめきながら、関節の外れた腕や血まみれの鼻を押さえ、彼らはよろよろと立ち去っていった。どこか人目につかない場所をさがして、けがの手当てをしようというのだろう。最初の一撃が見舞われたときから、まわりに人が集まり、ぼう然と成り行きを見守っていたのだ。若者のほうは、相手を殴ったときに指の関節をすりむいただけで、疲れたようすさえ見えなかった。

イアンはプライドが傷ついたのを感じ、いらだちを隠しもせず、自分を救ってくれた若者をにらみつけながら、落とした本を拾い集めた。「ぼくは用心棒など、必要ない。自分の面倒はちゃんと自分で見ることができるんだ」

見知らぬ若者は、目にかかった髪をかきあげた。「うん、そうだな。おめえはあいつら相手に、けっこうがんばってた。唇が血だらけになって、目のまわりが真っ黒になったときにゃ、一生忘れらんねえようなことを言ってやるもんだとばかり思ってたさ」

イアンは上体を起こし、不承不承漏れてきた笑みを噛み殺した。「ぼくはイアン・ヘップバーン」そう言って、片手をさしだした。

若者はほんの一瞬、顔をしかめてためらったが、イアンの手をとり、そっけなく握手を交わした。「たいていの友だちは、おれをシンって呼ぶ」彼は中庭の周囲にそびえる古い石造りの壁を暗い目で見まわし、かろうじて聞き取れるほどの小声で言った。「神に見捨てられた牢獄みてえなこんなところで、おれに友だちがいればの話だけどな」

イアンは自分と同じようにこの大学をきらっている者がいるとわかって元気づけられ、笑みをこらえるのをやめた。「いつもその野暮なこぶしで問題解決をはかっていたら、友だちはたくさんできないだろうね」イアンは首を振った。彼のこぶしの威力にはわれ知らず感嘆していた。「どこで覚えたんだ？」

「何を？　喧嘩か？」シンは広い肩をすくめた。汗ひとつかかずに三人の敵を撃退するなど、自分にとっては取り立てて変わったことではないといわんばかりだ。「おれの生まれ育ったところじゃ、喧嘩できねえ男は生きていけねえんだ」

イアンは眉根を寄せて思案をめぐらした。自分の場合は、生きていくためには、つねに機知に頼らざるをえなかった。これを機にほかの選択肢を考えるべきかもしれない。「ぼくに教えてくれないか」

「喧嘩の仕方をか」

イアンはうなずいた。

「ああ、いいよ」シンは値踏みするようにイアンを見た。「おめえは背丈の割にちょっと痩せすぎだ。けど、そいつは、ほんの少しよけいに食えばいいことだ」シンの唇にこずるそうな笑みが浮かんだ。「筋肉がついてくるまでは、きたねえ手を教えてやるから、そいつを使え。そうすりゃ、ああいうとんま野郎に小突きまわされずにすむ」

イアンは、裾のすり切れたシンのローブを見ながら言った。「金は払う」

シンは身をこわばらせた。その顔から笑みが消えていく。「だいじな金だろ？　使わなくてもいい。おれは物乞いじゃねえんだ。それにおめえの施しはいらねえ！」シンはそれだけ言うと、くるっと背を向け、つかつかと去っていった。

イアンは自分の感情も高まるのを感じた。「金を受け取るのはプライドにかかわるというんならな、ハイランド野郎」シンの背中に向かって呼びかけた。「ぼくのほうからも何か役に立つことを教えてやろう……。たとえば言葉遣いとか」

シンは立ち止まってゆっくりと振り向き、こぶしを握りしめた。イアンは、あの恐ろしいこぶしが今度は自分に飛んでくるのかと思ったが、微動だにせず、踏ん張った。

シンの顔にゆっくりと笑みが広がった。「おい、なんでおれが上品ぶったおっさんみてえなくっちゃべり方を覚えたがってると思ったんだ？　ズボンの折り目に杖突っこんだみてえなしゃべり方をよ」

イアンは目をぱちくりさせて彼を見た。「いまのは英語か？　言葉遣いを教えるより、通訳を買って出たほうがよかったかな。どうやら、わけのわからないおしゃべりにかけては達人のようだな」

シンが通訳する必要のない身ぶりで応じ、イアンは、自分の口もとが自然にほころぶのを感じた。

あの笑みは、あの運命の日の記憶とともに消えてしまった……。そしてイアンはまたもやこうして大伯父の書斎の窓辺に立つこととなった。追憶にふけっているあいだに、最後の陽光は紫色ににじむ夕闇に屈伏し、ガラスに映る憂わしげな表情を浮かべた自分の姿に向きあうはめになっていた。

イアンはもはや血色の悪い痩せた青年ではなく、人間性で評価してもらえる男に成長している。彼がシンと呼んでいた若者のおかげで、こぶしと機知の両方を使って生きるすべを身につけたのだ。しかし、いまだに彼は大伯父の言いなりだ。ここへ来れば家庭と家族が得られるものと思っていた孤独な九歳のころと同じように、相変わらず伯爵の横暴なまでの気まぐれに振りまわされている。

山を見あげ、自分の敵として生まれながら、ほんのいっときは友であった若者のことを思い出したが、心の底ではわかっていた。自分もあの男も、この山の巨大な影からは永遠に逃れられないのだ。

11

夜空に月が高くのぼったころ、ジェイミーは手綱をそっと元のようにゆるめ、胸に立てかけたやわらかい荷物が自然におさまるようにした。一日中、あまり休むことなく、苛酷といえる速度で飛ばしてきたが、エマはひとことも文句を言わずに耐えていた。しかしやがて腰にしがみついていた腕から力が抜け、馬が一歩進むごとに彼女の体があぶなっかしく揺れはじめると、ジェイミーが後ろの鞍にまたがり、エマを前の鞍に乗せるしかなくなったのだ。

エマは不満そうに小さくうめき、まつげを震わせてわずかに抵抗しただけで、すぐに眠くなった子猫のように彼の胸にぐったりと身をあずけた。ジェイミーがどんなに背筋をぴんと伸ばしても、革紐からほつれた巻き毛が暴れて鼻をくすぐった。一日中馬の背に揺られて疲れ果てたというのに、なぜ彼女はまだ、こんなにも女らしい甘い香りがするのだろう。やわらかい春の雨に洗われたライラックのようなにおいがする。

エマが身じろぎをし、またうめいたので、ジェイミーは馬の歩調を速歩《はやあし》から常歩《なみあし》へと落とした。男たちのいらだたしげなまなざしは無視した。彼らとちがって、今夜はあまり野営をしたいとは思えなくなってきた。エマは鞍に揺られる苛酷な一日に耐えたかもしれないが、ジェイミーは、彼女の近くで眠る夜にまた耐えられるかどうか、自信がなかったのだ。

誰にも話しかけられないよう、すごむような目をしていたのだが、ボンはかまわず栗毛《くりげ》の馬をそばに寄せてきて、ジェイミーの腕の中で眠る娘をそっと見やった。「嬢ちゃん、ひと息つけているようだな。よかった」

「なぜ？」

ボンは肩をすくめた。「けさのおまえの強引なキスを見てから、ずっと心配してたんだ。この嬢ちゃん、今夜のために、かなり体力を残しとかなくちゃなんねえだろうってな」

いとこのからかいに——あるいはそれが呼び起こす淫《みだ》らな連想に——つきあいたい気分ではなかったので、ジェイミーはまっすぐ前を向いたままでいた。

そのこわばった横顔にもめげずに、ボンは陽気に話し続けた。「馬とおんなじで、最初のうちはちょっと暴れるかもしんねえが、いったんのっかっちまえば、たっぷり時間をかけて責め立ててもだいじょうぶだ。脚に力が入らなくなって助けが必要になったら、おれを思い出してくれ。口笛で知らせてくれりゃ、すぐに——」

ジェイミーはさっと手を伸ばしてボンの喉をつかみ、最後まで言わせなかった。もう一方の腕だけでエマを支えながら、ジェイミーはボンのほうへ身を寄せ、まっすぐにその目を見て言った。「申し出はありがたいが、おまえの助けはいらない。今夜だろうが、べつの夜だろうがな」

ボンから手を離し、悪魔さえ恥じ入らせるような目でにらみつけてから、ジェイミーは手綱を握り直し、行く手に注意を戻した。

まるでジェイミーが足の悪い子猫でも蹴りつけたかのように、ボンは彼を見ながら、喉に指が食いこんだ跡をさすった。「そんなにかりかりしなくたっていいじゃねえか。自分の胸ひとつでヘップバーンの花嫁をどうにでもできるんだから、ふつうはもっと太っ腹になるもんだ。誰だってそう思うぞ」

「ああ、ふつうはそう思うだろうな」意味深長なひとことを返し、ジェイミーはいとこの目の鋭い輝きから逃れようと、手綱で馬の背をぴしゃりと打った。


もしジェイミー・シンクレアの広い胸がこんなに心地よくなければ、眠ったふりを続けるのはむずかしかっただろう。目を閉じて手脚の力を抜いていれば、エマはジェイミーの腕の中で、馬の歩みの一歩一歩に、やさしく揺られていることができた。

疲れ果てて眠りこんでいた彼女が目を覚ましたのは、ちょうどジェイミーがボンの露骨な申し出をきっぱり断わったときだった。男の本能の荒々しい力をかいま見た気がして、エマは意外にも興奮をおぼえ、背中がぞくぞくするのを感じた。でも残念ながらそのあとにはすぐ、自己嫌悪の波が襲ってきた。

ジェイミーがどんなにやさしく抱いてくれようと、どんなに誠実に守ってくれようと、敵であることを忘れるわけにはいかない。彼はただ、こうして少しばかり親切にして、わたしを混乱させようとしているだけなのだろう。ほかの男なら、こうして腕に抱いて守ったりせずに、手首を縛って馬の背につないだかもしれない。わたしはつまずいたり転んだりしながら、くたびれきって死ぬまで引きずられるはめになったかもしれないのだ。もしそうされていれば、少なくとも、もっと楽にこの男を憎むことができただろう。エマは次第にいらだちがつのるのを感じつつ、そう思った。もっと簡単に、腹の中が真っ黒なこの悪党を軽蔑できただろう。

彼の強欲さをやさしさと取り違えたら、わたしは最低の大ばかだ。ジェイミーはすでに、わたしが死ぬより、生きていたほうが自分にとっては価値があると認めている。彼が男たちの淫らな欲望からわたしを守ろうとしているとすれば、それはただ、伯爵に身代金の要求に応じさせるまでのあいだ、わたしの純潔を守り、自分の投資が無駄にならないようにするためなのだ。彼にとってわたしは、繁殖用の雌馬《めうま》みたいなもの。競《せ》りでいちばん高い値をつけた者に引き渡せば、それでおしまいだ。

苦い現実を思い出したことで、決意がさらに固まった。ジェイミー・シンクレアといっしょに、あるいは彼の腕の中でもう一夜を過ごすわけにはいかない。プライドも心も傷つかないように彼のもとを逃げ出したければ、伯爵が身代金を払ってくれるか、助けにきてくれるのをじっと待っているべきではない。好機が訪れたらすぐに、またこの手で自分の運命をなんとかするほかはない。

そして今度は、失敗は許されない。

〝また逃げようとしたら、おれは考え直すかもしれない。きみの貞操は伯爵よりこのおれにとって価値があるのだとな〟

ジェイミーの警告が胸の内に響き渡り、エマはぶるっと震えた。あれは口先だけの脅しではない。彼にはわたしを犯すことができる。伯爵だけではなく、ほかのどんな男の花嫁にもふさわしくないようにしてしまえる。彼が警告どおりにすれば、まっとうな男性はわたしを妻にしたがらなくなるだろう。まっとうな女性だって、自分の家に喜んで迎え入れてはくれなくなる。わたしはずっと一生、社会の片隅で、亡霊のように影の中を漂いながら生きていくことになるのだ。蔑《さげす》まれ、無視されて。

馬が体を揺らすのをやめ、エマははっと身を硬くした。馬具がチャリンチャリンと触れあう楽しげな音がして、ほっとしたようなため息が聞こえ、馬をおりる男たちが陽気に冗談を言いあう声が続いた。ついに今夜野営する場所を決めたようだ。

エマはあくびをしてもぞもぞと体を動かし、深い眠りから覚めたばかりのようにふるまった。彼らが馬をおりたのは、広々とした荒れ野で、片側に高木の茂る森があった。地面の上を這う薄靄《うすもや》がやわらかな月の光を浴びてきらめいていた。

エマは、前日、森の平地で馬からおろされたときのように、またいきなりすとんと地面に立たされるのかと思っていたが、ジェイミーは、彼女が鞍から落ちないよう慎重に支えながら先に馬をおり、それから彼女を両腕に抱きとった。

エマの体は、彼の体をつたって刺激的な接触を繰り返しながら下におりていった。と、エマは驚きに目を瞠った。彼の鍛え抜かれた体が、その日の朝起きたときと同じ状態になっていたからだ。眉間に銃弾を撃ちこまれるよりも痛いと言っていたあの状態に。エマはもう眠っているふりも、何も知らないふりもできなくなり、ジェイミーを見あげて、欲情にとろんとした彼の目を見つめた。

男たちがほんの数フィート離れたところで動きまわっていることを痛いほどに意識し、エマは張り詰めた小声でささやいた。「朝しかそういうふうにならないって言ってたじゃないの。それに、わたしとは関係ないって」

ジェイミーは彼女を見おろした。表情豊かな口には、笑みの痕跡《こんせき》さえ残っていなかった。

「うそだよ。どっちも」

彼の大きなあたたかい手はまだ、指をいっぱいに広げたまま、エマのわき腹の少し上のあたりに置かれていて、やわらかい胸のふくらみからほんの数インチのところでぐずぐずしている。エマは彼の瞳の奥をのぞきこんだ。あの氷のように冷たい目がどうしてこんなに熱く燃え立つことができるのかしら。わたしの恐怖や不安も焼き払われてしまいそう……。そう思った瞬間、エマは彼から逃れたいとは思わなくなっていた。ジェイミーも彼女を手放したがっていない。

　そのことがエマに勇気を与えた。彼女は、震える手でジェイミーの拳銃のグリップを握ると、ズボンの腰ベルトからそれを一気に引き抜き、彼の腹にぴたりと銃口をあてた。

12

男たちはほどなく、ふたりが不自然に黙りこんでじっとしていることに気がついた。打ち解けた冗談のやりとりがふいにやみ、こわばった指から馬勒《ばろく》が滑り落ちた。みんなの顔からみるみる笑みが消えていき、下顎に力がこもった。

エマはジェイミーの心臓に銃口を向け、狙《ねら》いがそれないように気をつけながら、そろそろと後ろへ下がった。すると魔法のように、男たちの手に拳銃が現われ、そのどれもが同じようにぴたりとエマに照準を合わせた。ジェイミーは、誰もが彼のためなら喜んで命を捧げるだろうと言っていた。きっと彼のためなら、人の命だって喜んで奪うだろう。それを考えておくべきだった。

男たちの姿は視界に入っていたが、エマはジェイミーから目を離さなかった。背後に馬がいるので、彼はどこにも逃げられない。

「銃をおろせ」彼が命じた。目はひたとエマを見据えているが、その言葉が男たちに向けられたことは誰もがわかっていた。

「けど、ジェイミー」頬に稲妻形の傷痕《きずあと》を持つ、天を衝《つ》くような大男が低い声で言った。「どうしろっていうんだ？　その娘っこがあんたを天国へ送るのを、ただ突っ立って口笛でも吹いて見てろってのかい？」

「銃をおろすんだ！」ジェイミーが怒鳴りつけた。「これは提案じゃない」

一瞬、迷うように目を見交わしてから、男たちはしぶしぶ命令に従った。銃を持った手はおろしたものの、いつでも使えるよう、身構えている。

エマは、ジェイミーとのあいだにたっぷり十歩分の隔たりができる位置まで下がっていった。彼の手が届かないところに立てば、もっと筋道を立ててものが考えられるような気がしたのだ。けれども彼の視線が透明な鎖のように、いまだエマを縛りつけている。頭に浮かんだ考えは、自分の心臓の早鐘のような音にかき消されてほとんど聞き取れない。

馬が必要だ。歩いて山を下るのはほぼ無理だってことはもうわかった。でも、馬を手に入れて、さっさと逃げ出してしまえば、もしかしたら……。

まだ完全に計画が立たないうちに、ジェイミーがさらに格好の標的になろうとでもするように、両腕を広げた。「これからどうするつもりだい、お嬢ちゃん？」なだめすかすような口調がハスキーな声の魅力をいっそう高めていく。「おれをつかまえて当局に突き出すか。それとも撃ち殺すか」

エマは銃をさらに強く握った。困ったことに、手の震えを抑えようとすると、かえってひどく震えだす。「たぶんわたしは、銃を胸に突きつけられたらどんな気持ちがするものか、あなたに知ってほしかったんだと思う」

「ヘップバーンは、この二十七年間、ずっとおれの胸に銃を突きつけてきた。どんな気持ちがするものかは、ちゃんとわかっている」

手下のひとりがこっそりと一歩前に出た。エマはそれを目の隅でとらえて、とっさに銃口を男たちのほうに振り向け、またもや彼らの動きを封じた。「そんなふうにわたしを試そうとしないことね。驚くかもしれないけど、わたしは銃の使い方を知ってるのよ。五十歩離れたところからキジを仕留められるの。だからあなたたちを撃つとしたら、絶対に狙いを外しはしない」男たちが落ち着かなげに目をそらすのを見て、エマの頭にまた考えが浮かんだ。

「ボンはどの人?」

男たちはしばらくのあいだ、しびれたように立ち尽くしていたが、やがてあいているほうの手をいっせいにあげ、真ん中にいる、小柄で痩せているが屈強そうな男をさし示した。だが彼はすぐさま隣の男を指さした。

エマはうさんくさそうに目をすがめて、彼を子細に見た。きっときょうだいの中でもいちばんのちびだったのだろう。短く刈りこんだ真っ黒な髪は、四方八方を向いてつんつんと立っている。まるで櫛《くし》で梳かす代わりに大きな猫になめさせたようだ。とがった顎は、矢印の形の黒いひげに覆われていた。ほかの男たちがじりじりとそばを離れていき、やがて殺気をみなぎらせたエマの目に、たったひとりで向きあうはめになると、彼は乱ぐい歯を見せて照れくさそうに笑った。

「お、お、お近づきになれて光栄です、お嬢さま」と、つっかえながら言い、緊張の感じられるしぐさで一礼した。それは会釈というよりは、膝を折って頭を下げる、女性のおじぎのようだった。

「あら、わたしは少しも光栄じゃないわ」エマは答えた。「あなたが首領に、わたしをどうこうしろって、ひどいことを言ったからよ。気に入らないわ。誰よりもまず、あなたを撃たせてもらう」

ボンの黄ばんだ顔が真っ白になった。「あ、あれは本気で言ったんじゃねえよ。ただジェイミーをからかってただけさ。もう何年もやつとつるんできたが、一度だって――」

「ボン！」ジェイミーが鋭い声をあげた。「もういい」

ボンはせっぱ詰まったような顔で彼を見た。どちらを怒らせたほうが危険か、天秤《てんびん》にかけているらしい。ジェイミーか、それとも銃を手にして鋼鉄のような目でにらみつけている娘のほうか。彼はエマに目を戻し、哀願するように両手をあげた。「おれはあんたみてえなきれいな嬢ちゃんのことは、おろそかにはしねえ。ほかのやつにきいてみてくれ。誰もがはっきり答えるはずだ。ここにいる男のなかで、レディの扱い方を心得た者がいるとしたら、それはこのおれだ。そうだろ、え？　マルコム？　アンガス？」ボンは哀れっぽい声でかたわらのふたりの男に訴えた。そのうちのひとりを身代わりにしようとしたばかりなのに。

だが次の瞬間、エマは思わず目をこすりたくなった。マルコムとアンガスはただのきょうだいではなく、双子だったのだ。どちらももじゃもじゃの髪を長く伸ばし、唇が厚く、少々均整の崩れた人目を惹く顔立ちをしている。男前と十人並みは紙一重であることを証明しているような容貌だった。

マルコム――いや、アンガスかもしれない――は、熱心にうなずいた。「ボンの言うとおりです、お嬢さま。先週もインヴァガリーの酒場の女をどう扱ったか、自慢げに話してましたから」

「そのとおりです」アンガスも――いや、こっちがマルコムかも――同じように、うそをついていないことがわかるようなきまじめな態度で同意した。「ボンは、ちゃんとその女を喜ばしたそうです。馬小屋の屋根裏の干し草置き場から、ううんとか、ああんとかって声が夜明けまでずっと聞こえてましたから、やつの言ってることは、ほらじゃありません」

ほかの男たちはにやにやして、肘でおたがいを小突き合っている。ボンはうめいて、まだ手に下がっていた自分の銃を見た。撃たれる前に、これで自殺してやろうかと思っているようだった。

腕組みをしていたジェイミーが、咳払いをした。「きみがボンを撃っても、おれには責められない。こいつがいとこじゃなかったら、とっくにおれが撃ち殺していただろうからな」

「なんだと？」ボンは傷ついたような顔をして、抗議の声をあげた。

ジェイミーは邪魔など入らなかったように続けた。「だがおれにはキリスト教徒として、きみに警告する義務があるだろう。おれの銃には、弾が一発しか入っていない。ふたりを撃つことはできないんだ。申しわけないが、どちらかを選んでもらわなきゃならないよ、スイートハート」

ジェイミーの声のやさしさは、男たちのどんなあからさまなからかいより、腹立たしかった。エマはさっと銃をジェイミーのほうに向け直し、心臓に狙いを定めた。「わたしはあなたのお嬢ちゃんじゃないわ。恋人《スイートハート》でもない」胸を張り、顎をつんとあげて彼の顔を見た。するとと驚いたことに、自分の手の震えがとまっていることに気がついた。長いことかかってようやくいま、みずからの運命を完全に思いのままにできる力を手に入れたような気がした。

「わたしはどんな男のものでもないわ。少なくともまだ」

おめでたいことに、エマはジェイミーの武器を取りあげたと思いこんでいたが、彼のもっとも強力な武器を計算に入れるのを忘れていた。ジェイミーは頭をかしげてじっと彼女を見つめると、けだるげな笑みを浮かべた。エマの心をかき乱すあの笑みを。

ジェイミーは胸の前で組んでいたたくましい腕をほどくと、大またで彼女のほうに近づいてきた。うそだろ、と言いたげだった男たちの顔に驚愕の色が広がったが、ジェイミーはただエマだけを見ていた。

威圧するように大きな彼の胸と銃口との距離が縮まり、エマの動揺がふくれあがった。その瞬間、エマは気づいた。ジェイミーは賭けに出る男なのだ。わたしの父と同じように。エマはおぼつかない足取りで二歩下がると、親指で拳銃の撃鉄を起こした。

それでも彼は近づいてきた。野ネズミにそっと近づく大きなヤマネコのように、迷いも恐れも見せずに。エマは次第に視野が狭まるのを感じ、やがて彼の黒いまつげの一本一本が数えられるまでになった。そのまつげに囲まれて、緑の瞳が明るく輝いていた。もしわたしが開き直って引き金を引けば、この瞳は命を失い、永遠に閉じられてしまうのだ。

エマは目をきつく閉じて彼の顔を見まいとした。それでも、彼が冷たい硬い地面の上で血溜まりの中に倒れている姿がまぶたの裏に浮かんできた。日に焼けた頰からは赤みが消え、あとには、墓場の彫像のような、青白く生気の失せた肌が残る。

引き金にかけた指がこわばった。だがそれを引いた瞬間、エマは自分の腕がまるで意志を持ったかのように、わきへそれたのを感じた。

目をあけると、ジェイミーはまだ立っており、鼻を刺すようなにおいの煙がふたりのあいだに漂っていた。まだ衝撃でエマの耳はわんわんと鳴っていたが、ジェイミーが地面に落ちた樹皮を見て、感心したように口笛を吹くのが聞こえた。銃弾は近くの白樺の幹をえぐったのだ。「素人にしては悪くない。あるいは、女にしては。少なくとも、おれの馬は撃たなかったんだからな」

エマはだらんと腕をわきに垂らした。敗北感に打ちのめされ、がっくり肩を落としている。ジェイミーが手を伸ばし、煙をくゆらせる銃を彼女の手からそっと取りあげても、抵抗さえしなかった。ジェイミーはそれを手下のひとりに放って渡し、自由にエマに対応できるようにした。

エマは殴られるのだと覚悟した。公然と刃向かったのだから、ジェイミーとしては、手下の前で罰を与えるほかに選択肢はない。彼の気性、彼のプライドもそれを求めることだろう。わたしは泣かない、とエマは胸に誓ったが、その決意を裏切るように、目の奥が痛くなってきた。でも、慈悲を乞うて、彼を満足させるつもりもない。わたしは自分の感情に負けて、せっかくの好機をふいにして逃げ損なった。何をされようが、それにふさわしい報いを受けるまでだ。

気を奮い立たせて決意を固めたのに、ジェイミーが片手をあげたときには、やっぱり身をすくめてしまった。一瞬、彼の動きがとまり、エマはその瞳の中に、うそ偽りのない怒りが燃えているのを見た。だが彼はエマの予想とちがって、手の甲で彼女を殴ったりはせず、ただ手首を握ると、彼女を引っぱって歩きだした。

そして男たちのあいだをぐんぐんと進んでいった。彼らは勝ち誇ったようにはやし立てたくてたまらないようだったが、そうする勇気のある者はいなかった。ただボンだけはすっかりふさぎこみ、黒いボタンのような瞳のいたずらっぽい輝きも薄れて、残り火のように力を失っていた。

ジェイミーの長い脚では、月光に照らされたムーアのそばの森にたどり着くのに一分もかからなかった。エマはひるんだが、ジェイミーはかまうことなく森に入っていく。彼女としては、よろめいたりつまずいたりしながらついていくか、引きずられていくしかなかった。

不気味な影がふたりをのみこみ、エマは自分が彼の思惑をすっかり読み違えていたことに気がついた。

ジェイミー・シンクレアは、誰ひとり立ち合わせることなく、エマに罰を与えようとしているのだ。

13

ジェイミーは歩をゆるめることなく、ずんずん歩いていく。エマはおぼつかない足取りでついていくほかはなかった。頭上では、木の枝が重なりあって厚い天蓋《てんがい》をつくり、月光をそこかしこでさえぎって、ふたりの行く手にまだら模様の影を描き出していた。小石や、地面に落ちた小枝が罠《わな》となり、エマの足を捕らえようとする。

エマのほうは、一歩踏み出すごとに転んで膝をつきそうになっていたが、ジェイミーは危険のひそむ地形をものともせず、無造作に、自信を持って突き進んでいく。谷を見おろす崖っぷちを馬で歩いたときと同じように。

エマは足を引きずって歩きたかった。そうして、ジェイミーが伯爵の言うとおりのけだものであることを思い知らされる瞬間を、少しでも遅らせたかった。ほんとうは、伯爵がけだものであることを知るはずだったのだ。ジェイミーのやさしさはすでにエマの心を揺さぶり、小さなクモの巣のような亀裂《きれつ》を入れていた。今度は彼の冷酷さに胸が粉々に壊れてしまうかもしれない。

息が荒くなり、肺が焼けるように疼きはじめた。寸法の合っていないブーツが、分厚い靴下ごしに爪先とかかとをこすり、一歩一歩が新たな痛みを引き起こす。

「あの……ちょっといいかしら」とうとうエマはあえぎながら声をかけた。苦痛が恐怖を上まわってきたのだ。

ジェイミーの足取りは揺るがない。

「ちょっといいですか？」今度はもっと大きな声できつく言った。

ジェイミーはそれでも立ち止まらない。彼女の言葉など、遠いヨタカの声か、コオロギのうるさい鳴き声ぐらいにしか思っていないようだ。

かあっと怒りがこみあげてきた。その勢いを借り、エマは急に立ち止まると、彼につかまれていた手首を振りほどいた。ジェイミーも足をとめ、ゆっくりと振り向いた。

彼の表情を見たとたん、エマは一目散に反対方向へ駆けだしたくなったが、どうにかその場に踏みとどまった。「もう十分、遠くまで来たじゃない？　ここなら、誰にもわたしの悲鳴は聞こえないでしょう」

ジェイミーは、何を考えているのか読み取れない表情を浮かべて彼女を見おろした。「連中に聞かせたくないのは、おれの声のほうだ。もっとも、あんなばかげた悪さをしたあとでは、どんな方法で――たとえ耳をつんざくような声で――理性に訴えようと、きみの分厚い頭蓋骨《ずがいこつ》は突き通せないだろう」彼は上体をかがめ、顔を近くに寄せた。エマの鼻のそばかすひとつひとつが数えられるほど近くに。「いいか、今度銃を抜くときにはな、引き金を引く覚悟を決めてからにしろ」

「わたしはちゃんと引き金を引いたわ」氷のように冷ややかな声でエマは言った。

「わざと弾がそれるよう計算してたじゃないか」

エマは彼をにらみ続けていた。「反動で銃が跳ねあがったんでしょう」

ジェイミーは疑わしそうに片方の眉を吊りあげた。「発砲する前にかい?」

エマは抗議の言葉をのみこんだ。彼に対しては、そんな瞬間はなかったと言えるが、自分に対してはうまく否定できなかった。自分でもまだよくわからないのだから。

「ほかの男たちは、きみが平然とおれを撃ち殺すのを見ている気はなかったかもしれないぞ。おれを助けようとしてきみを撃つ者がいたらどうするつもりだったんだ?」

「そうなれば、あなたはだいじな身代金を手に入れられなくなるでしょう。伯爵は新しい花嫁をさがすしかないでしょうね」

ジェイミーは後ろを向いて、エマから数歩離れ、たてがみのような濃い黒髪をかきあげた。大きな体からは緊張が感じられた。まるでその中で何か見えない闘いがおこなわれているようだった。

エマは前に進み出て、震える指先で、色褪せた薄いシャツに覆われた彼の腕の後ろ側に触れた。自分でもなぜそんなことをしたのか、何が自分の心をとらえたのか、わからなかった。

「逃げようとしたからって、あなたはほんとうにわたしを責められるの？　あなたが軍の兵士に捕らえられたら、どうするかしら？　あるいは、伯爵のお城の地下牢に閉じこめられたとしたら？　あなたも同じようにしたんじゃない？」

ジェイミーは振り向いてエマと向きあった。その表情の険しさに気圧《けお》され、エマはあやうくそのまま後ろに倒れそうになった。「ああ、したさ。だがおれはちゃんと成功しただろう。おれみたいな男に生殺与奪の権を握られるようなばかな真似はしない」

「じゃあ、あなたはどんな男なの、ジェイミー・シンクレア？　いとこのボンがさっき口を滑らせた内容からすると、あなたは無力な女を脅すようなことは決してしないようじゃないの」

「あれはきみに出会う前の話だ。それに、誰もきみを無力な女とは言わないだろう」

「わたしが銃のどっちの端を農民やウサギに向ければいいか知らなければ、母や妹たちは冬のあいだ、まったく肉を口にしないまま、何日も――何週間とは言わないけど――過ごしたことでしょう」

「銃の扱い方のことじゃない。きみは、男の決意を揺るがす、はるかに危険な武器を持っている」彼は手をあげ、指関節の背でエマの頬の丸みをなぞった。エマは呼吸が速まるのを感じた。

ジェイミーが暴力ではなくやさしさでエマの抵抗を封じようとするとは、思ってもみなかった。しかも、それがこんなにも強い力を発揮しようとは……。

「たとえば？」エマはささやいた。尋ねるのはさらにばかげている。それはわかっていたが、きかずにはいられなかった。

「頭の回転の速さ。勇気。家族のためなら、何もかも——幸せになれる望みさえ——すすんで犠牲にする潔さ。あんな花婿にまで忠実であろうとする純粋さ。もっとも、それは誰かに吹きこまれた見当違いの考えなんだがね」彼の声が低くなり、エマの全身を爪先まで震わせる、くぐもった甘いささやきに変わった。「その美しい瞳。そばかすの浮いたちっちゃな鼻。やわらかい唇……」

その唇が開いて、せつなげなため息を漏らすより早く、ジェイミーの唇が重なった。彼はエマの顔を両手ではさみ、ずっと前からきみはおれのものだ、これからもそうだといわんばかりに、彼女を求めてきた。

ジェイミーは待ちかねたように口を斜めに傾け、あらがうひまも自由も与えず、エマのやわらかい唇を押し開げて、舌をさし入れ、彼女のなめらかさ、甘さを隅々まで探索しはじめた。やがてエマの口の中に、彼のウイスキーと燻煙《くんえん》の味がいっぱいに広がり、そのほかには何も味わえず、何もほしくなくなった。エマの顔はジェイミーの両手にはさまれていたが、彼のキスは自由と情熱の味がした。それから、こわいのに魅惑的で、いやおうなく惹かれてしまう危険の味も……。

これは恋人のキスではない。征服者にして略奪者のキスだ。いずれ何かを手にするつもりなら、自分のほしいものは必ず手に入れなければならないことを、生まれたときからずっと教えられてきた男のキスだった。こんなふうに刺激的に五感を攻められたら、防ぎようがない。その暗い本能的な力を否定する言葉もなかった。

エマは自分の手が花びらのように指を広げて、彼のシャツの裾に滑りこみ、筋肉のついたなめらかな背中に爪を立てるのを感じた。ただ彼の意志の力にさらわれないよう、持ちこたえているだけで精いっぱいだったが、心の奥では、その波に身をゆだね、どこへでも連れ去ってもらいたいと思っていた。

彼の手が喉に滑りおり、うなじのところで縛ってあった革紐をほどいた。エマの巻き毛がばさっと乱れて肩に落ちた。ジェイミーはその髪を指で梳《す》いた。とたんに、エマの肌にぞくぞくするような快感が走った。すべてがどうでもよくなり、頭を彼の手に押しつけて、大きな飼い猫のように喉を鳴らしてみたくなった。

ジェイミーはその巻き毛をつかんでやさしく引っぱり、エマの顔を上に向かせて、さらに舌を奥深く突き入れてきた。いつのまにかエマもぎこちなく舌を絡め、キスを返しはじめていた。やがて彼が喉の奥で低くうめくのが聞こえた。何かおいしいものでも見つけたように。これなしではもう生きていけない、これを手に入れるためなら死んでもいい、誰かを殺してもいい、とでもいうように。

そのうめきを聞いた瞬間、エマには、自分の犠牲がことごとく無意味に感じられた。だいじにとっておいたものを捨てて、彼の望むものを——そして、自分の望むものを——与えたくなった。けれどもわたしは、高額の贈り物によって伯爵に買い取られた身だ。これを自分の意志で彼に与えるわけにはいかない。

エマは激しく心が揺れて、ジェイミーの胸を強く押した。ジェイミーはキスをやめ、エマと同じように震える手で彼女の両肩をつかんで身を離した。

エマは、自分が彼を突き放そうとしたくせに、ただその場に立ち尽くし、とまどい、震えていることしかできなかった。暗くて恐ろしい森に置き去りにされた子供のように……帰り道がわからなくなった子供のように。

ジェイミーの重たげなまぶたの下で、瞳が黒っぽく見えた。まるで黒い瞳孔《どうこう》がまわりの緑の色を吸いこんでしまったようだ。その表情は読み取れない。彼がエマを見おろし、エマはその瞳に映る自分の姿を見た。乱れてもつれた巻き毛、陶然とした表情。顎のきめ細かな肌が赤らんでいて、彼のひげにこすられた跡だとはっきりわかる。彼女は舌先で唇をなめた。むさぼるようなキスの余韻が残り、ひりひりして腫れているのがわかった。

なんとかしてふたりのあいだに距離をこしらえようと、エマはかがんで地面から革紐を拾いあげた。それから、巻き毛をうなじのところで束ね、きつくねじってまとめはじめた。

「あなたの勝ちよ、シンクレア」手よりも声を落ち着かせようとしながら、彼女は言った。

「約束する。これから数日のうちにあなたが無事、わたしを花婿のもとへ送り届けるまでは、人質としておとなしくしているわ。二度と逃げ出そうとはしない。だからもうあなたはキスでお仕置きをしなくてもいいのよ」エマはまるで舞踏会用の高価なドレスのしわでも伸ばすようにして、借り物のチュニックのくしゃくしゃになった胸もとをきれいに整えた。「みんなの前では、ただあなたがわたしを厳しく叱って、誤りに気づかせたようにふるまうわ」

それだけ言うと、エマはくるっと後ろを向いて肩を張り、背筋を伸ばして、できるだけ速く彼のそばを離れた。

「ミス・マーロウ？」

「はい？」エマが振り向くと、ジェイミーは表情の読めない顔をして、まだ同じ場所に立っていた。

ほんの一瞬、何かまったくちがうことを言いたそうに見えたが、すぐに彼は反対方向を指さした。「野営地はあっちだ」

その夜、ふと目を覚ましたエマは、冷たくて硬い地面から彼女を守ってくれる、あたたかいたくましい腕がないことに気がついた。爪先がかじかんで、腕には鳥肌が立っている。起きあがってまばたきをし、見知らぬ場所で見知らぬ人たちに囲まれて目覚めた混乱を振り払おうとした。

消えかかった焚き火の向こうでは、ジェイミーの手下たちがそこかしこで毛布にくるまり、横たわっている。酔っぱらいのものらしい鼻息の音や、とどろくようないびきが聞こえてこなければ、大きな丸い岩が散らばっていると思ったかもしれない。

ジェイミーがエマを連れてここに戻ってきたときには、いっせいに興味深げな視線が飛んできたが、すぐにジェイミーがすさまじい形相をこしらえて蹴散らしてしまった。塩漬けの鹿肉と硬い黒パンを、黒っぽい色の苦いエールで流しこむ、という食事に参加したあと、エマは与えられた毛布にもぐりこんだ。自分がどれだけジェイミーを恋しく思うことになるか、このときには少しも気づいていなかった。こんなふうにたったひとりで目を覚まし、どこにいるかもわからず、寒さで震えるはめになるまでは。

ムーアの上にそびえる岩壁のどこかから、悲しげな遠吠えがかすかに聞こえてきて、エマはうなじの毛が逆立つのを感じた。彼女はゆっくりと立ちあがり、毛布を肩に巻きつけて、おそるおそる闇の中をのぞき見た。どこまでも広がる夜空が、厚く張った真っ黒な氷のように感じられた。星は霜のかけらのように輝いている。この宇宙でただひとり、自分だけが目覚めているような気がした。自分だけが生きているような……。

が、そのとき、彼の姿が目に入った。

ジェイミーは、ほんの数フィート離れたところで、大きな岩に背中をあずけ、マントさえはおらずに眠りこんでいた。エマは眉をひそめた。彼の手首に縄が縛りつけられている。なぜこんなものを？　ゆっくりと目で縄をたどっていくと、反対側の端がエマの足首に結わえてあった。眠っているあいだにそっと巻きつけたのだろう。きつく縛ってはいないが、少しでも不審な動きがあればすぐわかるようにしてあった。

エマは首を振って苦笑した。この人は簡単に人を信用するたちではない。それを心得ておくべきだった。もう一歩よけいに彼から離れていたら、この縄が彼を起こしていただろう。

エマは二度と逃げないと誓ったけれど、ジェイミーは信じなかったのだ。これ以上彼にさからって、キスや愛撫のお仕置きを受けるわけにはいかない。最初から、彼は警告していた。きみはおれのお仕置きを楽しめるかもしれないぞ、と。あのとき、自分がどれだけ楽しむことになるかわかっていたら、あの警告を心に留めていたかもしれない。

彼の仕掛けた罠に気づいたのだから、そこから抜け出すのは簡単だった。けれどもエマは彼から離れるどころか、いつのまにか近寄っていた。

この人は幾晩、こうして冷たくて硬い地面の上で眠ってきたのだろう。雨や雪や、頑として居座る寒さから身を守る屋根もないところで。まだほんの二十七歳かもしれないが、つねに日差しや風にさらされてきたせいで、その肌はすでにつややかな金色に焼けて、口の両側には深いしわが刻まれ、目尻にも魅力的なしわができている。

眠っているときでも、この男には、やわなところがかけらもない。少年時代の面影の痕跡さえも残していない。眠っていても口はあけず、しっかりと閉じて一本の線のように引き結んでいる。唯一、妥協して弱みを認めたしるしは、疲労を示す目の下の隈《くま》だけだ。エマが熱心に観察していることを察したかのように、ジェイミーは身じろぎをすると、影のほうに顔をそむけてしまった。

エマはため息をついた。彼は自分の毛布を貸してくれたが、それでもエマは骨の髄まで冷えきっている。きのうの夜、彼の体に身を寄せていたときの心地よさを思い出さずにはいられなかった。彼の引き締まった硬い体が彼女を包み、雪の夜の石炭ストーブのように熱を放っていた。

と、そのとき、またあの遠吠えが聞こえた。エマはぶるっと震え、さらにジェイミーのそばへにじり寄った。どんな血に飢えた動物が、この荒野をうろついているのだろう。ヤマネコ？　オオカミ？　それとも、クマ？　もしかすると、頭上の岩山を竜が歩きまわっていて、おいしそうな乙女を食おうと、さがしているかもしれない。

エマは最後にもう一度だけ、いとおしげにジェイミーをそっと見てから、かがみこみ、足首から縄を外した。

ジェイミーは目をあけた。深い眠りから一気に覚め、あたりの気配を感じとろうと、感覚を研ぎすます。何年ものあいだに、寝ずの番を何度となく経験してきた者でなければ、こう簡単にはいかない。

まず、ふたつのことに気がついた。

眠りにつくときには使わなかった毛布が、彼の体に掛けられていた。

その毛布の下には、眠るときにはいなかった女がいる。

ジェイミーはゆっくりとまばたきをした。エマがこちらを向き、背を丸めて横になっている。ふたりのあいだには、片手の幅ほどの隙間があけられていた。彼に触れないように気遣いつつ、できるだけそばに横たわろうとしたのだろう。ジェイミーは、自分でも認めたくないほどに深く心を動かされた。

エマを誘拐するという愚行におよんで以来、彼を悩ませ続けている股間《こかん》の疼きに、ようやく慣れてきたところだった。だがいまは心臓の間近に、もっと強く、もっと執拗な痛みが感じられた。

エマの赤みがかった茶色のまつげが、そばかすの浮いた頰の上に扇形に広がり、彼女を幼く見せている。ロンドンへ愛をさがしにいって結局は夢破れた繊細な十七歳の少女のように。少しでもあたたまろうと、両腕で自分の体を抱きしめているが、それでも寒そうに……そして悲しそうに、さびしそうに見える……。

山のもっと高い地点にたどり着くまで身代金を要求せずにおくことで、ジェイミーはヘップバーンに、自分のものをシンクレアに奪われるところを想像させ、地獄の苦しみを味わわせてやるつもりだった。けれどもいまは彼のほうが、まったく異なる妄想に、身を焼かれるような苦しみを味わっていた。その空想では、彼がエマのそばかすの散ったやわらかい白い肌を組み敷いている。エマは彼のキスを受けようと、豊かな唇を開き、彼の首に腕をまわしている。そして形のよい腿を開き、早くわたしをあなたのものにして、とせがんでいるのだ。

ジェイミーは唇をぎゅっと硬く結んだ。どんなに彼女がキスを歓迎してくれようとも、彼女はやはりヘップバーンの女なのだ。自分のものではないし、永遠に手に入れることはない。このままエマといっしょに夜を明かすわけにはいかなかった。冷たい両腕でわれとわが身を抱きしめ、できるだけ心地よくひとりで眠ってもらうほかはないのだ。

だがそのとき、エマがかすかに動いた。眉根が寄り、美しい額にしわが刻まれている。かすかに開いた唇から、眠たそうな小さな声が漏れた。

おれの負けだ。ジェイミーは悪態を噛み殺すと、手を伸ばしてエマを抱き寄せ、彼女の頬を自分の胸にそっと押しつけた。エマは喉の奥から満足げなうめきを漏らし、彼のあたたかい腕の中にもぐりこんできた。愚かにも、彼が力ずくで自分を犯すようなことはないと信じきっている。ジェイミーはその気になれば、エマが完全に目覚める前に自分のズボンの紐をほどいて、エマのはいているズボンを足首までおろし、彼女の中に深く身をうずめて、二度と彼女が自分の体を自分のものだと言えないようにすることもできた。

だがもしその暗い誘惑に負けてしまったら、おれはヘップバーンと同類に成り下がる。まさにおれが軽蔑している人間に。弱い者を餌食《えじき》にする男に。自分がもっとも望んでいるものさえ、それを人に渡したくないがために、平気で破壊するような男に。

今夜は寝ずの番をするほかはない。男たちの誰かが身じろぎをしたらすぐにエマのそばを離れなければならないからだ。ジェイミーは彼女の頭のてっぺんに顎を乗せ、闇を見つめた。夜明けまでの時間がとてつもなく長く感じられることだろう。

14

翌朝、エマは驚くほどしっかりと休息がとれたような気分で目を覚ました。冷たいごつごつとした地面に寝転がっていたのではなく、あたたかい羽毛入りの上掛けにくるまって、ほぼひと晩を過ごしたような気がする。毛布はていねいにエマの顎の下にたくしこんであったが、ジェイミーの姿はどこにも見えない。

エマはそろそろと立ちあがると、あくびをして、のびをし、こわばった筋肉をほぐした。さわやかな四月の風が雲をあらかた追い払い、抜けるような青空が広がっていた。ジェイミーの手下たちは焚き火の向こう側にいて、朝食をとったり、きょうの旅に備えて馬の準備を整えたりしている。

はじめは、ジェイミーが結局はエマの言葉を真に受けて見張りをつけるのをやめてしまったのかと思った。けれどもやがて、あのグレイムが近くの岩にもたれかかって、木片を削るふりをしていることに気がついた。ナイフの刃が動くたび、木片の形がおかしなふうに崩れていく。エマがそちらへ行きかけると、グレイムはなにげないふりを装って二、三歩後ろに下がった。わたしが森に向かって駆けだしたら、あの子はどうするかしら。ほんとうにわたしをとめる勇気があるだろうか。

エマは野営地の中を歩いた。背の高いジェイミーの堂々たる体軀《たいく》をつい目でさがしてしまうが、彼の姿はどこにも見あたらない。男たちはあからさまに彼女と距離をとろうとしていた。なかには、エマがそばを通ると目をそむけ、粉っぽい粥《かゆ》をかきこんだり、急にせっせと馬具を磨きはじめたりする者もいた。

そっと近づくことができたのは、アンガスとマルコムだけだった。ふたりは焦げたパンをめぐる口論の真っ最中で、エマに気づかなかったのだ。

「くそ、ちゃんと言ったはずだぞ。おれたちふたりの分は少ししか残ってないんだって」ひとりが言って、相手の手からパンを取りあげた。

「おれたちのうちのひとりがおまえじゃなきゃ、ちゃんと残ってたんだよ！」取られたほうはそう主張し、パンを奪い返そうとしたが、できなかった。

ふたりはエマを見ると、急にむっつりと黙りこんだ。

エマは好奇心を隠しきれずに、ふたりのもつれた栗色の髪や厚い唇をじろじろと見てしまった。鼻は、まるでふたりがまったく同じところを骨折したように、中心から少しずれた位置についている。「ねえ、ほかの人はどうやってあなたたちを見分けてるの？」

ふたりはたがいを指さし、きれいに声を揃えて答えた。「こいつのほうが不細工なんだ」

「ああ、なるほどね」まだよくわからなかったが、エマはうなずいてあとずさり、双子のきょうだいはまた、パンをめぐって言い争いをはじめた。

「足もとに気をつけろよ、嬢ちゃん」誰かが声をかけた。後退していたエマは、あやうく焚き火に足を突っこむところだったのだ。

振り向くと、ボンが岩の上に腰かけていた。その前では、鉄のフライパンが火にかけられていて、薄切りのベーコンが煙をあげている。ベーコンはすでに黒く焦げてカリカリになっているのに、ボンは急いで取り出そうとは思っていないらしい。

エマの視線の先をたどったボンは、目をあげて彼女をにらみつけた。「あんたは、おれのズボンとブーツを盗んだ。今度はおれのベーコンもほしいってわけか」

エマはできるかぎり威厳をこめて憤慨した顔をしてみせ、彼をまっすぐにらみ返した。「わたしが盗んだんじゃないわ。あなたのいとこが盗んで、わたしにくれたのよ。それに、あなたの朝食を横取りしようなんて、夢にも思っていないわ」

ボンは鼻を鳴らすと、ナイフの先で黒焦げのベーコンを突き刺し、でこぼこのブリキの皿にぽんと載せて、それをエマのほうにさしだした。小鬼のような顔をくしゃくしゃにして、恐ろしいばかりの渋面をこしらえている。「食ってもいいぞ。あんたに撃たれたかねえからな」

エマはためらった。どんな形で示されようと、この男の厚意が信じられなかったのだ。

「いいから、食えって。毒を盛る時間はなかった」ボンは眉をひくつかせてみせた。「まだな」

エマは皿を受け取って、黒焦げのベーコンをひと口食べ、思わず顔をしかめた。まるで灰入れをなめたみたいだった。

「もっとあるの？」エマはきいた。空っぽの胃がすでにぐうぐうと抗議の声をあげている。伯爵との結婚が決まって以来、エマはあまり食欲を感じることがなかったのだが、なんだか急にお腹が空いてきた。馬で旅をし、新鮮な空気をたっぷり吸ったからにちがいない。

「食い意地の張った嬢ちゃんだ。ま、ヘップバーンの女ならそれぐらいは覚悟しとかなきゃな」なおもぶつぶつと文句を言いながら、ボンはもう一枚、ベーコンの薄切りをナイフに刺した。

それをフライパンに放りこむ前に、エマは彼の手を押しとどめた。

「お願い。わたしにやらせて」

ボンは疑うようにエマをじっと見たが、やがてしぶしぶ、ナイフとベーコンをエマに渡した。「たぶん、ナイフの刃がおれの喉に突き刺さって、厄介なことになるのが落ちだ」

エマは彼と並んで岩に腰かけ、新しい薄切りをフライパンに入れた。ジュウジュウと音がしはじめると、エマはちらっと後ろを見た。ほかの男たちはやはり不自然に大きく距離をおいている。「どうしてみんな、妙なふるまいをしているの？　まるでわたしをこわがってるみたいじゃない？」

ボンはとがった黒い顎ひげを撫でた。「あんたをこわがってるんじゃねえ。ジェイミーさ。あいつがみんなにはっきり言ったんだ。あんたに失礼なことをしちゃいけねえ、したときにはそれ相応の申し開きをしてもらう、とな」

「命令を守らなかったら、ジェイミーはどうするのかしら」

ボンは痩せた肩の一方をすくめた。「たぶん、撃つだろうな」

まさかというように、エマは笑いだした。「ジェイミーは言ってたわ。みんなは自分のきょうだいみたいなものだと思ってるって。わたしのために手下を殺すなんて、ほんとうにそう思ってるの？」

「殺すだろうとは言ってない。撃つだろうって言ったんだ」ボンはいつも目をきらきら輝かせているので、どこからどこまでが冗談なのかわからない。「けど、だからといって、連中があんたを低く見ることはねえから、安心しな。ジェイミーは、あんたが自分の女じゃねえってこともはっきりさせてたから」

い、い、い、いや、
ジェイミーの女。

きのうそんな言葉を聞いていたら、エマは猛烈に腹を立て、恐怖をおぼえていただろう。でもいまは、危険なおののきがぞくぞくと全身を駆けめぐり、心を揺さぶられている。

エマは、ナイフの先でベーコンをひっくり返すことに集中した。気持ちとは裏腹に、こんなことをきいてみたくなった。「ジェイミーには、たくさん女がいるの？」

「あんな顔を持って生まれた男なら、女なんてよりどりみどりだ」

ボンが彼女の質問にちゃんと答えていないことに気づくのに、少し時間がかかった。ちらっと横目でさぐるように見ると、ボンはまばたきをしてみせた。キツネのような小さな顔に精いっぱい無邪気な表情を浮かべている。

「ジャガイモはある？」エマはきいた。

「おれが一個持ってます」エマはぎょっとした。左頬に深い傷痕のある大男がボンの肩ごしに、いきなり手を突き出してきたのだ。

いつのまにかジェイミーの手下たちが、エマが時間をかけてカリカリに焼こうとしているベーコンのおいしそうなにおいにつられて、そろそろと近づいてきていた。ほとんどの男は、近寄る勇気を奮い立たせようとしているかのように、まだ礼儀正しく、相応の距離をとっている。

ボンは顔をしかめてその男を見た。「娘っこにゃ、そんなふうにこっそり近づくもんじゃねえぞ、レミー。いきなりそんな顔を突き出されたら、びっくりして死んじまうかもしんねえ」

天を衝くような大男は、恥ずかしそうに頭をひょいと下げた。ぺろんと垂れ下がった口ひげの先端が巻きあがり、彼の長い顔をいっそう悲しげに見せている。「すみません、お嬢さま。脅かすつもりじゃなかったんです」

エマはたしなめるような視線をボンに送り、レミーの手からジャガイモを受け取った。

「ありがとう、レ……レミー……。ちょうどそういうのがほしかったのよ」

彼がくれたジャガイモはちょっとしなびていて、芽がたくさん出ていたけれど、エマはそれをきれいなさいの目に切ってみせ、ベーコンを焼いているフライパンに加えた。ジャガイモはすぐに熱い脂の中でやわらかくなりはじめた。

「おれ、もっと持ってます、お嬢さま」レミーは嬉々《きき》としてそう言うと、鞍袋へと取って返した。

「ジェイミーがここにいたら」エマはナイフの先端でジャガイモをかきまぜながらつぶやいた。「きっとレミーの頬の傷は、ジャガイモを盗んだ罰として、伯爵が刻印入りのペーパーナイフでつけたものだと言ったでしょうね」

「ジャガイモじゃなくて、カブを山ほど盗んだのさ。それに、やったのは伯爵じゃねえ」ボンがなんでもないことのように言う。「あのくそじじいは自分の手を血に染めるのをいやがる。だから、使用人にレミーを押さえつけさせておいて、猟番にやらせたんだ」

エマはさっと顔をあげ、びっくりしてボンを見つめた。「グレイムの手を切り落とそうとしたあの猟番？」

ボンは首を振った。「その前のやつだ。いや、そのまた前か」ボンは指を順に折って確認しはじめたが、やがて肩をすくめてあきらめた。「猟番についちゃ、伯爵は昔から、ひでえ趣味があった。残忍であればあるほどいいって考えてるんだ」

エマは息をのんだ。急に食欲が失せてしまった。わたしたちの家族を破滅から救ってくれたあのやさしい人が、この男たちが言うような極悪人にもなれるなんて……。猟番を雇う段になると、判断力が狂ってしまうのかしら。

「昔から続いているヘップバーン氏族とシンクレア氏族の敵対関係については、ジェイミーが詳しく話してくれたけど、彼と伯爵のあいだにある敵意は、とくに強いというか……個人的な感じがするの。なぜジェイミーはあんなにも伯爵を軽蔑しているのかしら」

「これだけは言えるよ。ジェイミー・シンクレアは正当な理由がなければ、絶対に何もしない」

「よその男の花嫁をさらったりもしない？」

ボンは彼女と目を合わせていられなくなって顔をそむけた。明らかに動揺している。

「あなたは誘拐した理由を知らないんでしょう」次第に事情がわかってきた。「だからジェイミーをけしかけたりしたんだわ。ちがう？　わざと彼を怒らせて、話させようとしたんじゃないの？」

ボンの顎の筋肉がぴくりと動いたが、彼は焚き火に目を据えたままだった。「ジェイミーは怒りっぽくて気性の激しいところがある。あいつのじいさんも、シンクレアの先祖もみんなそうだった。けど、おれはあいつが無謀なことをするのを見たことがねえ。伯爵に何を要求するのかは知らねえが、あいつにとっては、とてつもなくだいじなものだってことはわかる。それを手に入れるためなら、あぶない橋だって渡る気だ。おれたちの命さえ危険にさらしてな」

エマがさらに問い詰めようとしたそのとき、深緑色の瞳、濃い赤毛の顎ひげの若者がすぐそばに来て、紐を掛けた薄汚い紙包みをさしだした。「ベーコン、もう少しありますけど」「おれはパンを持ってる」べつの男が恥ずかしそうに黒パンを半斤、手渡した。かなり古いものらしく、岩のように硬い。

「おれたちゃ、チーズを持ってるよ」マルコムとアンガスが声を揃えて言った。ふたりは、どっちがチーズを覆った緑色のカビを払い、うやうやしく彼女にさしだす特権を手にするべきか、少しのあいだ争っていた。

ほかの男たちも集まってきた。エマは期待に満ちたみんなの顔をゆっくり観察した。いまのみんなは、荒くれ者の集団というより、焼きたてのシュガービスケットがほしくてたまらない、汚らしい男の子たちのように見えた。

しようがないわね、というように首を振り、エマは言った。「みんな、下がってちょうだい。レディには、仕事をする場所が必要なの」

野営地に戻ってきたジェイミーは、思いもよらなかった光景を目にした。男たちがブリキの皿の上にかがみこみ、まるでひと月ぶりに食事にありついて、二度とこんな機会はないと思っているように、ナイフの先で食べ物をすくっては口に運んでいる。

ベーコンの焼けるなんともいえない香りが鼻をくすぐらなければ、男たちのふるまいにはもっと当惑したことだろう。ジェイミーはその香りに誘われて、前に進んでいった。けさは、まだ空が明るくならないうちに、硬いパンと干した鹿肉の薄切りで腹ごしらえをして野営地を抜け出したのだが、おいしそうな香りに食欲を刺激され、たちまち胃袋が反応した。

その食欲は、食事会の采配《さいはい》をふるっている女の姿を目にしたとたん、かぎりなく危険なものへと変化した。エマがグレイムの肩に身を寄せ、彼の皿にジャガイモのお代わりをよそっている。外はカリカリに、中はやわらかくなるように炒《いた》めたジェイミーの好物だ。グレイムは崇拝するような目でエマを見てから、すでにいっぱいになっている口に、山盛りのジャガイモを突っこんだ。

ジェイミーはほかの男たちの皿を見た。どの皿にも、ジャガイモとベーコンと、ベーコンの脂で焼いた分厚いパンに溶けたチーズのかかったものが載っている。

ジェイミーは信じられない思いで首を振った。「きょうは宿をとって食事をすることにしておいてよかった。おまえら、いっぺんに半月分の食料を食っちまったようだからな」

みんな、きまりの悪そうな顔をする程度には頭が働いたが、食べるのはやめなかった。

「朝食はいかが、首領?」エマが尋ねた。堅苦しい口調で言われても、ジェイミーは、昨夜キスをしたとき、彼女が思わず喉の奥から漏らした小さなうめき声を思い出さずにはいられなかった。エマは自分の皿からベーコンを一枚つまみあげ、彼にすすめた。

ジェイミーはしぶしぶそれを受け取った。イヴからリンゴを渡されたときのアダムもまさにこんな気持ちだったのだろう。

なおも用心深くエマを見ながら、ジェイミーはベーコンを口にしてみた。香りを嗅いだときには、天にものぼる心地だったが、味はもう、この世のものとは思えなかった。あっというまにひと切れを平らげ、気がつくと、行儀も恥も忘れて指先についた脂をなめていた。

「この嬢ちゃんは、天才的に料理がうまい」ボンがジャガイモをほおばったままで言った。「もし伯爵の許嫁《いいなずけ》じゃなかったら、おれが嫁にもらいてえぐらいだ」

「まあ、ありがとう、ボン」エマはうれしそうに微笑んだ。「母は、レディにはふさわしくないくだらない趣味だと言ってたけど、わたしはずっと料理が好きだったの。子供のころは、料理人がほうきを使ってわたしをキッチンから追い出さなきゃならないほどだった。でも料理好きがさいわいして、料理人が……その……引退したあとには……代わりを務めて家族の役に立てたわ」

エマは目を伏せ、ジェイミーの鋭い視線を避けた。代わりに台所に立つはめになったのは、おそらく、父親が料理人の賃金を賭け事や酒に使ってしまったからだろう。妹たちが手伝ったことはあっただろうか。ジェイミーはそう考えずにはいられなかった。

ここでジェイミーは、まだ誰も起き出さないうちに野営地を離れた用を思い出し、肩に担いでいた二羽のウサギをエマの足もとへ投げ出した。内臓はのぞいて、下ごしらえをしてある。

驚きを浮かべたエマの瞳を見て、ジェイミーは言った。「おれといっしょに旅をしているあいだは、新鮮な肉がテーブルに載らない日はない」

ジェイミーはくるっと背を向け、自分の馬に向かって歩いていった。「さっさと食べ終えて、荷物をまとめろ。きょうのうちにムイラのところにたどり着きたかったら、ぐずぐずしている時間はないぞ」

「ムイラって誰？」エマは彼の背中に向かって大きな声できいた。

「友だちだ」彼はそっけなく答えた。「それから、みんな、このお嬢さんとあんまり仲よくなるなよ」男たちに向かって肩ごしに言った。「この人はペットじゃない。ずっとそばにおいとくわけにはいかないんだ」

意気消沈した彼らのうめき声を聞きながら、ジェイミーはこの警告をしっかり心に留めるべきなのは、自分のほうかもしれないと思っていた。

その長い一日、ジェイミーは自分にしか見えない悪魔から逃げるようにして、何度も後ろを振り返りながら、容赦のなく馬を駆り一行を引っぱっていった。

最初のうち、エマは彼の後ろの鞍に背筋を伸ばして座っていようとした。プライドがじゃまをして、彼にしがみつくことができなかったのだ。けれども、三度目に馬から滑り落ちそうになり、崖っぷちから転落してはたいへんだと思って、あわてて彼のベストの背をつかんだとき、とうとうジェイミーは腹立ちまぎれの悪態を噛み殺して馬からおり、彼女を前に乗せることにした。片腕をエマの腰にまわし、彼女を腿のあいだにしっかりとはさみこんで、自分がいま反抗を許す気分ではないことを知らせた。

やがて斜面が急になり、樹木がまばらとなって、景色がさらに荒涼としてくると、エマは彼の強引さに感謝したい気持ちになっていた。この広い胸とたくましい腕に支えられていなければ、とっくにこの岩だらけの峡谷に転がり落ちて首の骨を折っていたことだろう。

男たちはみんな、腹いっぱい食べてから出発してきたことに感謝していた。なぜならジェイミーは、ほんの五、六回しか馬をとめず、最低限必要な食べ物と水と休息しかとらせてくれなかったからだ。すぐにいらだたしげに大声をあげ、急げ、馬に乗れ、と命令していたところをみると、休憩は自分たちのためではなく、馬のためだったのだろう。

先へ進むほどに、空気が薄くなり、エマのやわらかい肌を打つ風が鋭い鞭のように感じられてくる。ほんのわずかな春の兆しさえ遠ざかり、点在する白樺やシーダーの木立の下に薄汚れた雪が現われるようになった。

ほどなく、エマの世界は、自分を支えてくれるジェイミーの筋肉質の体と、腿のあいだで規則的に揺れる馬の動きだけになった。イングランドの思い出は遠い夢の名残りにしか思えなくなっている。やわらかい春の草原に躍る太陽の光も、芽吹きはじめた生け垣の中で歌うヒバリの声も……。これ以上はないと思うほどに気が滅入《めい》ってきたころ、鉛色の空から冷たい雨が降ってきた。

ジェイミーは荷物の中から油布を取り出し、それをテントのように使って、ふたりの頭を覆った。しかし気まぐれな風が向きを変え、氷の針のように冷たい雨が顔を突き刺しはじめると、せっかくの工夫も無駄になった。ほどなく、雨がエマのまつげからしたたり落ちて、涙のように頬を流れていた。エマは傷ついたプライドをかなぐり捨て、ずぶ濡れになって震えながら、ジェイミーにしがみついていた。

やがて一行は、濡れて滑りやすくなった岩の上を馬が歩いていけるよう、速度を落とさざるをえなくなった。エマはこっくりこっくりと頭を垂れはじめた。眠ってしまったのか意識を失ったのかはわからないが、目をあけたときには、はじめて見たのに胸が痛むほどなつかしい光景が開けていた。

これは夢だわ、と思った。あまりに疲れたせいで、信じられないような幻を見ているにちがいない。そうでなければ、なぜこうして絵に描いたようにすてきなものを目にしているのか、説明がつかない。エマはまばたきをしてみたが、それは消えなかった。ちゃんと実在していて、こぢんまりとして居心地がよさそうで、見ているだけで強烈なあこがれをおぼえて胸が熱くなる。

　エマが居眠りをしていたあいだに、雨は雪に変わっていた。彼らの前に開けた平地では、白い雪のかけらがふわふわと風に舞っていた。その中央に、一軒の家が建っていたのだ。小作農が住んでいそうな崩れかけの小屋ではなく、長年、風雪に耐えてきた灰色の石造りの頑丈な建物で、上には藁《わら》葺《ぶ》き屋根が載っている。壁に深く埋めこまれた窓からは、疲れた旅人を歓迎するかがり火のように、陽気なランプの明かりがこぼれ出している。

　エマの目には、その家は、石と漆喰《しっくい》ではなく、ジンジャーブレッドとマジパンでできているように見えた。いまにも、白髪の痩せた老婆が入り口に姿を見せ、手招きしそうな気がした。キャンディや砂糖漬けの果物をすすめておいて、わたしをオーブンに突っこんでやろうとたくらんでいたりして……。

　いまはそういう運命さえ喜んで受け入れられるかもしれない。また体がぶるぶると震えはじめ、エマはそう思った。

　馬がついに体を揺らすのをやめたときには、エマにとって唯一、変わりのないものはジェイミーの腕だけになった。彼は馬をおりると、なめらかな動作でひと息にエマを鞍から引きおろした。だが地面に立たせるのではなく、胸にかかえこんで子供のように抱いたまま、家に向かってのしのしと歩きはじめた。

エマはそっと彼を見た。舞いおりた雪が豊かな黒髪に散り、まつげにかかってダイヤモンドのように輝いている。

押しつけがましい態度に抗議すべきだったことはわかっている。いますぐ下におろしてと言うべきだった。けれども、震える脚でちゃんと立てる自信はない。だからエマは片手をジェイミーの首にまわした。彼の足もとにばったり倒れるほうが無様だと自分に言い聞かせた。疲れた頭を彼の肩にもたせかけながら、こんなに信用ならない人が、こんなにも力強くてあたたかくて頼もしく感じられるのは、理屈に合わないような気がした。

家の前の石段に近づくと、まるで魔法のように、木の扉がさっと開いた。

ジェイミーが頭を下げて低い戸枠をくぐり、たちまち、あたたかい空気に包まれた。シナモンビスケットのおいしそうなにおいもほのかに漂っている。

一瞬ぼうっとしてしまったが、すぐに、ふたりを中に入れてくれたのは、かん高い声で笑う老婆などではなく、赤い頬をした女性であることに気がついた。丸々と太っていて、体の幅と身長がほぼ同じくらいだ。頭のてっぺんがジェイミーの肘にようやく届く程度の背丈なので、そんな体形になったのも無理はない。

しわくちゃのテントみたいな寝間着を着て、白髪を三つ編みにした長いおさげが肩にかかっているところをみると、一行の到着で起こされてしまったのだろう。それでも気分を害したようすはまるでなく、手放しで喜んでいる。

老婦人は手をたたき、バラ色の頬をほころばせた。「ジェイミー！　あたしのかわいいぼうや！　この哀れなばあちゃんがいちばん会いたかった子だよ！」

ジェイミーはエマを腕に抱いたまま、どうにか身をかがめ、女性の白い頭に軽く唇を触れてキスをした。「見えすいた謙遜《けんそん》なんかしなくていいよ、ムイラ。あんたはいまでも北エディンバラでいちばんの器量よしだ。おれだって、ほんの小さな子供のころから、半分あんたに惚《ほ》れてたんだから」

「半分だけ？」ムイラは恥ずかしそうにきいてから、女学生のようにくすくす笑った。「いまでも待ってるんだよ。あんたが正気に戻って、あたしに結婚を申し込みにくるのをね」

「わかってるだろ？　ご亭主がかまわないって言うんなら、すぐにでもそうするよ」ジェイミーは背筋を伸ばし、こぢんまりした感じがするのに広い部屋を見渡した。居間兼食堂として使われているようだ。「ご亭主は？」

「また若いもんを連れて狩りに出てるわ」ムイラの目がいたずらっぽく輝いた。「あたしが若い色男をベッドに連れこんでるところへ帰ってきたりしたら、いい気味なんだけどね」

「口を慎めよ。あんたのご亭主は、顔を赤らめている若い新妻をもてあそぶばかがいたら、その場で撃ち殺す男だ。おれのじいさんも、あんたにウインクしただけで、あやうく撃たれそうになったことがある」

ムイラはジェイミーの肩をぴしゃりとたたいた。「ドラモンド・マカリスターと結婚してもう三十五年だよ。あんたみたいに、口のうまい若い人にちょっとお世辞を言われたくらいじゃ、もう赤くならないさ。あんたのじいちゃんは元気かい？　初雪が降る前に、あの頑固者が山をおりて訪ねてきてくれないかと思ってたんだけど、さっぱりだった。何カ月も顔を見てないわ」

エマの角度からだと、ジェイミーの下顎に急に力がこもり、喉の脈がわずかに速くなったのがはっきりとわかる。「このごろはあまり遠出をしなくなったようだからな。おれも二カ月近く会ってない」

ムイラは鼻を鳴らして笑った。「あのへそ曲がり、まさか隠居して揺り椅子に引きこもってるんじゃないだろうね。自分のいいようにできてたら、きっといまごろはまだ連中を束ねてただろう。あんたはいまもセント・アンドルーズかエディンバラにいて、紳士の真似ごとなんかしてただろうね」

ジェイミーはぶるっと体を震わせてみせた。「とてもやってられなかったさ。ウイスキーは薄いし、あんたみたいにきれいな娘はいなかったからな」

突然ムイラは、ジェイミーの肩ごしに、前庭を包んだ影を透かし見て、不安そうに目をくもらせた。「銃を持ってきて、扉にかんぬきをおろそうか。あんた、追われてるのかい？」

「いまのところはだいじょうぶ。ただ、全身びしょ濡れで、腹を空かせて疲れきった男たちがついてきてるんだ。みんな、カブとジャガイモのあったかいスープがもらえて、馬小屋にひと晩泊めてもらえたら、命をさしだしてもいいって思ってる」

ムイラは、深夜に起こされて、十人ばかりの腹ぺこの男たちに食事を用意するはめになったことを、このうえなく幸せだと思っているように、ぽっちゃりした手をこすりあわせた。「すぐ台所の炉に鍋をかけるよ。それから、ナブに言って、ヒツジたちを囲いの中に入れさせなきゃ」品のよくないウインクをしてそう付け加えたあと、エマに注意を向け、キャラメル色の瞳をコマドリの目のように輝かせて好奇心をあらわにした。「ところで、何を抱っこしてるんだい？　ムーアでずぶ濡れのハタネズミでも見つけたのかい？」

ほかのときなら、ネズミにたとえられたらたじろいだかもしれない。けれどもいまは、かたかた鳴る歯のあいだから、ネズミのようにチューと鳴いて抗議する気力もない。

エマは自分を抱いたジェイミーの腕に力がこもるのを感じた。「おれが野郎どもと馬のようすを見てくるあいだ、彼女の世話を頼もうと思ってたんだが」

「まかしといて」ムイラはたしなめるような目でジェイミーを見ながら、困った人だねといわんばかりに舌打ちをした。「かわいそうに。このようすじゃ、あんたよりあたしのほうがずっとうまく面倒が見られそうだね」

掛け具から、明かりのともったランプを取り外すと、ムイラは部屋の奥へと案内した。ふた晩も冷たい地面で眠ったエマの目には、低い漆喰塗りの天井ときれいに掃き清められた石床を備えたこのこぢんまりとした家が王さまの宮殿のように見える。隅のアルコーヴには、幅の狭い木の階段がついていた。この家には、寝室代わりの屋根裏部屋ではなく、きちんとした二階があるらしい。

むき出しのオークの垂木には、鉄の掛け具がずらりと取りつけられていて、よい香りのする乾燥させたローズマリーやタイムといっしょに、たくさんの鉄鍋や銅のやかんが並べて掛けてある。ジェイミーは、いちばん大きな鍋に頭をぶつけないよう、かがまなければならなかった。

石造りの暖炉でぱちぱちと楽しげにはぜる火を見たとたん、エマはこの部屋のほかの魅力をすべて忘れてしまった。暖炉の前の敷物には、灰色の鼻面の老いた猟犬が眠っている。その犬を追い払って自分がそこに寝そべりたいのを、エマはどうにかこらえた。

ジェイミーは、暖炉にいちばん近いベンチの上にそっとエマをおろし、少し上体を起こして、ムイラに何やら耳打ちをした。

「わかった、それも承知だ」ムイラはうなずき、またもや目をいたずらっぽく輝かせた。

「あんたが戻るまでに用意しとくよ」

謎めいた約束を果たすためか、ムイラは家の奥のほうを向き、パンパンと手をたたいた。エマはそちらのほうへ首を伸ばした。ムイラに命じられた仕事をするために三人のこびとかユニコーンが現われるのではないかと思った。

けれども、台所らしい場所から、疲れた目をこすりながら出てきたのは、ふたりのメイドだった。ひとりは、赤ら顔にしてしし鼻で、女主人と同じくらいに背が低くて太っているが、もうひとりの若い女は長身で顔立ちが整っていた。情熱的な感じの黒い巻き毛はつややかで、豊かな胸は、ボディスの大きくあいた襟ぐりからいまにもこぼれそうだった。

その女はジェイミーを見るなり、ぱっと目を輝かせた。ムイラのあの歓迎ぶりが冷淡に思えてくるほどだった。「まあ、ジェイミー・シンクレア、久しぶりじゃないの」甘えるような声で言い、格好のよい腰に片手をあてた。「この前、あたしのところに……いえ、ここに来てから、ずいぶんになるわね」

15

ジェイミーはエマの視線をきっぱりと避け、軽くうなずいた。「元気そうだな、ブリジッド。相変わらず」

ジェイミーの高い頰にわずかな色がさしたことに驚き、エマはただぼう然と見ていることしかできなかった。この男に顔を赤らめることができるなんて、思いもよらなかった。

「あんたほどじゃないけどね」ブリジッドは答えて、彼を頭のてっぺんから足の爪先までじろじろとなめるように見た。いますぐにでも彼を近くの干し草置き場に誘いこんで、押し倒したがっているような顔をしている。それもはじめてじゃなさそう……。ふっくらした唇をなめるしぐさが、何かを意味しているとすれば。

エマはびしょ濡れの縄みたいになった髪の隙間から、無礼な娘をにらみつけたが、すぐに自分のしていることに気づき、目を伏せた。さいわい、ジェイミーはすでに後ろを向き、扉に向かって大またに歩きはじめていた。重荷になってしまったエマから解放されて、ほっとしているのだろう。

ムイラはふたりのメイドを台所へ追いやった。「さっさと仕事にかかりな！　ぽかんと口をあけてぐずぐずしているひまはないよ！　やることがたくさんあるのに、時間は少ししかないんだからね」

ブリジッドは小ばかにしたようにエマを見てから、ムイラと、そのあとについていくもうひとりのメイドといっしょに台所へ戻っていった。

エマはブーツを引っぱって脱ぎ、暖炉の前にうずくまった。灰色の鼻面をした猟犬のそばに座って、ぬくもりに浸っているだけで、もう何もいらないと思えるほどに幸せだった。時折、鍋がかすかに触れあう音やゲール語の悪態、重い足取りで背後の階段をのぼりおりする音が聞こえてきた。びしょ濡れだった服が少し乾いて、湿った程度になったころ、ムイラがまた現われて、エマに木のボウルを手渡した。エマはまたたくまに、その中身をスプーンでかきこんでしまった。それがあたたかいこと、自分の知っている野菜が入っているように思ったことしか、意識にのぼらなかった。まだ震えている手にムイラがあたたかいお茶の入ったカップを押しつけてくれたときも、同じようにありがたかった。

カップから立ちのぼる湯気を吸いこみ、至福のひとときを味わってから、エマはそれを唇にあてがった。

その液体は彼女の喉を焼きながら滑りおりていった。エマは咳きこみ、裏切られたような目でムイラを見た。

「いいから、飲んじまいな」ムイラはうながし、どっしりとした尻を炉端に落ち着けた。「紅茶よりウイスキーのほうが早く体があったまるからね」

目をしばたたいて涙を振り払い、エマはおずおずとウイスキー入り紅茶をもうひと口飲んでみた。ムイラの言うとおりだ。焼けつくような感覚はすぐに引いて快い火照りに変わり、お腹があたたかくなって、かじかんでいた指や爪先にも感覚が戻り、むずむずしはじめた。

凍りついて動かなくなっていた舌を解かしてくれたのは、ウイスキーだろうか、それとも慈愛に満ちたムイラの目の輝きだろうか。それはわからないが、ふいに言葉が口をついて出た。「ジェイミーとは古いお知り合いなの？」

「あの子がじいちゃんの肩に乗っかってた小さいころからだよ」ムイラが微笑み、ふっくらした頬にえくぼができた。「あのころのジェイミーは、いつでもどこでもラムジーの上着の裾をつかんでついて歩いてたね。元気がよすぎてはめも外したけど、ラムジーの見てる前じゃ、絶対、悪いことはできなかった。あの子が十七になった年に、ラムジーはあの子をりっぱな学校に送り出したんだけど、そりゃあもう、胸のつぶれる思いだったようだね」

「その学校があの人にちゃんとお行儀を教えられなかったのは残念ね」エマはつぶやいた。ブリジッドのいやになれなれしい挨拶を見てから、妙に気持ちがささくれ立っている。

ムイラはとがめるようにエマを見た。「めったなこと言うもんじゃないよ。肝っ玉の太い男には、行儀なんかいらないんだ。うちはね、ジェイミーが——その前にはあの子のじいちゃんが——雌牛を一、二頭盗んできてくれたおかげで、ミルクと肉にありつけて、どうにか一家揃って寒い冬を越せたことが何度もあったんだ。シンクレアの人たちがいなかったら、あたしたちはとっくに、ヘップバーンとその一味にこの山から低地に追いやられてたよ。飢《き》饉《きん》のときも、あたしたちが食うに困らないよう、金に困らないよう、シンクレアの人たちが助けてくれた。うちでも息子が三人、しばらくジェイミーの世話になってたんだよ。いまじゃ、みんな所帯を持って、子供を育ててるけどね」

「ジェイミーがわたしをさらってきたって聞いても、そんなふうに迷わず彼をかばえる？」

ムイラのジェイミーに対する歓迎ぶりを考えれば、この女主人が恐怖に息をのんで、さっさと当局に届け出るとは思えなかった。だがそれでも、ムイラが身を寄せてきて、母のようにやさしくエマの膝をたたいたときには、当惑した。「そうじゃないかと思ったよ。うちのドラモンドだって、父さんの目の前であたしをかっさらったんだからね」

エマは耳を疑い、ムイラを見つめた。「あなたもご主人にさらわれたっていうの？」

「ああ、そうさ」ムイラはため息をつき、思い出にふけるように、少し遠い目をした。「あたしを馬の背にぽんとのっけて、村人の半分が見てる前で逃げ出したんだ。あたしには妹が六人いた。みんな、うらやましがって地団駄踏んでたよ」

この人はたぶん、どこかおかしい。エマはムイラの晴れやかな顔を見て驚いていた。たぶん、スコットランド人はみんなどこか変なのだ。

「でも、いまは暗黒時代じゃないのよ」エマはウイスキー入りの紅茶をまた口にふくんだ。体温があがるにつれ、怒りがふくらんでいく。「わたしの故郷では、男性は好ましいと思った女性に求愛するの。気に入られるよう努力するのよ。詩を書いて、相手の顔の美しさや、足取りの軽やかさや、気立てのやさしさをほめたりする。肩に放りあげて連れてったりしないわ。自分が住んでる洞穴とか――家にはね」エマは盗み見るようにして、居心地のよい部屋をちらっと見まわし、付け加えた。古びた敷物が敷かれ、傷はあるがどっしりした家具を備えたこの家では、人が生きただけではなく、人生を謳歌《おうか》したことがうかがえる。「わたしの故郷では、男性は洗練されたマナーを身に着けているのよ。紳士のように」エマはこわばった声で結んだ。「野蛮人みたいな真似はしないの」

「おや、でも寝室で男と女がすることには、行儀もへったくれもないでしょうが」ムイラは片目をぱちりとつぶってみせた。「少なくとも、そんなものはないほうが、女にとっちゃ幸運だよ」

「で、ムイラはいつも最高に運のいい女だったんだよな」すぐ後ろからジェイミーの声が聞こえ、エマは跳びあがるほどびっくりした。いまの異様に熱のこもった演説をひとことも漏らさず聞かれてしまったかもしれない。「それが証拠に、いまは背の高いがっしりした息子が七人に、孫が二十七人もいるんだ」

ムイラは炉端から立ちあがると、ジェイミーの腕をこぶしでたたき、卑猥《ひわい》な笑い声をあげた。「からかうんじゃないよ! 孫の数は、いまじゃ二十八人だ。あんたがヘップバーンの二股に分かれた尻尾をつかみに出かけてるあいだに、カラムの嫁さんが七人目の子を産んだのさ」

エマは、自分の婚約者がこの山ではあまり人気がないことを思い知らされ、残った紅茶を苦い思いで一気に飲みほした。そしてジェイミーがムイラに説明するのを待った。彼がエマをさらったのは妻にするためではなく、敵に買い戻させて、利益を得るためだということを。だがジェイミーは黙ってエマの手から空のカップをとってムイラに返し、またエマを抱きあげた。

エマは身を硬くした。頭のよくない子供のように扱われるのはもういやだ。「わたしを下におろしてください。証明してみせるわ。わたしにはちゃんと――」

「――あと五分くらいは黙っていられるってことをな」ジェイミーはそう続けておいて、階段のほうへと歩いていった。

エマはぴしゃっと口を閉じた。ムイラやメイドたちの前で騒ぎ立てたくなかったのだ。娘たちはまた姿を見せていて、ジェイミーがエマを運んでいくのを見ていた。太った娘は魅入られたように口をぽかんとあけているが、ブリジッドのほうは、目を猫の瞳孔のような形に細めて憎々しげににらみつけている。

ドラモンド・マカリスターが、悲鳴をあげるムイラを馬の背に乗せて村から走り去ったときも、妹たちはこんなふうにうらやましそうな顔をしたのだろう。ほんとうは、いまはジェイミーの手荒な扱いが自分の評判を傷つけることのほうを心配すべきだ。それはわかっている。でも、ブリジッドのそばを通るときには、思わず子供のように舌を突き出してやりたくなった。

ジェイミーは階段をのぼり詰めると左へ曲がり、狭い廊下の突き当たりの部屋へとエマを運んでいった。もっとも、そこは窓のついた小さな屋根裏部屋にすぎなかった。家具といえば、梯子《はしご》状の背もたれがついた椅子と、ランプを載せた小さなテーブル、それに鉄の箍《たが》のはまった円形の木の浴槽だけだった。

熱い湯が張られ、渦巻き状に湯気の立ちのぼる浴槽だ。

「悪いけど、これがおれにできる精いっぱいだ。詩をつくってきみをほめてるひまはなかった。きみの顔の美しさや、足取りの軽やかさや……気立てのやさしさなんかをさ」ジェイミーは皮肉っぽく付け加えた。

エマはジェイミーの腕から床に滑りおりると、彼に腹を立てたことなどすっかり忘れ、吸い寄せられるように足を踏み出した。いまなら、彼のすべてを許すことができる。人を殺したことさえも……。さっき暖炉の前でぐったりしていたときには、メイドたちが階段を何度ものぼりおりする足音を聞いてはいたが、寒さと疲労ですっかり頭がしびれたようになっていて、お湯を満たした桶《おけ》を運んでいたとは気づかなかったのだ。ジェイミーが馬と男たちのようすを見に雪の中へと飛びだしていく前に、ムイラに何を耳打ちしていったのかが、ようやくわかった。

「ああ、ジェイミー」エマはかすれた声で言い、あたたかく、絹のようにやわらかいお湯に指先を滑らせた。「すてきだわ！」

顔をあげると、ジェイミーは瞳に奇妙な輝きをたたえて彼女を見ていた。エマの顔から笑みが消えた。「何？　なぜわたしを見てるの？」

「きみがはじめて、おれのクリスチャンネームを口にしたからさ」彼はエマの唇に目を落とした。その瞬間、エマは、激しいキスを受けたような気がして、ウイスキーさえ届かなかった体のあちこちが熱くなるのを感じた。「なかなかいい響きだった」

ジェイミーの言葉の衝撃を受けとめきれずにいるうちに、彼は行ってしまった。エマはひとり取り残され、震える指でわずかに開いた唇をそっと撫でていた。


〝ああ、ジェイミー……〟

もう一度、そう言わせたい。自分がそれを強く望んでいることを考えないようにしながら、ジェイミーは大またでつかつかと家を出ていった。この次に言わせるときは、最後のほうが喜びのため息か、喉の奥から漏れ出る降伏のうめきに変わるだろう。おれは、そばかすの浮いた彼女の白い腿のあいだにひざまずいて……それで……。

ジェイミーは思わずうめきそうになり、あわててそれをのみこむと、家の裏手に伸びあがる岩の斜面の端まで急いで歩いていった。空からはまだ雪が舞いおりてくるが、このもろくて硬い氷のかけらにも、体の火照りを鎮めることはできない。冷たい風が肌を刺しているのに、彼の目には、エマが湿った服を脱いで湯の中に体を沈める姿しか見えなかった。おれもあんなふうにエマの中にこの身を沈めてみたい……。

そんなばかげたことを考えて楽しむには、もう遅すぎる。おれは生涯、自分が望むものをヘップバーンから取りあげる日を待ってきた。だが残された時間はなくなろうとしているのだ。

ヘップバーンがおれの望むものを引き渡したら、約束を守ってエマをあの聖堂の前に送り返すしかない。エマはあそこで、伯爵を夫とし、主《あるじ》とし、わが子の父とすると誓うのだ。

ジェイミーはこぶしを握りしめた。ヘップバーンの持っているもののうち、おれがどうしても手に入れたいものはひとつだけだ。とうに自分にそう言い聞かせている。あいつの強欲さや、横柄さ、権力への執念は、おれにとっては軽蔑の対象でしかない。

だいたい、このジェイミー・シンクレアがなぜ、古ぼけた石の山をうらやむ必要がある？おれにはそんなものよりはるかに貴重な自由という宝がある。四枚の壁に閉じこめられることなく、満天の星の下で眠れる自由があるのだ。この山全体がおれの王国だ。だからおれは、自分にかしずくおおぜいの家臣など、ほしくはない。おれには、忠実な部下がいる。ただ冒険をともにする約束を交わしただけで、つねにそばにいてくれる仲間たちが。

だがおれはいまここで、気位が高くて怒りっぽいヘップバーンの花嫁をほしがって悶々《もんもん》と立ち尽くしている。あの娘が身勝手な欲の深い女ならよかった。ダイヤモンドのイヤリングや毛皮の縁取りのついたマントほしさに、ぴちぴちした若い体をすすんで伯爵に売り渡すような女だったなら、これほど彼女をほしいとは思わなかっただろう。ブーツの下で雪が解けていくのが感じられるほどに、全身を火のように熱くして、寒空の下に立っていたりはしなかっただろう。キスはおろか、終生変わらぬ愛すら求めず、さっさと自分をベッドに迎え入れる女で満足できたかもしれない。

その思いに応えるかのように、渦を巻く雪の中から二本のあたたかい女の腕が伸びてきて、彼の腰に巻きついた。

心臓が大きくどきんと打ち、その震動がそのまま下腹部に伝わった。ジェイミーはつかの間目を閉じ、これはエマの腕だと思おうとしてみた。エマが雪をものともせずに、自分をさがしにきてくれたのだ、と。湯浴《ゆあ》みを終えたばかりの肌は潤い、ほんのりとバラ色に染まっている。この背中には、あのなんともやわらかい胸が押しつけられているのだ、と。

けれども、彼の鼻をくすぐったのは、雨に洗われたライラックの甘い香りではなかった。台所のかまどにくべた薪のにおいだ。しかもそこには、まぎれもない、女の欲望のにおいがまじりこんでいた。

ジェイミーは振り向いて、冷気の中に白いため息を吐き出した。「家に戻れ、ブリジッド。凍え死んでも知らないぞ」

豊満な体つきのその娘は、彼の首に両腕を巻きつけ、声を立てて笑いながら彼を見あげた。「そうだね。でもあんたのそばにいれば、その心配はないんじゃない？　あんたは、女を熱くする特別の方法を知ってるんじゃなかったっけ？」

ジェイミーはうめいた。女が貪欲な小さな手をふたりの体のあいだに滑りこませ、やわらかい鹿革のズボンの上から、硬くなった彼の敏感な部分をまさぐったからだ。

「まあ……」ブリジッドは吐息を漏らし、いかにも恥ずかしそうに彼を見た。「今夜はきっとあんたがあたしに会いたがるって、ギルダに言ってたんだ。でもここまで熱くなってるとは思わなかったわ」

彼女にほんとうのことを告げる気にはなれなかった。おれの体は、二日前、あるイングランド人の華奢な娘を自分の鞍の前に乗せたときから、こうなっているのだと。

いずれにせよ、ブリジッドは会話をする気分ではなかったようだ。大きな乳房を彼の胸にこすりつけながら、濡れた熱い唇を彼の喉に這わせることしか頭にないらしい。

すぐにでも彼女のスカートをめくりあげて、せっかくの申し出を受け入れるのが筋だろう。そうしないのはばかだとは思う。それに、彼の股間をたえまなく苦しめているこの痛みから解放されれば、いくらか頭に血が戻るだろう。ほかの男の花嫁に対する、つのるばかりの思いも鎮められるかもしれない。

粗野な悪態を嚙み殺し、ジェイミーはブリジッドを両腕に抱くと、キスを待って開いている、熟れた唇に屈伏した。


エマは浴槽の縁に頭を乗せて目を閉じ、冷えきった体の芯が溶けていくような感覚を味わっていた。まだお腹に残っているウイスキーの熱さと、胸をひたひたと洗うお湯のうっとりするようなあたたかさがまじりあい、心地よいけだるさが全身にしみ渡っていく。

メイドたちが清潔なマットと石鹸を用意し、浴槽の縁に麻のタオルを掛けていってくれた。ムイラの手作りにちがいない粗末な石鹸だったが、エマには、パリの工場でつくられたラヴェンダーの香りの高級石鹸と同じくらい、すばらしいものに思えた。贅沢に泡を立て、たっぷり時間をかけて肌と髪から旅の汚れをこすり落とした。

それから、お湯の中にさらに深く身を沈め、家の庇《ひさし》を取り巻いて吹く風の音に耳をすましながら、心から喜びのうめきを漏らしたいのをがまんした。そろそろお湯から出なくては……。それはわかっていた。いつまでも浸《つ》かっていたら、ジェイミーが戻ってきて、自分も入ろうとするかもしれない。

意思とは裏腹に、エマの気まぐれな空想は、彼が生まれたままの姿でお湯に身を沈めるところを脳裏に描き出した。彼はこっちへ来いとでもいうように、いたずらっぽい笑みを浮かべて彼女を引き寄せ、腕に抱く。その体は筋肉質で、アザラシのように濡れてすべすべしている……。想像したとたん、べつの種類の熱がぽっと体を包み、ピンクの乳首が硬くなった。たちまち下腹に火がつき、その炎がくねくねと下に伸びて、腿のあいだが疼きはじめた。

エマははっとして目を見開き、浴槽の中で身を起こした。頬は冷たいのに、ふいに体が火照り、いらいらしてきた。エマは片手の甲を額にあてた。雪や雨風にさらされるのは、わたしには無理だったのだ。重症の熱病にかかったにちがいない。これまでも、浴室――詮索《せんさく》好きな妹たちの目から逃れられる唯一の場所――にひとり閉じこもり、ライサンダーを思ってぼうっと過ごしたことは何度もある。でも、こんな過激な妄想に悩まされたことはない。思いっきり大胆な空想をしたときだって、ライサンダーは紳士らしい完璧な服装に身を包んでいた。房のついたヘシアンブーツはぴかぴかに磨かれていたし、スカーフタイはきちんと結ばれていた。その彼が、エマのすぼめた唇にこっそりと他愛もないキスをする、というのが、これまででいちばん官能的な筋書きだった。

エマは眉をひそめた。考えてみれば、もうあの男の顔を思い出すことさえできなくなっている。信じられないほどすてきだと思った顔立ちは、いまはただ、ぼんやりとした靄でしかない。くるくるとカールした髪も、記憶の中ではもはや黄金のようには輝かず、トウモロコシの皮のように白っぽくなって、生気が失せていた。正しい発声法で歯切れよく子音を発音し、完璧に調整されていたあの声も、いまでは、時間のたった紅茶のように生ぬるいとしか思えない。官能的な響きがまるでなく、女がひとりで浴槽に浸かっているときにキス以上のことを夢想するような、情熱のくすぶりも感じられなかった。

またもや、困惑するような火照りに襲われ、エマはすばやく浴槽から出ると、粗い麻のタオルで体を拭いた。またあのじっとり湿った冷たい服を着るのかと思って、すでに暗い気分になっていたが、そのときふと、かたわらの掛け釘《くぎ》に掛かったネグリジェが目に留まった。

エマは、洗いたてらしい糊のきいたその寝間着を頭からかぶった。と、突然、気まぐれな風が窓をたたいた。弾みで窓が開き、冷気が部屋の中に流れこんで、エマの湿った肌が粟立った。

あわてて窓に駆け寄って閉めようとしたが、掛け金に手を触れたところで、指が動かなくなった。下の斜面の端でひしと抱きあうふたりの人影が見えたからだ。

16

家の裏手の岩場に、雪が神秘的な光を投げかけ、女の腕に抱かれたジェイミーの姿を浮かびあがらせていた。

その光景を目にしたとたん、エマの体は妙に熱くなり、すぐにさあっと冷たくなった。雪のかけらが窓の外ではなく、自分の心の中で舞っているような感覚にとらわれた。

目をそらしたいのに、そらすことができない。見ていると、ブリジッドはジェイミーの首にさらに強く腕を巻きつけ、顔をあげて彼に笑いかけた。白い歯がきらりと輝き、日に焼けた肌によく映える。何を言っているのかは聞こえないが、やがて彼女の手が下に向かって滑りおり、ふたりの体のあいだにもぐりこみ、ジェイミーが頭をのけぞらせて歯を食いしばった。その表情が何を意味しているのかはすぐにわかった。

それは、強烈な——だが極上の——痛みに耐える男の顔だった。この痛みを快感に変えるためなら、どんな犠牲も払う男の……。

ブリジッドは有利な体勢を利用して彼の喉に唇を這わせ、エマがついさっき手を置いていたあの広い胸に自分の胸をこすりつけている。やがてブリジッドが誘うように体を弓なりにそらし、喉の美しい曲線があらわになった。エマは雪に目をすがめながら、ジェイミーはためらったと思おうとした。けれども、それは舞いおりてくる雪と幻想的な光のいたずらにすぎなかったようだ。気がつくとジェイミーは力強い腕で女を抱きしめ、抑えきれぬ激しい欲情をむき出しにし、女のなまめかしい唇をむさぼっていた。

エマはガラスが割れるほどの力で窓を閉めてやろうかと思った。だが、どうにかこらえ、そっと音を立てないように窓を閉めた。

ブリジッドはジェイミーの唇に向かってうめいた。声が低くなり、満足げなため息となって、喉の奥から漏れ出てくる。「ああ、ジェイミー……」

ジェイミーは我に返り、目をあけた。官能をそそる豊満なブリジッドの体を抱いていても、彼の耳は、自分の名をささやくエマの声だけを聞き、彼の目は、こちらを見あげるエマの瞳だけを見ていた。そしてこの唇は、エマの唇だけを感じていた。開いて、濡れて、彼のキスを求めている唇を。伯爵の手では決して知ることのない喜びを与えてほしいとせがんでいる唇を……。

ジェイミーはブリジッドの腕を両手でつかみ、やさしく——だがきっぱりと——体を離した。「きみがいないことをムイラに気づかれる前に台所へ戻ったほうがいい。今回はずいぶんと長い旅だったんだ。思ったより疲れていることに気がついたよ」

ブリジッドは腰に両手をあて、ゆっくりと不機嫌そうに目を細めた。「あの痩せっぽちの小娘を抱いて階段をあがれるほどには、疲れてなかったわけ？　あの娘が雨でくたばらなかったから、風呂桶で溺れ死にさせるつもりなんだと思ってたわ」

欲情したブリジッドもなかなか見応えがあったが、嫉妬《しっと》に狂うブリジッドにはもっと迫力がある。ジェイミーは、大きな胸と漆黒の髪を持つこの美しい女が、いまにも怒った猫のように自分に向かって威嚇したりうなったりしはじめるのではないかと思った。

「家まで送っていこう」そう申し出た。これで目を引っ掻かれずにすむといいのだが。

「そこまでしてもらわなくてもいいわよ」ブリジッドは噛みつくように言った。もちろん、ほんとうに遠慮したわけではない。「アンガスかマルコムなら、こんな寒い夜に、かわいい女の体をあったためられないほどには疲れてないでしょう」そう言い放ち、挑むように巻き毛を揺らしてみせた。「ひょっとしたら、ふたりともだいじょうぶかも」

ブリジッドは色っぽく尻をひねって背を向け、すたすたと馬小屋に向かって歩いていった。

ジェイミーは首を振ってつぶやいた。「神よ、哀れなふたりをお助けください」

だが残念ながら、ジェイミーのほうがもっと神の助けを必要としていたかもしれない。ブリジッドとのつかの間の戯れは、いっそう彼の欲望をつのらせただけだった。股間の疼きがさらに強まり、たえまない痛みとなって彼を苦しめはじめ、もはや無視することができなくなってしまった。

なおも首を振りながら、彼は家のほうへと引き返しはじめた。愚かな自分を呪いながら。


ノックをしても返事がなかったので、浴槽を置いた部屋の扉をそっとあけてみると、エマは背もたれの高い椅子に腰かけていた。きちんと両手を膝の上に揃えて座っている。なだらかな曲線を描くほっそりした体は、ムイラのだぶだぶのネグリジェに包まれていた。そばかすの散った顔は、湯上がりらしくピンクに染まり、湿った赤茶色の巻き毛が光輪のようにそのまわりを縁取っている。

「確かに、あれは長くかからなかったようね」エマはまつげの下から、かすかに軽蔑のにじんだ目で彼をちらっと見た。

むっつりと結ばれた唇を見て、ジェイミーは眉をひそめた。さっきここにいたときのエマは、いまにも彼の首に抱きついて感謝のキスを浴びせそうなようすだった。だがいまはどちらかといえば、彼の頭を冷めかけた湯に突っこんで、泡があがってこなくなるまで押さえつけておきたがっているように見える。

どうやら今夜は、女を怒らせてしまうめぐり合わせになっているらしい。ブリジッドの場合は、少なくともなぜ彼女が腹を立てて去っていったかがわかっている。だがエマの場合は、なぜ急に不機嫌になったのか、まったくわからない。

「ゆっくりと湯に浸かれるように時間をとったつもりだがね」ジェイミーは言葉を選びながら言った。

「なんて心が広いんでしょう。ご自分よりわたしの都合をまず考えてくださったなんて」エマはあざけるように鼻を鳴らして言った。「男の人はたいてい、自分が満足することしか考えないものだと思っていたわ。何よりそれを優先するって……とりわけ、手っ取り早く」エマの上唇が軽蔑をこめてまくれあがった。「ありきたりの方法でね」

エマの不機嫌に応えるかのように、庇を取り巻いて吹いていた風の悲鳴が咆哮に変わった。角の窓が音を立てて揺れたかと思うと、ふいに開き、氷のように冷たい風と雪が部屋に舞いこんできた。

ジェイミーは窓を閉めにいったが、ゆるんだ掛け金に手をかけたとき、ふと下の地面に目をとめた。薄く降り積もった雪に、台所の窓から漏れ出すほのかなランプの明かりなど、ありとあらゆる光が反射して、あたりを早暁のように明るくしていた。

顔を後ろに振り向けてエマを見ると、彼女は華奢な顎を引いたまま、なおもまっすぐ前を見つめている。肩は怒り、背筋はぴんと伸びて、椅子の背もたれにさえ触れていない。ジェイミーは、すべてを悟ったように微笑んだ。

彼はそっと窓を閉めると、余裕のある足取りでエマの前に戻っていき、おおげさにあくびをしてみせて、にやけた表情を隠した。「あんまり疲れたんで、目もあけていられないよ。

今夜は赤ん坊みたいにぐっすり眠るぞ」

「ええ、そうでしょうとも」エマはちらっと横目で彼を見た。ジェイミーは拳銃を自分の荷物に入れて下に置いてきてよかったと思った。「急に激しい運動をすると、よくそういうふうになりますからね」

ジェイミーは両腕を思いきり伸ばし、閉じ加減にしたまぶたの下から、わざとものうげにエマを見た。「ずいぶん久しぶりだ。ここまで体力を消耗したのは」

とたんに部屋の温度がぐっと下がったような感じがして、ジェイミーはまた掛け金が外れたかと思い、そっと窓のほうを見た。

「まだ口をきく元気が残っているのが不思議よ。それどころか、よく立っていられるものだわ」

まったくだといわんばかりに、ジェイミーは浴槽にもたれかかり、両手をへりにかけて、いかにも満足げなため息を漏らしてみせた。「そうさ。脚なんか、生まれたての子ヒツジみたいに力が入らない。いまはただ、この場でぶっ倒れてしまいたいくらいだ」

「じゃあ、ぜひそうしなさい。とめないわよ！」エマはいきなり立ちあがると、びっくりするほどの力でジェイミーの胸をどんと突いた。彼は後ろへよろけ、ざぶんと大きな音を立てて、頭から浴槽の中に落ちてしまった。

驚いて咳きこみながら、湯から顔を出すと、エマは出入り口に向かって大またに歩いていくところだった。ネグリジェ姿ではだしのまま、山をおりていきそうな勢いだ。

ジェイミーは服を体に貼《は》りつかせ、あわてて立ちあがって、水のしたたる髪を目から払いのけた。「どこへ行く?」

「暖炉の敷物で猟犬といっしょに寝るのよ。あなたはいっしょに寝る人を簡単に見つけ出せるでしょう。でもあの犬のほうがずっとマナーを心得てるわ。それに、ノミも少ないでしょうし」

ジェイミーは浴槽のへりに片手をかけて飛び出し、長い脚を二歩踏み出しただけでエマに追いついた。そのまま歩をゆるめることなく、彼女を両腕でかかえ、濡れた肩に放りあげて、腹を下にして担いでしまった。

「おろして! いますぐ。このろくでなし!」エマは小さなこぶしで彼の背中をたたきながら叫んだ。「袋に入ったジャガイモみたいに、この人里離れた山の中を担いでまわられるのは、もううんざり!」

彼女が激しく足を蹴り動かすのを無視し、ジェイミーは部屋の外に出て、水浸しのブーツでぴちゃぴちゃと床を踏みしめて歩いていく。「伯爵がヤマネコ娘を嫁にしたことに気づく場面に立ち会いたいものだ。か細い声で鳴くイングランドの子猫ちゃんじゃなかったってことにな。誰にも言われたことがないなら言ってやるが、嫉妬してるときのきみはなかなか魅力的だぞ」

エマは愕然として息をのんだ。「嫉妬ですって？　ばか言わないで。あなたが台所の裏庭でどこかの尻軽娘の体をさわっているのを見たからって、なぜわたしが嫉妬しなきゃならないのよ！　いいえ、焼きもちなんか全然焼いてない。あなたは欲求を満たしてくれるあばずれを見つけたんだから、これからはもう、くだらない口実を設けてはわたしにキスしたりあちこちさわったりするのをやめてもらうわ。それから、あのがまんならない無礼な目つきでわたしを見るのもね！」

ジェイミーは肩に乗せた形のよい尻に向かって言った。「それはどんな目つきだ？」

「パンとバターしか食べたことのないみじめな一生を送ってきた人が、新鮮なイチゴの入ったクリームトライフルを見たような目つきよ」

ジェイミーは立ち止まった。ぴたりと動かなくなったので、エマも蹴ったりぶったりするのをやめて、ヒツジのわき肉みたいにだらんと彼の肩に担がれていた。

やがて彼がまた、さっきよりも毅然《きぜん》とした足取りで歩きだした。ちょうどそのとき、廊下の突き当たりの部屋からメイドのギルダが太い腕にくしゃくしゃのリネンをかかえて出てきた。ジェイミーがかまわずそちらに向かって突進していき、ギルダは驚いて悲鳴をあげ、壁にぴたりと貼りついた。

ギルダは二重顎を震わせて、扉のほうへ頭を振ってみせた。「ご主人さまの言いつけで、火をおこしておきました。かわいそうな娘さんには、そこのベッドを使ってもらうようにって」

「ご主人さまに伝えてくれ。かわいそうな娘さんとおれが礼を言ってたってな」ジェイミーはそう応じると、ギルダのそばを通って部屋に入り、仰天している彼女の顔にたたきつけるようにして、かかとでドアを蹴って閉めた。

つかつかとベッドまで歩いていき、ヘザーの藁を詰めたマットレスの真ん中にエマをどさりと放り出した。彼の濡れたシャツにくっついたせいで、エマのリネン地のネグリジェも濡れ、肌が透けて見えた。丸みのあるやわらかい乳房に布がまとわりつき、誘うようにとがった小さな乳首の輪郭がくっきり浮かびあがっている。ジェイミーはかがみこんでそれを舌の先で味わいたいと思った。

エマはあおむけにひっくり返された亀《かめ》のように、目をぱちくりさせて彼を見あげていた。ジェイミーはゆっくりと彼女の肩のそばに手をついて四つん這いになり、鼻と鼻、唇と唇が触れあう寸前にまで顔を近づけた。「確かに、ブリジッドは何よりおれの欲求を満たしたがっていたさ。だがおれは誘いを受けなかった。もし受けていたら、いまもまだあそこにいて、おれがきみにしたいと思ってることを彼女にしているだろう」

17

ジェイミーのうなるような官能的な声に、エマは自分の体の奥の、まだどんな男も手を触れたことのない秘密の暗い場所が震えるのを感じた。

くるみこむようにやわらかいマットレスと、男の体から伝わってくる激しい興奮とのあいだにはさまれて、エマはなんとか呼吸を整えようとした。

彼はわたしをほしがっている。それを告白するよう、わたしが追いこんでしまったのだ。もう、どちらも真実から目をそむけることはできない。否定しても無駄だし、つまらない口論を隠れ蓑《みの》にすることもできない。いくら彼が伯爵を軽蔑し、わたしが伯爵に貞節を誓おうとも、真実は隠せない。もちろん、いくらムイラのベッドが心地よくても、同じことだ。

ジェイミー・シンクレアと、冷たくて硬い地面で眠ることと、彼とひとつのベッドに横たわることは、まったく次元のちがうことだ。不安定な体勢で自分を組み敷いた彼の重みを間近に感じていると、どうしてムイラがこのベッドで七人の元気な男の子を身ごもったのかがすんなり理解できた。日没から夜明けまでの時間が冬のように暗く長く感じられるハイランドの寒い夜の、いちばんよい過ごし方も。

エマは急にからからに乾いてしまった唇をなめた。「しずくが垂れてくるわ」

ジェイミー！はもうひと粒のしずくが、涙のように彼女の頬にかかるのを待ってから、背中を起こした。両膝のあいだにエマの腰をはさんだまま、ぐっしょり濡れたシャツを引きはがすようにして脱ぎ捨て、驚くほど大きな上半身をあらわにした。くっきりと盛りあがった胸の筋肉が火明かりを受けて、ブロンズ色のサテンのように輝いている。彼は濡れた髪を両手でかきあげた。ひげを剃っていない下顎の輪郭も、ただただ、みごとなまでに整った彼の顔立ちを強調している。

美しい男だ。危険な男でもある。

濡れそぼったズボンがまるでもう一枚の肌のように、引き締まった腰とたくましい腿に吸いつき、彼の言葉にうそがないことをエマに知らせていた。ズボンも脱ぐのではないかと半ば不安になり、エマは大きく見はった目をすばやく彼の顔に移した。

「おれはまたやってるだろう？　新鮮なイチゴの入ったトライフルでも見るような目つきできみを見ている……」彼は、かすかにとがって頼りなげに震えるエマの唇をむさぼるように見つめた。それから、喉のわきで激しく脈打つ血管へ、不規則に上下する胸へ、湿った布地に覆われた腿のあいだの小山の刺激的な輪郭へとゆっくり視線を這わせていった。声がかすれて低くなった。「それからクリームでも見るように」と言い、ふたたびエマの唇へと目を戻す。「またくだらない口実を見つけてきみにキスをするさ」

「たとえば？」エマはつぶやいたが、このばかげた質問に答えが返ってこないことはわかっていた。

ジェイミーがかがみこんで、彼女の耳に軽く唇をつけてささやいた。低くうめくような声に、エマは欲望をかき立てられ、身を震わせた。「パンと水に飽きたから、とか……」

エマの胸がまた荒い息を吸いこむ前に、ジェイミーの唇が彼女の口をふさぎ、うっとりするほどやさしいキスを繰り返しはじめた。エマはさらに奥へと迎え入れずにはいられなくなり、両腕を彼の首に巻きつけた。彼の舌がふっくらとしたエマの唇を割って入り、参加をうながした。エマの舌がベルベットのようになめらかで官能的な彼の舌と絡みあい、自分でも驚くほど奔放に動きだした。ただ、くすぐるような快感を味わわされているのではない。彼女の五感がみずから飢えを満たそうとしているのだ。

ジェイミーのキスから、エマは言葉にできない喜びを激しく求めるようになっていた。蜂蜜よりも甘く、どんな食べ物よりも満足感のあるものを。ジェイミーの濡れた髪を指で梳き、ふたりの顔のまわりに絹のベールのように広げると、彼の喉の奥から低いうめきが漏れた。

こうして唇を重ねたときには、このうえない幸福を感じている。けれども、肌を愛撫する彼の唇の湿ったあたたかさは、なんと表現すればよいのだろう。その唇は、感じやすいなめらかな喉をつたいおりて、耳の後ろの繊細な肌をなめ、耳たぶをきつく噛み、エマがはっとして声をあげると、今度はそっと吸って、快感のため息を引き出した。

その吐息を彼の唇が捕らえ、また貪欲なキスをして、エマに警告を与えてくる。おれの欲望は、レディの手首に唇を押しつけるとか、舞踏場のアルコーヴで小鳥のようなくちづけを交わすくらいのことでは満たされないぞ、と。

ジェイミー・シンクレアは紳士ではない。男だ。

キスはこんなに激しいのに、彼の手は、抵抗できないほどのやさしさで、濡れたネグリジェの上からエマの胸をそっと包んだ。エマのやわらかい乳房は彼の大きなてのひらにぴったりおさまった。まるで神さまが、彼に合わせておつくりになったようだった。ジェイミーが唇を合わせたまま、感動したようにため息を漏らし、エマの不安は消え去った。ふくよかな体つきのブリジッドに比べて、貧弱だと思われはしないかと思っていたのだ。

こんなに力強い手が、こんなにやさしい——あるいは細やかな——動きを見せるとは夢にも思わなかった。ジェイミーは親指の腹で、硬いつぼみのようなエマの乳首を何度も何度も軽くこすり、苦しいまでに強烈な快感を与えた。エマはうめき、官能の疼きをおぼえて腿を合わせた。彼の愛撫が、体のいたるところを同時に撫でられているような感覚を与えている。

エマの声を誘いと受けとめ、ジェイミーは彼女に覆いかぶさって体を重ねた。寝室の暗い窓の外では、相変わらず雪が降り続いていたが、エマにはあんなに寒かったことがうそのように思えた。また寒さを感じることがあるとはとても思えなかった。彼の腕がわたしをあたため、彼の舌がこの口の奥に熱い欲望の火花をかき立て、たくみな手がその火花を生きた炎に変えているかぎり、そんなことはありえない。彼が片膝を使ってエマの腿を開き、そのあいだに腰を沈めると、炎は危険なまでに燃えあがった。

ジェイミーはエマの口の中に向かってうめいた。それは警告だった。しわくちゃのネグリジェと濡れた鹿革のズボンに隔てられていなければ、彼はただエマの上に乗っているだけではなく、彼女の中に入っていただろう。

指を絡めあい、ジェイミーは彼女の手をゆっくりと顔の両側に持っていった。組みあわせた手で上半身を支え、彼はエマの両脚に割りこませた下半身を規則正しく動かしはじめた。エマにとってははじめてのリズムだったが、あたりの山と同じくらい古くもあった。ジェイミーがエマとひとつになろうとした箇所から、歓喜がさざ波のように広がりはじめた。エマは腰を浮かして体を弓なりにし、彼に身を添わせようとした。

こわいと同時に驚異をおぼえる絶壁の上で震えながら、エマは自分がまた同じあやまちを犯そうとしていることに気がついた。身勝手な欲望を満たしたいがために、自分と家族を破滅の危機に追いやろうとしているのだ。わたしはきっと、ほんとうは母がいつも軽蔑をこめて話していたような女なのにちがいない。ただほんのいっとき、男の手によって――体によって――快楽を得たいがために、崇高なこと、正しいことをすべて犠牲にして、破滅を招く女なのだ。けれどもそう思った瞬間でさえ、エマは自分を恥じる気にはなれなかった。息苦しいほどの興奮に、喜び以外のものを感じる余裕はなかったのだ。だが奇妙にも恥ずかしいと思わなかったこと、ジェイミーの腕に抱かれ、何もまちがっていないと感じたことに動揺し、エマは顔をそむけて唇を離した。

ジェイミーはすぐに動きをとめ、頭を起こしてエマを見おろした。

こんなふうに中断してしまって、泣きたい気分だったが、エマはぐっとこらえ、注意深く見つめている彼の目を見返した。「お願い……。わたしはこんなことを望んでいるわけじゃないの」

そうささやきつつも、エマにはわかっていた。彼には、その細い腰を軽く突き出すだけで、彼女がうそをついていることを証明する力がある。

ジェイミーは険しい表情をこしらえて顎を引いてみせたが、その目は彼女を強く求めていることを伝えていた。「おれにはきみにできることがある。してやれることがある。きみの純潔を損なうことなく、喜ばせてやれるんだ。伯爵には絶対にばれない。誰にも悟られはしない」

処女であるエマにも、彼の言うことは理解できた。けれども、それが結果的にふたりをどれほど傷つけるかもよくわかっていた。

「伯爵に知られはしないでしょう」エマは静かに言った。声に絶望の響きがにじむのを抑えられなかった。「でも、わたしはずっと知ってることになるのよ」

その言葉の重みをはかるかのように、ジェイミーは彼女を見おろしていた。彼と指を絡みあわせ、しどけなく腿を開いたエマは、どう見ても、囚《とら》われ人だった。エマの疼く肌にはまだ、彼の男の証が——熱く、硬く、重いその部分が——押しつけられている。情けをかけようが、拒否しようが、彼の自由だ。

エマの予測はまちがっていた。また寒くなりそうだ。まるで雪が窓から漂いこんできて、部屋の中に降りはじめ、どんな火でも追い出せない冷気を撒き散らしているようだった。

ジェイミーはエマの顔を見ずに、濡れたシャツを手にとって広い肩にはおった。ぴったりとしたズボンでは、下半身の鎮まらない興奮を隠すことはできなかった。

彼が出入り口まで歩いていって扉をあけると、エマはベッドの真ん中に膝をついて起きあがった。「あの人のところへ行くの？」

ジェイミーは足をとめたが、振り返らなかった。「いいや、ミス・マーロウ」ようやくそう言った。「入浴をすませにいくんだ」

垂木が音を立てて揺れるほど、乱暴に扉を閉めたかっただろうが、彼は細心の注意を払って静かに閉めた。

きびきびした足音が遠ざかって聞こえなくなると、エマは、乱れた寝具のあいだにあおむけに倒れこみ、天井を見あげた。わたしには、あんなことをきく権利はなかったのだ。

むろん、彼の答えを聞いて安心する権利もなかった。

翌朝、家から出ていくと、昨夜到着したときにエマを魅了した魔法はすっかり解けていた。夜のあいだにまた雨が降りだし、残っていた雪や魔法の跡を洗い流してしまったらしい。雨はもうやんでいたが、雲はまだ谷間の上に低く垂れこめ、平地に陰鬱な影を落としていた。

ジェイミーを追い出してしまったあとは、きっと何度も寝返りを打って寝つけないだろうと思っていたが、実際はぐったり疲れきっていたのと、胃の中に残っていたウイスキーと、ベッドに積みあげられていたパッチワーク・キルトのなんともいえないあたたかさのおかげで、吸いこまれるように眠りに落ちてしまった。目が覚めたときには、ベッドの足もと側に、地味だが実用的なメリノウールのドレスと格子縞《じま》の厚い靴下が掛けてあった。ちょっといじけて、ブリジッドのものではないことを願いながら、それを身に着けてボンのブーツをはき、階下へおりていった。灰色の鼻面をした猟犬のほかには誰もいなかったので、テーブルに置いてあった焼きたてのあたたかいパンを切り、黄色いクリームのようなバターをたっぷり塗ってから、このささやかな戦利品を食べながら、のんびりした足取りで外へ出ていった。

男たちのうち数人がすでに泥だらけの庭に馬を引き出して、出発の準備にいそしんでいたが、ジェイミーの姿はどこにも見えない。純潔を損なうことなく喜ばせてやれる、などと軽はずみな言葉を口にしたことを後悔しているのだろうか。いまもまだ、居心地のよい干し草置き場で、裸のブリジッドを腕に抱いてうとうと眠っているかもしれない。

いや、眠ってなんかいないかも……。そう思ったとたん、一気に食欲がなくなってしまった。

と、そのとき、アンガスが——あるいはマルコムか——よろよろと庭に出てきた。そのかかとを踏んづけそうになりながら、マルコムが——アンガスでなければ——すぐ後ろをついてくる。ふたりとも、ひと晩中眠れなかったような顔をしていた。アンガスはしきりにあくびをし、マルコムの重たそうなまぶたは半分閉じている。マルコムがよろけて、誰かの馬の背にぶつかったときには、エマは思わず身をすくめた。彼は馬の持ち主に怒鳴りつけられ、驚いた馬にあやうく蹴られるところだったが、かろうじてかわすことができた。

そこまで疲れが残っていたわけは、すぐにわかった。ふたりのあとから、ブリジッドが意気揚々と出てきたからだ。唇には狡猾そうな笑みを浮かべ、もつれた巻き毛には、干し草が何本か突き刺さっている。大きな胸は、昨夜よりもあぶなっかしげに、紐のゆるんだボディスからこぼれそうになっていた。エマは、うそのように食欲が回復したのを感じ、残りのパンをむしゃむしゃと食べた。

ほかの男たちがあからさまにおもしろがって見守るなか、ブリジッドは双子に向かって指を振ってみせ、「さよなら、あたしのかわいいぼうやたち」と、歌うように言った。「もう二度と立てない、なんて言わないでよ」

誰かが卑猥な声でひやかし、みんながどっと笑った。大喜びの観客の前で、ブリジッドは身繕いをし、満足げに微笑みながら庭を見渡した。さがしていたもの――あるいは人――は見つからなかったらしく、たちまち笑顔がふくれっ面に変わった。

ブリジッドは、栗毛の馬の頭に馬勒をつけようとしているボンのところまでつかつかと歩いていった。「ジェイミーに伝えてほしいことがあるんだ」山全体に響き渡るような大きな声で言う。「アンガスとマルコムは、あんたの二倍も役に立つ男だってね」

色気たっぷりに巻き毛をさっと払い、ブリジッドは形のよい腰をおおげさに振りながら、家まで歩いていった。男たちみんなの視線を釘付にしていることを明らかに意識していた。

「考えようによっちゃ、ふたりがかりでなきゃ、ジェイミーの代わりが務まらなかったとも言えるぞ。あの女に……その……気に入ってもらうにはな」ブリジッドが家の中に入るのを待ってボンが言い、仲間のあいだからまたどっと笑いが起こった。

エマは慎重に泥地を歩いて、ボンのそばへ行った。そして馬のなめらかな赤茶色の喉をおずおずと撫でながら尋ねた。「けさ、ジェイミーを見かけた?」

ボンは手もとの仕事に目を戻し、平地から森の奥に向かってくねくねと伸びる、小道の入り口のほうへ顎をしゃくってみせた。エマは眉をひそめた。ボンはほかの男たちとはちがう。エマの目を避けるなんて、彼らしくない。

エマが小道のほうへ向かおうとすると、ボンが小声で言った。「足もとに気をつけるんだぞ。あっちはあぶないから」

彼の警告に落ち着かない気分を味わいながら、エマは森の中をくねくねと進む小道をたどっていった。雨がすっかり雪を洗い落とし、その雨の痕跡も、いまや風がすばやく吹き飛ばそうとしている。こんなに天候の変わりやすい土地ははじめてだったが、この山を恋人と呼ぶ男たちの荒々しい気性にはぴったりだと思った。

少し歩き、木々が次第にまばらになってきたところで、目の前に伸びたナナカマドの節くれ立った枝をわきへ払うと、広い崖に出た。眼下に横たわる吹きさらしの谷は、何もなければ、荒涼とした不毛の地に見えただろう。だが、そこかしこに岩の突き出した地面には、薄靄のような紫が広がろうとしていた。息をのむばかりに美しい光景に、エマは鋭い胸の痛みをおぼえた。このヘザーが満開を迎えるころを、わたしは見晴らしのよいこの場所から眺めることはできないのだ。

ジェイミーは黒い髪を風になびかせ、眠れる獅子の頭を思わせる大岩の端に腰をおろしていた。顎のひげをきれいに剃りあげていて、いつもより若く、近寄りがたく見える。

エマが近づいていくと、彼は目をあげた。もう少し小さな岩を机代わりに使っているらしく、その上に置いた紙に向かってペンを構えている。

エマの足取りが鈍った。ブリジッドが干し草置き場で情熱の一夜を明かして戻ってきた姿を見たいまは、強く意識せずにはいられなかった。ゆうべジェイミーをベッドから追い出さなければ、わたしの巻き毛もあんなに乱れ、わたしの唇も彼のキスで腫れて赤らみ、わたしの瞳も禁断の喜びを思い出してぼうっとしていたかもしれないのだ、と。

あんな別れ方をしたのだから、あたたかく迎えてもらえないのは覚悟していたが、ジェイミーは、ボンよりもさらに警戒するような表情を浮かべた。「おれがここにいるって、誰にきいた？」

「あなたのいとこよ」

「くそ、よけいなことを……」ジェイミーはつぶやき、膝のすぐわきに置かれたインク壺《つぼ》にペン先を浸した。「あいつはやっとはいはいができるようになったころから、おれにちょっかいを出してばかりいた。おれが大声で泣くのを聞きたいからって、ゆりかごに虫を投げこんだこともある」

「遅まきながら、わたしの気立てのやさしさをほめる詩を書こうと思ったの？」エマは紙を指し示し、思いきってきいてみた。

ジェイミーは粗悪な紙にまた何か一行書き足した。「きみにしてみれば、野蛮なスコットランド人が読み書きできるだけでも驚きなんだろうな」

「なんらかの試験に合格しなければセント・アンドルーズ大学には入学できなかったでしょう」

「祖父が英語とゲール語の読み書きを教えてくれたんだ」ジェイミーはばかにしたように、ちらっと横目でエマを見た。「ラテン語とフランス語は独学でおぼえた」彼はまたインクをつけ、力強くペンを走らせた。

「本はどこで手に入れたの？」

「おれたちはただ金銀や牛だけを盗んでたわけじゃない。ヘップバーンが図書室のために注文した本が届くと聞きつけると、祖父は……」言葉をにごし、いたずらっぽい笑みを浮かべた。最後まで聞かなくても、言いたいことはわかった。

「少なくとも、あなたはおじいさまに仕込んでもらった技能をうまく使っているわけね」

ジェイミーの顔から笑みが消えた。「おれがいまそれを使って身代金要求書を書いてると知ったら、祖父はあまり喜ばないだろう」

エマはふいに心臓にペン先を突き立てられたような気がした。

けれども、エマには裏切られたような気分になる権利はない。この瞬間が来ることはわかっていたのだ。むしろ安心するべきだった。ジェイミーは約束を守ろうとしているわけだから。伯爵からの身代金が届き次第、ジェイミーはわたしを解放する。わたしは自由になって、愛する家族の胸に戻り、また孝行娘としての義務を果たして、愛してても望んでもいない男の妻になるのだ。

ジェイミーが話をしているとき、わたしの家族のように心を見ず、顔ばかり見ているからといってとがめることはできない。わたしの元婚約者とライサンダーに猛烈に腹を立てたからといって、責めることもできない。あのふたりについては、わたしのほうにも落ち度があったのに、何も言わずにいてくれたのだから。ジェイミーはわたしの心にとって、かつてない最大の脅威なのに、わたしは彼の腕に抱かれていると安心してしまう。そのことについても、彼を非難するわけにはいかない。

ほんのつかの間、ベッドの中で抱きあい、キスを交わし、気が遠くなるほどすてきな時間を過ごしただけだったけれども、自分はひとりの男にとって、金銀より価値のある女かもしれない、と思うことができた。だからといって彼を恨むのはお門違いだ。

「それで？　あなたから見たわたしの値段はいくらくらいなの？」

ジェイミーはペンを紙にかざしたままで手をとめた。ペン先からインクがぽたりと落ち、紙の上に血しぶきのようなしみがついてしまった。

エマはなんとか陽気に聞こえるような声を出そうとした。「五百ポンド？　千ポンドかしら。父はわたしを五千ポンドで伯爵に売ったのよ。だからそれ以下で手を打たないほうがいいわよ。伯爵は、自分の跡継ぎを産むことになった子宮には、いくらでもお金を出すでしょうから」

ジェイミーがすさまじい力でペンを握りしめた。まっぷたつに折れないのが不思議なほどだった。頬の筋肉がたえずぴくぴく痙攣《けいれん》していなければ、彼の横顔は、かたわらにそびえる岩壁に刻みつけられた彫像のようだった。

ややあってようやく、ジェイミーはエマのほうを振り向き、刺すような目で彼女の心の芯を深々と貫いた。「自分をそんなに安く売るもんじゃないぞ、エマリーン・マーロウ」

彼が紙に目を戻し、エマは自分が呼吸をとめていたことに気づいて、喉を震わせながら息を吸いこんだ。ジェイミーの目が彼女を離れる寸前、その奥に、隠しきれない感情がちらっとのぞいた。罪悪感? 後悔? それとも、愛? それがなんであれ、ジェイミーは躊躇《ちゅうちょ》することなく、きっぱりと大きくペンを動かして、末尾に署名した。

少しのあいだ息を吹きかけてインクを乾かし、それから、いっさい感情を見せずに手際よく紙を筒形に巻いて、革紐でくくった。

森の中からグレイムが出てきたが、エマの姿を目にしたとたん、彼の足取りが遅くなった。グレイムは軽く頭を下げ、ふたりの顔をおずおずと見比べた。「ぼくをおさがしだって、ボンに聞きました」

ジェイミーは立ちあがって、巻物をさしだした。「できるだけ早く、これを伯爵の手もとに届けてくれ。そのまま待って返事をもらい、すみやかに持ち帰ってほしい。おれたちは山の北側斜面にある聖堂跡で待っている」

グレイムはジェイミーの手から手紙を受け取った。くしゃくしゃのブロンドの前髪を引っぱってから、彼は恥ずかしそうにジェイミーに向かって一礼した。「かしこまりました、ジェイミーさま。仰せのとおりにします。必ず務めを果たします」

さらに二度頭を下げてから、彼は家の建っている平地に向かって駆けだし、全速力で走っていった。ジェイミーの信頼に応えられることをなんとしても証明したいのだろう。

「わたしたちはどうするの？」グレイムの姿が見えなくなると、エマはこわばった声できいた。

「あいつが山をおりるのに、そう長くはかからないだろう。だからおれたちは馬に乗って出発する」ジェイミーは答えると、エマの腕をつかみ、彼女を引っぱって平地のほうへ向かいはじめた。彼にとってエマは人質以上の存在にはなりえないことを、自分に——そして彼女にも——言い聞かせるかのように。


平地に戻るとムイラが待ち構えていて、エマの肩に丈夫そうな生地のマントをはおらせた。

ムイラは、ぽっちゃりした指で驚くほど要領よく、エマの顎の下でマントの革の飾り紐を留めた。「ドレスがぴったりでよかったよ。うちの嫁は四人目の子を産んだあと、二度とこの服を着られなくなっちまったんだ。お産のときにはずっと雌ブタみたいにキーキー騒ぎどおしでさ。産み終わってからは雌ブタみたいに食べるようになっちまってね」

エマは身震いしないようにし、母が妻の義務について教えてくれたとき、出産の基本までは話さずにいてくれたことに感謝した。

ムイラは涙にくれながらジェイミーに別れを告げ、エマの肩を両腕でかかえて、長らく会っていなかった娘をまた手放すはめになったかのように、強く抱きしめた。エマはそんなふうに愛情を示されたことにいくらかめんくらいながら、やさしくムイラの背中をたたいた。

そのときになってムイラがはじめてささやいた。「忘れちゃいけないよ。男が女を口説くのに、いつも詩が必要ってわけじゃないんだ」

エマはジェイミーに聞かれたかと思ってさっとあたりを見まわしたが、彼はすでに馬にまたがり、こちらに向かって手をさしのべていた。ジェイミーは無駄のない動きでエマを引きあげ、後ろの鞍に座らせた。馬が歩きはじめると、エマは鞍の上で身をひねって振り返った。ムイラの姿とこぢんまりした家がふたたび森にのまれてしまうのを見ているうち、驚いたことに、喉の奥に熱いものがこみあげてきた。


ジェイミーはいっさいの手加減をせずに、一行を引っぱって山を駆けのぼったが、ついに追い迫る宵闇を振り切れなくなった。行く手に暗い森が不気味な姿を見せたころには、この闇が完全に彼らをのみこもうとしていた。

ほかの馬がいっせいに森の手前でたじろいであとずさりをはじめ、ジェイミーもしかたなく手綱を引いた。彼の馬は前脚を振りあげながら歩みをとめた。

馬たちはしきりに頭を振り、不安そうにいないて、落ち着きなく動きまわっている。男たちは手綱を引き、馬が駆けださないよう必死で抑えていたが、彼ら自身もまた大きく目をむいていて、エマとしては心穏やかではいられなかった。そびえるように高いマツが何本か、風に揺れてきしみ、目に見えない森の入り口を守っている。まるで遠い昔、どこかの国の王によってここに連れてこられた兵士が魔法で木に姿を変えられ、そこに立っているようだった。そうして番をしながら、忘れ去られた名もなき王の帰りを待っているように見える。

「ここはどこ？」エマはいっさいのプライドを捨てて、ジェイミーの腰にしがみつき、小さな声できいた。目に見えない境界線を越え、二度と出てこられない領土に踏みこむような気がした。

「べつにどうってことのないところだ」ジェイミーはそっけなく答えたが、エマの恐怖を鎮めようとするかのように、少しのあいだ、大きな手をエマの重ねた両手の上に置いていた。

ボンが栗毛の馬をそろそろと進めて、こちらにやってきた。まだ馬が言うことを聞かなくて困っている。気まぐれに揺れる影に、彼の顔はすっかり血の気を失い、げっそりと憔悴《しょうすい》しているように見えた。「みんな、ここから先へ進むのをいやがってるんだ、ジェイミー。回り道するわけにはいかないのかってきいてるぞ」

「それだと、二日よけいにかかってしまうんだ。グレイムが伯爵の返事を持ち帰ったときには、あいつにはわかるが、ヘップバーンの手下には見つけられない場所にいなけりゃならない」

ボンは後ろにいる仲間のほうをちらっと振り返った。痩せた首で喉仏が上下した。「みんなが怖《お》じ気《け》づくのも無理はねえ。ラーレンやフィーンダンがどうなったか、忘れちゃいねえんだ」

このふたつの名前が出たとたん、とても信心深いとは思えないアンガスとマルコムがあわてて胸の上で十字を切った。

「フィーンダンの場合は、死体が見つかったわけじゃない。馬だけだ」ジェイミーはため息をついて指摘した。「ひょっとすると、エディンバラあたりにいて、酒場の女の胸に顔を埋めているかもしれないぞ。ラーレンは空想好きの若造だった。霧の出た晩に自分の影におびえて崖っぷちから飛び出してしまっただけだ」

男たちは不安そうに目を見交わした。頭《かしら》の言葉を聞いても、馬といっしょで、いっこうに納得したようすは見えない。

ジェイミーの声に、さらに威圧的な響きがこもった。「くだらない迷信のせいで、森の向こうへ行けないなんてことは、おれの沽券《こけん》にかかわる。おれといっしょにこの森を突っ切る勇気のない腰抜けどもは、迷信深いばあさん連中みたいにここに残ればいい。そしてヘップバーンの手下に、ひとりまたひとりと、つかまえられるのを待つんだな」

彼は男たちの列のあいだに馬を乗り入れ、道をあけろ、さもなければ踏みつぶすぞといわんばかりに進めていった。一瞬、男たちのあいだに躊躇と緊張が走ったが、すぐにみんなどうにか自分の馬を鎮め、不承不承、ジェイミーのあとに従った。

一行は一列に並んで森に入った。後方の空にのぼった月の光が、まだらの影を投げかけてくる。突然、強い風が吹きつけ、銀色に輝く白樺の葉が乾いた骨のように揺れて、エマはぶるっと身を震わせた。こんな荒くれ連中がこの森に住むものを恐れているのだから、自分が不安になるのは当然だと思った。

「さっき話してた迷信って、どんなもの？」エマはジェイミーの顔を見たいと思いながらきいた。「みんな、何をあんなにこわがっていたの？」

「ばかな野郎どもだ。この森に幽霊が出ると思ってる」

エマはあたりの不気味な白い木をそっと見まわし、また背筋が寒くなるのを感じた。「誰の？」

「おれの両親のさ」彼は険しい声で答えた。

ジェイミーはそれ以上は何も言わず、手綱ですばやく馬に合図を送って駆けさせ、一行を率いて森の奥へと突き進んでいった。

18

「きいてもジェイミーは絶対話してくれないが、見つかった死体はふたつとも頭をきれいにかち割られてたらしいぜ」

「おれは、ふたりの心臓が一本の剣で串刺《くし》しにされてたって聞いたぞ」

「ばかを言え！　それがほんとうなら、なんであのふたりが血だらけの頭をこわきにかかえて、まだこの森をうろついてる、なんて言われてるんだ？」

　エマは、ムイラが道中で食べるようにと包んでくれた酸味のあるチーズを食べ終えると、焚き火を囲んで座っている男たちのほうへそっと近づいていった。みんな、血なまぐさい噂話に怖気をふるい、すくみあがっている。開けた平地を取り巻く白樺の幹のあいだを、濃い霧がゆるゆると低く這っていた。この霧のせいでジェイミーは一気呵成《いっきかせい》に森を駆け抜けるのをあきらめ、ここで休んで野宿を命じるはめになったのだった。男たちは見るからに不安そうだったが、不平不満をほとんど口にせずに従った。この森をうろつく幽霊もこわかったが、やみくもに馬を全力で走らせ続ければ、馬の脚にも自分たちの首にも深刻な負担がかかることを知っていたからだ。

　誰もが声を殺してしゃべり、いつものように仲間を陽気にひやかしたり、下品な言葉であざけったりする者はいない。ふだんならウイスキーの飲み比べをして、誰がいちばん早く酔いつぶれるかと楽しみにするところだが、きょうはおずおずとひと口かふた口飲んだだけで、取っ手のついた陶器の酒瓶を次にまわしていく。頭の回転を鈍らせたくないと思っているのだろう。こんな夜だから。

　あるいは、こんな場所だから。

　マルコム――まちがいない――が、こわごわ後ろを振り返るのを見て、エマは自分のうなじが、妖気を漂わせる霧の湿った指にくすぐられるのを感じた。心安らぐ明るい焚き火のほうへとさらに二、三歩近づいたとき、偶然、ボンと目が合った。

　ボンは乱ぐい歯をにっと見せて微笑みかけると、かたわらの倒木をとんとんとたたいてみせた。「こっちへ来な、嬢ちゃん。こっそり近づいてきた幽霊にさらわれないうちにな」

「残念ながら、手遅れね。もうさらわれちゃってるもの」エマが言い返すと、ほかの男たちがくすくす笑った。

　ボンの隣に座っていた男が、気をきかせてすぐに横に詰めなかったので、ボンの骨ばった肘でこっぴどく小突かれるはめになった。エマはふたりの男のあいだにそろそろと腰をおろした。コルセットを着けて何枚ものペティコートをはいていたらできなかったことだ。

ボンはマルコムの手からウイスキーの瓶を取りあげると、それをエマに渡した。「飲め、嬢ちゃん。ちょっくら酒で元気をつけるにはもってこいの晩だ」

ムイラにウイスキー入りの紅茶を飲まされたときのことを思い出し、エマはおそるおそる口をつけた。とたんに、喉から食道にかけて火が駆け下った。エマはあわてて息を吸いこんだ。目には熱い涙があふれた。

ボンがとんとんと背中をたたいてくれ、喉の奥につかえた咳を出させてくれた。「恥ずかしがることはねえぞ、嬢ちゃん。スコッチウイスキーのうまさは、大の男もうれし泣きするぐらいだからな」

エマはまだしゃべることもできなかったので、うなずくほかはなかった。

「うちのおふくろが言ってたところによると、ジェイミーのおやじはかなり嫉妬深かったらしいぜ」アンガスが言い、さっきの会話にみんなを引き戻した。「ジェイミーの母ちゃんに男ができたと思いこんで、素手で女房を絞め殺してから、拳銃で自殺したそうだ」

エマはぎょっとした。野営の準備を終えてまもなく、ジェイミーがひとことの説明もせずに森の中へ歩いていってしまったときには、心臓がとまるほどびっくりしたが、いまはそれでよかったと思う。自分の両親にまつわる、こんな突拍子もない憶測を聞かずにすんだのだから。

アンガスは焚き火のほうに身を乗り出し、目を丸くしている男たちを見まわした。「いまでもムーアから霧が流れこんでくる夜には、亭主の慈悲を乞う女の声が聞こえるって話だ」

「たわごとだ」

エマのすぐ背後から聞こえたその声には、鞭打つような歯切れのよいリズムがあった。エマは跳びあがりそうに驚いたが、漏れかかった悲鳴をどうにか抑えこんだ。レミーはそうはいかず、仲間からくすくす笑われるはめになった。彼は大きな頭をうつむけ、おっかなびっくり浮かべた笑みをくしゃくしゃの髪で隠した。

ジェイミーは火の周囲をまわりながら、あざけるようにエマを横目でちらっと見た。この人はわたしより前から、立ち聞きしていたのだろうか。火明かりの描き出す影が彼の顔の上でちらちら踊っている。エマがまた男たちの仲間入りを許されていることを不快がっているのか、おもしろがっているのか、表情から読むことはできなかった。

「おれたちの客人はどんな娘さんより、おもしろい作り話を楽しんでくれるだろう」ジェイミーは男たちに言った。「だが忘れちゃいけない。ミス・マーロウにとっての気晴らしは、おれたちとはちがって、もっと品のいいものだ。人を水死させる水の精や、小鬼や、赤ん坊をさらう化け物や幽霊なんかが出てくる気味の悪い話を聞いて育ったわけじゃない。繊細な心を傷つけないように気をつけたほうがいい」

ジェイミーが焚き火の向こうへまわって平らな低い岩に腰をおろそうとすると、エマは言った。「わたしはそれくらいのことではびくともしないわよ、首領。ランカシャーにだって、首なし騎手や白い貴婦人の伝説があるわ」

ジェイミーは引き締まった長い脚を前に伸ばし、頭をかしげて、エマを見た。「じゃあ、きみはほんとうに幽霊がいるって信じてるんだな」

「信じてなんかいない。なんといっても、わたしたちはいま、〝理性の時代〟に生きてるんですからね。科学的な結論はもう出ているのよ。怪奇現象は、迷信と無知の行き着く先で、それ以上のものではないって」

もちろんエマは、ジェイミー・シンクレアが馬にまたがってあの聖堂に入ってくるまでは、いまどき、まだこんな男が存在するとは思いもよらなかった。彼はまるでべつの時代からさまよいこんできたようだった。マナーよりも力、礼儀作法より情熱のほうが高く評価されていた時代から。

「無知って、おれたちのことを言ったのかい?」男たちのひとりが、腹を立てたというより、傷ついたような顔できいた。

ボンが鼻を鳴らした。「そこまで無知でなけりゃ、わかっただろうが。え?」

「〝教育を受けていない〟と言ったほうが適切でしょうね」エマはやさしく言い、男の気持ちをなだめようと、ウイスキーの入った酒瓶をさしだした。彼がそれを受け取ろうとしたそのとき、不気味な悲鳴が夜気を引き裂いた。

エマの背筋に、どれだけウイスキーを飲んでも消し去れないような冷たいものが走った。

緊張をはらんだ長い時間が過ぎていく。そのあいだは、時折はぜる火の音と、この世のものとは思えぬ声の余韻のほかには何も聞こえなかった。誰もが息を詰め、あたりを取り巻く闇に目を凝らしている。エマは自分の言葉とは裏腹に、焚き火を越えてジェイミーの腕に飛びこみたくなってしまい、その衝動と闘わなければならなかった。

「びびってズボンを濡らすんじゃないぞ、みんな」ジェイミーはのんびりと言い、片方の肘をついてくつろいだ姿勢をとった。「ただの鳥かヤマネコの声だ。それより、酒瓶をこっちへまわしてくれ。われらがミス・マーロウに飲みほされないうちにな」

男たちは急いで従ったが、酒瓶を隣にまわす手がまだ震えている者が何人もいた。ジェイミーは酒瓶が届くと、頭を後ろに傾けてぐいぐいと飲んだ。それから、焚き火の跳びはねる炎ごしに、エマと目を合わせてきた。その唇をエマの唇に重ねたことをわざと思い出させようとしているのだろうか。その唇がどんなにやさしく、説得力を持っているかも。

ジェイミーは酒瓶をおろした。「みんな、話を続けたらどうだ？　ミス・マーロウの言ったことを聞いただろう？　自分の影におびえるような臆病者じゃないってな。きっとおれと同様、おまえたちの気味の悪い噂話を聞きたがってるはずだ」

男たちは急にブーツの汚れが気になりだしたようにそわそわしはじめた。どこかほかの場所にいられたらどんなにいいかと思っているような顔をしている。ヘップバーン城のいちばん奥にある地下牢でもかまわない、とさえ言いたげだった。

エマは咳払いをした。ウイスキーのおかげで、思いのほか勇気が出た。「わたしの経験から言うと、噂を鎮める力を持った唯一の武器は、真実を話すことだと思う」

ジェイミーの目がすぼまって、氷の裂け目のようになった。エマは、この森に出没するものよりも彼のほうが——少なくとも彼女にとっては——危険かもしれないことを、ほんの一瞬だが忘れていたのだ。「ここはランカシャーの裁縫クラブでもロンドンの舞踏場でもないんだ、ミス・マーロウ。ここでは、真実が危険なものになりうる。そのために命を落とすことだってあるんだ」

「あなたのお母さまはそうだったの？　真実のせいで命を落とされたの？」

とたんに、その場が静まり返った。さっきの不気味な叫び声が陽気なばか騒ぎに思えてくるほどの静けさだ。男たちといっしょに夜そのものが息を詰めているようだった。エマはジェイミーと見つめあった目をそらさなかった。

やがてようやくジェイミーが口を開き、低い声で、だがしぶしぶ感心したように言った。「どうやら、きみがこわくないのは幽霊だけじゃないらしいな。ここにいる連中がきみの半分ほども肝っ玉が太ければ、とっくにヘップバーンを倒していただろう」

エマは息を吸いこみ、喉までせりあがった心臓の音が彼に聞こえないことをありがたく思った。

「きみがほんとうのことを知りたいのなら、教えてやろう」男たちがショックを受けたように目を見交わしているあいだに、ジェイミーはまたウイスキーをあおり、手の甲で口を拭《ぬぐ》った。「おれの母親、リアンナは、まだほんの小娘のころ、この森のような場所へキノコ狩りに出かけた。そこで道に迷った美しい若者に出会ったんだ。ふたりのつきあいは、最初は他愛のないものだったようだ。だがやがてふたりは、人生最大のあやまちを犯した」

「何をしたの？」エマはきいた。

ジェイミーはエマをじっと見つめていた。まるで話を聞いているのはエマだけで、男たちのことは、あたりにくるくると渦巻く霧にすぎないと思っているようだった。「恋に落ちたんだ」

彼の声に、明らかな警告の響きがこもった。

エマは首を振った。「わからないわ。なぜそれがそんな重大なあやまちなの？」

「なぜなら、ふたりは生まれたときから、敵同士になる運命にあったからだ。恋人同士じゃなくてな。母はシンクレアの氏族長の娘だった。だが男の名は、ゴードン・ヘップバーンといった。ヘップバーンの跡継ぎとなるひとり息子だったのさ」

エマは衝撃に全身が震えるのを感じたが、男たちがほとんど顔色を変えなかったところをみると、みんなはすでにこのことをよく知っていたのだろう。

ジェイミーは相手を引きこむような巻き舌で続けた。「リアンナは、父親の監視の目をかいくぐって、こっそり家を抜け出してはゴードンに会いにいった。やがてとうとう起こるべきことが起こった……。つまり、リアンナは妊娠していることに気づいたんだ」

「でも……まさか……」エマは口ごもった。「……ということは、あなたは……」

「そのとき腹の中にいた子さ」ジェイミーの鋭い目が気をつけてものを言えと警告していた。

「そして、母と同じシンクレアの人間だ」

エマはぴたりと口を閉じた。あまりの驚きに頭が混乱している。エマはジェイミーの顔をまじまじと見た。気品を感じさせる頬骨、まっすぐに通った鼻筋、わずかにふくらんだ鼻孔、いかつい顎……。どれをとっても、エマの婚約者となったあのしなびた老人とは似ても似つかない。ジェイミーの父方の祖父とわかったあの男とは。はじめて、ふたりのあいだの敵対感情が、なぜあれほどまでに個人的で激しいのかがわかった。

「若いふたりは、父親たちがほんとうのことを知ったら、怒り狂うことを知っていた」ジェイミーは続けた。「だから家を出て、森の奥の小作人小屋で所帯を構えた。ふたりの世話をする使用人として、リアンナの忠実な乳母だけを連れてきた。ふたりは赤ん坊が生まれるまでは、この乳母を両家の家族からなんとしても守り、隠しておこうと決意していた」

エマには容易に想像できた。若い恋人たちは、こぢんまりとした家で夫婦のまねごとをしつつ、無上の喜びを味わっていたのだろう。希望の上に立ちこめる雲のことは必死で考えまいとしながら。

「赤ん坊が生まれると、ふたりはその子を乳母にあずけ、夜陰にまぎれて山をおりていった。

ひそかに結婚式を挙げて、それから赤ん坊を連れに戻り、両家に報告にいくつもりだった。そうなればもう、どちらの親もふたりを引き裂くことはできないと思ったんだ。自分たちが結婚してしまえば、ヘップバーンとシンクレアの確執に終止符が打てると、心の底から信じていた。ふたりの愛には、氏族間の憎しみを打ち砕く力がある、とね」

エマは片手を顎先にあてて、悲しげなため息をついた。「ロマンチックな夢ね」

「ああ、そうだ」ジェイミーは赤の他人のことを話しているように静かな声で言った。「だが救いようがないほど甘い夢でもあった。ふたりはその夜のうちに、ここからそう遠くない霧深い森で死んでしまった。発見されたとき、ふたりはたがいに手を伸ばしあった姿で地面に倒れていた。指先が触れあう寸前に息絶えたようだった。リアンナは拳銃で心臓を撃ち抜かれ、ゴードンは頭を撃たれていた」

エマの頰を涙がつたい、彼女は手でそれを拭った。きまりの悪い思いをするところだったが、そのとき、マルコムもポケットから薄汚れたハンカチを引っぱり出して、大きな音を立てて洟をかみ、それをアンガスにまわした。

「誰がそんなことをしたの？」また口がきけるようになると、エマはささやいた。

ジェイミーは肩をすくめた。「ヘップバーンの連中はシンクレアだと決めつけ、シンクレアはヘップバーンのしわざだと言い立てた。非難の応酬がはじまり、両家の対立はそれまで以上に深く、激しく続くことになった」

「どうなったの？　そのかわいそうな赤──」エマは口ごもった。ジェイミーが同情を喜ばず、むしろ軽蔑しそうな気がしたからだ。「あなたは？」

「ヘップバーンは、おれがこの世に存在している事実そのものを憎んでいた。だから母方の祖父がおれを引き取り、息子として育ててくれた」ジェイミーは魅入られたように聴き入っている男たちの顔を見まわしてから、エマに目を戻した。「みんな、これでわかっただろう。おれの両親の霊がいまだにこの森をさまよい、霧の夜にはおたがいの名を呼びあっているって噂が流れてる理由がな。誰が殺したか明らかになるまで、ふたりは自分たちの死んだ場所を──いっしょに、だが手を触れあうことなく──さまよい続ける運命にある、とささやかれている」

その言葉を聞いて、エマの背筋にまた新たな戦慄《せんりつ》が走った。「あなたもそう思うの？」

「もちろん、思わないさ。きみがはっきり指摘したようにね、ミス・マーロウ」彼は乾杯でもするように、ウイスキーの入った酒瓶を掲げてみせた。「われわれは理性の時代に生きてるんだ。それに、この世には幽霊よりはるかに恐るべき極悪非道の怪人がいることを、ヘップバーンがしかと証明してくれたからな」

見知らぬ森の奥で横たわり、霧が木々を縫って忍び寄ってくるのを見ていると、エマはいとも簡単に幽霊の──そしてもっと不吉な闇の死者の──存在を信じたくなってしまった。

巻きひげのような靄が波打ち、渦巻き、見たことはないがはっきりそれとわかる形をこしらえていく。うつろな眼窩《がんか》を持った骸骨や、歯をむき出したオオカミや、こちらへ来いと招く指へと姿を変え、起きあがって死に神の抱擁を受けよと迫ってくる。

エマは寝返りをうった。まるで怪奇小説に出てくる、妄想症の主人公になった気分だ。アーネスタインは、母の目を盗んでは、聖書のあいだにそういう小説をはさんで読んでいたっけ。

わたしはハイランドのならず者集団に拉致《らち》された。安らかに眠れないふたつの魂などより、ずっと現実味のある脅威にさらされているのだ。

たとえば、いまもまだあそこで、燃え尽きかけた焚き火の炎を見つめながら、日焼けした力強い手に空の酒瓶をぶら下げて座っているあの男とか。

手下たちはとっくにそれぞれの寝床にもぐりこんでいびきをかいていたが、ジェイミーはひとり残って夜と向きあっている。たくましい顎や、頬骨の下のくっきりとした輪郭に、ちらちらと影が踊っている。消えかかった炎に何を見ているのだろう。エマは考えてみずにはいられなかった。

愚かにも、自分の敵として生まれた男を信じて心を寄せた純粋無垢な乙女の面影か。それとも、ヘップバーン伯爵のしなびた顔？　復讐心にとらわれるあまり、息子がシンクレア家の娘に恋をした事実を認めるどころか、孫の存在そのものさえ受け入れなかった老人の姿か。

ジェイミーはほんとうに、わたしを返す交換条件として身代金を要求したのだろうか。当然彼のものである継承権を要求しただけではないのか。

伯爵がそれをはねつけたら、わたしが代償を支払うことになるのか。誰も住まない森の中で、わたしの遺体が発見されることになるのか。わたしの霊は、そばにいてくれる恋人もなく、霧の夜をただひとりさまよい続ける運命にあるのか。

それとも、ジェイミーはもっと残酷な復讐を考えているのだろうか。

エマはまたもや身を震わせたが、今度は幽霊のせいではない。生身の男が女にとってどんなに危険な力を持っているかを考えたからだ。ムイラのベッドで彼とともに息をのむようなひとときを過ごし、エマはその力の一端を味わったのだった。もし彼がその力を完全に解き放てば、わたしの体は——あるいは心は——ばらばらになってしまうかもしれない。

けれどもこの闇に包まれた禁断の森でジェイミーの姿を見て、彼がみんなを見守っていることがわかると、妙に気持ちが落ち着いた。やがてエマは疲労に負け、いつのまにかゆっくりと目を閉じていった。

突然、鋭い声がその平和な静けさを破った。

いつから眠っていたのかわからなかったが、エマはさっと飛び起きた。驚きに全身の神経がとがっている。

さっき聞いたのと同じ声だが、今度はもっと近い。しかも、ぞっとするほど女の悲鳴によく似ていることも確かだ。たいせつに守ってきたものがすべて失われようとしているのに、どうすることもできずにいる女が叫んだように聞こえた。

エマは激しく鼓動する胸に手をあてた。男たちはまだいびきをかいている。誰も眠りをさまたげられなかったのだ。あの声は、自分でもおぼえていない悪夢の余韻だったのだろうか。そう思いながら、ジェイミーも聞いたかどうか確かめようと、ちらっと背後を見た。

焚き火のそばには誰もいなかった。ジェイミーの姿は消えていた。

「首領？」エマは野営地の周囲に濃く茂った下生えの中を進みながら小声で呼んだ。「首領？　そこにいるの？」

応じたのは、霧のように濃くて息苦しい静けさだけだった。少なくとも、あの恐ろしい叫び声が返ってきたわけではない。もしそうだったなら、きっとエマはボンのブーツが脱げてしまうくらい高く跳びあがっていたことだろう。

エマはもつれあった蔦《つた》のカーテンを押しのけ、思いきって何歩か、森の奥へと進んだ。霧が波打つ白いベールとなってエマを追い越し、もっともはっきり見える月光だけを残して、すべてを覆い隠してしまった。いったいなぜジェイミーのあとを追おうと考えたのか、自分でも説明がつかない。唯一わかっているのは、両親が殺されたこの森を、彼がたったひとりでさまよっていると思っただけで、たまらない気持ちになったことだけだ。

野営地からあまり遠ざかるつもりはなかった。後ろを振り返っては、木々のあいだに、燃え尽きかけた焚き火をかいま見て、心を落ち着かせた。

と、そのとき、大きな音がした。ブーツで枝を踏んで折ったような音だ。エマはくるっと後ろを振り向いた。「首領?」エマはそっと呼びかけ、霧の中へと歩を進めた。「ジェイミー?」期待をこめ、唇に受けた愛撫のように、耐えがたいまでにいとおしい名をささやいた。

森は息を詰めているようだった。風に震えるアスペンの葉がこすれあう音のほかには、何も聞こえない。

いまは理性の時代だとみんなに向かって言ったのは、わたしじゃなかった? わたしは迷信など信じない。無知でもない。それでも一歩進むごとに、危険がひそんでいるような感覚が深まり、それを無視することがむずかしくなっていく。

ほんとうにこの森が呪われていたらどうする? あの哀れみを誘う声が、ばかなさまよい人を死へいざなう罠にほかならないとしたら? ジェイミーと男たちは、すでにこの森でふたりの仲間を失ったではないか。

男たちの話では、ひとりは煙のように消えてしまい、もうひとりは馬に乗ったまま断崖から墜落したという。ジェイミーの両親が殺されたあの惨劇の夜以来、ほかに何人の不運な人がここで姿を消したり、非業の死を遂げたりしたのだろう。

次はわたしだったりして……。

エマはふいにまわれ右をした。こんな気まぐれのせいで崖から転落するはめになるくらいなら、ジェイミーなしで野営地に戻ったほうが賢明だと思ったのだ。

焚き火が見えなくなっていた。ちらちらとまたたいていた火明かりは、厚い霧の白い帳《とばり》の向こうに消えていた。まるで霧がわざとエマの背後に忍び寄り、元来た道を隠してしまったようだった。

エマの鼓動が乱れ、たちまち、不規則なリズムを刻みだした。一瞬、大声で助けを求めようかとも思ったが、誰が――あるいは何が――それに応えるかと思うと、少し不安になった。

エマは自分が置かれた状況の皮肉を痛いほどに意識しながら、白樺の木立の薄気味悪い幹のあいだを縫って進んだ。ジェイミーが野営地に戻って、彼女がいないことに気づいたら、きっと霧に乗じてまた逃亡を企てたのだと思うだろう。彼から逃げようとしたのではなく、彼のもとへ行こうとしたのだとは絶対に思わないだろう。自分でも信じられないくらいだもの。

あわてることはない、と、エマはきっぱりと自分に言い聞かせた。こんな短い時間にそう遠くまで来たはずがない。いちばん有望だと思う方向へ歩いていけば、ほどなく無事に元の場所に戻れるだろう。

いい考えだと思ったが、とてつもなく背の高いマツの木立のそばを通りすぎたとき、それが十五分ほど前に見たマツの木立だったかどうか、まったく確信が持てず、ついに完全に道に迷ったことを認めざるをえなくなった。もうどうしようもない。この霧では、野営地のすぐ近くでぐるぐる輪を描いてさまよっているのか、一歩ごとに自分の行きたい場所から遠ざかっているのかもわからない。

またピシッと小枝の折れる音がした。エマは凍りついたように立ちすくみ、息を殺した。わたしの思い過ごし？　それとも、霧で聞こえにくくなっている、後ろからそっと近づく足音が耳に届いたのだろうか。

ひとりきりでこの森にいるのはこわい。けれども、もっと恐ろしいのは、ほんとうはひとりじゃないかもしれないと気づくことだ。

ジェイミーの両親が死んだ夜も、霧はこんなふうに気まぐれに流れていたのだろうか。ふたりは不意を衝かれていきなり襲われたのだろうか。それとも闇の中を動物のように追い立てられたのだろうか。息があがって胸が痛くなったのだろうか。必死に一歩を踏み出すごとに恐怖がふくれあがったにちがいない。ついに後ろを振り返ったときには、拳銃を手にした冷酷非情な見知らぬ男が立っていたのだろう。いや、それどころか、自分たちが信頼していた人、愛してさえいた人の姿を見たのかもしれない。その人は、どうあってもふたりに罰を与えようと思っていた。自分たちの愛には数世紀にわたる憎しみに打ち勝つ力がある、と信じたことが許せなかったのだ。

エマの悲しい空想に呼び出されたかのように、前方の白樺の幹から、何かもやもやしたものが離れたように見えた。霧の巻きひげ？　それとも、ゆったりとした白いドレスを着た女？　エマはまばたきをして視界をすっきりさせようとしたが、幽霊のようなものはぐんぐんこっちへ近づいてくる。叫んだときのまま、永遠に動けなくなったかのように、口を大きくぱっくりあけて。

かん高い遠吠えのような声が——現実としか思えない声が——エマの耳の中に響き渡った。さっと振り向くと、不気味に黄色く光るふたつの目が、闇の中からエマをにらみつけていた。エマの喉から悲鳴が絞り出されてきた。エマは横向きにくるくると回転すると、全速力で駆け出し、やみくもに霧の中に突っこんでいった。

ジェイミーはこの場所がきらいだった。

自分たちだけなら、落馬して首の骨が折れるのも覚悟で、力のかぎり馬を走らせて一気に森を駆け抜け、ここで夜を明かすはめにならないようにしただろう。しかしエマの細い首を危険にさらすわけにはいかない。

それは彼にとって、はるかにたいせつなものだからだ。

彼は行く手に垂れ下がったマツの枝を払いのけた。自分がどこへ向かおうとしているのかは、よくわかっている。足取りにも迷いがない。暗い影にも、こっそり忍び寄る霧のベールにも、歩みが鈍ることはなかった。月のない夜に、目隠しをされていても、目的地にはたどり着けただろう。夕方にも一度、この道を途中まで来たのだが、思いとどまって野営地へ引き返している。

さっき来たときには、酒瓶半分ほどのウイスキーを飲んで腹に穴があいたような気分ではなかったし、エマの大胆な質問がこんなふうに頭の中に響いてはいなかった。いずれにせよ、眠れるとは思えない。この森ではだめだ。しかもエマがほんの数フィート先で毛布にくるまっているとあっては、とうてい無理だ。彼女はムイラのベッドで抱きしめたときのように、眠たそうで、あたたかく、熟した果実のように収穫のときを待っている。

ジェイミーの長い脚は、急な斜面の下に着き、開けたところへ出てようやく歩をゆるめた。そこでは霧が低く地を這っている。月光がその上をやさしく照らし、谷全体を幻想的な輝きで包んでいた。恋人たちが逢《あ》い引きをするには、完璧な場所だった。

あるいは、死ぬにも……。

ジェイミーはふらりと前に出た。祖父がはじめてここに連れてきてくれたのは、まだほんの子供のころだった。祖父はひざまずいて草に手を触れ、彫りの深い顔に苦悩を浮かべて、ジェイミーの両親の遺体が見つかった夜のことを話してくれた。とても細かいところまで説明してくれたので、ジェイミーは自分が実際にその場にいたような感じがした。ふたりの遺体が草の上にあおむけに倒れている姿や、かっと見開かれているのに何も見ていない目、たがいを求めあいながらも、ついに触れることのなかった血染めの指が見えるようだった。

彼はしゃがんで草に手を触れた。誰もが思っているにちがいない。二十七年分の日光と風と雨と雪が、悲劇の痕跡をすっかり洗い流してしまったことだろう、と。あたりの空気がいまだに喪失や悲しみにけがれているわけがない、と。

エマは勇敢にも正面から彼に向きあい、真実を話せと迫ったが、彼はうそばかり口にした。じつは彼は幽霊がいると信じているのだ。信じないわけがなかろう。生涯、それに苦しめられてきたのだから。

そう認めても、恐怖はなく、胸の内にあるのは断固たる決意だけだった。この森が呪われていないことを知っていたからだ。呪われているのはこのおれだ。下手人が罪を告白するまでこの山をさまよい続ける運命にあるのは、おれの両親ではない。

このおれだ。

谷を漂う霧も、枝の下にたまる影も、闇を引き裂く謎の叫びもこわくはない。唯一こわいのは、ふたりの無念を晴らせないかもしれないことだ。

と、突然、血も凍るような悲鳴が谷に響き渡った。

ジェイミーは身を硬くした。うなじの毛がぴんと突っ立った。あれは夜鳴き鳥や、獲物を追う森の生き物の声ではない。女の悲鳴だ。かすれて、恐怖がこもっている。

一瞬、ぼう然としていたが、やがてあの悲鳴は彼の手の下にある地面――かつて母の血に濡れた地面――からではなく、背後の木々のあいだから聞こえてきたことに気がついた。

立ちあがって振り向いたちょうどそのとき、ほっそりした人影が森の中から飛び出し、彼の腕をめがけてまっしぐらに駆けてきた。

19

エマは、下生えをかき分けて追いかけてくるものから逃げようと、森から飛び出した。けれども、ほっとしたのもつかの間、相手にとっては森を出たほうが追跡しやすいことに気がついた。

激しくあえぎながら、エマは血走った目で後ろを見た。そのとたん、土が盛りあがったところに足をとられ、あやうく地面に投げ出されそうになった。どうにかこらえて前を見ると、霧の中から黒い影がぼうっと出てきた。死に物狂いで次の一歩を踏み出した瞬間、それが幽霊ではないことがわかった。かぎ爪のような骨ばった手の一方に砂時計を、もう一方に大鎌《おおがま》を持った恐ろしい亡霊ではなく、ほかならぬジェイミーだったのだ。

エマはなりふりかまわず、一直線に走っていった。ジェイミーの腕が背中にまわり、しっかりと抱きしめてくれた。エマは思わず彼の胸に顔をうずめ、恐怖と安堵に身を震わせながらしがみついた。焚き火の煙と革のにおい、それから、寒くて恐ろしい場所であたたかさと安心を与えてくれる、ありとあらゆるもののにおいがした。

ジェイミーは、エマの体の激しい震えをなだめるのが自分の使命だと思っているように、背中をさすり、ささやきかけた。「よしよし……もうだいじょうぶだ。もうこわがらなくてもいい。おれがついてる」

「いつまでもってわけじゃないわ」エマはかたかたと歯を鳴らしながらつぶやいた。「伯爵が身代金を届けてきたら、あなたはわたしを返さなきゃならない」

ジェイミーがしぶしぶ笑い、彼の胸がとどろくような音を立てて、エマの耳をくすぐった。「また逃げようとしたつもりだったんなら、これを最後に、あきらめるんだな。どうしようもなくへたくそなんだから」

「今度は逃げようとしたんじゃないわ。幽霊が追いかけてきたの」

彼は大きな手でエマの髪をやさしく撫でた。「きみは幽霊の存在を信じてないんだと思ってた」

「わたしもよ」エマはなおも呼吸を整えようとしつつ、顔を上に傾け、ジェイミーと目を合わせた。「でもそれは、図々しくもわたしを追っかけてくるやつに出会う前のことだわ」

ジェイミーは長いあいだ彼女を見おろしていた。官能的なまなざしがエマに警告していた。彼には、幽霊狩りより、彼女を腕に抱いてしたいことがほかにたくさんあるのだ、と。けれどもジェイミーは、しばらくするとため息をついてそっとエマを放し、谷を囲む森を鋭い目でさっと見渡した。

エマは彼の袖をつかんで離さず、いつでもまた、必要があれば彼の腕の中に飛びこめるよう身構えていた。

「ほら、あそこ！」エマは叫び、森のほうを指さした。「見える？」また新たな戦慄が走った。「一生忘れないわ。闇の中からあの恐ろしい目が光ってわたしを見ていたの」

ジェイミーはエマの示した場所に目を凝らしていたが、やがてゆっくりと唇に笑みを浮かべた。「幽霊だとしても、ただのヤマネコの幽霊だ」

エマは目を細くしてよく見てみた。少し時間がかかったが、ようやく、うっすらとした輪郭が確認できた。燐光《りんこう》のように輝く瞳ととがった耳を持つ、背中に縞模様のある動物が下生えの端にうずくまっている。「まあ、ウインキーとたいして変わらない大きさだわ！」

ジェイミーがそれはなんだというように、片方の眉を吊りあげた。

「ウインキーというのは、エルバータが飼ってる雄猫よ」エマは急いで説明した。「牛舎で飼われている猫と喧嘩して、片目を失ったの。それでいつもなれなれしくウインクしているように見えるのよ」

「きみはたぶん、あいつの縄張りに迷いこんだんだ。攻撃的になることもあるが、ふつうは邪魔さえしなければ、人をわずらわすようなことはしない。悪名高い臆病者だよ」

その指摘を証明するかのように、ヤマネコは横柄にふたりを見てから、くるりと尻を向け、音もなくこそこそ逃げていった。

エマは顔をしかめて、ヤマネコがいた場所を眺めた。「わたしを追いかけてきたときには、とても臆病とは思えなかったわよ。獰猛な感じだった。それにおなかも空かせてたみたい」

エマは首を振った。恐怖がほどけて悔しさに変わった。「あの猫をあんなにこわがったなんて、信じられない」

「自分をばかだと思わなくてもいいさ。ヤマネコが雌を呼ぶ声をバンシー（家族に死者が出ることを泣いて予告する妖精）の泣き声だと思ったのは、きみがはじめてじゃない」

「あんなにすぐに取り乱さなかったかもしれないわ、もしあれを見ていなければ――」エマははっとして口を閉じた。霧から溶け出した亡霊も見たことは言うまい。殺された彼の母親に不気味なほどそっくりな気がした亡霊のことは。

ジェイミーの笑みが消えた。「何を見たんだ？」

エマはかぶりを振った。「どうってことないものよ」

ジェイミーは彼女の顔を子細に見た。「逃げようとしたんじゃなければ、何をしてたんだ？」

エマは頭をかしげ、乳色の月光が、頬の赤みを照らし出さないことを祈った。「どうしても言わなきゃいけないんなら言うわ。あなたをさがしていたの」

「おれを見つけたらどうするつもりだったんだ？」ジェイミーは、いつもよりさらにやわらかい巻き舌できいた。

ジェイミーがあまり近くにいるので、彼がささやくたび、吐息が彼女の髪をかき乱す。エマは二、三歩あとずさった。彼の腕の中に引き戻されそうな気がして不安になったのだ。自分は抵抗しないだろうと思うと、さらにこわかった。

エマは細長い谷間を眺め、はじめてあたりの状況をつかむことができた。この一帯では霧が薄く、ぼろぼろに裂けたレースのリボンのようになって、地面に近いところを這っている。

「ここなのね?」エマはささやいた。徐々に事情がのみこめてきた。「ご両親が亡くなられた場所は」

答えを聞く必要はなかった。彼の表情が——いや、表情のないことが——エマの知りたいことをすべて物語っていた。

エマが空想上の亡霊を追いかけているあいだ、彼はこの平地にいて、ほんものの亡霊と向きあっていたのだ。あのように悲劇的な殺人事件が起きた現場には、怒りや恐怖が不快な余韻となって残っていると思うのがふつうだろう。けれどもエマが感じたのは、自分の胸の中で心臓が重たく感じられるほどの、圧倒的な悲しみだけだった。

「ここへ来たのははじめてじゃないのね」エマはきいた。

彼はそのとおりだというしるしにうなずいてみせた。「九歳のとき、祖父がはじめておれをここに連れてきて、悲劇の一部始終を話してくれた。ふたりを見つけたのは祖父だった。母の乳母だったマグズから、ふたりが山をおりて、姿を消したその晩に結婚式を挙げると聞かされてさがしにいったんだ。遺体が見つかってからしばらくのあいだ、マグズはかわいそうに、悲しみのあまり、どうにかなってしまいそうだったらしい」

エマは幼いジェイミーがこの場所に立った姿を想像し、哀れみと怒りのまじった感情がわき起こるのを感じた。黒い髪が目にかかっていたことだろう。彼はここで両親が絶望のうちに生涯を閉じた瞬間を無理やり追体験させられたのだ。「いったい、あなたのおじいさまは何を考えていらしたのかしら。なぜ幼い子の肩にそんな重荷を背負わせようとなさったの？」

ジェイミーの口の端がゆがみ、愛情と悲しみのこもった笑みが浮かんだ。「祖父は厳格な人だが、公正でもあるんだ。真実から顔をそむけるのはよくないと思っていた。たとえどんなに不快だったとしてもね。真実は人を絶望の淵《ふち》に蹴落とすこともある。だが祖父は、人を生かすこともあると知っていた。おれが生涯、ヘップバーンの矢をかわしながら生きることになるのなら、その理由を教えておきたいと思ったんだ」

「ふたりが残忍な盗賊一味に出くわした可能性はないの？　発見されたとき、何か貴重な品がなくなったりはしていなかった？」

ジェイミーの瞳がくもった。「ひとつだけある。母がいつも身に着けていたネックレスだ。亡くなった祖母から譲られたもので、いつも必ず首に掛けていたらしい。だがそれは銀でも金でもない。金銭的価値のまったくない、つまらない装身具だった。ヘップバーン氏族に城を乗っ取られた夜、われわれの先祖のひとりが持ち出したもので、シンクレア以外の者にとってはなんの値打ちもないはずだ」

エマは彼から離れて歩きだした。あまりに深く考えこんでいたので、ジェイミーの両親が息を引き取った場所を踏んでしまう恐れがあることは忘れていた。「お母さまの乳母のほかに、ふたりの秘密を知っていた人はいないの？　誰かほかの人がふたりを裏切ったとは考えられない？　両家の対立が続くことを望んでいた人がいたんじゃない？」

彼女は振り返ってジェイミーと向きあった。感情を表わさない額や頬に月光が戯れ、彼の顔は、まるでミケランジェロが最高級のイタリア産大理石から彫り出した彫像のように見えた。彼がこんなに美しく――あるいは非情に――見えたのははじめてだ。

「おじいさまは、ふたりの死に伯爵が関係していたと思っていらっしゃったのね」そう言ったとたん、エマははっとした。声がふいに力を失い、ささやきに変わった。「そしてあなたもそう思ってる」

「息子がシンクレア家の娘と夫婦になった姿を見るくらいなら、死んでくれたほうがましだと考えるような男だからな」

「あなたはほんとうにそう思ってるの？　伯爵が平然と、あなたのお母さまと……自分のひとり息子を……殺したかもしれないって」

「殺させた可能性のほうが高いと思う。ヘップバーンはつねに、汚れ仕事をさせる者を雇って手近に置いていた」ジェイミーの唇に苦い笑みが浮かんだ。「やつはおれが生まれたその日からずっと、おれを亡き者にしようとしてきた。自分のだいじな息子が、けがらわしくもいかがわしいシンクレアの娘を愛した証拠を拭い去ろうとしてきたんだ」

もし近くに木の切り株か、座り心地のよさそうな草地でもあれば、エマはそこに座りこんでしまっただろう。がくがく震える膝を少しでも休めたかった。

ヘップバーンに対するジェイミーの執念に、私欲は絡んでいなかった。彼が否定されたと感じている継承権の要求さえ無関係だ。そんなものとはいっさい関係がなかったのだ。

それは正義の問題だった。つまり、制裁を加えること。この足もとの土に染みこんだ血が呼びかける、報復を果たすことだったのだ。

「復讐が目的だったのなら、なぜあの日あの聖堂でわたしを撃ち殺して、けりをつけてしまわなかったの？」エマは鋭い口調できいた。まるで彼に心臓を撃ち抜かれたように、すでに胸が痛みはじめていた。

「ヘップバーンは、おれのものを奪った。だからおれもやつのものを奪ったんだ」

エマは一瞬とまどったが、すぐに、それは伯爵が彼の母親の命を奪ったことだけを指すのではないことに気がついた。「ネックレスね」エマはささやいた。「あなたはただ、伯爵の黄金を狙っているわけじゃない。ネックレスがほしいのね。そうして伯爵に、ご両親を殺したことを認めさせたいのね」

ジェイミーは黙っていた。エマにはそれだけで十分だった。彼は、あれはつまらない装身具にすぎないと言い、シンクレア以外の人間にはなんの価値もないと言った。それは誇張ではないだろう。なぜなら、彼はそれを取り戻すために、何もかも――わたしのことも――犠牲にするつもりなのだから。

「あなたはずいぶん長いあいだ、この機会を待っていたのでしょう。なぜいまなの？」エマはたまらない気持ちになって首を振った。傷ついた心からじかに言葉があふれ出した。「なぜわたしなの？」

「祖父にそれができれば、おれはハイランドへは戻ってこなかった。だが帰ってきてみると、祖父は弱っていて、みんなを束ねていくことができなくなっていた。死期が近づいている。残された時間はもうあまりないんだ。この二十七年間、祖父は、山の住人の半数に、ふたりを殺したのはシンクレアの手の者だと思われながら生きてきた。おれは疑惑をそのままにして、祖父を逝かせはしない。祖父がおれのためにしてくれたことを考えたら、それくらいのことをするのは当然だと思う」

「もし伯爵がわたしと引き換えにネックレスを渡すことに同意したら？　もしあなたのご両親を殺したことをあっさり認めたら、あなたはどうするつもり？」

ジェイミーは肩をすくめた。「お上《かみ》は絶対にシンクレア家の者の言うことを信じないし、ヘップバーンの者を逮捕しない。だから、おれはそのネックレスを祖父のもとへ持っていき、あとは悪魔がヘップバーンの腐った魂を引き取りにくる日をのんびり待つことにするよ」

「何もしないで？」エマは笑った。笑うのがこんなにつらかったことはない。「ほんとうにそう思ってるの？」

「わからない」ジェイミーは顔をしかめた。それでも困惑しているように見せるほどのたしなみは保っていた。

エマは自分の体を両腕で抱きしめた。笑いが萎《な》えて、途切れ途切れに声が出てくるだけになった。金銀になら対抗できる望みがあったかもしれないが、これにはかなわない。ジェイミーは強くわたしを求めている。でも彼にはいつも真実のほうがもっとたいせつなのだ。彼にとってわたしは、盤の上を思いのままに動かす手駒でしかない。それも、王《キング》を捕らえるまでの。

冷然と感情を表わさなかったジェイミーの顔に、かすかな動揺が見てとれた。「伯爵だって不死身じゃない。あのくそ野郎が墓場まで秘密を持っていくのも、おれには許せないんだ。この機会を逃したら、あの惨劇の夜、ここで何があったのか、真実を知ることはもうできないかもしれない。わからないか？」

ジェイミーが手を伸ばしてきたが、エマはあとずさった。いまとなってはもう、彼の腕に抱かれれば安心や慰めが得られると信じる気にはなれなかった。いまやジェイミーは、銃を手にしてあの聖堂に立ったときより、彼女にとって危険な男になった。

焚き火のそばで彼が与えようとした警告を心に留め置くべきだった。

真実は人を絶望の淵に蹴落とすこともある。少なくとも、心を傷つけることはある。

「あなたの考えは最初からまちがっていなかったわ」エマは冷ややかに言い、顎先が震えているのを隠すために歯を食いしばった。「あなたのご両親は確かに、恋に落ちた瞬間、人生最大のあやまちを犯したのよ」

エマはスカートをつまむと、背中を向けて谷を引き返しはじめた。ジェイミーの心にいまも巣くう亡霊より、森をさまよう亡霊に立ち向かうほうがまだましだと思った。

20

ヘップバーン城の天井の高い廊下に、遠吠えのようなすさまじい声が響き渡った。扉が次々に開き、誰が——あるいは何が——こんな騒ぎを起こしているのかと、メイドや従僕がびっくり箱の人形のように飛び出してきた。

騒がしい音は一気に大きくなり、伯爵のフィアンセが誘拐されて以来、城に満ちている張り詰めた静けさを引き裂いた。マーロウ家の三姉妹が庭から駆けこんできた。そばかすの浮いた顔が火照り、ボンネットがゆがんでいる。そのあとから母親が、青ざめた顔を引きつらせ、恐怖と希望の入りまじった痛ましい表情を浮かべてついてきた。父親は、スカーフタイをゆるめ、震える手に飲みかけのワインが入ったグラスをぶら下げた姿で温室から出てきた。

イアンはその日の午前中は、エマの家族の悲しみにうちひしがれた目を見ずにすむよう、ほとんどの時間を図書室にこもり、地所の帳簿を調べて過ごしていた。彼は騒ぎを聞きつけると、上着も手にとらずに廊下へ飛び出したが、シャツ姿のままで人前に出れば、大伯父にたしなめられることはわかっていた。城が攻撃されていようが炎上していようが、必ずお小言をちょうだいする。

いや、城が攻撃されていたり炎上していたりするときには、とくに、だ。

攻撃を受けているのは、痩せた少年ひとりとわかった。明るい黄色のもじゃもじゃの髪をつかまれて、広い玄関の間を引きずられていこうとしている。彼を引きずっているのは、大伯父の猟番、サイラス・ドケットだ。少年は細い手でドケットの肉付きのよい手首をつかみ、頭皮にかかる力をやわらげようとしつつ、滑りやすい大理石の床をブーツのかかとでこつこつとリズミカルにたたき、なんとか取っ掛かりを見つけようとしていた。その喉からは、遠吠えのような叫び声がたえまなく流れ出し、時折、ドケットに向かって辛辣な悪態が吐き出されてきた。

イアンは平然と暴力行為がおこなわれていることに驚き、ドケットのあとを追いかけた。

「どうかしたんじゃないのか。自分が何をしているか、わかっているのか？」

ドケットは歩調をゆるめもせずに、間延びした口調で答えた。「領主さまに荷物をお届けするんでさ」

何ごとかと集まってきた人々がイアンを先頭にして猟番のあとに従った。伯爵の書斎に着くころには、途中で参加者が増えて、事実上、行進の隊列ができあがっていた。使用人のうちでも物怖じしない者とエマの母親と姉妹が列の中心を歩き、父親はいちばんあとから、少しよたよたしながらついてきた。

ドケットは、書斎の外に立っていた従僕が動揺しつつ彼の到着を告げるのを待たなかった。いきなり、あいたほうの手で扉を開き、少年を引きずって書斎の中へ入っていくと、オービュソン織の高級絨毯の真ん中に彼をどさりと放り出した。

少年は急いで起きあがって膝をつき、憎しみもあらわにドケットをにらみつけて、彼を罵《ば》倒《とう》した。さいわい、あまりに巻き舌がひどかったので、何を言っているのかはほとんど聞き取れなかった。

少年がどうにかして立ちあがろうとしたところへ、猟番がすかさず耳に平手打ちを見舞った。少年はまたがっくりと膝をついた。たちまち、腫れあがった下顎に血がしたたった。

「生意気な舌を引っこめろ。さもなきゃ、おれが切り取っちまうぞ」

「もう十分だ」イアンがぴしゃりと言い、つかつかと前に進み出て、猟番とその獲物のあいだに割って入った。

イアンはこの男が大きらいだった。前の猟番が不慮の死を遂げたあと、伯爵はロンドンに行ってドケットを連れ帰った。イアンは大伯父がロンドンのスラム街の中心から、このイーストエンド出身の大男を引き抜いてきたのではないかと疑っていた。イアンがもっとも軽蔑する資質に目をつけたにちがいない。狂暴なまでの腕力、報酬を払ってくれる者に対する無条件の忠誠心、それから、異様に残虐行為を好む性向。左目から上唇にかけて、見るからに不吉な傷痕が走って唇が引きつれ、いつも歯をむいてうなっているような表情をこしらえている。

ドケットはイアンを見た。伯爵の許可さえあれば、喜んでおまえもぶちのめしてやる、といわんばかりの目をしている。しかしイアンが動じず、一歩も退かなかったので、ドケットはやむなく後ろへ下がった。

机についていた伯爵が立ちあがり、誰かが靴の裏からこそげ落としたヒツジの糞《ふん》でも見るような目で、少年を見た。「そのたいそう品のよい若者は何者だ？」

「ハト小屋の外をうろついていたところを見つけたんです、領主さま」ドケットが言った。

「シンクレアからの伝言を持ってきたと言ってます」

「ああ、あの子からだわ！」マーロウ夫人が叫び、波打つ胸に手をあてた。「あの子の言葉を伝えにきたのよ！」

マーロウ夫人の体がふらふらと揺れはじめ、顔が紙のように白くなった。扉のそばにいたふたりの従僕が飛んできて、優美な形の椅子を夫人の尻の下に押しこんだ。夫人がその椅子にくずおれると、アーネスタインがさっき庭で読んでいた怪奇小説で母の顔をあおいでやった。エマの父親は残っていたワインを一気にあおった。

「おい、小僧。いつまでわたしのカーペットに血をたらたら流して座ってるつもりだ？」伯爵が言った。「伝えることがあるのなら、さっさと吐き出せ」

イアンが後ろに下がり、少年はよろよろと立ちあがった。ドケットに手荒に扱われたせいで、明らかに疲れきっている。なおも刺すような目で猟番をにらみながら、彼は手の甲で唇の端の血を拭うと、上着の内側から、ところどころがわずかにへこんだ巻紙を取り出した。

伯爵が机の奥から腕を伸ばし、不快そうに唇をゆがめながら、二本の指で手紙をつまんで、少年の手から受け取った。それから、好きなだけ時間をかけて、机の中から金縁眼鏡を取り出すと、それを鼻のてっぺんに載せた。そのあいだ、マーロウは震える手を妻の肩に置いていた。妻をなだめるためなのか、自分を落ち着かせるためなのか、イアンにはわからなかった。

伯爵は一本の指の黄ばんだ爪を使って、巻紙を留めた革紐をほどいた。「小賢《こざか》しいひよっこめ、今度は、わたしが苦労して手に入れた金をどれだけ盗みとるつもりだ？」伯爵はそう言うと、この場にそぐわない嬉々とした表情を隠しもせずに、手紙をさっと開いた。

イアンの立っているところからでも、乱暴に書きなぐった字が誰のものかはわかった。学校の課題やイアン宛《あ》ての手紙で何度となく見てきた筆跡だった。手紙の多くには、イアンを笑わせようとして、ふたりにしかわからない冗談が書いてあったり、級友たちの滑稽《こっけい》な似顔絵が描かれていたりしたものだ。

伯爵が手紙に目を通しているあいだ、部屋には期待のこもった沈黙が満ちていた。使用人たちは、仕事に戻れと命じられないのをいいことに、視線を床に貼りつけたままそこを動かない。気絶しかけていたマーロウ夫人は気を取り直して立ちあがり、震える唇に、レースの縁取りをしたハンカチをあてていた。マーロウ家の姉妹は不安そうに身を寄せあって、ひとつところに固まっている。彼女たちのそばかすが、レリーフのように白い肌からくっきり浮きあがって見えた。

ついにイアンは宙ぶらりんの状態に耐えられなくなった。「なんと言ってきたんです？彼女の身柄と引き換えに、いくら要求してきたんですか」

伯爵はゆっくりと頭をあげ、喉の奥から耳障りな音をひっひっと絞り出した。イアンは背筋が寒くなった。一瞬、すすり泣きかと思ったのだ。しかしすぐにまた同じ音が聞こえ、イアンは全身の血が凍りついたような思いにとらわれた。

大伯父は笑っているのだ。

みんなが驚きに息をのみ、伯爵は倒れるように椅子に座りこむと、薄い頰をさらにくぼませて、息をあえがせた。

イアンは思わず机のほうへ一歩踏み出した。「なぜお笑いになるんです？　そんなに途方もない要求をしてきたのですか」

「いや、ちがう」伯爵は答えた。「完璧なまでに理にかなっている……大ばか者にしてはな！」伯爵は机をこぶしで殴り、手紙をくしゃくしゃに丸めると、ぜいぜいと息をし、またふいに声をあげて笑いだした。「あの若造、自分にはわたしを出し抜けるだけの知恵があると思いこんでおる。ならば、お手並み拝見といこうではないか！」

手放しで愉快がっているわりには、伯爵の目は賞讃にも似た輝きを宿していた。イアンを見るときには、一度もこんな目をしたことはない。伯爵は、最後の息を引き取るときになっても、息子がシンクレアの娘に産ませた子の存在を認めないだろう。しかし、政治家としての彼の現実的な頭脳は、ジェイミーを敬意に値するたぐいまれな敵と見なしていた。

「わたしの娘は？」マーロウが前に進み出た。額に浮かんだ玉の汗が、倒れずにいるだけでもかなりの努力が必要であることを物語っていた。「娘はどうなるのです？」

伯爵は立ちあがると、驚くばかりに好意的な表情を浮かべて机の前に出てきた。「ご心配はいりませんぞ、マーロウさん。いまのわたしには、エマリーンのことがいちばんの関心事です。必ず善処するとお約束します。その点については、奥方にもお嬢さまがたにも、その美しいお心をわずらわせることのなきよう願いたい」伯爵は娘たちに向かって微笑みかけた。思いもかけないお世辞を言われ、姉妹もほんの少し表情を明るくせざるをえなかった。「もう少しのあいだ、ご辛抱ください。必ず、シンクレアが手にすべきものをくれてやります。何もかも」

伯爵は、さらに安心させるような言葉を次から次へと繰り出すと、ぽかんと口をあけている使用人たちの前を通り、意志の力だけを使ってマーロウ一家を部屋の外に追い出してしまった。

「こいつはどうしましょう」ドケットは、いくらでも手はあると言いたげに、若い使者に残忍な目を向けた。どの方法も、気持ちのよいものではなく、合法的でさえないのだろう。

伯爵はいらだたしげに手を振った。「古い地下牢へ連れていって閉じこめておけ。そいつも、そいつの頭《かしら》も、一日か二日、待たせておけばいい」

イアンが抗議する間もなく、ドケットは野蛮な笑みを浮かべて、少年のほうへ歩いていきかけた。

「待て。おまえは残れ」伯爵が鋭い声で言った。「おまえに話したいことがあるのだ」伯爵は、マーロウ夫人に椅子を持ってきたふたりの従僕に向かって、骨ばった指を曲げて合図を送った。「おまえらが連れていけ」

従僕たちはまた不安そうに目を見交わした。ふたりとも、銀器を磨けとか、馬車の明かりを灯《とも》せといった命令には慣れているが、ここ百年ほど使われてこなかった地下牢へ、怒鳴り散らす少年を連れていけと命じられたことはない。

少なくとも、彼らの知るかぎりでは。

だが目上の人への服従は、敬意と同様、身にしみついている。ふたりは最後には肩をすくめ、少年のそばへ行って肘をつかんだ。少年は激しく抵抗し、こぶしを振りまわした。このぶんでは、なんとか力ずくで彼を部屋の外へ引きずり出すころには、ひとりの従僕の目のまわりにあざができ、もう一方の唇が血まみれになっていることだろう。

格闘する音や声が消えていくと、伯爵は鋭い目で、残った使用人たちをにらみ据えた。

「いつまでぼうっと突っ立ってるつもりだ？　盗み聞きさせるためにおまえらを雇ったんじゃないぞ。ひまを出されたくなかったら、さっさと持ち場に戻れ」

みんなはあわてて命令に従おうと、てんでにぎこちなく膝を折ったり、頭を下げたりして部屋を出ていった。やがて伯爵はくるりと振り返り、うながすようにイアンを見た。

イアンは眉をひそめた。大伯父の奇妙なふるまいに、とまどいが大きくなるばかりだった。イアンは、はじめてヘップバーン城に来たときから、おまえは重荷であり失望の種でしかないのだとはっきり言われていた。しかし、それでも大伯父はイアンにだけは秘密を打ち明けたし、イアンを聴き手に選んで、自分の勝利について満足げに語り、つまらない相手に報復を加える計画——現実の、そして空想上の——を話して聞かせたものだった。

「おまえも聞いただろう」伯爵は冷ややかに言った。「わたしはドケットと話があるのだ」

「しかし、その前にミス・マーロウの状況について話しあうべきだと思うのですが——」

「個人的な話だ」

イアンはしばらくそこに突っ立っていた。暖炉の上に置かれた金箔《きんぱく》時計の針が、なぜかぐるぐると反対向きにまわっていくような気がした。たちまち、彼は孤独な十歳の少年に戻っていた。両親の死を悲しみ、ほんのひとかけらでもいいから、大伯父の愛がほしいと必死に願っていた。それがどんなにゆがんで、けがれたものであってもかまわないと思っていた……。

時計が鳴って魔法が解け、彼は自分がもはやその少年ではないことを思い出した。もう一人前の男なのだ。大伯父の無関心が作り出した男だ。大伯父は彼に、人を憎む方法を教えた。だがイアンはいまになってようやく、自分がいかにその教えをしっかり学んだかを悟りはじめていた。

傷ついたプライドがまだ痛んでいたが、彼は伯爵に向かってそっけなく頭を下げると、書斎から静かに出ていった。従僕が扉を閉めて視界をさえぎる直前、イアンはちらっと後ろを振り返り、ドケットが机の前に立っている姿を目にした。彼は胸のあたりで太い腕を組み、唇をゆがめてにんまりとしていた。

21

ジェイミーは、伝説に名高いシンクレア家の癇癪玉《かんしやくだま》につながれた導火線が、頭の中で煙をあげている音を聞いていた。岩山を掘り抜いて建てられた聖堂の廃墟《はいきよ》で、グレイムがヘップバーンの返事を持ち帰るのを待つうち、その音が日に日に大きくなってきた。

ジェイミーは短気な性格を直そうと子供のころから努力してきた。だがこのゆっくりとした規則正しいシューシューという音は、いまにも忍耐と理性の声をかき消して爆発を引き起こそうとしていた。そうやってみんなを破滅に追いやるのも時間の問題かもしれない。

この前、癇癪玉が破裂したときには、ひとりの男が命を落とした。あの男は殺されて当然だったと言う者もいるだろうが、どんなに正当化してみても、ジェイミーの手についた血のしみは洗い流せないのだ。そのしみのせいで、もっともたいせつな友を失うはめになった。だからこれは一生消えることはない。

ジェイミーは長いあいだ、崩れかけの廃墟をぶらぶらと歩きながら、ヘップバーンの返事を待って過ごした。眼下の谷を見渡し、馬に乗って近づいてくる者はいないかと、目を光らせていた。四日目の朝、彼はどこにも続いていない石段の最下段に、ただじっと腰かけていた。彼が動かずにいることは、山の上空にかかる陰鬱な雲よりも不吉な印象を与えていた。

男たちは緊張をやわらげようと、アンガスの古いシャツに枯れ葉を詰めて木に吊るし、弓矢の練習の標的に使うことにした。もっとも、エマを誘わなければこれほどの気晴らしにはならなかっただろう。

エマの楽しそうな笑い声が、かつてこの聖堂を飾っていた鐘のように響き渡り、ジェイミーは不快そうに目を細めた。エマは、両親が亡くなった谷まで彼を追ってきて以来、彼とはふたことくらいしか口をきいていない。それなのにいまはボンに向かって、生涯の友のように笑いかけている。彼女が迫り来る嵐に気づいていないのか、どうでもよいと思っているのかはわからない。ジェイミーは後者ではないかと思っていた。

エマは、癖の強い銅色の髪をどうにかしてひねってゆるいシニヨンにまとめ、優雅な曲線を描く喉と、うぶ毛に覆われたうなじをむき出しにしている。あそこに唇を触れてみたいと、どれほど焦がれたことだろう……。やがてジェイミーの目がさらに険しくなった。ボンがたくましい腕を彼女の細い肩にまわし、矢を弓につがえて、弦《つる》を引くのを手伝ったのだ。矢はヒュッと明るい音を立てて弓を離れ、平地の上を飛んで、マルコムが標的の胸のあたりにベリーの果汁で描いたいびつな形の心臓に突き刺さった。

男たちはあたたかく喝采を送ったが、ひとりがちらっと後ろを振り返り、ジェイミーが見ているのに気づいたとたん、みんなの喉の奥で声が引っかかってしまった。エマは楽しそうに歩いていって、的から矢を引き抜くと、勝ち誇ったように微笑んだ。

おれのシャツだったらいいのにと思っているのだろう。ジェイミーは自虐的な気持ちになり、そんなふうに勘ぐってしまった。そして、おれがそれを着ていればよかったのに、と。ジェイミーは疲れた手で顎をさすった。神経がまいっているのも無理はない。よく眠れていないのだから。

いや、じつはまったく眠っていない。

ほんの数フィート先でエマが毛布にくるまっているというのに、眠れるわけがない。彼女の乱れた髪を後ろからにらんでばかりいて、眠るどころではない。はじめて野宿をした夜、自分を信頼して身を寄せてきた彼女を腕に抱いて過ごしたときの気持ちが思い出されてくる。ムイラの家で経験した幻のようなひとときも思い返してしまう。エマが彼の髪に指を絡め、キスを返した瞬間には、はじめて彼女を見たときからしたいと思っていたことをいまにもさせてくれそうな気がした。

ゆうべは眠ろうとして時間を無駄にすることさえきっぱりやめて、崩れかけた石のアーチにのぼり、夜明けまで延々と、遠くに響くひづめの音が聞こえないかと耳をすましていた。

だがたったいま、まさにそのような音が聞こえてきて、癇癪玉の導火線の音をかき消そうとしていた。

ジェイミーは立ちあがった。うとうとして夢を見たのだろうか。だが足もとの石にかすかに伝わる震動が、ほぼまちがいなく誰かがこちらにやってくることを告げていた。エマが彼をちらっと見て、微笑むのをやめた。

おれは九歳のとき、祖父に連れられてあの谷に行き、両親が無惨にも射殺された場所を見た。それ以来、ずっとこのときを待っていた。それなのになぜだろう、突然、不安が頭をもたげて、手放しで喜べなくなってしまった。待ち続けたものがついに手に入る。しかし、それと引き換えに、自分がつねに望んでいたものをすべて失うかもしれない。そう思うと、気持ちが沈んでしまうのだ。

馬に乗った者がひとり崖っぷちまでのぼってきた。ジェイミーの不安と期待にはちゃんと根拠があったのだ。それはヘップバーンの返事を持って戻ってきたグレイムではなく、ジェイミーが前夜、谷のようすをさぐるために送り出した斥候《せっこう》だった。

その男、カーソンは、馬をおりると目を伏せたまま、小さく首を横に振った。それだけでジェイミーの知りたいことはすべてわかった。

ふいに、時の流れから放り出されたような錯覚に襲われた。怒りに燃えた静けさだけがその場を支配し、やがてジェイミーの頭の中で煙をあげていた導火線が、ついに癇癪玉に到達した。

彼は一気に階段を駆けおりると、長い脚で憤然と平地を突っ切っていった。

「みんな、気をつけろ」わんわんと響く耳鳴りを通して、ボンのつぶやく声が聞こえた。

「ほら、来るぞ」

「ヘップバーンのしょぼくれじじいめ、いったい何を考えてる？」髪を掻きむしりながら、ジェイミーは木にぶつかる一歩手前でくるっと振り向いた。「完全にいかれちまったのか？か弱い花嫁を筋金入りの悪党集団の手もとに置いておくなんて、どうしてそんな真似ができるんだ？　救出が遅れれば遅れるほど、彼女はひどい目に遭わされるかもしれない。それはわかってるはずだろう」

彼はすさまじい勢いで平地を引き返した。男たちはみんなボンの警告に従って一、二歩後ろへ下がった。ただひとりエマだけは勇敢にもその場にとどまり、彼の行く手に立ちはだかった。ジェイミーは立ち止まるか、彼女を踏み倒すしかなくなった。

彼はぴたりと足をとめ、怒りをぶちまける相手ができたことに感謝しながら、エマの胸に向かって指を突き出した。「自分を見てみろ！　きみはここにいるべきじゃない！　人並みの思慮分別もないイングランド人の小娘でしかないんだからな！」

エマはまばたきをして彼を見あげた。灰色がかった青い瞳には、奇妙に落ち着いた表情が浮かんでいる。ゆるくまとめたシニヨンからほつれた巻き毛が、風にやさしく吹かれていた。

「乳母と完全武装した護衛を付き添わせずに、きみを寝室から出してはいけなかったんだ。もちろん、イングランドからも！　きみの愛情深い花婿は、いまきみに何が起きてるのかまったく心配じゃないのか？　もしきみがおれの女だったら……」

彼の言葉は、春の雷鳴のように、廃墟に響き渡った。あとには、木の葉の上を毛虫が這う音すら聞こえそうなほどの静けさが続いた。エマだけではなく山腹にいるみんなが一様に息を詰め、次の言葉を待っているのだと気づき、ジェイミーは思いもかけず、喉がかあっと熱くなるのを感じた。

「なんなの、ジェイミー？」エマがついに小声できいた。クリスチャンネームで呼ばれたことは、平手打ちを食らうより強い痛みを引き起こした。「もしわたしがあなたの女だったら、あなたはどうするの？」

彼女の目が鋭い問いを投げかけてくる。ジェイミーは答えることができず、彼女に背中を向け、みんなに背中を向けた。数歩歩いて崖っぷちまで行くと、そこで両手を腰にあてて、遠く広がるムーアを覆った灰色の靄を眺めた。そのときだった。彼が思いがけない声を背後に聞いたのは。

エマが笑ったのだ。

ジェイミーがゆっくりと振り返ると、男たちがまた一歩下がった。またもや彼の癇癪玉が破裂して、さっきよりもひどい被害をこうむるものと思っているようだった。

「あなたはまだわからないの？」エマが涙で目を輝かせてきいた。男たちには笑い泣きと見えるかもしれないが、ジェイミーはだまされなかった。「あなたはばかを見たのよ。伯爵がわたしを救うためにお金を使うわけがないわ。ひと握りのシリング硬貨だって無駄にしない。あの人にとって、わたしはなんの値打ちもない。自分の種を仕込める空っぽの子宮以上の何ものでもなかったのよ。それに、ここからロンドンまでのあいだでは、そういう子宮が数えきれないほどたくさん売りに出されているわ」

エマは首を振った。かすれた笑い声をあげて、自分とジェイミーの両方をあざけった。

「あなたは、わたしの哀れな家族を苦しめ、わたしを連れて地獄の入り口まで行って戻ってきたけれど、それはすべて無駄だったの。伯爵は決して、あなたの望むものは渡さない。あなたがわたしに何をしようと、伯爵は平気なの。だから、もうあなたは紳士のふりをしなくてもいいのよ」今度はエマのほうがふたりのあいだの距離を詰めた。興奮に脈打つなめらかな喉や魅力的に震える下唇が、はっきり彼に見えるほど間近に立ち、顔をあげて、まっすぐ彼の目を見た。「だからいいのよ、ジェイミー・シンクレア。最悪のことをしなさい」

気まずい空気が流れ、一瞬、ジェイミーはそのとおりにしたくなった。エマの手をつかんで廃墟の奥へ連れていき、彼女が自分の女だったら、どんなことをするか見せてやりたいと思った。

何もかも。

「ジェイミー？」ボンがやっと聞き取れるほどの声で言った。

彼のいとこはエマの情熱の底知れぬ力に魅了され、その瞳を見つめていた。

「ジェイミー?」ボンがまた、さっきよりもせっぱ詰まった声で呼びかけた。

「おまえはいったい何を――」ジェイミーはさっと振り返った。だがその瞬間、グレイムがよろよろと歩いて森から出てくる姿が目に入った。

22

グレイムは、指関節が白くなった手で胸を押さえ、歯を食いしばっていた。片方の目は腫れてふさがり、下顎には醜いあざができていて、そのへりはすでに黄ばみかけている。数人の男たちが手を貸そうと駆け寄ったが、いちばん早かったのはジェイミーだった。彼に肩を抱かれたとたん、グレイムの脚からがくがくと力が抜けはじめた。

「もっと早く帰ってこられたんですけど……」グレイムはジェイミーの胸にぐったりともたれかかりながら、かすれた声で言った。「途中で馬の蹄鉄が外れちまって……」

男たちがまわりを取り囲み、ジェイミーはグレイムの上半身をかかえたまま地面に寝かせ、楽な姿勢をとらせてやった。自責の念が胸を衝く。ヘップバーンが平気で使いの者を撃ち殺しかねない男であることはわかっていたはずだった。ボンを遣《や》ればよかった。ヘップバーンと同じくらい奸知《かんち》に長《た》けた彼なら、あの老いぼれが裏切る可能性も計算に入れて行動したことだろう。

「何をされたんだ?」ジェイミーはきき、グレイムの折れた肋骨をそっと手で撫で、彼といっしょにびくっと頬を引きつらせた。

「ぼくは何をされても平気でした」グレイムはにっこりとジェイミーを見あげた。裂けた唇のせいで笑みがゆがんでいた。「こっちも何発か殴り返したんです。乙にすました従僕も、グレイム・マグレガーに手を出すのは考えものだと思い知ったでしょう」グレイムは上着の内側から、震えのとまらない手で革の袋を引っぱり出した。「ジェイミーさまのおっしゃるとおりにしました。ヘップバーンに手紙を渡したら、あいつがこれをジェイミーさまに届けるように言ったんです」

ジェイミーはさしだされたものを受け取り、やっとのことで笑みを浮かべてみせた。「みんな、おまえを誇りに思ってるぞ。とくにおれはな」

ジェイミーが立ちあがり、レミーが代わりにひざまずいて、とてつもなく大きな彼の手からは考えられないほどやさしく、グレイムの頭を膝の上に乗せた。

ジェイミーはヘップバーンの返書に目を落とした。安物の紙ではなく、クリーム色の厚い羊皮紙をきちんと三つ折りにして、ヘップバーン家の紋章のついた真っ赤な封蠟《ふうろう》で留めてある。

男たちが見守るなか、彼は封をはがし、ていねいに紙を広げた。

ボンは読み書きを習ったことがないのに、ジェイミーの肩ごしに手紙を見ようとして、爪先立ってぴょんぴょんと跳びはねた。「なあ、気をもたせるなよ。なんて書いてあるんだ?」

そっけなく書かれた数語の言葉を読むのに、長くはかからなかった。ジェイミーは念入りに紙をたたみ直した。長いあいだ、この瞬間を想像してきた。めまいがするほどの勝利感をおぼえるものと予想していた。

だが顔をあげ、エマのさぐるような目を見たときの彼は、胸をえぐられる後悔のほかには何も感じなかった。「やつは要求をのむと言ってきた。あした届けるそうだ」

ジェイミーがエマと目を合わせていられたのは、ほんのつかの間だった。エマはさっさと背中を向けると、何も言わずに廃墟の中へと姿を消してしまった。

エマは、かつてこの聖堂の古い鐘楼《しょうろう》を支えていた円形の台に腰かけ、片方の膝を胸に押しつけてかかえこんでいた。鐘楼の屋根と壁の大半はとうの昔に崩れ去り、野ざらしの台だけが残っているのだ。そこにのぼるには、時の流れと雨によって角がすり減った狭い石段を使うしかなかった。

いつもこの山中を激しく吹き荒れていた風はやわらぎ、穏やかなそよ風となって、エマの頬にやさしく息を吹きかけ、うなじのほつれ毛をもてあそんでいる。山頂にかかる月は、真珠のように輝いていた。ランカシャーの月の二倍ほどの大きさに見えるが、それでもやはり手の届かない遠いところにある。

台の向こう端から、小石の転がり落ちる音がした。

エマは思いがけず胸の中にわきあがった希望を抑えることができず、振り返った。だが階段の上の影から出てきたのは、ボンだった。彼は自分が歓迎されるかどうか、確信が持てないらしく、月光のあたらないところでもじもじしていた。

「心配ないわ、ボン。だいじょうぶ」エマは請け合った。「わたしは武器を持っていないから」

ボンは近づいてきてエマのそばに立った。乱ぐい歯をむき出した笑顔は、いまでは脅威ではなく、愛嬌のある表情に見える。「きょう見せてもらった弓の腕前からすると、あんたがこのあたりにいるかぎり、どんな男の心臓も絶対に無事とは言えねえ」

「だからあなたのいとこは、あんなにわたしを追い払いたがってるのね」エマは軽い口調で言い、声のとげとげしさが隠れることを祈った。「あなたも下で彼といっしょにお祝いしていればいいのに。ジェイミーは有頂天でしょうね。なんといっても、心から望んでいたものを伯爵がくれると言ったんだもの」

「あいつはまだおれにも、ほかの誰にも、それがなんなのか話そうとしねえんだ。おれにまで秘密にしておくなんて、あいつらしくねえ」

「はじめて、秘密にする価値のあるものに出会ったのかもしれないわ」

「おれたちは、あいつが何をほしがろうと文句は言わねえ。あいつはおれたちのためにたくさんのことを犠牲にしてきた。子供のときから頭がよくてな、やっと本が持てるようになったころにはもう、いつも本を持ち歩いてた。あのまま低地《ローランド》で暮らして、ちゃんとした紳士みてえにひと財産つくることだってできたんだ。だがじいさんが病気だって聞いて、ここへ戻ってきた。おれたちみんなの面倒を見るためにな。ずっとシンクレア氏族に頼って生きてきたこの山の者みんなを助けるために」ボンは何かほかにも言いたいことがあるかのように、ためらった。もっとあるかのように。だが結局はうつむいて自分の足に目を落とした。「おれは、あんたの婚礼を台無しにしたことをあやまりにきたんだ。それから、祈ってるよ、あんたと伯爵が――」彼は咳払いをした。明らかに、言葉を絞り出すのに苦労している。「幸せになることをな」

「ありがとう」エマはささやいた。ふいに喉が詰まって、それ以外には、彼を許す言葉を口にすることができなかった。

ボンが階段をおりて引き返していき、ひとりになると、エマはまた月に顔を向けた。だがその月は涙のベールの向こうで揺らいでいた。あの同じ月が父の果樹園の上を渡るのを、寝室の窓から見ていた娘が、いまでは赤の他人のように感じられる。あのころのわたしは、世間知らずの子供だった。男の資質は、いかに弁が立ち、いかに仕立てのよい上着を着ているかで判断できると信じていた。

あしたになったら、あの娘のままであるふりをして、伯爵の使いの者といっしょに山をおりるなんて、そんなことはとてもできない。ジェイミーのキスを知り、わたしを求めて熱くくすぶる彼の欲望を感じて、自分の体がとろけるのを味わったいま、どうして宝石や毛皮や黄金などに満足できるだろう。愛や情熱からではなく、自暴自棄になって義務で産んだ子が何人いようとも、満たされはしないだろう。

ジェイミーに触れられて、身も心も生き返ったような体験をしたのに、夜な夜な伯爵がわたしの上でうめいたりあえいだりするあいだ、長い苦痛に耐えて静かに横たわり、悲鳴をあげないように歯を食いしばっていることなど、できるはずがない。伯爵はやさしいおじいさんではなく、息子が道ならぬ恋に落ちたからといって平然と命を奪う殺人鬼かもしれないのだ。それがわかったいまは、とうてい無理だ。

エマはまばたきをして涙をこらえ、月がまたはっきり見えるようにした。わたしはもう、以前のわたしとはちがう。もう二度とあの娘には戻らない。どんな犠牲を払おうとも、わたしはもう、ただ周囲の平安を保つために、すすんで自分の情熱や欲望を否定するようなことはしない。わたしの知るかぎり、母はずっとそういううそをついてきた。自分の幸せを犠牲にし、夫のために弁解ばかりしてきた。

けれどもわたしは母とはちがう。それにわたしはもはや、ヘップバーン城の聖堂で決して愛することのない男に愛を誓おうとしていたあの娘ともちがう。

わたしに必要なのは、それを証明するのを手伝ってくれる人だ。

ジェイミーは聖堂のざらざらした石の祭壇に両手をついていた。この一枚岩は、戦禍を免れただけではなく、長年にわたる放置にも耐えて残り、時間にさえ壊せないものがあることを証明している。

ここで何度、洗礼式がおこなわれたのだろう。結婚式は？　埋葬式は？　どれだけの人生がここではじまり、どれだけの人生がここで終わったのだろう。

この小さな教会は、彼が物心ついたころにはすでに廃墟と化していた。険しい山々からなるこの美しい国に傷痕を残した幾多の戦争や紛争によって破壊されたことはまちがいない。いまでは、屋根のない壁と苔に覆われた瓦礫《がれき》の集まりにすぎないが、この聖堂に備わった威厳はいまだ損なわれてはいない。神も時も、そこがかつて聖なる場所であったことを忘れていないかのようだ。

ジェイミーは穴だらけの石を両手で撫でながら、自分の心をかき乱している激情を言い表わす言葉があればいいのに、と思っていた。彼は昔から信仰心は持っているが、祈る習慣は持たない。神を相手に、おたがいの考え方のちがいについて議論しないほうがよいと思ってきたからだ。

神は『復讐はわたしのすることだ』と言われたが、ジェイミーは復讐の重みが自分の肩にのしかかっているのを強く感じている。以前なら、これぐらいの重荷では、彼の肩はびくともしなかったが、いまでは心臓まで押しつぶされそうな気持ちがしている。あしたは、エマを山の下へ送り出す。もう二度とあのあたたかい体をすっぽりと抱いて守ってやることはできない。あの唇が彼の名を呼ぶのを聞くこともできない。数日後には、エマはちょうどこれと同じような祭壇の前に立ち、ふたたび、ヘップバーンの花嫁となる覚悟をするのだろう。

ジェイミーは素手でこの祭壇をばらばらにつぶしてしまいたい、と思いながら、石に指先を強く押しつけた。

「ジェイミー？」

最初は、その歌うようなささやきを空耳《そらみみ》だと思った。自分の熱い思いがつくり出した声にすぎない、と。

彼は祭壇をつかんでいた手を離し、ゆっくり振り向いた。

月の光がかろうじて届く暗がりに、エマが立っていた。かつてここで愛する男に心を捧げることを誓った花嫁の幽霊のように。

「なんだ？」ジェイミーはかすれた声で尋ねた。彼女がどう答えようとかまわないふりはもうできなかった。

エマは顎をつんとあげた。ジェイミーの銃を彼の心臓に向けた夜と同じように、冷ややかで落ち着いた目をしている。「わたしを疵物にして」

23

エマは恐怖をのみこみ、月明かりに、そしてジェイミーの燃えるようなまなざしに全身をさらしながら、彼のほうへと歩いていった。そのときの彼を見たら、どんな処女もすくみあがったことだろう。自暴自棄になっていて、危険で、万一近づくとすれば細心の注意を払う必要があった。

「わたしはずっといい子だったの」エマは慎重に一歩一歩足を運びながら、そう言った。「親孝行な娘だったわ――いつも妹たちのよいお手本になることを期待されていた。いつだって、お行儀よくして、素直でいなきゃならなかった。母が選んだ服を着て、食事のときは、好ききらいを言わずに、出されたものをなんでも食べてきた。行けと言われたところへはどこでも行き、頼まれたことはなんでもした」エマはジェイミーの手がもう少しで届く位置で立ち止まった。「でもわたしは伯爵とは結婚しない。わたしには花嫁になる資格がないってことをあの人に納得してもらう方法はひとつしかない。それはあなたもわたしもわかっているはずよ」

ジェイミーは何も言わず、ただエマを見つめていた。その表情は読み取れない。まるで朽ちかけた聖書の石化したページのように。

エマはぎこちなく笑った。「結局は、ボンの言うとおりよ。あなたはご両親がヘップバーンに殺されたことを証明できれば十分だと、自分に言い聞かせていた。でももっと満足のいく復讐にするには、シンクレア家の者に凌辱された花嫁を返したほうがいいんじゃない？伯爵にとっては孫でもあるシンクレアが相手なら、なおさら効果があるはずよ」

「確かにおれにとっては満足だね」ジェイミーは腕組みをした。熱くくすぶる彼のまなざしに、エマの体の奥で何かが震えた。「きみがこよなく愛するランカシャーのぼろ屋敷はどうなるんだ？　もし伯爵が結納金を返せと要求してきたら、きみの父上はどうやって債権者に家をとられないようにするんだい？　一家全員、救貧院に放りこまれるかもしれないんだぞ」

「わたしには確信があるの。伯爵はきっと結納金は返さなくてもよいとおっしゃるわ。伯爵が平然とわが子を――そして孫の母親を――亡き者にしたという噂がロンドン中に広まるのがいやならね」

ジェイミーは頭をかしげ、しぶしぶ賞讃するような目で彼女を見た。「そのきれいな顔の裏に、そんな非情な一面が隠されていたとは思いもよらなかった」

エマは苦々しげな笑みを投げた。「ハイランドへ来て、その道の達人から学ぶ機会に恵まれたのよ」

「きみの家は残り、父上も債務者監獄行きを免れるかもしれない。だがきみがご家族といっしょにイングランドへ戻れば、どんなにつらい現実が待っているか、ちゃんと考えたのか」

ジェイミーはそう言いながら、エマのまわりを歩きだした。ハスキーな声、巻き舌の発音がクモの巣のように網を張っていく。けれどもエマはもう、そこから逃れたいとは思わなかった。「伯爵は毒ヘビのような舌を持っている。目の前で若い花嫁をさらわれるようなとんまだと思われないように、きみがみずからすすんでおれの腕の中へ――ベッドの中へ――飛びこんでいったという噂を流すだろう。たとえ伯爵がそうしなくとも、世間は、きみが誘惑されようが強姦《ごうかん》されようがどうでもいいんだ。これは、きみの最初の婚約者が投げかけた影とは比べものにならないぞ。きみが街を歩けば、まともな人はみんな顔をそむけるだろう。きみを友として受け入れる者はひとりもいなくなる。どこへ行っても、きみはのけ者だ。夫を見つけて家庭を持つことも、永久に望めないだろう」

「でも、わたしはランカシャーに戻って、心安らかに自分の人生を生きる自由を得るのよ」

エマは巻き毛を大きく振って、彼に向きあった。「退屈したら、背が高くてたくましい若い恋人をひとりかふたり、手に入れるわ」

ジェイミーははじめてエマがそうした言葉を口にしたときと同様、それが虚勢であることを見抜いていた。彼は手を伸ばし、彼女の下顎の繊細な輪郭を指の背でそっとなぞり、愛撫よりもやさしい声で言った。「ほかにも考えなきゃならないことがあるぞ。もしおれの子を身ごもったらどうする?」

エマは頬が熱くなるのを感じたが、うつむいてそれを隠そうとはしなかった。無駄だとわかっていたからだ。「あなたはわたしを痛ましいばかりのねんねだと思ってるようだけど、母の教えを受けたから、まったく世の中を知らないわけじゃないわ。男の人のこともよ。妊娠を防ぐ方法がなかったら、ロンドンの通りを歩く人は、嫡出子より婚外子のほうが多くなっていることでしょう」

ジェイミーはうなずいて、しかたなくエマの言い分を認めた。「きみはほんとうに、あの好色じじいの手から逃れる方法はそれしかないと思ってるんだな? 自分の運命を自分で決めて、みずからの人生を生き抜く自由を確実に手に入れる方法はただひとつだと」

エマはうなずいた。気力を使い果たし、とうとう声が出なくなってしまった。彼に身を捧げる理由はほかにもたくさんある。プライドのせいで舌が動かなくなっていなければ、ここで告白したことだろう。社会の厳しい非難に押しつぶされてしまう前に、少なくとももう一度だけ、生きている喜びを味わいたい、と。彼の腕の中で一夜を過ごさずには、これからの生涯をひとりで生きていくことができないような気がする、とも。

「じゃあ、おれはどうすればいいんだ?」ジェイミーは上体をかがめ、天使の翼のように、軽くエマと唇を触れあわせた。

エマの喉の奥で息が引っかかった。どうしてだろう。ヘップバーン城の荘厳な聖堂より、この崩れかけの教会に立っているいまのほうが、花嫁になったような気持ちがする。

「ここで待ってろ」彼はささやき、見るからに立ち去りたくなさそうなようすで離れていった。

不安に苛《さいな》まれながら待っていると、ジェイミーが彼女の使っていた毛布を何枚か、腕に掛けて戻ってきた。彼に手をとられ、今度はすすんでついていった。月光に照らされたところから暗がりに入り、エマはジェイミーの指にしっかりと自分の指を絡みあわせた。爪先まで震えていることを知られたくなかったからだ。

ジェイミーは、二枚の壁が時の破壊に耐えて残っている小部屋へと、彼女を導いていった。野営地は崖を縁取る森の中にある。ジェイミーは男たちの好奇の目からエマを守るために、わざわざこの場所を選んだのだった。

けれども、ジェイミーが毛布を広げようとすると、エマは彼の腕をつかんだ。「待って!」

ジェイミーはさぐるように彼女を見た。気が変わったのかと思ったらしい。

エマは今度はあなたがついてくる番よというように、かつては扉がついていたらしい、ゆがんだ石のアーチのほうに頭をかしげてみせた。ジェイミーは、きみの行くところなら地の果てまでもついていくとでも言いたげな目をしていた。

ふたりは、すり減った石段をのぼって古い鐘楼にあがり、ぼうっとかすんだ月明かりの中に出ていった。エマはジェイミーの手から毛布をとり、それを塔の真ん中に広げた。これから起きることを見るのは、空と月だけだ。

敷き終えて彼に向きあうと、エマはどうしようもないほど恥ずかしくなってしまった。

「さあ、次はどうするの、シンクレア。わたしを誘惑する？　それとも犯す？」

ジェイミーがけだるげな笑みを浮かべ、エマの心臓が二倍の速さで打ちはじめた。「両方だ」

ジェイミーは彼女を引き寄せた。エマは改めて、彼の大きさ、力強さ、何もかも包みこんでしまうようなあたたかさに驚いた。彼は長いあいだ、ただエマを抱いて、彼女が自分の体にまわされた腕の感触や、髪にかかる吐息に慣れるのを待っていた。エマは彼の胸に頰をつけ、激しい鼓動のひとつひとつを、自分のもののように感じていた。しばらくすると、エマは大胆になり、両手を彼の腰にまわして、そのままシャツの中に滑りこませた。そして、てのひらに触れた彼の肌のなめらかさ、筋肉のしなやかさに驚いた。ジェイミーが片方の手をあげて彼女の髪を撫でた。

「ああ、どうしよう」エマはふいに、自分がこの男としようとしていることの重大さにひるんで、つぶやいた。

「どうした？」

エマは彼の胸に顔をうずめたままで答えた。「母に教わったことをすっかり忘れちゃったみたい。ここから先、どうすればいいのか、まったくわからないわ」

「じゃあ、おれにまかせたらどうだ？」ジェイミーはささやくと、一本の指で彼女の顎先を上に向け、唇を重ねた。

彼の唇がやさしく、羽根で掃くようにして、エマの唇に触れた。それは、彼が進め方をちゃんと心得ていることをはっきり示す技巧だった。キスを単なる目的のための手段と考えている男のキスとはちがう。単に、女に抵抗なく服を脱がせるために必要な古来の手続きだと思っている男のキスではない。彼はゆっくりと、時間をかけてていねいにキスをした。ひと晩中、彼女の唇を愛撫しているだけでいいとでも言うように。

エマはいつも、ちょっとしたことですぐに気絶してしまう女性を軽蔑していたが、彼の舌にやさしく舌をくすぐられたとたん、息が苦しくなってめまいがしてきた。膝から力が抜けて、まるでまだ鐘楼に鐘が残っているかのように、耳鳴りがしてきた。あやうく気を失いそうになったが、ジェイミーの腕の中では、一瞬たりとも無駄にしたくなかった。だからただ目を閉じてしがみついたまま、彼の舌を味わっていた。やがて彼の喉の奥から低いうめきが聞こえてきた。

しばらくしてようやく、まばたきをして目をあけると、ふたり揃って毛布の真ん中にひざまずいていることがわかって、びっくりした。きっとジェイミーの脚も持ちこたえられなくなったのだろう。

「とてもうまくいったわね」エマは彼の唇に向かってため息をついて言った。「次はどうするの？」

彼は少し体を離し、どんな人も警戒心を解いてしまうようなきまじめな表情を浮かべて、エマの顔を見つめた。「ふたりとも、服を全部脱げばいいと思ってたけど」

彼が進め方を心得ていると思ったのは、どうやらエマの勘違いだったようだ。「でも……でも……そうしたらふたりとも……裸になってしまうじゃないの」

ジェイミーは彼女の言葉についてしばらく考えこんだ。「じゃあ、きみだけが脱いだらどうだろう。そのほうがいいんならね。おれは着たままでいる……とりあえず」

エマはとまどいがつのるのを感じながら、彼を見た。「母からは、服を脱ぐことについては何も聞かなかったわ。聞いてたら、おぼえてるはずよ」

今度はジェイミーがため息をつく番だった。「母上はなんとおっしゃったんだ？」

「こう言ったのよ。わたしはあおむけに寝て目を閉じる。すると伯爵が――」エマは身震いを抑えることができなかった。「わたしのだんなさまがネグリジェの裾を何インチかめくって――もちろん、ランプを消してからよ――夫としての義務を果たされるんだって」

「考え方としてはおもしろいが、それは絶対にだめだ」ジェイミーの硬い指の腹がエマの敏感なうなじを軽く撫でた。彼は湿った熱い息をエマの耳に吹きかけながら、かすれた声でうなるように言った。「きみの体が見られなかったら、おれはどうにかなってしまう」

エマは情欲を刺激されて、身を震わせた。「わたしを説得してドレスを脱がせたら？　精いっぱい努力すればできるかもしれないわよ」

ジェイミーがくっくっと喉を鳴らして笑い、エマは、彼がそういう挑発を待っていたことを悟った。彼は片手でエマの髪を持ちあげると、血管が激しく脈打っている彼女の喉のわきに、そろそろと唇を這わせていった。エマは息をのんだ。肌に感じた唇の焼けつくような熱さ、その甘さは、まるでドレスを溶かそうとしているようだった。

頭がひとりでにのけぞり、彼の唇に、美しい喉を思いのままにする自由を与えた。たっぷりと時間をかけて責め立てられ、息がとまりそうな瞬間が何度も訪れた。彼のシャツの袖をつかんで爪を立てなければ、上体を起こしていられなくなった。「野蛮なハイランド人にしては、説得力のあることができるのね」

「おれたちがヒツジとやるっていう忌まわしい噂を広めたのはお上品なイングランド紳士だ。自分たちの女には、イングランドの男に何が欠けてるか、知られたくなかったからさ」

彼の舌が優美な形の貝殻を思わせるエマの耳のまわりを一周した。エマは快感に爪先を丸め、漏れかけたうめきをこらえた。「自分たちのヒツジにも知られたくないんじゃない？」

ジェイミーが喉の奥を震わせて笑い、エマは全身があたたかくなるのを感じた。彼の唇は耳を攻めていたが、両手はそっと彼女のドレスをゆるめて、クリームのように白い肩の片方をむきだしにしていた。エマは、簡素なドレスをくれたムイラに心から感謝した。つるつるして扱いにくい真珠のボタンや、鋭いフックがずらっとついていたりしなかったからだ。すでにジェイミーにさわられたくてうずうずしているこの体を、閉じこめておくようなコルセットも着けていなくてよかった。

ゆっくりと引っぱっただけで、片方の乳房がボディスからこぼれ出た。ジェイミーは月明かりの中でエマを見おろしている。欲情に暗くなったその表情を見て、エマの心臓と胃が震えた。乳首がふくれ、快感を期待して疼きはじめた。

その快感は、ジェイミーが上体をかがめ、舌先で彼女に触れた瞬間、純粋な感動となってやってきた。ジェイミーは気が遠くなるほどやさしく丹念に乳首をなめ、それを口にふくんで、深く、強く吸った。エマはもう喜びのうめきを抑えることができなくなった。

彼の手がボディスのもう一方の側に滑りこみ、そちらの乳房もすくい取って、ぴたりとてのひらをあて、やさしく揉《も》むと、エマはまた声をあげた。

どうして、ひとりの男の人がこんなにたくさんの手を持つことができるのかしら。その手のひとつは、エマが息をあえがせてほかのことに気をとられた隙を衝いて、スカートの下にもぐりこんだ。そして膝のあいだを上へ上へと滑っていき、あっというまに腿のあいだの絹のような巻き毛にたどり着いた。

ジェイミーの手がそこにかぶさった。まるでもうこれはきみのものではなく、おれのものだとでもいうように。エマはショックのあまり、ほとんど声が出なくなり、首を振った。

「でも母は一度も――」

ジェイミーはボディスに突っこんでいた手を引き抜いて、彼女の口をふさぎ、おもしろがるように目を輝かせた。「できれば、もう二度と母上の話をしないでもらえるかい？　最中にそういうことをされると、たいていの男は興ざめするもんだ」

彼が手を離すと、エマは笑った。「母が教えてくれたことの中でも、夫が妻と寝たくなくなるようにする方法を聞いたら、もっと興ざめするわよ」

驚いたことに、ジェイミーはかがみこんでエマの鼻のてっぺんにキスをし、それからもう一度唇を求めてきた。彼の唇が斜めに傾いてエマの唇に重なり、もっと大きく口をあけろ、もっと深くおれを受け入れろと迫ってくる。彼の舌が扇情的で魅惑的なリズムで攻撃を加えはじめ、ほどなくふたりの呼吸がひとつになった。ふたりのため息もひとつに溶けあった。

そのときを待っていたように、スカートの下にもぐりこんでいた手が、エマの腿のあいだの巻き毛を押し分け、もっと熱く、もっとなめらかな〝絹〟をさぐりあてた。エマがたまらず、か細い声をあげると、ジェイミーはそれを唇で封じ、指先を巧みに動かして彼女のやわらかい花びらに愛撫を加え、甘い濃厚な蜜を秘めた異国の花のようにそれを開かせてしまった。

エマはこんな快感がこの世にあるとは思ってもみなかった。腿をぴったり合わせて、徐々に強まる疼きを鎮めたい気もするけれど、思いきり脚を広げてジェイミーにそれをまかせたい気もする。でもその疼きは、彼の指の動きにつれて深まる一方だった。やがてエマは激しくあえぎはじめた。

エマは無我夢中となり、すでに彼のてのひらにその部分をこすりつけていたが、ジェイミーはそれを無視し、ほかにしたいことはない、ひと晩中でもこうしていたいとでも言うように、エマの火照ったなめらかな肌を撫で、さすり、愛撫し続けた。これほど気持ちのよい残酷な責め苦があるかしらと思った瞬間、ジェイミーが巻き毛の中心にある小さなボタンに親指の腹を軽く触れ、円を描きはじめた。エマは気が遠くなりそうな思いを味わった。彼はそれを続けながら中指を下に滑らせ、そっと一度、二度、三度と、少し突き入れておいてから、深々と奥へさし入れてきた。

すすり泣くような声で彼の名を呼ぶと同時に、エマは絶頂を迎え、目の前が真っ白になるほどの快感に長いあいだ身を震わせていた。

ふたたび目が見えるようになり、呼吸ができて動けるようになると、エマはどさっと腰をおろし、ブーツを脱いだ。

「何をしてるんだ？」ジェイミーがきいた。明らかに驚いている。

「あなたの努力に報いようとしているのよ」エマは靴下を脱ぎながら答えた。

「いや、まだはじめたばかりだぜ」ジェイミーはそう警告した。エマはまた膝をついた姿勢をとると、ドレスを頭から脱いだ。

エマはそれをわきへ投げ捨て、堂々と彼に向きあった。こんな姿で彼の前にひざまずいたら、とんでもない恥知らずのあばずれ女に見えることは承知のうえだった。髪はくしゃくしゃだし、頬と乳房は、ジェイミーに与えられた喜びにまだ火照っている。けれども、ばかだと思われはしないかという不安はすぐに消え去った。はじめて彼女の裸体を見たジェイミーの目に、情欲と賞讃の入りまじった感情が表われたからだ。

「きれいだ」彼はゆっくりとくまなく、むさぼるように彼女の体を見ながら、かすれた声でささやいた。「こんなのはきみにふさわしくない。きみには最高級のマホガニーでこしらえたりっぱなベッドがふさわしい。それから、山のように積みあがった羽根枕と、蠟燭《ろうそく》の明かりと……絹のシーツと、それから……」

今度は彼女がジェイミーの口を手でふさぐ番だった。「確かにそうかもしれない。でも、わたしがほしいのはあなただけよ」

すると彼が手を伸ばし、エマのやわらかい体を押しつぶさんばかりに抱きしめた。情熱をこめて抱きさえすればひとつになれると信じているかのように……。エマの体ではやわらかいところが、彼では硬く、エマのなだらかに丸みを帯びているところが、彼の場合はごつごつしている。エマは彼の髪に指を絡め、彼の喉に顔を埋めた。とたんに涙があふれてきて、自分でも驚いた。ジェイミーの体からは、焚き火の煙と春の雨と、寒い冬の夜にマツの梢《こずえ》を吹き抜ける風のにおいがした。それは、エマが今夜まで知ることのなかった自由のにおいだった。

「それで？　あなたの服を脱がせるには、どうすればいいの？」エマは小声で言い、彼の喉にキスの雨を降らせた。

ジェイミーはそっと彼女の体を離し、唇の端をゆがめて微笑んだ。「ただ頼めばいい」

彼はエマに息をのむひまも与えず、シャツと靴下とブーツをはぎとってしまい、ズボンの革紐に手を伸ばした。もしその指が震えていることに気づかなければ、エマは屈辱のあまり倒れていたかもしれない。

ジェイミーがズボンを脱いで、ふたたび膝をついて上体を起こしたときには、エマの好奇心が乙女らしい恥じらいに打ち勝ってしまった。彼の体は美しかった。なめらかで引き締まっていて男らしく、エマが想像していた以上にしっかりと筋肉がついていた。

エマは誘惑を抑えられず、腕を伸ばして彼の胸に手を這わせた。そして、その愛撫に彼が興奮したことに驚いた。空気は冷たいのに、彼は汗をかき、たくましい体が光る粒に覆われている。陶然とした目と不規則な息遣いに励まされ、エマの手はそろそろと下におり――信じられないほどくっきりと筋肉の割れた腹を滑っていき――さらに下へと向かっていって、触れてほしいといわんばかりに突き出している部分をやさしく包みこんだ。

ジェイミーは頭をのけぞらせ、低くうめいた。

エマの中に欲望がわきあがり、同時に喜びもこみあげてきた。もはや彼が全面的に力を持っているのではない。エマも彼に対して力を持っている。文字どおりに、そして比喩《ひゆ》的にも、彼を意のままにできるのだ。てのひらで刺激し、彼が長く、大きく変化するのを見ていることができた。そんなことがありうるとは思ってもみなかったのに。硬く屹立《きつりつ》したその側面に沿って手を動かしていると、やがてベルベットのようにやわらかい頂から、高貴な真珠を思わせる一滴のしずくがわき出て、エマの指先を湿らせた。

「あなたは、痛むんだと言ってたわね」エマはちらっと彼を見やり、真顔で言った。

「ああ、そうだったな」彼は食いしばった歯のあいだから、あえぐようにして声を絞り出した。「こんなに気持ちのいい痛みははじめてだ」

その苦痛をやわらげる唯一の方法を、ふたりは知っていた。彼はエマを毛布の上に寝かせて覆いかぶさり、月光をさえぎった。そのとき、エマは自分が彼をここへ連れてきた理由に気がついた。エマがさがしている影は、ただひとつ、彼の影だったからだ。みずからすすんで屈伏してもよい闇は、それだけだった。

エマは彼にしがみつき、期待と恐怖に震えていた。わたしはやるのだ。自分の中に彼を受け入れる——まだどんな男も入ったことのない場所に。

彼は重たい自分の分身をエマの脚のあいだにさし入れてこすり、愛撫で彼女から引き出した濃いクリームにそれを浸した。かすかな快感のさざ波がエマの肌に広がりはじめ、彼女はジェイミーがこの苦痛を引き延ばそうとしているのではないかと思った。けれども、彼が入り口をさがしているのを感じたとき、エマは理解した。ジェイミーは彼女に不満を感じさせたままにしておくつもりは毛頭なく、彼女が望むものをすべて与えようとしているのだ。いや、それ以上のものを与えたいと思っている。

もっと、もっと多くのものを。

エマは彼の背中に爪を立て、未経験の体に必死で彼を受け入れようとした。身を引き裂かれる痛みを感じたときには、体に力を入れて唇を嚙み、叫びたくなるのをこらえた。けれどもジェイミーは、どくどくと脈打つ彼自身がすっぽり彼女の中におさまるまで、前進をやめなかった。

「すまない」彼はささやき、汗のにじんだエマの額に唇をつけた。「ためらったら、痛みが長引くばかりだっただろう」

「わたしの？　それとも、あなたの？」エマは当てこすりを言い、自分がだいじょうぶだということを知らせた。

彼が笑ったらしく、大きな体が震えた。こんなにせっぱ詰まった場面ではありえないようなことだった。

やがてジェイミーが小さなくちづけを繰り返しながら、彼女の中で動きはじめると、痛みが徐々におさまって、鈍い疼きへと変わっていった。その痛みは、自分たちが信じられないほど親密な行為をしているのだと意識したときにだけ、強まった。いまやエマは完全に彼の囚われ人だった。もう逃げられない。彼がエマを封じこめている。包んでいる。エマの吸う息のひとつひとつさえ自分のものにしてしまった。どんな望みも、彼にしかかなえられなくなった。彼はいまやエマのすべてに触れていた――魂にさえも。

と、ふいにジェイミーが動きをとめ、エマは失望のあまり、泣きたくなった。

目をあけると、彼がいぶかしむように、エマを見おろしていた。「エマ？　どうかしたのか。なぜそんなに静かにしているんだ？　耐えられないほど痛いのか」

「母が――」エマはあわてて口を閉じ、言い直した。「伯爵のお相手をするときには、ちょっと身をよじれば、それだけ早くお務めを終えてくださるって教えられたの。だからね、逆にじっとしていれば……」

エマは最後まで言わず、彼が明らかな結論にたどり着くのを待った。

ジェイミーはそれを理解するなり、苦しげに笑いだした。「好きなだけ身をよじればいいよ。それでもおれはできるかぎり長いあいだ続ける。ただし、こんなに締まりがよくて熱くて、濡れていたのでは――」エマが試しに腰を震わせてみると、ジェイミーはまた新たなうめきをこらえようと歯ぎしりをした。「ふたりが望むほどには長くがんばれないかもしれない」

そうことわっておいてから、ジェイミーは、いっさいの抵抗を許さないリズムで腰を動かしはじめた。エマとしてはついていくほかはなかった。ほどなく、エマは背中を弓なりにして腰を浮かし、さらに彼を奥へ引きこもうとした。ジェイミーはその大胆さに応え、腰の角度を加減して、下に向かって突くたび、彼女の濡れた巻き毛の中にある、とりわけ敏感な小さなボタンにじかに触れるようにした。焦らすように攻撃を繰り出し、彼女を誘惑しつつ同時に犯すという約束を果たしていった。

やがて彼は、エマが身を震わせて、彼をしっかりくわえこもうとしはじめたのに気づいたようだ。

「ああ、エマリーン」彼はうめくように言った。「エマリーン……」

次の瞬間、至福としか名づけようのない昂ぶりが来て、エマは何度も何度も身を震わせ、またあの忘我の境地へと舞いあがっていった。けれども今度は、ひとりで落ちずにすんだ。ジェイミーもまたくぐもった声をあげて降伏し、同じ境地に達すると、すぐにさっと身を引いて、彼女の腹の上に熱い精をほとばしらせた。

ジェイミーは、エマを誘拐した翌日の朝と同じように、彼女を抱いたまま、夜明け前に目を覚ました。だが今度は、大きなちがいがひとつあった。どちらも一糸まとわぬ姿だったのだ。

これはうれしいちがいだと、ジェイミーは思いながら、よい香りのするエマの髪に鼻をうずめた。またもや股間に変化が起き、恥知らずにも、すでに彼女のやわらかい尻をつついて注意を惹こうとしていたが、彼女を目覚めさせて、このひとときを終わらせるのはいやだった。

ジェイミーは、エマの腰のなだらかな美しい輪郭をてのひらでなぞった。荒れ地で長く暮らしてきたせいか、この世にこんなにもやわらかく、こんなにもなめらかな手触りのものがあることが、いまだに信じがたい。どうして数時間後に彼女をヘップバーンのもとへ送り返すことなどできるだろう。きょう一日を、この雪のように白い肌に散ったナツメグのようなそばかすのひとつひとつにキスをして過ごせたらどんなにいいかと思っているというのに……。

ほんとうは、喜ぶべきなのだ。また敵に勝ったのだから。エマはヘップバーンのものにはならない。だがジェイミーはいらだちに苛まれ、思ったほどの満足感は得られていない。なぜなら、エマは彼のものにもならないからだ。彼に与えられたのは、深夜と夜明けのあいだの、この秘められた数時間だけなのだ。

ゆうべエマがやってきたときには、こんなふうに彼女を腕に抱く機会が与えられるのならなんでもすると約束したい気分だった。だが彼は愚かだった。一夜だけ愛したら、あっさり彼女を手放せると信じていた。自分の傷ついた心のかけらを彼女に持っていかれるかもしれないとは思ってもみなかったのだ。

すでに彼はほぼひと晩を、すでに破滅の一歩手前で揺れながら過ごしていた。エマを抱くたび、窮屈でなめらかな鞘《さや》から撤退するのに、相当な努力がいったのだ。ほんとうは、その奥で自分の精を放ち、ヘップバーンにも、ほかの誰にも否定できない方法で、彼女が自分のものであるというしるしを残したかった。だが取引条件は守らなければならない。汚名を着せられることになるエマを、イングランドに送り返すだけでもたいへんなのだ。彼の子を身ごもらせて返すような危険は冒せなかった。

ゴードン・ヘップバーンがこういうことに注意を怠っていなければ、いまごろリアンナ・シンクレアは生きていたかもしれない。ジェイミーは父と同じあやまちを犯すつもりはなかった。ゴードンはどこをとってもヘップバーン氏族の人間だった。ほしいと思ったものには、後先を考えずに手をつける。ジェイミーは子供のころからずっと、自分の体にシンクレアの血が流れていることを証明しようとしてきた。おれは絶対、ヘップバーン氏族の者にはならない。父のようにはならない。おれは欲深くもないし、わがままでもない。エマにおれと運命をともにしてくれと求めるようなことは決してしない。

エマはおれのような人間とは住む世界がちがう。ランカシャーのどこかで妹たちといっしょに、蔓《つる》バラを這わせた居心地のよいあずまやに座って膝に猫を乗せ、本を手にしてお茶を飲むような暮らしがふさわしいのだ。ヘップバーンは彼女をそういう世界から奪い取ったが、おれには彼女が本来住むべき場所に戻してやる力がある。エマには、古くからの氏族間争いやその犠牲者から遠く離れたところで、これからの人生をゆったりと安心して生きていってもらいたい。

エマが身じろぎをし、丸い小さな尻を押しつけてきた。その肌には、愛しあった証のムスクのような香りが残っている。それに刺激され、いま一度、彼女をわがものにしたい気持ちがむらむらとわき起こった。

「文句を言うなよ」ジェイミーはエマの耳もとでささやいた。「男は目覚めたときによくこうなってるもんなんだ」

「ふーん……わたしには責任がないとわかって安心したわ。わたしがはじめてあなたの腕の中で眠った翌朝にもこういうふうになってたの、おぼえてる？」

「おれも思い出したよ。だが今度はちょっとしたちがいがあるぞ」

ジェイミーはそれを握った手に力をこめ、背後から彼女の中にするっと入れると、一気に根元まで深々とおさめてしまった。

エマは身を震わせ、背中をそらした。「難癖をつけて、申しわけないけど……」彼女は息を弾ませた。「これを〝ちょっとした〟と言う人はいないと思うわよ」

ジェイミーはエマの小ぶりな乳首を親指と人差し指でつまみ、やさしく引っぱった。「つまり、おれは恋人として、申し分なくたくましいってことかい」

エマはあえぎながら、うなずいた。「ブリジッドの言ってたことはまちがってると思う。あなたは、アンガスやマルコムの二倍以上強いにちがいないわ」

ジェイミーは目を閉じてエマの髪に顔をうずめると、彼女の中で動きはじめた。できるだけ日の出を遅らせてやるつもりだった。「きみには感謝しなきゃならないな。それを証明させてくれたんだから」

24

エマが聖堂跡から出てきたときには、ジェイミーはすでに愛馬にまたがっていた。太陽はわざと頃合《ころあ》いを見計らったように、はやばやと顔を出し、最後の朝露を焼き払って、芽吹きはじめた白樺やアスペンの枝から、希望に満ちた鳥の歌声を引き出していた。けれども、斜めにさしこむ朝陽は、彼の体をあたためることができなかった。目の覚めるような青空には真っ白な雲が漂っているが、冷気が骨までしみ、南の地平線には、春ではなく冬が待ち構えているような気がしていた。

ジェイミーは身じろぎもせずに鞍に腰を据え、エマが平地を突っ切ってくるのを見ていた。肩にムイラのマントをはおっている。先刻、彼女は乱れた巻き毛をうなじのところでまとめて、ジェイミーが与えた革紐できちんと縛り、彼が焚き火で沸かしてやった湯を使って、肌についた彼のにおいを洗い流したのだった。

エマの背後で瓦礫同然の姿をさらす聖堂とちがって、彼女は少しも損なわれたようには見えなかった。そばかすの浮いた頬は赤らみ、唇は彼の愛撫の名残りか、まだ少し腫れぼったたく、目には眠たそうな表情が浮かんでいる。エマはみごとなばかりに無垢に見えた。世間は彼女を尊敬に値しない女と見なすだろう。そう思うと、ジェイミーは腹立たしさをおぼえずにはいられなかった。エマは純金のように、内側からまぶしいほどに輝いているのに、連中は、おれの手でけがされたと思うのだ。

彼はかつてエマをあざけり、おそらくヘップバーンは医者に命じてきみの体を調べさせ、まだ自分の花嫁にふさわしいかどうかを確かめるだろうと言った。けれどもいまは、たとえ邪心がなくとも、他人が彼女に手を触れると考えただけで、何かを殴りつけたくなってしまう。

エマは馬に近づきながら、誰もいない平地を眺めまわし、顔をくもらせた。「ボンやほかの人たちはどこへ行ったの？」

「夜明け前から待ち合わせ場所で待機している。きみはもうやつらに会うことはない。運がよければ、ヘップバーンの遣いの者も、連中と顔を合わさずにすむだろう」

ジェイミーはエマのほうへ手をさしだした。ふたりとも、彼がそうするのはこれが最後だということを知っていた。

エマが鞍の後部に乗って、細い腕を彼の腰に巻きつけたとき、ジェイミーは腹に触れる冷たい銃の重さをかつてないほど強く意識した。自分たちをここに連れてきた数百年にわたる憎しみと暴力のことも。

一瞬、ジェイミーは衝動に駆られそうになった。馬の腹を蹴って全力で駆けさせ、ヘップバーンには絶対に見つからない遠いところへ彼女を連れ去ってしまいたいと思った。しかし彼は、自分の両親ほど純情でも無鉄砲でもなかった。

運命からは逃れられない。宿命《さだめ》はどこまでも追いかけてくるのだ。

北の方角から、細長い谷間の入り口に乗り入れると、まるでふたりをからかうように、あたりの木々から鳥の陽気なさえずりが聞こえてきた。ジェイミーは入念に考えたうえで交換場所を指定した。谷の東西を縁取る針葉樹のみずみずしい緑の枝には、鳥のほかにも隠れているものがいた。彼の手下たちも身をひそめ、拳銃の撃鉄を起こし、弓矢を構えているのだ。ヘップバーン側が裏切るそぶりを見せたら、先方が武器を手に取る前に攻撃を仕掛け、足跡ひとつ残さず山に逃げ戻ろうという作戦だ。

谷の南端のゆるやかな斜面に、ヘップバーン氏族の筋骨たくましい男が六人、馬にまたがって一列に並んでいたが、それを見てもジェイミーは驚かなかった。男たちはただ、それよりこちらに近づくなという彼の要求に従っているだけだ。

しかし、谷間の真ん中にイアン・ヘップバーンを見たときには驚いた。栗毛の去勢馬にまたがって背筋をぴんと伸ばし、頭を起こして黒い髪を風に吹かせ、まるで公爵夫人の招きを受けてお茶でも飲みに出かけるように、純白のスカーフタイを締め、濃い紫色のフロックコートを着こんでいる。とても身代金を届けにきたようには見えなかった。

ジェイミーは、ヘップバーンが又甥ではなく、いま使っている猟番をよこすものと思っていた。予想外の展開だ。これで、ただでさえ危険なゲームがさらに剣呑なものになった。

ジェイミーとイアンは、セント・アンドルーズ大学の乱暴者が相手だったとはいえ、あまりに長いあいだ味方として闘ってきた。なにげなく高慢な態度をとってはいるが、イアンはジェイミーが決してひとりでは戦わないことを知っているはずだ。隠れた銃口が自分の心臓を狙っていることも、何か手違いがあったときには自分が真っ先に死ぬことも、すでに察しているにちがいない。

ジェイミーは張り詰めた目でちらっと森を見やり、男たちが言いつけを守って精いっぱい自制心を働かせてくれることを祈った。

彼は手綱を引き、イアンが待っている場所から安全な距離をおいて馬をとめた。先におりてから振り返り、エマを鞍から抱きおろした。

「ここで待ってろ」ジェイミーはそう言い、なだらかな曲線を描くエマの腰にしばらく手を置いていた。「もし何か異変が起きたら、できるだけ速く駆けて、あの森まで走るんだ。ボンをさがせ。あいつが面倒を見てくれる」

エマはうなずいた。灰色がかった青い瞳にきまじめな表情が浮かんだところを見ると、ジェイミーの言ったことをきちんと理解してくれたようだ。

言わずにいることも。

ジェイミーは彼女の瞳を見おろした。敵も味方も、自分たちの行動を逐一観察している。それは痛いほどによくわかっていた。言いたい言葉をすべてのみこんで、最後にもう一度だけ彼女にうなずいてみせてから、振り向いてイアンの馬のほうへ歩きはじめた。

あいだの距離の中ほどまで進んでも、まだイアンが馬をおりるそぶりを見せないので、ジェイミーは立ち止まった。

「おい、どうした？」彼はことさら巻き舌を強調して呼びかけ、相手をさらにいらだたせることを承知で、昔のように、にやりとしてみせた。「身分の卑しいシンクレアを上から見おろしてせせら笑うのがそんなに楽しいか」

イアンはもう少しのあいだジェイミーをにらみつけておいてから、馬をおり、彼と向きあった。その距離からだと、出会ったときの、黙って殴られていた自尊心の強い高慢ちきな少年と少しも変わらないように見えた。だが近づくにつれ、イアンの態度のすべてに軽蔑が表われているのが見てとれて、ジェイミーはイアンがあのときの少年でなくなってから、長い歳月が過ぎたことをいやというほど思い知らされた。

ジェイミーは四年ぶりにイアンと顔を突きあわせる位置まで進んでから、ようやく足をとめた。「ヘップバーンは、汚れ仕事をさせるときにはたいてい番犬をけしかけてくる。おまえと会う光栄に浴した理由が釈然としない。目的はなんだ？」

「ぼくならその場で撃ち殺されることはないと思ったのだろう。気まぐれではないし、もちろん、礼を尽くそうとしたわけでもない。ただ、唾棄《だき》すべきおまえの体面を保つためだ」

一定の誠意を示されたのに、ジェイミーは怒りがこみあげてくるのを感じた。「なぜおまえは、ヘップバーンにおれを憎めと言われてから憎むようになった？　友だちだったのに」

「おまえがうそをついていなければ憎んでいたさ。おまえがどういう人間かを最初からはっきりと話していればな」

ジェイミーは悲しそうに首を振った。「おれがどういう人間か、おまえはまだ知らない」

イアンの暗い瞳が、かろうじて抑えた怒りにぎらりと光った。「知ってるさ。おまえは性根の腐った盗人で、人殺しだ。あの日、大伯父が話してくれた。おまえがぼくをだましていたこと、学生時代ずっとぼくをばかにして、笑いものにしていたことをな。大伯父の目にはそう見えたのさ。ぼくはあのあと、おまえを見つけ出して問い詰めた。おまえは、大伯父の猟番を平然と撃ち殺したことを否定する品性すら持ちあわせなかった」

「ほら、そこだ」ジェイミーは穏やかに言った。「もしおれが否定すべきだと思っていたとしたら、おまえはまったくおれのことがわかっていなかったんだ」ジェイミーは、背中にエマの視線を感じていた。何を言っているかは聞こえなくとも、ふたりのやりとりのニュアンスは逐一わかっているだろう。「きょうはおまえと口論しにここへ来たんじゃない。こちら側の取引条件を守るために来たんだ。見てのとおり」彼は言って、エマが彼の馬のそばでじっと待っているあたりへ顎をしゃくった。「ミス・マーロウを無傷でおまえに引き渡す」

〝無傷で返すとは言ったが、味見せずに返すとは言ってねえ〟ボンのいたずらっぽい声が頭の中に響き渡り、ジェイミーはつかの間、目を閉じずにはいられなかった。全裸で毛布に横たわり、彼に組み敷かれたエマの姿、彼女の中に深く突き入ったとき、言葉にならない歓喜のため息を漏らした唇が、まぶたの裏に浮かんだ。

その幻影を振り払うため、ジェイミーは目を開いた。「伯爵は、おれの要求したものを届けてきたのか」

馬にまたがって谷の南の入り口を守っていた六人の男たちが道をあけ、でっぷり肥《ふと》った御者の操る荷馬車を通した。男たちがまた元どおりに並んで入り口をふさぎ、荷馬車はジェイミーとイアンのほうへ向かって草地の上をゆっくりと進んできた。そしてぐるっと半円を描いて反対側を向き、ようやくイアンの数フィート後ろでとまった。

ジェイミーは荷台に積まれた木製の櫃《ひつ》を見て、眉をひそめた。「いったい、その中には何が入ってるんだ？」鋭い口調できいてからイアンに目を戻し、裏切った形跡はないかと、その顔をさぐるように見た。「これは罠か？」

「もちろん、罠なんかじゃない！」イアンはぴしゃりと言った。「おまえの要求どおりの品だ」

ジェイミーが足を踏み出すと、イアンは両手でこぶしを固めた。だがジェイミーはそのまま彼の横を通って荷車のほうへと進んでいった。御者は顔を後ろに振り向け、ジェイミーが地面に落ちた小枝を拾うのを不安そうに見ていたが、彼がそれを使って荷台の最後部に積まれた木箱のふたをこじあけはじめると、ほっとしたような表情を浮かべた。

ふたは音を立てて落ちた。箱の中身に朝陽がきらきらと反射して、目がくらみそうになった。

ジェイミーは愕然として言葉を失い、首を振った。次の箱もこじあけてみたが、まったく同じものを見つけるはめになっただけだった。

金貨を。莫大な身代金を！

ジェイミーはさっと振り向き、イアンを見た。「なんの真似だ？　おれはこんなものは要求していない！　約束がちがうぞ！」

「いいや、ちがっていない！」イアンは突っぱねたが、かすかなとまどいに、彼の目にこもった軽蔑の情が薄らいだ。「おまえが手紙で要求したとおりのものさ。おまえと手下どもがあさましい一生を生きていくのに十分なだけの金貨だ」

イアンはフロックコートの内側に手を入れた。それに応じて、ジェイミーも自分の手を数インチ滑らせ、拳銃の台尻に近づけた。だがイアンが取り出したのは武器ではなく、折りたたんだ羊皮紙だった。

彼はその紙をジェイミーのほうへ突き出した。「これも大伯父からあずかってきた」

ジェイミーは前に進み出て、イアンの手から手紙をひったくった。今度は、紙の質のよさや、封蠟に押されたヘップバーン家の凝った紋章に感心する時間はとらず、いきなり手紙を開いた。そこには、クモの脚のような弱々しい筆跡で、短い一文が書かれていた。当方は貴殿の求めるものを持ちあわせぬ、と。

イアンがあっけにとられて見ている前で、ジェイミーは手紙をくしゃくしゃに丸めて握りつぶした。苦い怒りが喉にこみあげてくる。またあの狡猾なくそじじいにしてやられた。やつはおれを裏切った。おれは何も手に入れられず、目の前が真っ暗になるほどの怒りにとらわれてここに立っている。

ジェイミーは燃え立つような目で馬車の荷台を見た。イアンの言うとおりだ。あの櫃には、一生遊んで暮らせるほどの金貨が入っている。ムイラとその家族はもちろん、同じようにこの山に住む者が、飢えることなく何度も冬を越せるだろう。ジェイミーの手下たちもついに山野を駆けまわったり身を隠したりする生活に別れを告げて、ひとつところに身を落ち着けられる。望みとあらば、家を建てて結婚し、子供をつくることだってできるのだ。

ジェイミーは振り返ってエマを見た。何か手違いがあったことを察したかのように、彼女は全身に緊張をみなぎらせている。

残念ながら、エマの言うこともまちがっていなかった。伯爵にとってエマはなんでもなかったのだ。伯爵はただ、生涯を賭けた知恵比べに勝って、最後に笑う者になりたかっただけだ。そのためにやつは賭けに出た。きっとおれが金貨を受け取ってエマを解放すると踏んだのだ。決して、彼女のこめかみに銃口を押しつけて引き金を引くような真似はしないはずだと。

ジェイミーはつかの間目を閉じ、エマの姿が見えないようにした。両親は愚かにも、両家の対立が終わると信じていたが、これは永遠に終わらない。だが、いつまでもエマを連れてハイランドを駆けまわるわけにはいかない。この次、豪雨や突然の吹雪に遭ったら、エマは命を落とすかもしれない。ヘップバーンの手の者に追われながら、やみくもに山中を駆ける日々にはとうてい耐えられないだろう。

おれより先に死ぬかもしれない。

「ここで待っていろ」ジェイミーは怒鳴るような声でイアンに言った。

こわばった下顎をさすりながら、ジェイミーはエマのもとへ戻っていった。

「望みのものは手に入った?」近づいていくと、エマがきいた。その高慢そうに上を向いた顎を見て、彼は思い出した。自分がこれからも、つねにエマ以上にほしいものを求めていくつもりだと、彼女に思わせたことを。

もはや自分が何を望んでいるか、わからなくなっている。それをうまく彼女に伝えられない。はじめてエマを見たあの日まで、自分が夢見てきたもの、必死で戦って手に入れようとしてきたものが、いまはすべて価値を失ってしまったように思えた。

そこで彼はただこう言った。「きみは自由の身だ」

エマはうなずき、イアンのほうを向いて歩きだした。はじめのうちジェイミーは、エマが振り返りもせずに自分を捨てていこうとしているのだと思った。そうされても当然だった。だが彼女はほんの二、三フィート進んだだけで、さっと振り向き、彼のほうへ駆け戻ってきた。

エマは彼の腕をつかんで爪先立つと、彼の耳に唇をつけてささやいた。「若い恋人なんかつくらないわ。わたしの恋人は生涯、あなただけよ」

ジェイミーがエマを抱きしめようと手を伸ばしたときには、彼女はもうそこにはいなかった。彼はただ突っ立って、彼女が歩み去るのを見ながら、空っぽの手でゆっくりとこぶしを固めるほかはなかった。エマはスコットランドに来てから、あれだけのことに耐えてきたというのに、背筋をしゃんと伸ばし、肩を張って歩いていく。

おれはなんという大ばか者だったんだろう！　おれはたいせつなものを盗もうとしたのだ。莫大な身代金を犠牲にしてでも手に入れたいと思うほどのものを。

エマはもう中ほどまで進んでいる。ジェイミーは最後にもう一度だけ、エマが振り向いてこちらを見てくれまいかと思った。この瞳の中に、これまで告白する勇気のなかった思いを読み取ってはくれまいか……。だが彼女はまっすぐ歩いていく。

引きとめなければ。おれは両親以上のばかだと彼女に告げなければ。おれの両親は愚行にはおよんだが、少なくとも、そこから得たものもあった。たとえそれが人目を忍ぶ数カ月間の幸せでしかなかったとしても。このままエマをイアンといっしょに谷から送り出してしまったら、おれには一夜をともにした思い出と、一生ぶんの後悔しか残らない。

一歩踏み出したそのとき、荷馬車の東側の高木の枝で、何かが陽光をとらえてきらめいた。目を細めてその木のほうを見ると、生い茂った枝の隙間から、黒光りのする銃身がわずかに突き出しているのが見えた。

ジェイミーは眉をひそめた。うちの者はあんなに背の高い木にのぼるような無謀なことはしない。何か異変が起きた場合、ヘップバーンの男たちに簡単に退路を断たれてしまうからだ。

と、そのとき、ジェイミーは気づいた。あれはちがう木だ。

それに、うちの者ではない。

夢の中でねっとりと身にまとわりつく霧を押し分けるようにして、ジェイミーは銃口が向けられている先を目でたどった。標的は彼の胸ではない。エマの胸だ。彼の心臓ではなく、彼女の……。エマは危機が迫っていることには気づかず、谷を進んでいく。たったひとりで。全身をさらして。

ジェイミーは腰のベルトから銃を抜き、行動を起こした。だが、この距離から暗殺者を撃ち殺すのは無理であることも、まにあうようにエマのところへ行けないこともわかっていた。

ねじを巻き忘れた時計の針が苦しげに進むように、時がのろのろと流れていく。前へ前へと突き進んでいるのに、エマとの距離はむしろ広がっていくように感じられた。一歩踏み出すごとに、エマがどんどん遠のき、手が届かなくなっていく。

「エマ!」彼は叫んだ。

エマが立ち止まって彼のほうを振り向いた。すがるような思いに目を輝かせて……。

その直後、銃声がとどろいた。

彼女の体がびくっと引きつれた。衝撃にぼう然とした表情が仮面のように顔を覆った。ドレスの肩の部分に真っ赤なしみが広がりはじめた。

この光景を何度、想像してきたことだろう。銃声が耳の中で弾ける。真っ赤なしみがどんどん広がり、ついにはこの世のすべての色を消してしまう。女が裏切られたような表情を浮かべて倒れ伏す……。

ジェイミーの胸から、まじりけのない苦悩の叫びが絞り出されてきた。ふいに、時が通常の二倍の速度で流れはじめた。ジェイミーはエマのもとへ向かって駆けながら、射手が隠れていた高木に向かってやみくもに銃をぶっ放した。

谷間に嵐のような銃声が響き渡った。

視界をさえぎる真っ赤なベールを通して、ジェイミーはイアンが荷馬車のそばに凍りついたように立っているのを見た。愕然として、くずおれたエマを見つめている。木々の陰からジェイミーの手下が不気味なかん高い雄叫《おたけ》びをあげながら、ばらばらと出てきて、この場で動いたばか者に向かって発砲した。御者が馬たちの背をしゃにむに鞭打ち、荷馬車はがたごとと揺れながらすさまじい勢いで谷から出ていった。ヘップバーンの男たちが馬に拍車をかけ、斜面を駆けおりてきて、襲撃に加わった。

イアンが上着の内側に手を入れた。今度は手紙ではなく、銃を取り出した。ジェイミーは歯ぎしりをし、自分の銃をさっとイアンのほうに振り向け、彼の胸に狙いを定めた。もう何もおれをとめられない。かつての親友の銃にも。おれはエマを取り戻す！

一瞬、ふたりの目が合った。だがジェイミーが引き金を引く前に、イアンが叫んだ。「彼女を見てやれ！　早く！」

イアンは背を向けると、暗殺者がひそんでいた木のほうへ突進した。飛び交う銃弾を避けるため、頭を低くし、全力で走っていく。

それからのジェイミーは、エマのことだけを考えた。

彼女がまだ生きているとすれば、いまは死なせないようにすることしか望めない。ジェイミーは大またで駆け寄り、子供を抱くようにしてさっとエマをすくいあげると、すぐそばの大岩へと走った。

岩陰で崩れるように膝を折って座り、腕にかかえたエマをそっと揺すった。エマが彼を見あげた。痛みと驚きに、美しい瞳をぼうっと見開いている。

「だいじょうぶだぞ」ジェイミーはかすれた声で言い、あいたほうの手を彼女の肩にあてて、流れる血をなんとかとめようとした。そばかすのくっきり目立つ青白い頰が安堵にゆるんだ。ジェイミーは、おれを見てくれといわんばかりに、彼女の冷たく湿った額に自分の額を押しあてた。ちゃんと見てくれ。「おれがついてる。二度と放さない」

「もう遅いわ」エマはささやいた。輝く瞳に一生分のやさしさと後悔をたたえ、やっとのことで手をあげて彼の顔へ持っていく。「あなたは放してしまったのよ」そう言うなり、エマはまぶたを震わせて目を閉じた。彼の頰に触れた指が、しおれかけた花のようにぐったりと力を失っていた。

25

永遠に続くかと思われた一日だった。それからあとのジェイミーは、懸命に馬を駆った。こんなに必死になったのは生まれてはじめてだった。衰えゆく夕陽を突っ切り、立ちのぼる夕霧を貫き、やがて降りはじめた激しい冷雨に絶望をつのらせながら、そしてついには、それまで見たこともない深く暗い夜を衝いて、彼は駆けに駆けた。

ヘップバーンの男たちは、武器の数でも人数でも、自分たちのほうが劣っていることを悟ると、さっさと馬首をめぐらして、すみやかに退却していった。あとの始末は、ボンに託すほかはなかった。ジェイミーはこれまで一度も、仲間を置き去りにしたことがなかったが、このときばかりはみんなの無事を確認するまで待っているわけにいかなかった。刻一刻と、エマの命が失われようとしているとあっては、一分たりとも無駄にできなかったのだ。

イアンの処遇を考える時間すら十分にとらずに谷を出てきた。捕らえても傷つけてはいけない、尋問をするので、すぐに祖父の城塞へ連れていけと指示するのが精いっぱいだった。

ジェイミーがようやくその城塞に行き着いたときには、真夜中をとうに過ぎており、包帯代わりに巻いた布が、雨のまじった血でぐっしょり濡れていた。馬からおりてエマを抱きおろし、マントのフードをかぶせて、しのつく雨がなるべく顔にかからないようにしてやった。ジェイミーの腕の中で、彼女は死体のようにぐったりとして動かない。彼の喉にかかるその吐息は、闇夜のムーアをさまよう鬼火よりもはかなく感じられた。

ジェイミーは泥に足をとられつつ、よろよろと進んでいった。つむじ風が顔に雨をたたきつけてくるので、前が見えない。つまずいたり、転びかけたりしながら、やっとのことで険しい山の頂上にある古い城塞にたどり着いた。

土壁と木材でできたその建物は、五百年前にあの城から追い出されて以来、シンクレア氏族の居城として、要塞として、機能してきた。門楼など、付属の建物はかなり前に焼け落ちてしまい、中央の塔だけが残って風雨を防ぐ役割を果たしている。それさえ、ところどころが傷みはじめていて、あと何年保つやらわかったものではない。

生気を失い、ただの荷物のようになったエマを胸に抱き、ジェイミーは粗削りの木の扉をこぶしでたたいた。「あけてくれ!」

その音にも、せっぱ詰まった呼びかけにも、反応はない。最後に祖父と話をしたときには、取り立ててよい雰囲気で別れたわけではなかった。だが、祖父に助けを求めて、背を向けられたことはこれまで一度もない。ジェイミーは指関節の皮膚がすりむけ、声が嗄《か》れてくるまで、こぶしで扉をたたいて呼び続けた。

やがて焦りが憤りに変わった。どしゃ降りの雨の中にただ突っ立っているつもりはない。エマがこの腕の中で死にかけているのだ。ジェイミーは後ろに下がり、扉を思いきり蹴りつけようと、身構えた。すると、扉がギーッときしんで内側に開きはじめた。戸枠と扉のあいだの真っ暗な隙間がゆっくりと広がり、自分の顔と同じくらいよく知っている顔がのぞいた。ジェイミーは鋭い目で祖父を見つめた。険しい顔に、懇願するような表情を浮かべていた。

「わきへ寄ってくれるか、じいさん。孫が帰ってきたんだ」

エマは、火のような痛みが走って谷が爆発したような気がしたあとは、自分が倒れたことしかおぼえていない。あまりに急にばったり倒れたので、ジェイミーにも抱きとめられなかった。

そのあとは、夜の帳がおりたように、すべてが闇となった。だが記憶のあやふやな数時間も、その後の数日間も、ジェイミーがいつもそばにいるのがわかった。節くれ立った大きな手に似合わないやさしさで、抱き起こして座らせてくれたり、無骨な巻き舌でもっと口を大きくあけろと言って、苦い味のスープを匙《さじ》で飲ませてくれたりした。高熱が続いているときには、ひんやりする唇で額を撫でてくれ、悪寒がして苦しんでいれば、あたたかい腕で抱きしめてくれた。ぐったりと力の抜けたエマの手を握り、頭を垂れて、どうぞ彼女を生かしてくださいと神に祈っていた。

だから、はじめて闇が薄れ、光がさしたとき、エマが彼の存在を感じたのは当然のことだった。エマはゆっくりとまぶたをこじあけ、めまいがおさまって元どおりに視界が晴れるのを待った。ようやくはっきり見えるようになると、穏やかな瞳が彼女を見返していた。体にまだら模様のある大きな動物の目だ。それは、ぱちぱちと火の燃える石造りの暖炉の前に座っていた。

「どうしてこんなところに小馬《ポニー》がいるの？」エマは尋ねてから、自分の声がかすれているのに気づいて驚いた。

「そいつはポニーじゃない。犬だ」

それにしてはずいぶん背が高い。エマは眉をひそめた。「いいえ、犬じゃないわ」

「犬さ。ディアハウンドというシカ狩り用の猟犬だ」

その動物が長い脚を折って寝そべり、エマはさらに眉間にしわを寄せた。「シカじゃないの？」

まだ残るこわばりと痛みに顔をしかめつつ、そっと首をめぐらすと、なんと銀色のまつげに縁取られた冷ややかな緑の瞳が彼女を見おろしていた。激しい驚きがさざ波のようにエマの全身に広がった。会話を交わしていた相手はジェイミーではなく、四十年後の彼のようだった。

ふさふさとした髪は霜《しも》のように白く、顔は山腹のようにごつごつとしているが、ヘップバーン伯爵と同様、歳はとっても活力を失ってはいない。いまも堂々とした広い肩を持ち、若者のように頑健そうで生気にあふれている。老人は、緑と黒の格子柄のキルトをはいていた。シャツの胸にフリルがつき、喉元と袖口に幅広のレースがあしらわれているせいか、まるで十八世紀の画家、ゲインズバラかレイノルズが描いた肖像画の人物のように見えた。

いくらなんでも四十年も眠っていたはずがない、と思い直し、エマは小声で言った。「ジェイミーのおじいさまですね」よく知っているその瞳からどうしても目を離せず、エマはまばたきをして彼を見あげた。この男は、すべてが並外れて大きい。ベッドのわきに引き寄せた木の椅子でさえそうだ。まだ頭が混乱していて、言葉をうまく選ぶことができず、エマはつい口を滑らせた。「死にかけていらっしゃるんだと思ってました」

ラムジー・シンクレアは、とっておきの秘密でも教えようとするかのように目を輝かせ、前に身を乗り出した。「いや、ここ数日は、あんたも死にかけてるんだと思ってたよ」

「お言葉にはお気をつけくださいい」しゃがれた声がした。「そのお嬢さんを死なせないよう、あたしが精魂こめて看病したんですからね。死ぬほどこわがらせるようなことはなさらないでくださいまし」

エマはぎょっとして、枕に頭を押しつけた。ヘップバーンの祖母かと思うほど歳をとった女が、足を引きずって反対側からベッドに近づいてきたからだ。背中に丸いこぶがあるせいで腰が曲がり、体をほとんどふたつに折るようにしている。つやのない銀色の髪は細くて少なく、その髪がかかる頬はげっそりとこけて、まるで穴のようだ。歯のない口を不機嫌そうにゆがめているかに見えたが、女がベッドのそばまでやってくると、微笑んでいるつもりなのだとわかった。

「だいじょうぶですよ」女はやさしく言って、エマの手を軽くたたいた。「こんな不良じいさん、こわがらなくてもいいの。峠は越えましたからね。これからだんだんよくなりますよ」

「そのとおりだ」ジェイミーの祖父はそっけなく言った。「マグズの臭い貼り薬に耐える根性があるんなら、撃たれたくらいじゃ死なないさ」

エマははっとした。この女性がジェイミーの言っていたマグズか。お母さんの乳母だったという人……？

マグズは、老シンクレアに向かって骨ばった指を振ってみせた。「あたしの臭い貼り薬がなければね、ラムジー・シンクレアさま、あなたさまはとうの昔にお墓に入っておられたことでしょう」彼女はにんまりとしてエマを見た。「もう何年ものあいだ、だんなさまはこのお城を出ていかれると必ず、銃で撃たれるか、落馬するかして帰ってこられたんですよ。頑固一徹、ちょっとやそっとではまいらない土性骨《どしょうぼね》の持ち主でいらしたことがさいわいしました」

ラムジーの喉の奥から、咳払いのような音が出てきた。「頭の固さでは、おまえだっていい勝負だ」

辛辣な言葉のやりとりが続き、エマは興味を惹かれて、ふたりの顔を代わる代わる見ていた。主人と使用人というより、年老いた夫婦のように言い争っている。

「おいおい、ひどいじゃないか！」ジェイミーが部屋の入り口から叫んだ。「なんでエマが目を覚ましたことを教えてくれなかったんだ？」

ジェイミーがつかつかとベッドに近づいてくる。エマはマグズがいらだたしげに舌打ちをしてとめるのを聞かずに、上半身を起こした。そして彼の姿にまたショックを受けた。美しい顔がすっかりやつれて、顎に無精ひげが生えていた。目は充血し、下まぶたには隈ができている。

ラムジーは椅子に背中をあずけ、手を振って孫の抗議を一蹴《いっしゅう》した。「ふん！　この四日間、一睡もしていなかったおまえがはじめて昼寝をしたんだ。誰が起こすものか。わしにはほんの二、三時間でも、看病をまかせられないのか。どれだけおまえの看病をしてきたと思ってるんだ。疝痛《コリック》を起こしてぴぃぴぃ泣いてたときも、青リンゴを食いすぎて腹をこわしたときも」

マグズが下がって場所をあけ、ジェイミーはベッドのわきにひざまずいた。彼はエマの指に自分の指を絡ませ、ほんとうに目を覚ましたのか、ほんとうに生きているのかを確かめるように、彼女の顔に熱っぽい目を走らせた。

「何があったの？」エマはきいた。

「奇襲をかけられたんだ」ジェイミーは言い、やさしく彼女の手を握った。

「みんなは？　怪我《けが》をした人はいない？」

彼は暗い表情で首を振った。「ヘップバーンの手の者は、自分たちのほうが数で劣ると気づいて、げす野郎にふさわしく、さっさと逃げだしてしまった。唯一の負傷者はきみだった」

「わたし？」

「ああ。ヘップバーンが刺客をさし向けたんだ。うちの連中が来る前から、木にのぼって隠れていたにちがいない」エマが手をあげ、寝間着の襟ぐりからのぞいている清潔な包帯の端に指を触れると、ジェイミーはようやく、こわばった笑みを浮かべた。「さいわい、弾はきれいにきみの肩を貫通した。大量に出血して、傷口が化膿しかかったが、マグズが貼り薬で撃退してくれた。もう少し休めば、生まれ変わったように元気になるぞ」

エマは二本の指を額にあてて、目の前が真っ暗になる前のことを思い出そうとした。ジェイミーから離れて、太陽の降り注ぐ草原を歩いていたのはおぼえている。もう二度と彼に会えないことはわかっていた。鳥のさえずる声を聞きながら、胸がつぶれそうな思いを味わっていた。

「あなたがわたしの名を呼ぶのを聞いたわ」エマはつぶやいた。「もしあのとき振り向いていなければ……」

　エマは顔をあげ、彼の険しい表情を見て、その瞳から真実を読み取った。暗殺者が発砲したまさにその瞬間、エマが彼のほうを向いていなければ、弾丸は彼女の心臓を貫いていたのだ。

「事情はどうあれ、こんな痩せっぽちの娘をここまで連れてくるなんて、どういう料簡《りようけん》だ？」ラムジーが陽気に言った。「見るからに体が弱そうじゃないか。ハイランドの春はもちろん、冬にも耐えられそうにない」ばかにしたような目で、毛皮の上掛けに隠れたエマの腰に目を落とす。「子もたくさん産めそうにないな。まずブラッドプディング（ブタの血の入ったソーセージ）やハギス（ヒツジの胃袋に臓物を詰めて煮込んだ料理）を食べさせて太らせにゃなるまい」

　エマは息をのんだ。まるで村の品評会に出された雌ブタのように値踏みをされ、不適格と判断されて、むっとしたのだ。

「おれがここ二カ月ほど、このじいさんと口をきいていない理由がわかるだろう？」ジェイミーがうんざりしたように言った。「おれたちがちょっとしたいさかいをしたと言っても、驚かないだろう？　あらがえない魅力の持ち主だからね」

　ラムジーは孫をにらみつけた。「こいつの言うことを真に受けちゃいけないぞ、お嬢さん。わしが正しくて、自分がまちがってるってことを、こいつはこんなふうにしか言えないんだ。そもそも、こいつは山に戻ってくるべきじゃなかった。山の影が届かないところで一生を送る道もあったんだ」

「じいさんのようにかい？」ジェイミーはきいた。あざけるような口調がはっきりと感じられた。彼はエマの手を放し、立ちあがった。「この山はおれのふるさとだ。おれが生まれる前からここで暮らしてきたシンクレア氏族の者と同じようにそう思ってる。だからおれは絶対に山を捨てない。ヘップバーンみたいなやつらに追い出されるのもまっぴらだ。じいさんにもだよ」

ラムジーの声がさらに高くなり、顔が赤らんだ。「おまえがわしの言うことを聞いて、ヘップバーンにかかわらずにいれば、このお嬢さんも、きれいな肩を撃ち抜かれてこのベッドで寝ておらずにすんだんだぞ」

ジェイミーの目に、まじりけのない怒りが燃え立ったが、ラムジーの言葉にこもる真実は否定できなかった。「ヘップバーンにかかわらずにいてほしかったのなら、やつがおれの両親を殺したことを黙っていればよかったんだ」

「わしもいまでは歳をとった。賢くもなった。いまさら幽霊をよみがえらせても、何も得るところはない。安らかに眠らせておいてやれ。さもなければ、おまえは未来永劫《えいごう》、安らぎを得ることができんのだ」ラムジーは苦労して立ちあがろうとしたが、途中で力尽きて、また椅子に座りこみ、苦しげに息をつきながら幅の広い肘掛けをつかんだ。顔からは、活力も血の気も失せている。

「もう十分ですよ！」マグズが叱りつけ、自分の能力以上に急いで老人のそばへすり足で駆けつけた。「ご自分のお体のことを考えてくださらないなら、このかわいそうなお嬢さんのことを考えてくださいまし。この人にとって何よりいけないのは、おふたりが哮《たけ》り狂った猟犬みたいに嚙みつきあっているのを聞くことですからね」

「いいのよ、マグズ」エマは言った。「ふたりとも、口ほどには悪い人たちじゃないと思ってるから。少なくとも、そう思いたいわ」

ラムジー・シンクレアは、自分の腕にかかったマグズの手を振り払うと、また立ちあがって威厳を取り戻そうとした。今度はなんとかうまくいった。

彼はエマのベッドをはさんで孫と向きあった。誇らしげに張った肩は、エマにとっては、せつなくなるほどになじみ深い形をしている。「おまえは母親に似て、反抗的で強情だ。わしはただ、おまえが同じ運命をたどらないようにしてやりたいだけだ」

長く続いてきたらしい意志のぶつかりあいの、最後の一撃を見舞ったあと、ラムジーは背を向けて部屋を出ていった。マグズが足を引きずって、そのあとに従った。しばらくすると大型の猟犬が音もなく立ちあがり、ふたりのあとを追って出ていった。

ジェイミーは長いあいだ、空っぽの出入り口を見つめて立っていた。その瞳はまだ、激しい感情をあらわにしている。「じいさんはいまだに、自分は有力氏族の長で、強大な王国を治めていると思いこんでるんだ。その考えを決して改めない。いまじゃ、風変わりなばあさんと忠実なディアハウンドだけが家臣なんだってことを忘れてるのさ」

「心臓がお悪いのね」エマは静かにきいた。似たような症状に苦しんでいたおばがいたのだ。彼女は結局、それで亡くなった。

「ああ。じょうずに隠してるが、軽い発作が少しずつ強く頻繁に起きるようになってきた。この前うちに戻ったときに、マグズがおれをわきへ引っぱっていって話してくれなかったら、どれほど頻繁になっているか、知らずにいたところだ」

「じゃあ、あなたはそのとき気づいたのね。ご両親がヘップバーンに殺されたことを証明するには、もう時間があまりないんだって。いちばん手っ取り早い方法は、彼の花嫁を盗むことだと思ったんでしょう」

ジェイミーは後悔の念があふれる目で彼女を見おろした。「じいさんはひとつ、正しいことを言った。おれは花嫁を盗むつもりだったが……撃たせるつもりはなかった」

エマはジェイミーの手を握ろうとしたが、彼はすでに部屋についているただひとつの窓——壁の大部分を占める大きなガラス窓——に向かって歩きだしていた。

彼が雲の垂れこめる空を見つめているあいだに、エマは慎重に上体を起こしてベッドの上に座った。ようやく、周囲のようすをちゃんと把握できるほどに頭がはっきりしてきたのだ。

ほとんどの家が石造りであるスコットランドで、唯一の木造家屋に迷いこんだようだった。どの角度からでも目を惹く窓を備えたこの部屋は、八角形で広々としている。寝室というより、高い木の上につくられたワシの巣のようだった。豪華な毛皮の掛かった手彫りの巨大なベッドから、粗削りの石でつくられた大きな暖炉、エマの頭上に渡されたオークの垂木にいたるまで、この部屋では何もかもがけた外れに大きい。まるでゲールの巨人族のためにつくられたようだ。

工夫次第ではすてきな部屋になるのに、この城塞には、全体的に手入れが放棄されているような印象がある。垂木からは、幽霊のベールのようにクモの巣が下がって揺れているし、灰の散らかった炉端には、犬が食べ残した骨が何本も放置されている。女性の手で居心地よくしようとした形跡さえ見えなかった。クッションも、エマの頭にあてがわれたものがひとつあるきりだし、銀の燭台《しょくだい》に美しい蠟燭が立ててあるわけでもない。ヘアブラシや香水瓶の置かれた化粧台もなければ、粗削りの壁に、花を描いた水彩画や家族の肖像画が掛かっていたりもしない。男の子がこのような環境で育てられたら、確かにジェイミーのようにたくましくて無骨な男に成長することだろう。

「ご両親がヘップバーンに殺された証拠を手に入れたことは、おじいさまに話したの？」エマは彼にきいた。

ジェイミーは背中を向けたままで答えた。「話すことは何もない。ヘップバーンはこちらが要求したものを送ってこなかった。すべてが無駄になった」

エマは、失血したせいで思考力が働かなくなったのかと思いながら、首を振った。「どういうことかしら。わたしは、あなたがイアンと話をしているのを見たわ。あの人があなたに何かを渡すのも」

「ヘップバーンは身代金を届けてきたのさ。だがネックレスはよこさなかった。おれが望んだ唯一のことを拒んだんだ。真実を明かすことをな」ジェイミーはベッドまで戻ってくると、シャツのポケットから折りたたんだ羊皮紙を取り出し、エマに渡した。「代わりにこれを送ってきた」

エマは紙を広げた。一度くしゃくしゃにして、あとから何度も伸ばした跡がある。「当方は貴殿の求めるものを持ちあわせぬ」エマは声に出して読み、言葉の意味をはかりかねて首をひねった。

「なんと抜け目のないやつだ。息子を殺した証拠となりかねない品を渡したくなかったんだろう」

「残りの人生を――たとえそれがどんなに短くとも――後ろを振り返りながら、あなたが追いかけてくるのを待って過ごすのはいやだったのかもしれない」

「どのみち、こうなった以上はもう、そうするほかはないんだ」ジェイミーはぞっとするような表情を浮かべて言った。その目が血に飢えたようにぎらりと光った。

エマは首を振った。「どう考えてもおかしいわ。なぜ伯爵はネックレスを渡すことを拒んだのに、あんなにたくさんの金貨を届けてきたんでしょう」

「金貨は、こちらを混乱させるために送ってきたんだ。ほんとうは支払う気などなかったのさ。きみが撃たれたとたん、荷馬車の御者は一目散に逃げていったぞ」

それを聞いて、エマのとまどいは深まり、肩の鈍痛も強まった。「伯爵があなたを殺したがるのなら、理由はわかるわ。あなたのご両親を殺したと思われてるんですものね。でも、わたしを殺して、なんの得があるのかしら」

ジェイミーは身をかがめ、彼女の額に軽く唇を触れた。エマは、毅然として引き締まった彼の顎に不吉な予感をおぼえて背筋が寒くなるのを感じた。「おれはそれを突きとめようと思っている。やつがしくじったことは確かなんだからな」


ヘップバーン城とちがって、シンクレア家の城塞には、幾層もの強固な石床の下に埋もれた迷路のような地下牢はない。黒い石壁から垂れ下がる錆《さ》びた鎖もないし、地中をくねくねと這う秘密の通路もない。だが、自慢の小さな地下室はあった。といっても、実際は洞穴《ほらあな》のような部屋だ。もともとは、塔の下の山腹をくり抜いてつくられた根菜類の貯蔵室だったのだ。簡素で実用的で、しかもそこから逃げることは絶対に不可能だった。

ジェイミーはブーツのかかとで小石を蹴散らしながら、急な斜面をおりていった。肩を包む春の日差しのあたたかさも、真っ青な空を流れていく綿毛のような雲も、いまの彼にとってはどうでもよかった。

山の岩壁にじかに取りつけられた木の扉の前で、ボンが待っていた。その目はいつものいたずらっぽい輝きを失い、ただ、冬の深い湖のように、黒く冷たく凍りついていた。

「ミス・マーロウは？」ボンがきいた。最悪の事態を恐れているようだ。

「目を覚ました」ジェイミーは答え、ボンの知りたがっていることをすべて話してやった。ボンは安堵のため息をもらし、それからうなずくと、何も言わずに、錠を外して扉をあけた。ジェイミーは頭を下げ、粗削りの戸枠の奥へ入った。暗い洞穴の中には、松明《たいまつ》が一本、灯っているだけだった。ボンが扉を閉め、陽光がさしこまなくなると、暗がりに目を馴《な》らすのに少し時間がかかった。

ひとりの男が奥の壁に背中をつけて座っていた。長い脚の片方を胸のところまで引きあげている。濃い紫色のフロックコートは着ておらず、絹のチョッキはしわくちゃで、高級なリネンのシャツは肩のところが裂けていた。まにあわせの薄汚い三角巾《さんかくきん》で左腕を吊り、貴族的な頬の片方に醜いあざをこしらえている。黒髪は汚い紐のようになって、顔に垂れかかっていた。

疲れ果てていることは明らかだったが、それでもイアンはどうにか立ちあがってジェイミーに向きあった。「いつになったら、おまえが来るのかと思っていたぞ。手下がはじめた仕事を終えにきたのか」

「たぶんな。だがそれは、いくつか質問に答えてもらってからだ」

「教えてもらいたいことがあるのはぼくのほうだ。残念ながらおまえの手下は、協力的じゃなかった。ミス・マーロウは助かったのか」

「助かっていなければ、おれたちはここでこうして話をしていない」ジェイミーは旧友に近づいた。癇癪玉の導火線に火がつかないよう、必死に抑えこむ。「じゃあ、今度はおれの番だ。なぜ彼女なんだ？　なぜヘップバーンは、無垢な女性を殺そうとするんだ？」

「これだけ長いあいだ、おまえの手もとにいたんだ。彼女がまだ無垢だとは信じられない」

イアンはあざけるように鼻で笑った。だがジェイミーが二歩で距離を詰め、彼の喉をつかんで壁に押しつけると、冷笑も呼吸も同時にとまってしまった。イアンは三角巾で吊っていないほうの手でジェイミーの腕を引っ掻いた。ジェイミーは彼にじょうずな喧嘩の仕方、汚い喧嘩の仕方を教えたが、力勝負になれば、つねにジェイミーが優勢だった。

「さあ、もう一度やり直しだ」ジェイミーは言い、歯を食いしばって冷酷な笑みを浮かべると、イアンがものを言える程度に指の力を抜いた。「なぜあのくそじじいはミス・マーロウを殺そうとしたんだ？」

イアンは焦げ茶色の瞳に軽蔑をくすぶらせ、ジェイミーをにらみつけた。「彼女を撃った男をさがしている途中で、おまえの手下の陽気な悪党どもにつかまったんだ。あれが大伯父のさし向けた殺し屋だって、なぜわかる？　おまえの仲間が失敗して、偶然、彼女に弾があたってしまったんじゃないのか」

ジェイミーはまた、イアンの喉を絞めあげた。「それはちがうな。おれは彼女が撃たれる前に、高い木のてっぺんから、銃口がのぞいているのを見た。おれたちがどこで待ち合わせているのか、知っていた者のしわざだ。前夜のうちにあそこへ行って、誰にも姿を見られないうちに身を隠したんだ」

イアンは眉をひそめた。つかの間、挑戦的な表情が崩れて、困惑がのぞいた。「ドケットか」急に力尽きたようにつぶやいた。

ジェイミーが手を離すと、イアンはぐったりと壁にもたれかかった。「ドケットとは誰だ?」

「サイラス・ドケット。大伯父の猟番だ」

ジェイミーは腕組みをした。嘲笑《ちょうしょう》が浮かぶのを抑えられなかった。イアンについて許せないのは、この友が大伯父のうそをすすんで信じたがったことだ。そしてジェイミーが平然と人を殺したと非難し、こちらに事情を説明する機会さえ与えてくれなかった。「まだおれの手にかかっていないやつだな」

「かかっていなくて、むしろ残念だ」イアンはそう言い、チョッキを引っぱってしわを伸ばした。「ドケットは、前の猟番よりもっとたちの悪い男だ。やつにちがいない。大伯父は、おまえの手紙が届いた直後、あいつとふたりきりで話をしたがった。そのときに命じたにちがいない」ほんの一瞬、イアンが敵意を持った赤の他人ではなく、ジェイミーがかつて知っていた友に戻ったような気がした。きちんとした話し方を教えてくれて、セント・アンドルーズ大学の悪童どもを、こぶしではなく言葉で撃退できるようにしてくれた友に。「大伯父は、待ち合わせ場所にぼくを送りこむ必要があった。誠意があるように見せたかったからだ。しかしたくらみについては、ぼくには何も話さなかった。ぼくが決してそんな計略に加担しないことを知っていたからだ」

ジェイミーは改めて伯爵のふてぶてしさに驚いて、首を振った。「つまり、やつはおれたちふたりをあざむいたわけだ。エマが撃たれれば、おまえがつかまるか、殺されさえする恐れがあることも承知していたにちがいない。だがそれでも、やつがなぜエマを死なせたがったのか説明はつかない」

ふいにイアンが昔の彼に戻り、おなじみの皮肉っぽい笑みを口もとに浮かべた。「ああ、大伯父にとってはミス・マーロウのことなど、どうでもいいのさ。なんの価値もないんだ」

時間が戻り、ジェイミーはまた、あの陽のあたる草原に立っていた。彼女の名を呼ぶと、エマが振り返った。風に髪を吹かれながら、永遠に打ち砕かれようとしている希望に、青い瞳を輝かせた……。ジェイミーはふたたび、イアンの喉に手をかけた。今度は本気だった。

わんわんと鳴り響く耳の中で、エマの声が聞こえた。それは遠い場所から呼びかけるこだまのようだった。「ジェイミー、やめて！」

26

ジェイミーがはっとして振り返ると、入り口にエマが立っていた。その背後には、目を大きく見開いたボンが控えている。陽光がエマの乱れた巻き毛を縁取り、白い寝間着のひだを透き通らせて、彼女を天使のように見せている。

あるいは、幽霊のように。

エマがふらっとよろめいた。ジェイミーはイアンを放して駆け寄り、エマが倒れる前に抱きとめた。

「ばかだな、ベッドから抜け出して何をしている？　ヘップバーンがきみを殺さずにすむよう、手間を省いてやろうってのか」

ジェイミーはエマを抱きあげようとしたが、彼女はそれを拒み、彼の前腕にすがってなんとか立っていようとした。顔は血の気が失せて、寝間着と同じくらいに白い色をしていたが、ぐっと引いた細い顎には固い決意がうかがえた。「あなたの目つきが気になったから、あとをつけてきたの。わたしのせいで人を殺すようなことはさせたくなかったのよ」

ジェイミーはボンを鋭い目で見た。「彼女はどうやっておまえに扉をあけさせたんだ？　おまえの銃を取りあげて、銃口を突きつけたのか」

ボンはおどおどして肩をすくめた。「頼まれたのさ」

イアンがこれみよがしに咳きこんで、自分の存在に気づかせようとした。彼はまだ壁にぐったりともたれて、喉をさすっていた。「ごきげんよう、ミス・マーロウ」あてつけがましいほど礼儀正しく挨拶をする。「ぼくのために、そのかわいらしい頭を悩ませる必要はない。あの城に大伯父ときみの魅力的なご家族といっしょに閉じこめられているより、こちらで世話になっているほうがずっとましだからね」

エマはジェイミーの腕をつかみ、ぱっと顔を輝かせた。「わたしの家族、どうしています？　母と妹たちはわたしのことを心配していました？　父は……」傍目《はため》にもわかるほどのあいだ、エマはためらった。「……元気でしょうか」

ジェイミーは、エマの心配の種を増やしたら承知しないぞといわんばかりに、険しい目でイアンを見据えた。

「母君と妹さんたちは、敬服に値するほど気丈に耐えておられる。父君の健康状態は……きわめて良好だ。安心したまえ」イアンは、エマが半信半疑でいるのを見てとると、急いで付け加えた。「大伯父が亡き者にしたいと思っているのは、きみじゃなくて、ここにいる喧嘩っ早い若き闘士のほうだ。ぼくはそれを説明しようとしたのに、こいつときたら、この長い一日のうちに二度もぼくの息の根をとめようとした」

「じゃあ、なぜヘップバーンは猟番におれを撃てと命じなかったんだ?」ジェイミーはきいた。

イアンは苦々しげに笑った。「なぜなら、大伯父は何よりまず紳士だからさ。ユリのように白い自分の手を、シンクレアの血で汚したいとは夢にも思っていない。とりわけ、婚外子として生まれた自分の孫の血ではな」

ジェイミーは顔をゆがめた。ただでさえ心もとない忍耐力が、なおも危険なまでに乏しくなっていく。

イアンは、この対決にはしっかり立ってのぞみたいと思ったのか、背中を壁から離して、姿勢を正した。「おまえがミス・マーロウを誘拐したとき、大伯父はぼくにこう言った。英国軍は、ハイランドのばかげた花嫁泥棒などには絶対に取り合わない。われわれが争った末に死に絶えるのを待って、死体の始末をしてやろうとしか考えまいってな。だが、もしイングランド人が殺されたとなると……」

ジェイミーの喉の奥で息が引っかかった。「だからエマを撃てと指示したのか」

「そして、おまえのしわざだと主張するんだ。大伯父が身代金を届けたあとで裏切ったのだと。英国軍は、われわれのもめ事にはかかわりたがらないが、純粋無垢な若いイングランド人女性が惨殺されたとなれば、さすがに放ってはおけまい」

「おれたちを捕らえに乗り出すはめになる」

「そして、みんなを縛り首にする」と、エマがふたりに代わって結んだ。「ヘップバーンは誰の目にも無罪潔白のように見えるわけね。生まれたての赤ちゃんみたいに」

ふいに膝から力が抜け、ジェイミーに抱きあげられたが、今度は抵抗しなかった。エマはジェイミーの首にゆるく腕をまわしてその胸に頭をもたせかけた。イアンの話を聞いたとたんに、わずかに残っていた力がすっかり失せてしまったような気がしていた。

「おまえは、ヘップバーンの計略について何も知らなかったと誓えるか」ジェイミーはエマの頭ごしにイアンを見つめた。その目は、信じるに足る答えが聞けなかったら、おまえの命はないぞと告げていた。

「知っていれば、銃撃がはじまったときに、あんなに開けた広い場所にぼんやり立っていたはずがない」またイアンは微笑んだが、そこに憎しみはなく、ただ過ぎ去った日々へのほろ苦い思いだけがにじんでいた。「そういうばかをやっちゃいけないって、おまえが教えてくれたんじゃないか」

ジェイミーはしばらく彼の言葉を吟味してから、うなずき、背を向けて出ていきかけた。エマが気を失ってしまわないうちに、ベッドに寝かしてやるつもりだった。

「ぼくはどうなるんだ?」イアンが後ろから呼びかけた。「ここに置き去りにして、衰弱死させる気か。ぼくの大伯父を名乗るあの卑劣漢を倒す手助けをさせてくれる気はないのか」

ジェイミーは何も言わずにエマを連れて部屋を出た。そのあとからボンが扉を閉め、イアンは暗がりにひとり取り残された。

その夜、エマは誰かがやさしく髪を撫でてくれる心地よい感触に誘われるようにして、目を覚ましかけた。

「ああ、ジェイミー」そうつぶやいて、羽根枕の中にさらに深く顔をうずめた。

もしこれが夢なら、終わらないでほしい。もう少ししがみついていたい。ジェイミーの唇がわたしの唇にやさしく触れて、そっとこの口をこじあけるまで……。そのあとに待っている喜びを思い起こさせて、わたしを焦らすまで……。

「楽しい夢をごらん、いい子だね」誰かがしゃがれ声でささやいた。

エマはぱっちり目を開いた。上にかがみこんでいたのは、ジェイミーの整った顔ではなく、しなびた茶色のリンゴだった。くしゃくしゃにすぼまった口のような切りこみがあり、歯のない人がしかめっ面をしているように見える。

エマはびっくりして悲鳴をあげた。マグズだと気づいたときには、遅すぎた。彼女はあとずさって、部屋の隅ですくみあがり、しわだらけの両手で顔を覆って悲しそうな低い声をあげた。

エマは怪我をしている肩をかばいながら、ベッドの上に起きあがった。かたわらの椅子は空っぽだった。ジェイミーが絶対にベッドから出るなと言い、エマがそのとおりにすると約束すると、彼は自分の寝室に引き取っていった。エマが撃たれて以来はじめて、彼は朝までぐっすり眠れる夜を迎えたのだった。

ジェイミーは部屋を出る前、冷たい夜気が入りこまないよう、窓の厚い鎧戸をしっかりと閉めていった。暖炉の火は消えかけていたが、鎧板の隙間から、銀色のリボンのような月光がさしこんでいる。マグズがおびえた子供のように、部屋の隅で体を揺すっているのが見えた。エマはヘップバーンがとどめを刺すため、新たな殺し屋をさし向けたのではないかと思ったのだが、その恐怖はたちまち後悔に変わった。

「ああ、ごめんなさい、マグズ。驚かすつもりはなかったのよ」エマはなだめるような声で言った。目が覚めたら、マグズがハゲワシのようにベッドの上にかがみこんでいて、寿命が半年縮まったような気がしたことは、おくびにも出さなかった。

エマの声の調子に、マグズはふいに泣くのをやめて頭をあげた。少しためらっていたが、やがてさっと立ちあがり、そろそろとベッドのそばへ戻ってきた。昼間にエマのベッドをはさんで老シンクレアとやりあっていた口やかましい老婆の面影は消え失せている。

マグズはベッドのへりに腰かけ、節くれ立った手でエマの乱れた巻き毛を撫でた。「おお、かわいい、かわいい」マグズは歌うように言った。「いいお子ですよ。あたしのリアンナさまは」

エマの背筋に冷たいものが走った。ジェイミーの言葉が記憶によみがえった。遺体が見つかってからしばらくのあいだ、マグズはかわいそうに、悲しみのあまり、どうにかなってしまいそうだったらしい。

おそらくこの女は、まだ悲しみのあまり、どうかしているのだろう。あるいは、エマがやってきたせいで、古い記憶を呼びさまされただけかもしれない。埋もれたままのほうがよかった記憶もあったのだろう。ひょっとすると、ここはリアンナが使っていた寝室なのかもしれない。

「エマよ、マグズ」エマは、急な動きを避けようとしながら、やさしく言った。「リアンナじゃないわ。リアンナはもうここで暮らしていないのよ」

マグズはエマの言葉を聞かなかったかのように、薄気味の悪い声で歌うように続けた。「あなたはいつもいいお子でした。お父さまにとってもすばらしい娘。刃向かうお心など、これっぽっちもお持ちじゃなかった。いつもお行儀がよくて、お父さまに言われたとおりにしておいでてした」

自分のことを言われているような気がして、いっそう背筋が寒くなった。あやまりを正してやったほうが親切だろうか。それとも、リアンナがついに戻ってきたと思いこむのを許し、つかの間の慰めを与えてやったほうがよいのだろうか。「リアンナをとても愛していたのね」

「ええ、ほんとうの母親みたいにね。あなたを愛しておりました。だからきっといつかお戻りになると信じておりましたよ。だんなさまにも、辛抱なさいまし、希望を捨ててはいけませんと申しあげてきました」マグズはさらに顔を寄せてくると、エマを目覚めさせたときと同じ、低いしゃがれ声でささやいた。「リアンナさまは、あたしにあれを頼むとおっしゃいましたね。何年も何年も、だいじにしてまいりましたよ。だんなさまは誰にも見つからないように、深い穴を掘ってお埋めになりましたけど、このマグズがちゃんと見つけ出しました」

エマがしぶしぶながら、少し興味も惹かれて見ていると、マグズはスカートのポケットから、何か布に包まれたものを引っぱり出した。それをエマの膝に載せてうなずいてみせ、誇らしげに微笑んだ。

小鳥かネズミの腐りかけた死骸が出てきませんようにと祈りながら、エマは慎重に布を開いた。中から現われたのは、飾り気のないサクラ材の箱だった。蝶番《ちょうつがい》を留めたふたがついている。長いあいだ地中に埋められていたように、湿っていて、かび臭い。ふたにこびりついていた土をそっと払いのけると、若い娘を描いた楕円形《だえんけい》の細密肖像画がはめこまれていた。

「リアンナさまが十七歳になったときに、だんなさまから贈られたものですよ」マグズは言った。また過去と現在を行き来しはじめたらしい。「放浪の画家に、スケッチをもとにしてリアンナさまの肖像画を描かせたんです。リアンナさまはたいそう喜ばれました。だんなさまの首に抱きついて、お顔にたくさんキスをなさってね」

エマは箱を窓のほうに向け、か弱い月光を頼りに、肖像画を子細に見た。ジェイミーは確かに祖父に生き写しだが、母親に似たところもあることがわかった。たとえば、気品の感じられる頬骨。それから、目尻の魅力的な笑いじわ。

エマは目を細めて肖像画を調べ、リアンナの美しい首に掛かった鎖のペンダントヘッドの形を見きわめようとした。ゲール十字（十字の交差部分に輪がついている）のように見える。

「さあ、どうぞ」マグズがうながした。「あけてごらんなさいまし」

エマは、かすかに震える手でふたに触れようとした。

「マグズ！　何をしている？」

エマもマグズも、悪いことでもしたようにぎくりとし、部屋の出入り口のほうへ顔を向けた。

ジェイミーの祖父が立っていた。広い肩に影をまとった姿は、さらに背が高く、威圧的な印象がした。「お客さまのじゃまをしてはいかん。休んでもらわんとな」

「はい、だんなさま。キルトをもう一枚、ご入り用じゃないか、確かめにきたんですよ」

エマはさりげなく箱に上掛けを掛けようとしたが、それはすでにマグズのポケットへと戻っていた。マグズはベッドから離れる寸前、いたずらっぽく片目をつぶってみせて、またもやエマを驚かせた。

ラムジー・シンクレアは道をあけてマグズを外へ出すと、「マグズのことは気にせんでくれ」とエマに告げた。「ときどき、夜遅くまで眠れないと、ああしてそこらをほっつき歩くんだ。心も体もな」

ほんの一瞬、ラムジーの顔にもいとおしげな表情が浮かんだような気がした。ちょうどマグズがそっとベッドに近づいてきてエマの髪を撫でたときのように。この人もいまだに悲運に見舞われた哀れな娘のことが忘れられず、眠れぬ夜を迎えては、城塞の中を歩きまわっているのだろうか。

「ゆっくりお休み」ラムジーはしわがれ声でそう言うと、ふたたび闇の中へと姿を消した。部屋に入ってきたときよりも、さらに肩を落としているように見えた。

エマはため息をついて枕の上に倒れこんだ。さっきちらりと見たジェイミーの母親の面差しがどうも気になる。それになぜわたしは、いちばん会いたい人じゃなくて、あのふたりをこのさびしい寝室に迎えるはめになったんだろう。

27

翌朝目覚めたときも、やはりベッドわきの椅子は空っぽだった。エマは奇妙な喪失感をおぼえた。ほどなく、部屋のどこかから重苦しいため息が聞こえ、彼女がひとりではないことがわかった。

上半身を起こすと、例のディアハウンドが暖炉の前に寝そべり、毛むくじゃらの頭を大きな前脚に乗せていた。

「すてきなポニーさん」エマはささやき、おずおずと猟犬を見た。もう朝ごはんは食べたのかしら。これだけ大きくて獰猛そうな犬なら、わ、た、し、の骨を暖炉のまわりに散らかすことだってできるかもしれない。

エマの挨拶に応え、犬はもう一度ため息をついただけで、すぐに悲しそうな茶色の目をつぶってしまった。あんたをひとのみにするよりは、一日中寝ていたほうがいいと言いたげだった。きっとシカしか食べないのだろう。

エマが眠っているあいだに、誰かが入ってきて、木の鎧戸をあけ放していったらしく、陽光が部屋の中に注ぎこんでいる。エマは傷を負ったほうの肩をそっとすくめてみた。こわばりも痛みも、きのうよりはずっとましになっている。

「お嬢さま？」

マグズが出入り口に現われ、たくさんの布と、たっぷりお湯を満たした陶製の洗面器をあぶなっかしげに運びながら入ってきた。

「おはよう、マグズ」エマはおそるおそる声をかけた。この人はまだ、わたしをジェイミーの母親だと思っているだろうか。ゆうべ会ったことをおぼえているだろうか。

マグズは足を引きずりながら歩いてきて、暖炉の右側にある粗削りの木のテーブルに、持ってきたものを置いた。目は明るく澄んでいる。エマが眠っているあいだに部屋に忍びこんで髪を撫でたときの、あの焦がれるような表情は跡形もない。「おはようございます、お嬢さま！　洗いたてのドレスとストッキングと、お体を拭くのに必要なものを何もかもお持ちしましたよ」

マグズの態度が一変したことには当惑したが、徐々に回復してきた気力と体力を試してみたくなり、エマはベッドからおりて、テーブルまで歩いていった。「ゆうべは、わたしを起こしてしまったからって、だんなさまから罰を受けなかった？」

「は！」マグズが上体をかがめて顔を近づけてきた。昨夜ちらっと見せたいたずらっぽい瞳の輝きが戻っている。「だんなさまのご命令を聞くのはとうの昔にやめましたよ。いまじゃあたしのほうが、何をしたらいいかお教えしているんです」マグズはエマの手をぽんぽんと軽くたたいた。「心配はいりません。必要なものは何もかもお持ちしましたから」マグズは、〝何もかも〟という言葉に特別な意味でもあるかのように繰り返した。

マグズがすり足で部屋を出ていくと、ディアハウンドもひょろりと長い脚で立ちあがってついていった。エマは扉を閉めにいった。マグズはただの変わり者なのだろうか。それとも、ほんとうは危険人物なのだろうか。

だが湯気のあがる洗面器を目にしたとたん、不安はすぐに消え去った。エマは肩の包帯がずれないように気をつけながら、寝間着を引っぱりあげて脱ぎ捨てた。タオルをお湯に浸すと、ムイラの家でジェイミーが用意してくれた浴槽に体を沈めたときのことが思い出された。いま自分が知っていることをあのとき知っていたなら、いっしょに入ろうと彼を誘っていたかもしれない。

目を閉じ、あたたかいお湯が胸の谷間をつたうのを感じながら、エマは快感のため息を漏らした。あの浴槽でジェイミーと抱きあっているところを自然と想像してしまう。ふたりの体は濡れていてなめらかで……ひとつになったときにだけ訪れる完璧な喜びに向かって……激しく求めあう……。

エマはぱっと目を開いた。ジェイミーがあの扉をあけて入ってきて、わたしがどっぷり未練に浸っているのを見たら、当惑するにちがいない。もしかしたら、彼は一夜をともにしただけですっかり満足しているのかもしれない。何時間もつきっきりで看病してくれたのだって、愛情からではなく罪悪感からかもしれないのだ。

気が滅入ってくるのを感じながら、エマは体を拭き終えた。マグズが用意してくれたのは、ドレスというよりも普段着のワンピースだった。生地は紺色のウール、スカート部分は床に届く丈で、美しい釣り鐘の形をしている。古風なボディスの胸もとについた紐を結ぶのに手間取りながらそれを着こみ、ふと、この服もかつてはジェイミーの母親のものだったのかと思った。

ストッキングを手にとったとき、マグズが置いていったのは服だけではなかったことに気がついた。

リアンナ・シンクレアの箱がテーブルに載っていたのだ。まるで三十年前からそこにあったように。突然、胸がどきりとして、盗み見るように扉のほうをうかがった。ゼウスの使いとして地上におり立ったパンドラが、どんな気持ちで災いの箱をあけたか、わかるような気がした。たぶん、ジェイミーかラムジーがやってくるのを待って、正当な所有者に返すべきなのだろう。

いずれにせよ、たいしたものは入っていないような気がする。リアンナが子供のころたいせつにしていたくだらない品を、マグズがとっておいたのではないだろうか。たとえば、水彩絵の具で描いた風景画とか、押し花とか。

エマはふたにはめこまれた細密肖像画を撫で、自分の手が震えていることに気づいて驚いた。この肖像画が描かれたとき、ジェイミーの母親はすでに若い恋人に出会っていたのだろうか。少女らしい慎み深い笑みを浮かべてはいるが、わたしは知っているのよと言いたげな女の目をしている――危険だが楽しい秘密を持った女の目を。

〝だんなさまは誰にも見つからないように、深い穴を掘ってお埋めになりました……〟

マグズの言葉が耳によみがえって恐ろしくなったが、同時に、強く興味を惹きつけられた。なぜなら、エマが知りたいのはリアンナの秘密ではなく、彼女の息子の秘密だったからだ。

気がつくと、エマはふたをあけようとしていた。と、そのとき、調子外れな音が部屋に響き渡った。心をつかまずにはおかない美しい音だった。ただの箱ではなく、オルゴールだったのだ。油布が張られたその中に、黄ばんだ紙が一枚、入っていた。

エマはその紙をそっと抜き取ると、ぼろぼろになったへりを破かないように気をつけながら広げた。インクが薄れていて読みづらいので、窓辺へ持っていく。

何年ぶりかで陽光が紙に触れ、そこに書かれた文字を明るく照らした。エマは数分かけてそれを読み、やがて驚きに見開いた目をあげ、窓の向こうの、雪に覆われた岩山を見た。正気を失ったのは、マグズだけではない。なぜならエマも、自分が目にしているものが信じられなかったからだ。

「まだまだ、きみをベッドに縛りつけておくには努力が足りないようだな」

ぎょっとして振り返ると、ジェイミーが部屋の出入り口に立っていた。濃い紫と黒の格子柄のキルトに、クリーム色のリネンのシャツ――それも袖がゆったりとして、袖口にたっぷりレースがついたもの――を着こみ、正真正銘、スコットランド人の領主に見える服装をしている。エマは自分の見つけたものに気をとられていて、彼が扉をあけた音さえ耳に入らなかったのだ。

ショックのあまりまだ口がきけず、エマは紙を握って、その手を背中にまわした。テーブルの上の、ふたのあいた箱がジェイミーの目にとまらないことを祈るしかなかった。

ジェイミーは次第にいぶかしげな顔つきになり、頭をかしげた。「何をたくらんでる？」

「何も」エマはあわてて言った。「まったく何も」

「じゃあ、なぜそんなに、おもしろいほど後ろめたそうな顔をしているんだ？」ジェイミーは寛大な笑みを見せ、のんびりした足取りで近づいてきた。「なんだい、ハニー？　どうにかして祖父の銃でも手に入れたか。快方に向かいはじめたので、今度は銃を使ってここから脱出しようというわけか」

ジェイミーがじりじりと迫ってくる。エマはどぎまぎして、後ろをちらっと見た。窓から飛びおりないかぎり、彼から逃げることはできない。でも、なんとかしてはぐらかすことはできるだろう。少なくとも、ジェイミーが自分自身について信じてきたことがすべてうそだったことを話す方法を考えつくまでは。

エマはうまく紙を手の内に隠したまま、両のこぶしを腰にあてて、彼をにらみつけた。「なぜわたしが銃を使ってここから脱出しなきゃならないの？　あの谷では、あなたがなんでもいいからとにかくわたしを手放したがっていることがよくわかったというのに」

ジェイミーは足をとめ、警戒するように彼女を見た。「祖父に銃をしまって鍵をかけておくよう、言いにいったほうがよさそうだな」

「否定しなくてもいいのよ！　あなたは伯爵から、要求どおりのものを取りあげることができなかった。でも、やっぱりわたしをほっぽり出したくてうずうずしてたんだわ」ほんとうに怒りがわいてきた。ひとつひとつの言葉が自分の本心を言い表わしていることに気づき、エマは驚いた。「伯爵はただ、あなたの鼻先で少しばかりの金貨をちらつかせればよかったの。そうしたら、あなたは事実上、わたしを彼の腕の中に押し戻すような行動に出た。わたしと交換に馬をくれって要求しなかったのが不思議だわ。それか……ヒ……ヒツジをくれってね！」

ジェイミーの唇が引きつった。心の底では微笑みたくてたまらないのに、自分にはそれができないことを知っているかのようだった。「正直に言おう。きみの腕の中で一夜を過ごしてからは、おれは、どんなかわいいヒツジにも魅力を感じなくなった」

「なぜなの、ジェイミー」エマはきいた。甘い言葉ではぐらかそうったって、そうはいかない。「なぜわたしを行かせたの？」

「きみは永遠におれのものにしておける人じゃないと思ったからだ」

エマは振り返り、窓の外の壮大な眺めに向きあった。涙がこぼれそうになっているのを見られたくなかったからだ。これまで長いあいだ、しっかりしていようとしてきたが、ここ数日のできごとが一気に胸によみがえり、たったいま知った事実の衝撃とあいまって、エマは押しつぶされそうな思いを味わっていた。

ジェイミーがまた口を開き、耳もとでささやいた。「だがおれはまちがっていた」彼の力強さ、彼の体の熱さが、どんな陽光よりも深いところまで届き、エマをあたためた。「きみが撃たれる前に、自分のばかさ加減に気づいて、きみのあとを追おうとした。だから殺し屋を見たとき、すぐに反応できたんだ。なぜなら、おれは自分が――」

エマは振り向いて彼を見あげた。彼の言葉に心を奪われて、肩のこともすっかり忘れていた。それから、手にしていた紙のことも……。紙は力の抜けた指から滑り落ち、足もとの床にひらりと舞いおりた。

エマはあわててかがんで拾おうとしたが、肩に傷を負っていないジェイミーの手のほうが早かった。

「これはなんだ、エマ?」彼はきき、当惑したようにエマをちらっと見てから、背中を起こした。「きみも身代金要求の手紙を書いてたのか。とりあえずうちのじいさんは、おれのためには二シリングだって出さないだろう」

ジェイミーはすばやく紙に目を走らせてから、興味深そうにエマを見た。「教会の古い登録簿から破りとったページのようだな。いったい、どこでこれを手に入れた？」

「マグズに渡されたの」エマはしぶしぶ白状した。

「なるほど！」ジェイミーは紙に目を戻し、しようがないやつだと言いたげに首を振った。

「マグズは昔から、年とったカラスみたいに、妙なものを集めてきては、自分の部屋に飾っていた。きれいな小石や、古い硬貨や、きらきら光……」声が小さくなり、ふいに途切れたかと思うと、顔からさっと血の気が引いた。彼は衝撃のあまり輝きを失った目をあげ、エマを見た。「わからない……。これはどういう意味だ？」

エマは弱々しく微笑んでみせた。「初対面のときは、あなたをくそ野郎《バスタード》だと思ったけど、どうやらあなたは私生児《バスタード》ではなかったようね」

ジェイミーはまた紙に目を落とすと、唇を動かして、最後に書かれたふたつの署名をもう一度読んだ。

リアンナ・エリザベス・シンクレア
ゴードン・チャールズ・ヘップバーン
「びっくりしたでしょう」エマはやさしく言った。「でも、あなたのお父さまは、ただお母さまを誘惑しただけじゃなかった。結婚なさったのよ。これによれば、ご両親はあなたが生まれる何カ月も前に、ひそかにふたりだけで式を挙げていらした。つまり、あなたはシンクレア家だけの人じゃないのよ。一度もそうだったことはない。あなたはヘップバーン家の一員でもあったの。生まれたときからずっと」

ジェイミーはまた彼女を見あげた。その顔には哀れなまでの恐怖心が表われていて、滑稽なほどだった。

エマはたいへんな発見をしたことに改めて感じ入り、首を振った。「あなたはヘップバーンの孫であるだけじゃなくて、正式な跡継ぎだったの。爵位継承者というわけよ」

ジェイミーはさっと背中を向け、部屋を横切ってのしのしと歩きながら、彼の血筋をかろうじて証明する書類を握りしめ、紙くずのようにくしゃくしゃにしてしまった。

そしてもう一方の手で髪をかきむしり、また振り返ってエマと向きあった。こんなにすさまじい形相の彼を見たのははじめてだった。「ということは、ふたりがあの晩、山をおりていったのは、結婚するためじゃなかったんだな」

エマは首を横に振った。「明らかにちがうわね。きっとヘップバーンに話しにいくつもりだったのよ。ふたりがすでに結婚していること、だからもう認めるしかないってことをね。自分たちの愛と……それから息子の存在を」エマは二、三歩、前に出た。彼の額にかかる、乱れた黒い髪を後ろに撫でつけ、悩ましげに刻まれた眉間のしわにくちづけをしたいと思った。「だからといって、あなたはあなたであることに変わりないのよ、ジェイミー。ちがう人になっちゃうわけじゃない。何がそんなにこわいの？　継承権を主張すれば、この奔放な生き方をあきらめなきゃならないこと？　自由を失うこと？」

「ヘップバーンが求めるのは、魂をやつに売り渡して仕えてくれる者だけだ」ジェイミーは紙を持った手を彼女に向かって振ってみせた。「きみだってよくわかっているはずだ。あの老いぼれがこんなものを認めるはずがない。こいつはいったい、どこから出てきたんだ？」

エマは目を伏せた。「言ったでしょう。マグズに渡されたのよ」

「マグズはどこで手に入れた？」

ずたずたになった彼の心が、これ以上の衝撃にどこまで耐えられるかわからなかったが、エマはしかたなく、まだ箱が置いてあるテーブルを目で示した。ジェイミーはテーブルに近寄って、空の箱を手にとった。錆びついたオルゴールがまたもや調子外れの音楽を奏でた。

やがてジェイミーがふたを閉め、母親の細密肖像画に対面した。その顔に表われた表情を見て、エマは胸が締めつけられそうになった。「母の顔を見たのははじめてだ」ジェイミーはつぶやいた。「想像していたよりずっときれいだ。マグズはどこでこれを見つけたんだろう」

「わたしの印象では、お母さまがマグズを信頼してあずけられたようだったわ。でも、お母さまの死後、誰かがマグズからそれを取りあげて、土に埋めて隠してしまったらしいの」

ふたりの目が合った。その瞬間、ふたりは同時に、誰がそんなことをしたのかを悟った。

「なぜだ？」ジェイミーがかすれた声で言った。「なぜじいさんがそんなことをするんだ？

おれを愛しているふりをしておきながら、なぜずっとうそをついていたんだ？」

エマは困り果てて首を振った。「わからないわ。あなたをヘップバーンに取りあげられるんじゃないかと不安だったのかもしれない。もし最初から、あなたが正式な後継者だとわかっていたら、伯爵はあなたをよこせと要求したかもしれないもの。おじいさまは箱を——真実といっしょに——埋めるしか方法はないと思われたんでしょう」

「じゃあ、埋めたままにしておいてほしかった！」エマがとめる間もなく、ジェイミーは箱を床に投げつけた。

腐りかけた木に亀裂が入って箱が大きく割れ、二重底があらわになったかと思うと、ジェイミーの足もとにネックレスがこぼれ落ちた。

28

白鑞《はくろう》の鎖に、黒ずんだゲール十字がついている。ジェイミーが膝をついて拾う前から、エマはそれがふたの細密肖像画に描かれたネックレスであることに気づいていた。

ジェイミーの母親のネックレス。

画家に肖像画を描いてもらったときに着けていたネックレスだ。彼女が死んだ夜、これは殺害者の手によってむしり取られ、消えてしまったはずだった……。

だが鎖も留め金も、少しも傷んでいない。むしり取ったのではなく、誰かがそっと亡骸《なきがら》からていねいに外したのではないだろうか。

ジェイミーの言葉を思い出した。まるでいま彼が口にしたかのように、それが部屋の中に響き渡ったような気がした。〝金銭的価値のまったくない、つまらない装身具だった……シンクレア以外の者にとってはなんの値打ちもないはずだ〟

ジェイミーがゆっくりと目をあげ、エマを見た。そのとたん、エマの心は凍りついた。さむざむとした荒れ野のような彼の瞳に表われた感情のせいではない。そこに感情がまったく表われていなかったからだ。ジェイミーは何も言わずに立ちあがると、握りしめたこぶしからネックレスをぶら下げ、部屋を出ていった。

エマは空っぽの出入り口をぼう然と見つめて、貴重な数秒を無駄にした。だがすぐにあとを追って駆けだした。この次に起きる殺人は、わたしにはとめられないかもしれない。


肩がずきずきと痛み、塔の中心部へとおりていく狭い螺旋《らせん》階段では思うように足を運べなかった。ようやくたどり着いた部屋は長方形をしており、天井が高かった。かつてはこの城塞の広間だったのだろう。部屋の奥の大きなオーク材の扉が開いたままになっていた。

エマはもう手遅れかもしれないと思いながら、広間を突っ切っていった。ジェイミーのほうが先に祖父のもとへ行っていたとしたら、わたしは永遠に彼を取り戻せないかもしれない。いいえ、わたしだけじゃなく、ジェイミーもまた……。

突然、暗がりから明るい太陽のもとへ出て、エマはまばたきをした。目が慣れてくると、ジェイミーが城塞の東側にある小さな丘のてっぺんに向かってずんずんとのぼっていくのが見えた。名を呼んでみたが、彼の姿勢にも足取りにも変化はない。

エマはドレスをつまんで裾をたくしあげ、急いであとを追った。丘の頂上に着くと、下の斜面にラムジー・シンクレアがいた。たてがみのような白い髪を風になびかせながら、重そうな鉄の鋤《すき》を使って、石ころだらけの土を耕している。

鋤は武器として使われる恐れがある。そう思って、エマは足を速めた。

「また秘密を隠そうってのか、じいさん？　まさか、ほんものの死体を埋めようとしてるんじゃないだろうな？」ジェイミーは祖父の前に突っ立ち、こぶしを振りあげて、変色したネックレスを彼の鼻先にぶら下げてみせた。

ラムジー・シンクレアは驚いたふうもなく、ただあきらめたような顔をしていた。この日が来るのを二十七年ものあいだ待っていたのかもしれない。いまようやくそのときを迎え、むしろ安堵しているようにも見えた。

「ジェイミー、お願い」エマは数フィート手前で立ち止まり、やさしく声をかけた。

彼は一瞬、祖父から目を離し、エマに向かって指を突き出した。「よけいな口出しはしないでもらおう。それから、気絶するんじゃないぞ。倒れかけても、おれは受けとめてやれないからな！」

エマは黙りこんだ。ジェイミーはあんなふうに警告したけれど、いまこの瞬間に彼女がよろめけば、きっと地面に倒れる前に抱きとめてくれるにちがいない。

ほっとしたことに、ラムジーは庭の端にある大きな丸い岩のところへ行って、そこにどさりと腰をおろし、重い鋤をそばの地面に寝かせた。ジェイミーの侮蔑の重みに、肩をすぼめたその姿は、年齢相応の老人らしく見えた。

「おまえも知ってのとおり、わしはおまえの母親をたいそうかわいがっていた」彼は陽光に目をすがめながら、ジェイミーを見あげた。「おまえのばあさんが熱病で亡くなったあとは、わしにはあの子しかいなかったんだ。リアンナがあのろくでなしと駆け落ちしたときには、胸がつぶれるような思いを味わった」ラムジーは悲しみに、ごつごつした顔をしわくちゃにして、首を振った。「何カ月もかけてさがしたが、見つからなかった。もしマグズがどうにかして便りをよこし、赤ん坊が生まれたと知らせてこなかったら、ふたりが見つけてほしいと思うまで、消息がわからなかっただろう。だがわしが小作人小屋に駆けつけたときには遅すぎた。ふたりはいなくなっていた」

「だからさがし出してつかまえたのか」ジェイミーのにべもない言葉は、質問ではなかった。

ラムジーの目に怒りが燃え立ち、不気味なまでに孫とそっくりの表情が浮かんだ。「娘を育てたことのないおまえに何がわかる？　わしのリアンナはいつもいい子だった。だがあの若造は、ヘップバーンの血筋らしい強欲な卑劣漢だった。ヘップバーン氏族の連中はどんな犠牲を払ってもほしいものを手に入れてきた。やつらが森の中で出会った罪もない若い娘を餌食にしたのは、あれがはじめてじゃない。おまえのばあさんだって――わしのだいじなアリッサも――」ラムジーは怒りとつらい記憶に声を詰まらせ、先が続けられなくなった。

エマはつかの間目を閉じた。憎しみという遺産がどのようにして代々受け継がれてきたのかが、はっきりと理解できた。

「わしにはわかっている。あの若造がわしのリアンナを誘惑したんだ。手込めにしおったのだろう。自分の情婦にしおったのだ」

「情婦なんかじゃない！」ジェイミーがとどろくような声で言った。「れっきとした妻だったんだ！」

ラムジーは、震える手の甲を口にあてた。「あのときは知らなかった。ふたりが死んだあと、若造の上着のポケットにあの結婚登録簿の切り抜きが入っているのを見つけて、はじめて知ったんだ。だがそのときはもう遅すぎた」声が出なくなり、苦しげなささやきに変わった。「遅すぎたんだ。われわれみんなにとって」

この人はどうやってこれだけの重荷を何年も何年も背負ってこられたのだろう。じつはなんの咎《とが》もなかった娘夫婦を手にかけてしまったと知りながら。みずから犯した罪の重さに耐えかねて、ついに心臓に不調をきたしたのだとしたら、それは無理もないことだ。

ラムジーは懇願するような目で孫を見た。「おまえの母親を傷つけるつもりはなかった。ほんとうだ！　ただ連れ戻したかっただけだ。あの谷でふたりに追いついたとき、わしは銃を抜いた。そうすれば若造がおびえて、おとなしく娘をあきらめるかもしれんと思ったんだ。だがやつはこうわめきおった。リアンナは、シンクレアのもとで生涯を過ごすにはもったいないほどのすばらしい女性だとな。いまや彼女はおれのものだ、絶対に放さない、と。そのとたん、頭にかーっと血がのぼって、激しい耳鳴りがして、何も聞こえなくなった。わしは銃をあげて若造の心臓に狙いを定めた。引き金を引いたちょうどそのときだった。リアンナがやつの前に飛び出したんだ」

　ジェイミーがネックレスを握った手を唇に押しあてた。ラムジーはさらに先を続けた。

「あのときのリアンナの目は一生忘れない。そこには、驚きと、裏切られた悲しみがあった。何よりこたえたのは――生涯最後の貴重な瞬間だというのに――哀れみがあったことだ」

　ラムジーは、すでに自分には孫の哀れみを期待する資格はないと思っているかのように、うなだれた。「若造は、倒れたリアンナを抱きとめ、腕にかかえて体を前後に揺らしながら、赤子のように泣いた。わしは自分のしたことが信じられなかった。だがそのときは、もしこの若造さえいなければ、ヘップバーンの一族が何百年にもわたってシンクレアを苦しめてこなければ、かわいい娘は死なずにすんだとしか考えられなかった。だからわしは若造のそばまで歩いていって、やつの眉間に銃口をあてた。やつは抵抗さえしなかった。ただわしを見あげた。引き金を引いてみろと――いや引いてくれと――言わんばかりにな」

「だからそのとおりにしたのか」ジェイミーが冷ややかに言った。

「ああ。ふたりはその場に横たわっていた。抱きあったまま、事切れていた」ラムジーの顎がこわばった。「やつがまだ娘に触れていると思っただけで、がまんがならなかった。死んでもまだ、この女はおれのものだと言おうとしているようでな。だからわしはふたりを引き離した。二度とわしの娘に手を触れられないようにした。それから、自分のこめかみに銃をあてた。だがそのとき、聞こえたんだ」

「何が？」エマは小声できいた。ふたりとも、彼女がそばにいることをすっかり忘れていることがわかっていたからだ。

「何が聞こえたんです？」

遠い昔のその瞬間に立ち戻ったかのように、ラムジーは首をかしげた。「ハトが鳴いたようなわしは茂みのほうへ歩いていった。すると、そこにおまえがいたんだ。ふたりは、わしの馬が近づいてきたのを聞いて、おまえを隠したんだろう」

ジェイミーの顔に浮かんだ表情が、またエマの胸を締めつけた。「おれはふたりが死んだ夜にあの谷にいたのか。マグズにあずけられていたと言ったじゃないか」

ラムジーは肩をすくめた。「たくさんうそをついたんだ、もうひとつ増えたって、どうということはあるまい」彼の顔を影がよぎった。「つかの間、魔がさしてな……わしはおまえも殺してやろうと思った。ふたりが愛しあったことを示す最後の証拠を消してしまおうとしたんだ。だが手をかけようとしたそのとき、おまえは泣きもせずにわしを見あげた。まばたきもせずに。それればかりか、ちっちゃな手で力いっぱいわしの指をつかんだんだ」ラムジーはそのときの感動を思い出したのか、涙ぐみながら、ジェイミーに顔を向けた。「その瞬間わしは、おまえはふたりのものじゃないと気づいたんだ。わしのものだとな」

ジェイミーは、復讐の天使のように美しく、険しい顔で祖父を見おろしていた。ラムジーは震えなくなってきた手で涙を拭った。「わしは、あんな罪を犯した身で、生きていくつもりはなかった。だがおまえの面倒を見るのなら、生きるほかはないと思った。だからわしは、小作人小屋にいたマグズのもとへおまえを連れ帰り、あの女に堅く口止めをしてから、夜遅く、手下の者を引き連れて谷へ戻った。連中を、おまえの両――」ラムジーはごくりと唾をのんだ。「――ふたりの遺体を発見した証人に仕立てるために」

ジェイミーは、危険なまでに冷静な声で言った。「ヘップバーンに殺人の罪を着せるのはいともたやすいことだったんだろう。なにしろ、過去数百年のあいだに、この一帯で起きた不正や悪事の大半は、やつらのしわざだったからだ」

「ああ。そこだけは悔いたことがない。少なくとも、いままでは」

ラムジーがキルトのひだの陰から、銃口がラッパ形に広がった古めかしい銃を取り出し、エマは心臓がとまりそうになった。だが彼はただ台尻をジェイミーのほうに向けてさしだした。

「さあ、やれ、小僧。これを取って、わしがあのとき、意気地がなくてできなかったことをやってくれ」

ジェイミーは、エマが見たこともないような冷たい目をして、祖父の手の内にある銃を見つめていた。「あんたはいつも、真実が人を殺すこともあると言っていた。生かすこともある、ともな。あんたには、罪を犯した身で生きていってもらうことにする」

ラムジーは苦労して立ちあがり、鋤の柄にぐっと寄りかかった。「情けは無用だ！　そんなものはいらん！」

ジェイミーの唇がゆがみ、軽蔑したような笑みが浮かんだ。「情けをかける気なんぞ、これっぽっちもない。ただ、あんたの地獄行きを早めてやる必要を感じないだけだ。いずれにせよ、旅立つ日はそう遠くないんだからな」

ジェイミーは、母親のネックレスを手にぶら下げたまま、祖父に背を向けた。エマのそばを通ったとき、彼女はジェイミーの手をとろうとした。だが彼は、まるでエマがそこにいないかのように、素知らぬふりで歩いていった。

エマは少しためらったが、すぐにあとを追った。背後で銃声がとどろくのではないかと半ば覚悟していたが、丘の頂上で立ち止まって振り向いてみると、ラムジーはすでに鋤を手にして、石ころだらけの土を耕しはじめていた。

ふと、ジェイミーと同様、エマもこの老人を憎らしいと思ったが、彼女にはわかっていた。ラムジーはただ、シンクレア氏族の者がつねにしてきたことをしているだけだった。苦難に耐えて生き延びる、ということを。

城塞のてっぺんにあるバルコニーにたどり着くと、ジェイミーはすでにそこにいて、こちらに背中を向け、木の手すりをつかんで立っていた。

陽光の中に足を踏み出した瞬間、エマは思わず息をのんだ。見渡すかぎり、ハイランドのみごとな風景が広がっていたのだ。山裾の小道や谷は、煙るような緑のベールに覆われているが、切り立った高い峰峰はまだ雪を戴いている。くねくねと山腹を駆け下る川は、雪解け水をたたえ、太陽のくちづけを受けて銀色に輝いていた。

この世のものとは思えないような雲がバルコニーのそばを流れていく。ジェイミーの祖父が、自分を強大な王国の支配者だと思いこむようになったのもわかる気がした。雲に囲まれて暮らせるのに、何を好きこのんで、麓《ふもと》の俗世の人間たちに立ちまじって生きていく必要があるだろう。息をのむばかりに美しい風景を、目がまわるような高さから眺めていれば、自分を天の支配者だと勘違いしたっておかしくはない。

だがいまのジェイミーは、どちらかといえば、審判を下された罪人が罰を受けに送りこまれる地獄の、闇天使のような顔をしていた。

「きみはこんなところにいてはいけない」彼は振り向かずに言った。「ベッドに戻れ」

「誰のベッド？」エマは静かな声できき、手すりの前に並んで立った。「あなたの？　それとも伯爵の？」

ジェイミーが振り向いた。心がどこか遠くにあるような表情を見て、エマの背筋に戦慄が走った。「きみのベッドだ。ランカシャーのきみの寝室の。窓のすぐ外にコマドリの巣があって、食堂の床板の下にネズミの一家が暮らしているというあの家の。きみはここから何千マイルも離れたところにいるべきなんだ。計略や裏切りや……死から遠く離れたところに」

「あなたからも？」

ジェイミーは、ほんの一瞬だけためらった。いや、それはエマの想像だったかもしれない。「そうだ」彼は眼下に広がるムーアと山に目を戻した。その横顔は、見知らぬ人のようにとりつく島がなく、険しかった。「おれからできるかぎり遠く離れたところに」

「わたしが行かないことに決めたら？」

「行ってもらうしかない。祖父の話を聞いただろう。おれは先祖代々、最愛のものを破壊してきた血筋の人間なんだ」

エマの胸の内に希望がわき起こり、不安を押しのけてしまった。「何が言いたいの、ジェイミー。あなたがわたしを愛してるってこと？　あの結婚登録簿の記録を見る前、あなたが言おうとしていたのはそのことなの？」

エマは彼の袖に手を触れたが、彼はさっと身を引いた。以前のジェイミーは、エマに手を触れずにはいられなかったのに、いまは触れるどころか、彼女の顔を見るのもつらいようだった。

「どういう気なの？」エマは叫んだ。次第にいらだちがつのってくる。「あの鐘楼で過ごした夜をなかったことにするつもり？」わたしが彼の下に横たわり、感動の波にのまれて震えた夜をなかったことにするわけ？　器用な指とたくましい体で、男が女に与えうる最高の──甘くて、身も心もとろけるような──喜びをわたしにくれたあのひとときを？「あなたにとって、あの夜はなんの意味もなかったって、本気でわたしに言える？」

するとジェイミーは振り向いて、エマをまっすぐに見つめた。「おれは取引の条件を満たしたさは、彼が祖父に示した軽蔑以上にエマをぞっとさせた。「おれは取引の条件を満たしたまでだ。きみを疵物にしてくれと頼まれたが、永遠の愛を誓ってほしいと言われたわけじゃない。きみがあしたの朝、旅立てるまでに回復していれば、おれはきみを連れて山をおりる。ご家族はおそらく、きみが死んだと思っておられるだろう。もはやこれまでと、スコットランドを発《た》ってしまわれる前に、きみを返さなきゃならない」

エマは首を振った。ふたりがともにしたものを、ジェイミーがあっさり捨てようとしているのを知って、めまいがした。「ヘップバーンはどうなるの？　彼はあなたのお母さまを殺さなかったかもしれないけど、わたしを殺そうとしたのよ。それに、すでに跡継ぎがいること、だからもう新しい花嫁をさがさなくてもいいんだってことを知ったら、きっと喜ぶでしょう」

ジェイミーは唇をゆがめ、冷たい笑みを浮かべた。「ヘップバーンはおれにまかせろ。あいつはもう、きみには関係ない。おれがなんとかする」

彼は振り向いて立ち去ろうとしたが、ふと、眉をひそめて自分の手を見おろした。母親のネックレスがまだ指に巻かれていることに気づいて、驚いたような顔をしている。

エマが希望に胸をときめかせたその瞬間、ジェイミーが彼女の手をとり、そのてのひらにネックレスを載せた。

それから、エマの目を見た。彼の瞳が悔いを宿して翳《かげ》っているのを見て、エマのかすかな希望が崩れ去った。「言っただろう。なんの価値もない、つまらない装身具だって」彼はやさしく彼女の指を曲げてネックレスを握らせ、背を向けた。

彼が暗い階段をおりていってしまうと、エマは手を開き、飾り気のないゲール十字を見つめた。

それは信頼の象徴だった。希望の象徴だ。

シンクレア氏族が住み慣れたふるさとを追われようとしているさなかに、城からこのネックレスをこっそり持ち出した者は知っていたにちがいない。これがのちの世代の夢をかき立ててくれるはずだ、と。最後にこれを身に着けた女性は、自分の夢をあきらめることを拒んだ。その夢をかなえるために、すすんですべてを犠牲にした。家を、父の愛を、そして自分の命さえも。

エマはネックレスを固く握りしめ、目をあげて、いつしか愛するようになった険しい岩山を見つめた。わたしはジェイミー・シンクレアに気づかせてやる。この古びたネックレスがまったく無価値ではないこと、そして、彼にはヘップバーンよりも情け容赦がなく意志の強い敵ができたことを。

29

翌朝ジェイミーが広間に向かって階段をおりていくと、思いもよらず、明るく笑うエマの声が聞こえてきた。夢でも見ているのかと思い、彼は眉根を寄せた。

だが、眠っていないのに、夢など見ているはずがない。ゆうべはエマの寝室に――そして彼女のベッドに――戻りたいのをがまんして、ひと晩中、部屋の中を行ったり来たりして過ごしたのだ。ほんの数時間前、祖父の裏切りという鉄のこぶしによって、すべての夢が握りつぶされたのに、夢など見られるわけがない。

階段の下に着くと、想像したこともない家庭的で楽しげな光景が目に飛びこんできて、ジェイミーは口をぽかんとあけた。

広間の真ん中に置かれた細長いテーブルには、清潔な布が掛かっている。そのまわりで、エマが湯気のあがるスコーンを載せた盆を手にして、いそいそと立ち働いていた。

水色のドレスのボディスから包帯がのぞいていなければ、彼女がわずか数日前に撃たれて命を落としかけたとは誰も思わないだろう。髪はふんわりと肩に垂らしているが、顔にかかる髪は後ろに撫でつけ、二本の象牙の櫛で留めている。マグズがどこかで見つけてきたのだろう。だがさらに彼の目を惹きつけたのは、エマの細い首に掛かった母親のネックレスだった。

エマはテーブルに身を乗り出し、ベンチに座ったふたりの男に焼きたてのスコーンをすすめ、魅惑的な胸のふくらみを眺めさせてやっている。男のひとりはボンだった。

もうひとりは、イアン・ヘップバーンだ。

左腕をまだ三角巾で吊っているが、傷だらけの顔はきれいに洗い、つややかな黒髪もうなじのところできちんとまとめて革紐で縛ってあり、額のV字形の生え際がくっきりとあらわになっていた。しかもこちらの勘違いでなければ、ジェイミーのシャツを着ている。

イアンはジェイミーを見ると、からかうように片方の眉をあげてみせた。「おはよう、シン。それとも、〝領主さま〟と呼んだほうがいいかい？」

ジェイミーはびっくりしてエマを見た。「こいつに、結婚登録簿のことを話したのか」

エマは肩をすくめた。「いいじゃないの。あなたが伯爵の跡取りだってことは、遅かれ早かれ、誰もが知るのよ」

「おれに異存があるうちは、だめだ」

ボンはスコーンをがぶりとかじると、なんてうまいんだと言いたげに、目を大きく見はった。「あんたは、マグズよりずっと料理がうまい。おれが婚約中じゃなかったら、さっさと独身生活に見切りをつけて、あんたに求婚するよ」

「まあ、ありがとう、ボン」エマは得意そうに答えた。「腕を認めてくれる殿方に出会えるのは、女にとってはうれしいものよ」エマはジェイミーに屈託のない笑みを向けた。「すべての腕をね」

ジェイミーは、食いしばった歯のあいだから言葉を絞り出すようにして言った。「おかしいな、ボン。おれは捕虜を解放しろと命令した覚えはないぞ」

「この人には命令なんかしなくてもすんだわよ」エマは親しみをこめてボンのとがった耳をつねった。「ただ、焼きたてのあつあつのスコーンをごちそうするって約束すればよかったの」

イアンは茶目っ気たっぷりにジェイミーを見ると、またスコーンに手を伸ばした。「ナイフでおまえの背中を刺して継承権を奪おうなんて気はないから、安心しろ。ミス・マーロウから話を聞いたときには、やはり少々当惑したよ。だがよく考えてみれば、じつにおもしろい展開だ。大伯父がどんなに腹を立てるか、想像するだけでも愉快だ」彼は片方の肩を優雅にすくめてみせた。「それに、どうせ継承権を失うなら、おまえにとられたほうがいい。どこかの赤ん坊に譲るはめになったら、ゆりかごの中で弱々しい声で泣いてるうちに、窒息死させたくなるだろうからな。これでついに、あの陰気な城と、あそこを牛耳る狭量な専制君主から自由になれるわけだ」

ジェイミーは腕組みをした。「おまえがそこまで熱心に、冷酷非情な人殺しに継承権を譲りたがるとは思いもよらなかった」

「おまえがそのことを持ち出すとはね。ぼくはここでもてなしを受けているあいだに、牢番を務めていたグレイムという若者と話をした。もちろん、グレイムとは、彼がおまえの身代金要求状を届けに城へやってきたときに一度会っていたが、そのときは社交的な訪問じゃなかったから、口をきく機会はごくかぎられていた」イアンはナイフを使って、新鮮なクリームをたっぷりスコーンに塗りつけた。「グレイムが興味深い話をして、獄中にいた長い時間を退屈せずに過ごさせてくれたんだ。極悪人の猟番と、馬に乗って霧の中から現われ、勇敢な救出劇を演じた気高い勇者の物語を聞かせてもらったよ。グレイムはそうして助けられたおかげで、幸運にも両手を失わずにすんだってね」

「まあ、ぞくぞくするような話ね！」エマは、ジェイミーがにらみつけたのを無視して、イアンの向かい側のベンチに腰をおろした。

「まったくだ」イアンは半眼にした目でとがめるようにジェイミーを見た。「ここにいる又いとこがぼくにその話をしてくれなかったのは残念だ。四年ものあいだ、ぼくは彼を憎み続けるはめになったんだからな」

「おまえがそうしたがったんだ。あの日、おまえは馬で山まで会いにきて、おれを問いただした。だがほんとうのことを話していたとしても、おまえが信じてくれたとは思えない」

イアンは鼻で笑った。「ああ、信じなかっただろう。おまえの言ったことはほとんどがうそだと、大伯父から聞かされたばかりだったからな」

喉のあたりがかっと熱くなり、ジェイミーはますます、ふてくされたい気分になってきた。

「セント・アンドルーズにいたころは、うそをついたわけじゃない。ただ、おたがいの氏族が五百年前から敵対してきたことを言わなかっただけだ。おまえはおれを憎むべきで、つねにおれの死を望むべきだってことをな」

「あの日は、死以上のことを望んだよ」イアンは言い、エマに目を移した。「大伯父は、ぼくがセント・アンドルーズで誰と親しくしているかを知ったとき、脳卒中でも起こすんじゃないかと思うほど、大笑いしたんだ。そして、きっとジェイミーもずっと陰でぼくを笑っていたにちがいない、同級生や山の荒くれ仲間に、ぼくのことを話してばかにしていたにちがいないと言ったんだよ。いくらぼくが喧嘩の仕方を教わったって、ジェイミー・シンクレアの半分ほどの男にもなれはしないってね」

「あのくそ野郎め」ジェイミーはつぶやいた。ヘップバーンがふたりの友情を決定的に引き裂こうとしたのだと思うと、改めて軽蔑の念がわいてくる。「だからあの日、おまえはおれを殺そうとしたんだな」

「いまこそ、おまえに習った技を使うときが来たと思った。二、三発は、そこそこに効いただろう?」

ジェイミーは鋭い目で彼を見た。「肋骨を二本、それに鼻の骨を折られたよ」

「それでも彼にはかなわなかった」イアンはエマに言った。「簡単にぼくを殺せたのに、こいつはそうしなかった。それでますます、ぼくは彼を憎むようになったんだ。あの日以降、ぼくらは一度も会っていなかった。彼がきみの結婚式に乗りこんでくるまではね」

「まあ、お気の毒に！　さぞおつらかったことでしょう！」エマはテーブルの向かい側に手を伸ばし、ジェイミーがぎくりとするほどやさしく、イアンの手をたたいた。

「まったくだ」ボンが手にしたナイフを振りながら言った。「生きていられて、運がよかったな」

「こいつはな、おれの肋骨を二本と、鼻の骨を折ったんだぞ」ジェイミーはもう一度言った。だが誰も注意を払っていないようだった。かわいそうなイアンの苦境に対する同情の言葉をかけるのに夢中で、それどころではないらしい。「胸を打つ話を聞いてみんなで痛みを分かちあったところで、誰か教えてくれ。いったい、ここで何が起きてるんだ？」

　ボンとイアンはスコーンに関心を戻したが、エマは立ちあがってテーブルをまわってくると、ジェイミーの前に立った。「わたし、ヘップバーンに復讐しようと思うの。それで、みんなで作戦を練っているのよ」

「きみが復讐するのか」

「ええ、そうよ」エマは顎をつんとあげた。はじめて彼に立ち向かってきたときと同じように、挑戦的で堂々として見えた。「復讐してもいいのは、シンクレア氏族だけだとでも思ってるの？　今回、ヘップバーンが殺そうとしたのは、あなたじゃなくてわたしだったのよ。わたしだって、あのしなびたヒキガエルが足もとを這いずりまわるのを見たいわ。その満足感を味わっちゃいけないって言う権利があなたにあるわけ？」

「言っただろう。ヘップバーンはおれがなんとかするって」

「あなたになんとかしてもらう必要はないわ。ついでに言っておくと、わたしのことだって、どうにもしてもらわなくていいの」エマは彼に詰め寄った。あまりに近づいたので、ジェイミーは、男心をくすぐらずにはおかない彼女の肌のにおいを嗅ぎ取った。その肌の感触がまざまざと指先によみがえる。「わたしは生まれてこのかた、ただの一度も、何かを勝ち取るために闘ったことがないの。そろそろ、そういうことをはじめてもいい時機じゃないかしら」

彼女の表情の何かが、それは単にヘップバーンを倒す以上のことを指しているのだと警告していた。わたしはあなたが思っている以上に手強《てごわ》い敵かもしれないわよ、と……。

ジェイミーはイアンを見た。「そしておまえは、おれたちと運命をともにする気でいるのか？　氏族の仇敵《きゅうてき》と？」

イアンは立ちあがり、あざけるような笑みを浮かべた。「いいじゃないか。ぼくと大伯父とのあいだに愛情がないことははっきりしているんだから、それが失われることもない。大伯父には、あの襲撃でぼくが無事だったかどうかさえ、どうでもよかったんだ。それに、忘れてもらっちゃ困る。いまやぼくはおまえの家族なんだ」

「イアンがおまえの家族なら」ボンが席を立って、イアンの背中をたたいた。「おれの家族でもある！」

ジェイミーは射るような目でエマを見たが、ついに好奇心が警戒心に勝ってしまった。「言ってみろ。どうやって伯爵を打ち負かすつもりだ？　ミス・エマリーン・マーロウを怒らせた日のことをどうやって後悔させる気だ？」

エマはほかのふたりと目を見交わしてから、ジェイミーに明るい笑みを投げた。「方法はひとつしかないわ。彼と結婚するの」

30

サイラス・ドケットは、主人の骨ばった手で横っ面を張られても、眉ひとつ動かさなかった。あばただらけの頬に手形がくっきりと残ったが、それ相応の待遇を受けているので、少々の虐待はがまんできる。伯爵の使用人という仕事は、悪臭のするテムズ川の汚泥から、ふくれあがった死体を釣りあげる作業を――金歯一本、印章付きの指輪のひとつも見つかる望みさえ薄いのに――何時間も続ける仕事に比べたら、はるかにましだった。

「このたわけ！」伯爵は吐き捨てるように言った。「よくものこのこ這い戻ってこられたものだ！　まだ花嫁が見つからないとだけ、報告しにきたのか！　煙のように消えてしまうわけがあるまい！」

「この一週間、みなで手分けして、あの谷のまわりの山をしらみつぶしにさがしやしたがね、領主さま。どこにも見つかりませんでした。甥御さまの手がかりもまったく」

伯爵は手を振って、その言葉をはねつけた。「まぬけな又甥のことなど、毛ほども気にかけてはおらん。あの運の悪い大ばか者が、あそこまで判断力がないとは思いもよらなかった。

襲撃がはじまっても、身を隠しもしなかったとはな。シンクレアにつかまったか、腹に弾を食らったとしたら、当然の報いだ。わたしが必要なのは、あの小娘だ。どうあっても、あの小娘を取り返さねばならん！」

ドケットは、両手で帽子を丸め、もじゃもじゃの髪に覆われた頭を振った。「さっきから申しあげてるとおりでさ、領主さま。あっしは、お嬢さまが倒れるのを見たんです。射撃の腕には自信があります。あの距離で狙いを外すなんてことはねえし、お嬢さまが死なずにすんだとも思えねえです」

「では、あの娘が見つかるまで、さがすんだ。すぐにうちの者を連れて山へ戻り、捜索を続けろ」伯爵は自分よりずっと大柄な男の、安物のウールの上着の襟をつかんで揺さぶり、唾を飛ばしながらまくしたてた。「英国軍の出動を要請して、ジェイミー・シンクレアを縛り首にし、あの氏族を抹殺してもらうには、死体が必要なんだ！」

「領主さま！　噴水のそばにおられるのは、領主さまですか」

マーロウ夫人の声を耳にして、伯爵はぶるっと身震いをした。マーロウ夫人と残った娘たちはこの一週間を泣き暮らし、ハンカチを顔にあてては、肺病にかかったガチョウの群れが城に入りこんできたかと思うような、すさまじい音を立てて洟をかんでいた。

ヘップバーンがわざわざ庭の奥まった場所を選んで、ドケットと会うことにしたのは、つねに目に触れるところにいるマーロウ家の人々を避けるためだった。だがこの城にはもう、連中に邪魔をされずにすむ場所もないようだ。一日も早く、娘の死体といっしょに、やつらをここから追い出してしまいたい。そうすれば、もう二度とこの城には戻ってくるまい。

マーロウ家の人々は、シンクレアが裏切った――エマを撃ち、イアンを捕らえ、身代金を奪って逃走した――と知らされて以来、ハゲワシの群れのように城内を跳びまわっていた。エマを撃ったのはヘップバーン家の猟番であること、金貨を積んだ荷馬車は城内の馬屋に戻っており、山と積まれた干し草の下に隠してあることなど、知るよしもない。

エマの死体が見つからないままに数日が過ぎたころ、ヘップバーンは彼らに、イングランドへ戻ってはどうかと、やんわりすすめてみた。何かわかったらすぐに知らせるから、と。だが一家は、まだエマが生きている望みもあるのに、見捨てて帰ることなどできませんと言って断わったのだった。

彼らが一家全員で襲いかからんばかりにして近づいてくるのを見たとたん、ヘップバーンは、思わずドケットの肉付きのよい肩の後ろに隠れて、こいつらを撃ち殺せと命じたくなってしまった。

見るからにしょぼくれた一行を率いているのは、マーロウだった。彼のすぐ後ろには妻が控え、あとからついてくる娘たちは、すでにそばかすだらけの肌を午後の日差しから守ろうと、日傘を手にしている。泣いてばかりいるものだから、目も鼻も真っ赤に腫れて、もはや魅力的とは言いがたいありさまになっていた。

伯爵は、同情にあふれた笑みに見えることを願いながら唇を引きつらせ、敷石道で彼らを迎えた。「いたらぬ主人で申しわけありませんな。こうして陽が傾いてくると、ちょくちょく庭の散策を楽しむのですよ。痛む心には、孤独が何よりの薬となります」

彼らはヘップバーンの当てこすりに気づくどころか、言葉の意味さえわからぬようすで、ぼうっとまばたきをしただけだった。

マーロウが落ち着かないようすで咳払いをした。ヘップバーンは彼を見て、ここ数カ月ほど悩まされている目のかすみが急に悪化したかと思った。考えられないことだが、誓ってもいい……なんとこの男は……しらふだ！

「妻とふたりで、いまの状況について話しあったんです。こうした問題については、伯爵のご経験に疑問をさしはさんだり、あなたさまのご判断に異を唱えたりするつもりは毛頭ありません。しかし、そろそろ正式な関係機関のご協力を仰いでエマリーンの捜索をお願いしたほうがよいのではないかと……」

ヘップバーンは笑みが薄れていくのを感じた。イングランド人が〝正式な〟という言葉を使ったら、その意味はひとつしかない。べつのイングランド人を指すのだ。

「ご安心ください、必ず正式な関係機関に連絡をとるつもりです。しかしいまはまだ、そうした支援を求めるには、時期尚早かと思われます。ああした機関はたいてい、容疑者にしかと裁きを受けさせられる時機にいたるまでは、かかわりたがらないものです」

「でも、エマをさがし出すのに必要な人手を貸してくれるんじゃないでしょうか」母親がおずおずと意見を述べた。「エマを迎えにいった者たちの証言のほかには、あの子が致命傷を負ったという証拠がありませんし……。エマはまだ、どこかで生きていて、わたしたちが助けにいくのを待っているかもしれません」

ヘップバーンは、手袋をはめたマーロウ夫人の両手を自分の手でやさしく包んでから、まるで父親が娘にするように、慈愛をこめてぽんぽんとたたいた。「わたしとて、同じように希望を持てればどんなによいかと思います。しかし、そうした現実味に乏しい筋書きをあなたに書かせておくのは酷というものでしょう。ここにいるうちのドケットが、あの品性下劣なシンクレアにお嬢さまが撃たれて倒れるところを見ております。そのあとに混乱が起きなければ、あの無法者どもに運び去られる前に、このドケットがお嬢さまのご遺体を取り戻していたことでしょう。ご心配にはおよびません。それが――いや、お嬢さまが――見つかるまで、うちの者に捜索を続けさせます」

マーロウは、妻と目を見交わし、落としていた肩をゆっくりとそびやかした。「みなさんのご尽力はありがたいのですが、わたしたちはもはや、それだけでは満足できないのです。なんとしても当局に届け出ていただくよう、伏してお願い申しあげます」

「さいわい、その必要はなさそうですよ」

耳に心地よい声が響き渡り、みんながいっせいに振り向くと、庭と教会の敷地を隔てる、凝った渦巻き装飾の施されたアーチ形の鉄製の蔓垣の下に、イアンが立っていた。片方の頬には黄ばんだあざがあり、左腕は三角巾で吊るされているが、ここを出ていったときよりもずっと背が高く、背筋がぴんと伸びているように見えた。

そのそばにエマリーン・マーロウが姿を見せ、ヘップバーンの喉から、くぐもったあえぎが漏れた。

エマはまぶしいほどの笑みを浮かべ、伯爵のもとへ飛んでいった。そして、彼を押し倒さんばかりにして、両手を首にまわした。「ダーリン！　やっと戻ってまいりましたわ！」

31

エマの熱烈すぎる抱擁を受けて、か細い伯爵の体がよろめいた。「ああ、あなた……」エマは甘い声で言い、身震いをこらえながら上体をかがめ、ヘップバーンのかさかさに乾燥した頬に自分の頬を押しつけた。「またあなたの腕の中に戻ってこられたなんて、こんなにうれしいことはありません！　もう二度とお会いできないんじゃないかと思って、想像を絶するほどの悲嘆にくれておりました」

ヘップバーンはエマに抱かれたまま、ミイラのようにこちこちに身を硬くして立っていた。気まずい時間が流れたが、やがて骨ばった手でエマの背を弱々しく一度だけたたいた。「そうか、よく戻ってきた。ちょうどいまご家族にお話ししていたところだよ。きみが帰ってこないものとあきらめるのはまだ早すぎるとね」

「エマ！」母親がすすり泣きながら駆け寄ってきて、エマを伯爵の腕からもぎとるようにして抱きしめた。

治りかけの肩が痛んで激しく抗議したが、抱きあう相手が伯爵から母親に代わったことは、無上の喜びだった。おなじみのパウダーとラベンダー水の香りに包まれたとたん、ほんものの涙が目にあふれ、また幼いころに戻ったような気持ちになった。母には、わたしがもう女になったことは知りようがない。ジェイミー・シンクレアともその点については入念に打ち合わせをしてきた。

母は腕を伸ばしてエマの体を少し離してから、涙に濡れた目でまじまじと娘を見た。「まあ、その哀れな髪！　ここまでひどくなったことはなかったわね。肌は？　ちゃんと日傘をさして守っていた？　なかったの？　ええ、そうでしょうとも。産みたての赤玉卵の殻よりたくさんしみができてますからね。伯爵家の召使いに頼んで、すぐ村でガウランドの美白ローションを買ってきてもらいましょう。それから、あなた、ずいぶん痩せたわ。もう少し肉付きをよくしないと、どんな殿方にも望まれないわよ」

エマは、ひそかに微笑みたくなるのを抑えなければならなかった。ジェイミーがこの世でいちばんたいせつな宝物に触れるようにして、彼女の乳房をそっとあの手で包んだときのことを思い出したからだ。

母の目がエマの顔へと戻ると同時に、そのふっくらとした下唇がまたもや震えだした。「ああ、わたしのだいじなエマ！」涙を新たにしながら、母は叫んだ。「こんなに美しいあなたを見たのははじめてよ！」

またもやひしと抱きしめられたとき、エマは誰かに髪を撫でられていることに気がついた。

目をあけてみると、父がそばに立っていた。最近の酒量がうかがえるような顔をしているが、瞳は澄んでいて、手も震えていなかった。

「おかえり、エマ」父は恥ずかしそうに微笑んだ。「よかった……ほんとうによかった……」

とたんに妹たちが飛びついてきて、カササギのようにしゃべりはじめ、大混乱が数分続いた。

「あんな悪党の囚われ人になるって、どうだったの？」エドウィナがきいた。

「縛られて、おれの意のままになれって言われた？」エルバータは母親がショックに息をのんだのを無視して尋ねた。

「何度も？」アーネスタインが期待をこめて付け加える。

「ほんとうのことを言うと、シンクレアはわたしにはまったく興味を示さなかったの」エマはうそをついたが、一気に思い出がよみがえって苦しくなった。月夜の断崖ではじめてジェイミーのキスを受けたときのこと。雪の降りしきるなかを、彼に抱かれてムイラの家に向かったときのこと。彼のまつげにかかった雪のかけらが、ダイヤモンドのように輝いたこと。ジェイミーが熱い思いを隠しきれなくなり、全裸でエマの前にひざまずいたときのこと。

「わたしなんか、金貨の詰まった袋にしか見えなかったんでしょう。伯爵から身代金をせしめることばかり考えていたんだから」

三人の妹たちは、情けないほど、がっかりした表情を見せた。

「刃向かったら、手込めにするぞって脅すくらいのことはしたんじゃないの？」エルバータが大胆にもそうきいてきた。

エマはため息をついた。「いいえ、残念ながら。わたしはほとんど木に縛りつけられていて、シンクレアと無法者の手下たちがウイスキーをがぶがぶ飲んでは、わたしのお婿さんをだしにして下品な冗談を言っているのを見ていただけ」

伯爵が陶製の入れ歯で歯ぎしりをした。

「みんな、実際に体調がおかしくなるほど心配していたんだよ」父が言った。「先週、身代金引き渡しの最中におまえが撃たれたとの知らせが届いたばかりだ。伯爵はそれ以後、おおぜいの人を使って、山腹をくまなく捜索してこられた。いったい、どうやって逃げ戻ってこられたのだね？」

伯爵は、いまにも具合が悪くなりそうだといわんばかりに、息を吸いこんだ。「そのとおりだ。どんな経緯で、あの悪漢どもの手から逃げおおせたのか、聞かせていただきたいものだ」

「何もかも、こちらにおられる勇敢なイアン・ヘップバーンさまのおかげですわ！」エマは背後にいたイアンの腕をとると、喜びにわく小さな輪に彼を引き入れた。「このかたの驚くばかりの反射神経とみごとな機転に救われたのです」

アーネスタインがイアンのもう一方の腕に手をかけ、人に甘えるウサギのように、まばたきをして彼を見あげた。「わたしは少しも驚かないわ。はじめてお会いしたときから、ヘップバーンさまが勇敢なかただということはわかっていましたから」

「それは買いかぶりですよ」イアンは歯を食いしばって吐き出すように言った。腕を振りほどこうとしたが、アーネスタインは爪を立てて、放すまいとする。

「シンクレアがあさましいたくらみをいだいているとしても、どうということはありませんでした」エマは言った。「さいわい、弾はわたしの肩をかすっただけですから」

伯爵は、殺してやると言いたげな目で、帽子を手にして自分の後ろに立っている筋骨たくましい男をちらっと見た。その男は、喉の奥でうなるような音を立てた。

「イアンはわたしが倒れるのを見て、銃撃戦がはじまるとすぐ安全なところへ運んでくださいました。そして、無事に山をおりられると判断がつくまで、かくまってくださったんです」エマは、好意をこめてイアンの腕をぎゅっとつかんだ。「ヘップバーンさまのような紳士が、あのように険しい山中で生き延びる才能をお持ちだなんて、誰が想像できたでしょう」

「又甥が多才な男であることは、わたしもたびたび口にしてきたよ」伯爵はイアンと目を合わさないようにしながらつぶやいた。

イアンのことはアーネスタインにまかせ、エマは伯爵のそばへ戻った。鼻ごしに彼に微笑みかけ、わざと慎重さを強調してみせた。「冒険を続けているあいだは、あなたのもとへ帰り着き、正当な妻となることだけを考えておりました」

「婚礼は、きみが完全に回復するまで延期するほかはなさそうだね。怪我の程度を完璧に見定めるためにも、医師に詳しい診察をさせようと思っている」

伯爵の笑みにはあたたかみがあったが、その瞳に宿った冷たい光が、肩以外の部分も指していることを告げていた。

「いいえ、その必要はありません」エマは快活に答えた。「ほんのかすり傷ですから。あしたにはもう、何にも――そして誰にも――邪魔されずに、祭壇の前で結婚の誓いを立てることができるでしょう」

伯爵はエマの片方の手をとり、それを氷のように冷たい唇へと持っていった。「おかえり、いとしい人」と、硬い口調で言い、正式なおじぎをした。「結婚式をおおいに楽しみにしているよ」

「わたしも楽しみにしております」エマは応じて、スカートを広げ、深くひざを曲げて頭を下げた。「心から」

その夜、イアンが客間の暖炉の前で革張りのソファにくつろぎ、ブランデーの入ったゴブレットを片手に、吸いたくてたまらなかった葉巻を楽しんでいると、部屋の入り口に従僕が姿を見せた。

「だんなさまがお目にかかりたいと仰せです」

イアンは、ジェイミーに閉じこめられていた粗末な独房へ戻りたい気分になって、ため息をついた。少なくともあそこでは、見えない鎖につながれながら自由であるふりをしなくてよかった。彼は葉巻を消したが、酒のほうはひと口でがぶりと飲みほし、お仕着せを着た従僕について、大伯父の書斎へ向かった。

伯爵は、今度は北側の大きな窓の前に立って山を眺めておらず、机の上にかがみこんでいた。その姿は、まるで老いて衰えたクモが、火明かりを浴びてぴくぴくと動いているようだった。もう自分はこのじいさんの糸に絡めとられる心配をしなくてもよいのだと思うと、イアンは不思議に気分が落ち着いてくるのを感じた。

従僕が部屋を出て扉を閉め、ふたりきりになると、伯爵は机の反対側の椅子を顎で指し示した。イアンはオービュソン織の絨毯の上を進んで椅子に腰をおろし、つややかな黒いヘシアンブーツをはいた足の片方を、もう一方の膝の上に乗せた。

いつものように、伯爵は、儀礼的な言葉を交わして時間や呼気を無駄にすることはなかった。「おまえに頼みがある」

イアンは驚いて片方の眉を吊りあげた。この男が彼の後見人となって何年にもなるが、何かを頼まれたことなど、一度もなかった。それどころか、イアンを邪魔者扱いして遠ざけておき、できるだけ長いあいだ彼の存在を忘れていられるようにしてきたのだ。

「どういったことでしょう」

「もっと早く頼めばよかったのだが、ひとりでに解決するかもしれんと思っておったのだ。とくに、新しい可能性が開けてからはな。だが残念ながら、まわりにいる者が揃いも揃ってあきれるほどの能なしだったせいで、またとない好機を逃してしまった」

これほどの説得力をもって、自分の花嫁の殺害計画を〝またとない好機〟と言ってのけられる者は、ほかにはいないだろう。

伯爵は机の上の革製のインク吸取板から、象牙の柄のついたペーパーナイフを取りあげると、それを手の内でひっくり返し、銀の刃を指で撫でた。適切な言葉をさがしあぐねているようだ。「言いづらいことだが……男が歳をとれば、ある種の……衰えが進んでくるものだ。まったく昔どおりのままでいることはできない」

イアンは、はからずも興味を惹かれ、椅子にかけたまま前に身を乗り出した。彼の知るかぎり、大伯父が自分の健康や性格になんらかの問題があると認めたのは、これがはじめてだ。それに、大伯父はつねに狭量な暴君にすぎず、それ以下であったことは一度もない。

「おまえも気づいているかもしれないが、わたしと花嫁は、いささか歳が離れておる」

「まったく気に留めていなかったわけではありませんよ」イアンは冷ややかに言った。

「花嫁は若くて、いくらでも子を産めそうだが、わたしのほうは残念ながら、この歳だ。欲望はあっても、もはや跡取りを孕ませる能力はない。そこで、おまえの出番が来る」伯爵は咳払いをして、ためらいを見せた。このように微妙な問題をイアンに打ち明けるのに、どれほどの決心がいったかがうかがえる。「わたしは、結婚初夜にはおまえを新妻の寝室に行かせようと思っていた。その後も毎晩、わたしの跡取りの体にヘップバーン家の血が流れることが確信できるまで――」

イアンは血が凍りつくような気がした。「ちょっと確認させてください。あした伯父上はミス・マーロウと結婚なさるが、新妻のベッドへはぼくが行くのですか。彼女を妊娠させたことがはっきりするまで、毎晩？」

伯爵は不快そうに鼻をふくらませた。「そんなにあからさまに言う必要はない。われわれは紳士なのだからな。だが、そうだ。わたしが頼んでいるのは、そういうことだ。ミス・マーロウはどういうわけか、おまえに好意を持つようになったとみえる。さほどいやがりはせんだろう」伯爵は肩をすくめた。「だが抵抗した場合も、うまく協力させる方法はいくらでもある。信頼のおける従僕に命じて手伝わせてもいい。アヘンチンキを飲ませて感覚を鈍らせ、頭を混乱させるという手もあるぞ」

「そうですね。アヘンチンキを十分に飲ませれば、きっとぼくを伯父上とまちがえることでしょう」

皮肉には耳を貸さず、伯爵は喉を鳴らして笑った。「あれは美女ではないが、それなりに魅力的な娘ではある。おまえも義務がさほど負担にはならないはずだ。もちろん、赤ん坊が生まれたあかつきには、もう一度、おまえの協力を仰ぐことになるだろう。わたしほどの歳になれば、跡継ぎだけではなく、いわば〝補欠〟も用意しておくのが筋というものだからな」

イアンは、大伯父のあまりの悪辣ぶりに言葉を失い、椅子に背中をあずけた。この男はクモのような姑息《こそく》な悪党ではない。常識外れの極悪人だ。自分の生殖能力や跡継ぎの血統に疑問を持たれないようにしたいがために、又甥に妻を強姦させせたがるなんて……。

「もちろん、おまえに遺産を相続させるわけにはいかないが、そうした協力と機密保持に見合う報酬はたんまり払うつもりだ。エディンバラ郊外のあの地所なら、おまえも気に入るんじゃないかと思っておる。十分な年収を保証してやれば、おまえも身を落ち着けて、よき妻を迎え、自分の子も何人か持てるだろう」

エマは、たとえ伯爵の跡継ぎと〝補欠〟を産んでも、やはり消耗品として扱われるのだろう。十分な年収もエディンバラ郊外の地所も与えられないのだ。アヘンチンキを過剰に飲まされたあげく、聖堂の墓地に眠る伯爵の前妻たちのかたわらの、石の冷たいベッドに横たわるはめになるかもしれない。

もしジェイミーがここにいて、この衝撃的な申し入れを聞いていたら、伯爵はいまごろはもう、その細い喉にペーパーナイフを突き立てられて、机の奥に座っていたにちがいない。

伯爵が顔をしかめてイアンを見た。「何をにやにやしておるのだ?」

「ただ、これはいままで言いつけられた仕事のなかで、もっとも楽しいものになるだろうと思っていただけです」

伯爵は満足げにうなずいた。「引き受けてくれると思っていたよ。おまえとわたしには相違もあるが、時折、じつによく似ていると思うこともある」

イアンは立ちあがり、優雅なしぐさで頭を下げてみせた。「ぼくはつねに伯父上のお役に立ちたいと思っているんです」

大伯父の書斎から出て、吸いさしの葉巻と二杯目のブランデーを楽しみに客間へ戻る途中も、イアンはずっと微笑んでいた。


エマは伯爵が彼女のために用意した豪華な寝室の窓辺に立ち、北の方を眺めていた。夜空を背景に、山が力強いシルエットを描いている。その上には細い三日月がかかり、星が輝いていた。ジェイミーの存在を感じると同時に、いやおうなく、山に心を強く惹かれている自分に気づかされた。

ジェイミーたちとは、伯爵の領地に入る前に別れてこなければならなかったが、それでも、あの山のどこかに彼がいることはわかっていた。わたしを見ている。わたしを見守ってくれているのだ。

もしジェイミーの言うとおりにするなら、わたしは、彼らがヘップバーンを倒したらすぐ家族といっしょにランカシャーへ帰ることになるだろう。彼は両親と同じあやまちは犯さないと決めていた。愛のために危険を冒しても、それに見合うものは手に入らないと信じているのだ。とりわけ、すべてを危険にさらしても何も得られない可能性があるときには。

馬に乗って城塞を離れるときには、ラムジー・シンクレアがバルコニーに立って見送ってくれた。広い肩をそびやかし、忠実なディアハウンドをわきに従えていた。孫の姿を見るのはこれが最後と思っていたのだろう。ジェイミーも、祖父がそこにいるのはわかっていたはずなのに、一度も後ろを振り返らなかった。わたしのことも、あんなふうに残酷なまでにきっぱりと忘れてしまえるのだろうか。

エマは、恋人の頬に触れるようにして、ひんやりした窓ガラスにそっと指先を触れた。ひとりさびしくこのベッドで体を休めるほかはないのだ。そう思いつつ、窓辺から振り向こうとしたとき、エマは驚きに息をのんだ。後ろに立つ男の姿をはっきりと目にしたからだ。

32

エマはさっと振り返り、手を口にあてた。

大理石の暖炉の前に、黒ずくめの服を着たジェイミーが火明かりを背負うようにして立っていた。

「ここで何をしてるの？」エマは喜びに胸を弾ませ、小声できいた。「どうやって入ってきたの？」

「シンクレアの者は城を抜け出す方法を知っているのだから――」彼は真顔で答えた。「当然、忍びこむ方法だって知っている」

「地下牢のトンネルね」エマはささやいた。

「ああ」ジェイミーは自分の唇に一本の指をあてた。「これはシンクレア氏族に代々伝えられてきた秘密だ。真夜中にこの城に忍びこんで、デカルトの稀覯書《きこうしょ》を盗み出すとか、誰かの喉を掻き切るとか……あるいは、ヘップバーン家のきれいな娘を抱くとか、そういうことがしたくなったときのためにな」

その言葉を聞いて、エマの全身を期待と喜びのさざ波が駆け抜けた。エマは顎をあげ、とりすました表情をこしらえて彼を見た。「まだいたの？　わたしはあした結婚するのよ」

「そうらしいな。しなびきった好色じじいと」ジェイミーはそばまで歩いてくると、もはやきみに触れずにはいられない、というように、ほどけた巻き毛のひと房を指に絡めた。「今夜はなおさら、ほんものの男と一夜をともにすごしたいだろう」

「それは立候補？」

「ああ。だが残念ながら、おれはしがないハイランドの文なし野郎だ。宝石も毛皮も黄金もやれないぞ」

「じゃあ、何をくれる？」

「これだ」ジェイミーはささやくと、唇を重ね、ゆっくりと長いキスをした。「それから、これだ」今度はエマの腰に手をまわして引き寄せ、ぴたりと体を合わせて、気持ちの昂ぶりをあますことなく彼女の下腹につたえた。

エマはジェイミーの首に腕をまわし、彼のキスに、彼の腕に溶けこんでいった。

ジェイミーは、両親とは同じ道を歩まないと言うかもしれないが、いまはこうして、すべてを――自分の命さえ――危険にさらして、彼女に会いにきた。いっさいの計画が水の泡となり、ふたりして大きなつけを払う恐れもあるのに、エマは彼を追い返す気にはなれず、そうする意志の強さも持てなかった。

ジェイミーは唇を離さずにエマを抱きあげ、肩の傷に気をつけながら、ベッドへ運んだ。エマを寝かせて見おろすと、彼女の巻き毛が銅色の川となって、サテンの上掛けに広がった。エマはこんなに自分が美しいと思ったことはなかった。はじめて、自分は花嫁なのだという気がした。ジェイミーの母親があの人里離れた森で彼の父親とはじめて会ったときの気持ちが理解できた。なぜふたりが、たいせつにしてきたものをすべて捨てて駆け落ちしたのかもわかった。ふたりの変わらぬ強い愛が、いま火明かりを浴びてエマを見おろしているこの男を、この世に産み出したのだ。彼の瞳は欲望に翳り、この渇きを癒《いや》すためなら、心はともかく、命をかけても惜しくない、と告げていた。

エマはジェイミーの豊かな黒髪に指をさし入れ、彼の甘い唇を引き寄せると、その欲望を満足させていいのよ、わたしを満足させてと、誘うようなキスをした。

ジェイミーはいっときも無駄にせず、その誘いに応じた。彼の指がたくみに動き、たちまちネグリジェが溶けて蒸発したように消え去って、気がつくとエマは一糸まとわぬ姿で彼の下に横たわっていた。エマもぎこちない手つきで彼の服を脱がしにかかったが、ジェイミーは焦らすような愛撫と、うっとりするような深いキスを繰り返しながら、みずからの手で器用に脱いでしまった。ほどなくふたりの体は、唇と同じように熱心に、ひとつになれる瞬間をめざそうとしていた。

けれども、その瞬間が来たとエマが感じたとき、ジェイミーは火明かりの中で、下へ下へと滑りおりていった。大きな手がそっとエマの腿を押し開き、その奥に隠れていた部分を、彼の飢えた目にさらした。エマはふいに恥ずかしくなり、身をよじって逃れようとした。しかし彼はそれを許さず、やさしく、だがしっかりと彼女を押さえつけた。

そして頭を下げると、舌の先端を彼女のその部分に触れさせた。あの夜、聖堂跡で乳首に触れたときのように。

あれが至福の喜びだったとすれば、これは言葉では言い尽くせない。これまでエマが夢見たことも、想像したこともない快感だった。エマは部屋がぐらりと大きく傾いたような気がして、とにかく何かにつかまりたい一心で、両手でシーツを握りしめた。彼の舌のやさしい攻撃を受け、エマは激しく身もだえしながら、いとしい人の名を呪文《じゅもん》のように呼び続けた。

やがてエマが頂点に達しかけると、ジェイミーのほうが先にそれを察した。彼はさっと腕を伸ばして彼女の口をやんわりと手でふさぎ、声が漏れて城中の者を起こすことのないようにした。それからまた唇を合わせて、快感に酔いしれた彼女自身の蜜を味わわせてから、上体を起こし、やさしく、だが強引に、彼女の中に突き入った。エマは息をのんだ。

彼はどんなたくましい若い恋人にも、これだけの技巧とスタミナでエマの心をとらえることはできないと証明したがっているようだった。たった一夜のうちに、一生分愛そうとしているように見える。この体が生まれてきた目的はただひとつ、エマを喜ばせるためだというように。

ジェイミーは彼女に覆いかぶさり、夜盗のように背後にまわり、たっぷり時間をかけて楽しませてから、今度は自分が下になってエマを上にまたがらせ、浜に打ち寄せる波よりも力強く、規則正しいリズムで、たくましい腰を突きあげはじめた。エマがいまにもその波にのまれて、えも言われぬ快感の海に引きこまれそうになると、また彼が大きなうねりを呼んで、彼女を連れ戻す。

エマは彼の肩にしがみついていることしかできなかった。ジェイミーはゆっくりと深くリズミカルに突き入れ、何度も何度も彼女を自分のものにした。やがてついにエマは悟った。どんなに遠くへ行こうとも、自分は生涯、この人のものなのだと。いつしかエマは彼の愛撫に敏感になり、ただ指先で触れられただけで、エクスタシーに身を震わせるようになっていた。

ジェイミーのたくましい体も震えはじめた。エマは彼が身を引いて、喪失感を味わうはめになるものと思っていたが、彼は歯を食いしばってうめきながら、さらに深く入ってきた。彼が子宮の入り口で精を放ち、その瞬間、エマは背中を弓なりにそらして、全身を痙攣させた。ジェイミーのみごとな体から、一滴もあまさず快感のしずくを絞り取ろうとするように、秘密の筋肉が攣縮《れんしゅく》を繰り返した。

その甘い余韻を楽しみながら、エマはベッドの上に倒れ伏した。もう二度と身動きできないかと思うほどの、暗くて深い疲労感にとらわれていた。

「ああ、ジェイミー」エマは目を閉じたまま、ささやいた。「きっと戻ってきてくれると思

ってたわ」

「しいっ」彼は小声で言い、きみはぼくのものだと念を押すように、泣きたくなるほどのや

さしさでエマの唇にそっとくちづけをした。「おやすみ、エマ。いい夢を」

エマが次に目をあけたときには、彼の姿が消えていた。

うとうとしてしまったのだと気づき、エマはベッドに肘をついて上体を起こし、目にかか

った髪を振り払った。ジェイミーがそこにいた痕跡すらない。もしシーツにムスクのような

香りが残っておらず、腿のあいだが敏感になっていなければ、何もかも夢だったのかと思っ

たかもしれない。

エマはまたベッドにあおむけに寝て、視界をさえぎった巻き毛を吹き払い、円形装飾の施

された天井をにらみつけた。明らかにジェイミー・シンクレアには、盗みや略奪の日々は終

わったのだという自覚がない。もはや彼は、途方もない代償を支払わずに、女性の寝室に忍

びこんで関係を持ったり――そして心を盗んだり――してはならないのだ。

エマは夜空の見える窓のほうに顔を向けた。そうして月が山の向こうに沈み、結婚前夜が

結婚当日になるまでじっと北の方角を見つめていた。

翌朝、エマが寝室の化粧台の前に座り、楕円形の鏡に映った女の穏やかな表情をしげしげ

と見ていると、扉をたたく音がした。結婚式の前に少し時間をとって心を落ち着けたかったので、おしゃべりなメイドたちはすでに下がらせてあった。

「どうぞ」召使いだろうと思い、そう声をかけた。父がエマをエスコートして聖堂へ向かうために、階下《した》の客間で待っていると伝えにきたのだろう。

だが扉がそろそろと開くと、鏡には母の姿が映った。杏色《あんず》の髪に、そばかすのある頬、やさしい青い瞳。若いころのマリア・マーロウは、パステル画に描かれた乙女のように愛らしかった。だが歳月と心労のせいで、いまではスケッチ画のようになってしまった。この三年のあいだに、父が母より酒に慰めを求めるようになるにつれ、素描の輪郭線すらぼやけてきた感がある。

けれども、母の笑顔は少しもその魅力を失っていない。「すてきな花嫁さんだこと」母は言い、エマのそばへ来て頰にキスをすると、ベッドの端に腰かけた。

「ありがとう、お母さま」エマは錦織《にしきおり》張りのスツールに座ったまま、母のほうを向いた。

「けさのお父さまはどう？　お変わりない？」

ごくありふれた質問だったが、何を尋ねたのかは、ふたりともよく承知していた。

「お父さまはお元気よ。あなたがさらわれたあと、いくらかたいへんな時期があったことは確かだし、そう聞いても、あなたは驚かないでしょう。でも、あなたを永遠に失ったかもしれないと知らされてからは、一滴もお酒を飲んでいらっしゃらないの」

「なぜ？　伯爵家がお酒を切らしてしまったから？」

エマは母があわてて父をかばおうとするものと思っていたが、母はただスカートを撫でてしわを伸ばしただけだった。「けさはお父さまの話をしにきたんじゃないのよ、エマリーン。あなたに話があるの」

エマはため息をつき、顎先をこぶしにあてて身構えた。またいつものお説教か。長女としての責任、義務を果たすことのたいせつさ。そして、エマが家族のために犠牲になってくれてみんなが感謝している、というお決まりのひとことと。

「あなたがいなくなったあと、ふと思ったの。もしかしたらあなたは、そもそもなぜわたしが伯爵の求婚を受けてもらいたがったのか、わかっていなかったかもしれないって」

「いいえ、わたしは最初からわかっていたわ」エマは恨みがましい声にならないように気をつけた。「お父さまが債務者監獄に入れられないようにするため。それから、妹たちが世間並みのお嫁入り先を見つけられるようにするためでしょう」

「そういうふうに思わせてしまったかもしれないわね。でもほんとうは、わたしたちのためじゃなくて、あなた自身のために、伯爵と結婚してもらいたかったの」

エマはスツールの上で背筋を伸ばし、困惑に眉をひそめた。「ひいおじいさんと言ってもいいような歳の人と結婚して、どんな幸せが待っているというの？」

「伯爵の富とお力があれば、世間の誹謗《ひぼう》中傷からあなたを守っていただけると思ったのよ」

母は肩をすくめた。「それに、伯爵はお歳を召されているわ。そう長くはないでしょう」

エマは驚き、ふいに笑いだした。はじめて伯爵と並んで祭壇に立ったときも、まったく同じ考えがエマの頭の中を駆けめぐっていた。それを母の口から聞こうとは思いもよらなかったのだ。

「確かに、伯爵の跡継ぎを産むという、不快な任務には耐えなきゃならないわ」母は認め、顔をしかめた。「でも伯爵がお亡くなりになれば、もうあなたは誰の期待にも応えなくていいの。思いどおりに生きることができるのよ」

「わたしがほかの理由で結婚したがっていると思ったことはないの？」エマは母の座っているベッドを見ていることができず、つかの間、目を閉じた。ほんの数時間前、そこで目くるめくような喜びをジェイミーとともにしたことを思い出さずにはいられない。「愛しているからだって」

母はいつになく、断固とした目でエマをまっすぐに見つめた。「あなたには、わたしと同じあやまちを犯してほしくなかったの。あなたも知ってのとおり、わたしは愛のために結婚したわ。でも、結局はお金も愛も手に入らず、ただ後悔だけが残った」母はベッドから立ちあがり、落ち着かないようすで窓辺へ歩いていき、エマに背を向けたまま、巨大な山影を見つめた。「この一週間、お父さまとわたしは、あなたの結婚式かお葬式か、どちらに出席することになるのかわからないままに毎日を過ごしてきたの。ふたりで話をする時間が十分にあったわ。そして、あなたの気持ちを無視して伯爵との結婚を押しつけるようなことはしないって決めたの。お父さまはいま、下で待っていらっしゃるわ。伯爵のもとへ婚約を解消するとつたえにいくおつもりよ」

「じゃあ、いただいた結納金はどうするの？」エマは母の言葉に、まともに口もきけないほど驚き、そうささやいた。「お父さまが賭けでこしらえた借金を返すために、かなりの額を使ってしまったじゃないの」

母は振り向き、両手を前で組んで、エマと向きあった。「まだ使っていないお金をすぐに伯爵にお返しして、残りを一ペニー残らず返済する手立てを考えるわ。二百年守ってきた屋敷と土地を売り払ってでも。あなたの妹たちも、教区内の裕福なご家庭で働かせてもらうとまで言っているのよ。お年寄りの付き添い係や、お子さまの家庭教師としてね」

花嫁が鼻を赤くして結婚式にのぞむわけにいかないことはわかっていたが、エマはあふれる涙を抑えることができなかった。「あの子たち、そんなことまですると言ってくれたの？わたしのために？」

母はうなずくと、さっと駆け戻ってきて、エマのそばにひざまずいた。そして震える手で娘の髪を撫で、懇願するような目でエマを見た。「まだまにあうわ、エマ。こんなこと、しなくてもいいのよ」

エマは母を抱きしめると、甘い香りのする首のわきに顔をうずめた。「いいえ、お母さま」

エマは涙にくれながら微笑み、ささやいた。「わたしは結婚するわ」

聖堂の細長いアーチ窓から金色の陽光がさしこみ、幸福な日々への希望を運んでくる。座り心地のよくない木の信徒席は、城下の住人や、近隣の村からやってきた人々ではちきれんばかりだった。みんな、領主の花嫁の無事な帰還と結婚を祝うために急きょ駆り集められたのだった。

参列者の多くは、あれほどの恐ろしい体験をした若い花嫁がどんなようすか、ひと目見ようと、野次馬根性に駆られてやってきていた。冷酷非情な無法者集団の囚われ人となった彼女が、どんな屈辱的な目に遭わされたものかと、いろいろな憶測が――ぞっとするようなものもふくめて――飛び交っていた。たとえ一夜だけでも、ジェイミー・シンクレアのような若くてたくましい山賊と過ごした娘を、すすんで妻にお迎えになるのだとすれば、伯爵は思いのほか気高く、心の広いお方なのにちがいない、とささやく者もいた。

花嫁が祭壇の前に立つと、人々のささやき声はがやがやというざわめきに変わった。後ろのほうに座っていた者は、必死に首を伸ばして花嫁を見ようとした。

そこには、ジェイミー・シンクレアの馬の背に乗せられ、祭壇の前から連れ去られたときのおびえきった娘とはちがう女性がいた。背筋をぴんと伸ばし、顔をあげ、シンクレア一味のもとで何があったにせよ、そのことで引け目を感じたり恥じたりしているようすは少しも見えなかった。肌はもはや雪花石膏《せっこう》のように白くはなく、赤らんで健康的に輝いている。優雅にまとめたシニヨンからほつれた銅色の巻き毛が、そばかすの散った頰を縁取り、美しいうなじをやさしく撫でていた。唇は赤くふっくらとしていて、瞳は男心を惹きつけずにはおかないきらめきを宿している。聖堂のそこかしこで、ぽーっと見とれて口をあけた男が妻につねられていた。

エマは最前列に座る自分の家族もふくめ、多くの人の視線を集めていることを痛いほど意識しながら、ドライフラワーのヘザーの花束をきちんと持っていた。今度は手が震えたりはせず、ジェイミーの銃を握ったときのようにしっかりとしている。

誘拐されたときにウエディングドレスが台無しになってしまったので、伯爵が寛大にも、二番目か三番目の妻が着た花嫁衣装を貸そうと言ってくれたが、無惨なまでに流行遅れで傷んでいたので、エマは自分のドレスを着ることにした。真っ白なインド製モスリンの簡素な散歩着で、ウエストの位置が高く、袖口にレースがあしらわれている。

やがて花婿が信徒席の後方に姿を見せた。今度もまた、儀式用のキルトをはき、ヘップバーン氏族の長たる証の格子柄の肩掛け《プラッド》をはおっている。伯爵のたくらみが成功していれば、この晴れた春の朝、エマはウエディングドレスではなく、屍衣《しい》をまとっていたことだろう。

伯爵は弾むような足取りで通路を歩いてくる。彼の骨ばった膝がこすれあって音を立てはしまいかと思うほどだった。家族席のわきを通るときには、イアンに向かって片目をつぶってみせさえした。イアンは大伯父の挨拶に応えて、信徒席の背もたれに沿って片腕を伸ばし、謎めいた笑みを返した。

伯爵がエマのそばに立つと、牧師が『共同礼拝規定書』を開き、震える指で鼻の上の金縁眼鏡を押しあげた。明らかに、この前、三人でこの祭壇の前に立ったときのことを思い出している。

牧師が口をあけて式をはじめようとしたちょうどそのとき、聖堂の木の両開き扉が大きな音とともにさっと開いた。エマは心が昂ぶるのをおぼえた。入口にひとりの男が姿を見せ、まるで時を超えてやってきた戦士のようなシルエットが、陽光を背にして浮かびあがった。

33

「なんと……」牧師がつぶやき、その顔から一気に血の気が引いた。「またか」

牧師は、今度はジェイミーが銃を抜くまで待たなかった。すぐさま『共同礼拝規定書』を放り出し、祭壇の裏へ飛びこんだ。

ヘップバーンの客たちは、不安と期待に大きく目を瞠り、信徒席でちぢこまっている。ジェイミーが通路を歩いてくると、エマの父親は腰を浮かせたが、母親がその腕に手をかけて首を振った。ジェイミーがそばを通ったときには、妹たちは少々誇らしい気持ちになってしまった。

「何をしにきた、この生意気な小僧めが」ヘップバーンは、骨ばったこぶしを振りながら尋ねた。エマからは少しずつ離れていく。希望を見いだしたような顔は、怒りがうそであることを物語っていた。「自分がはじめたことに始末をつけにきたのか」

「そのとおりだよ、じいさん」ジェイミーは答えた。

「おまえをとめる手立てはなさそうだ」伯爵は苦しそうに長い息をついた。「おまえは、わたしの目の前で平然と花嫁を殺してみせなければ満足しないのだろう」

その目がさらに明るく輝いたかと思うと、ジェイミーの背後の入り口から、赤い上着を着た英国軍の兵士が十人ばかり、聖堂になだれこんできた。

「これはどういうことだ？　またも招かれざる客の到来か」伯爵はジェイミーに向かって勝ち誇ったように微笑んだ。「国王陛下の有能な兵士のみなさんは、おまえを追ってこられたのだろう。おまえのようなごろつきを、軍隊がいつまでも野放しにしておくはずがないからな」兵士らが通路に入ってくると、伯爵は先頭の将校に向かって言った。「わたしの花嫁を銃撃した容疑者を逮捕しにこられたのでしょうな、ローゲン大佐。みなさん、おみごとだ。どうぞ犯人を捕らえてください」

「すでに逮捕しました」将校は、細長い顔に険しい表情を浮かべて言った。

兵士らの列がふたつに割れ、歯をむいたサイラス・ドケットが前に突き出されてきた。伯爵は息をのんだ。ドケットの上着の片方の袖が肩のところから引きちぎられ、手錠をかけられたたくましい両腕は、体の前で固定されている。顎には醜いあざができ、下唇は元の二倍ほどの厚みにまで腫れあがっていた。

「わけがわからない」伯爵はしわがれ声で言った。「これはどういうことだ?」

ローゲン大佐が応じた。「目撃者が数人いて、あなたの花嫁を撃ったのはこの男だと証言しました」

「そのひとりは、おれだ」ボンが言い、ふんぞり返って通路を歩いてきた。マーロウ家の信徒席のわきを通るとき、彼はアーネスタインにいやらしい目くばせをしてみせた。アーネスタインはくすくす笑い、ほかの妹たちはあ然として息をのんだ。

「それから、ぼくだ」グレイムが加わり、これほどうれしいことはないと言いたげににやにやしながら、ボンのあとから足を引きずってついてくる。

「おれたちもだ」アンガスとマルコムが同時に大声で告げ、兵士たちを押しのけて進んできた。

「目撃者だと?」伯爵は吐き捨てるように言い、ヒツジの糞の山から這い出してきたゴキブリを見るようにして、男たちを見た。「わたしは貴族であり、この土地の領主だ。大佐はわたしの言葉より、このような……このような……ハイランドの下層民の証言を信じるとおっしゃるのか。こいつらは、性根の腐ったけがらわしいシンクレアの一味にすぎないのですぞ」

「伯父上、ローゲン大佐は、彼らの言うことは信用しないかもしれません。しかしぼくの証言に関しては、まちがいなく、しかと受けとめてくれたようですよ」イアン・ヘップバーンが席を立って前に進み出ると、みんながはっと息をのんだ。彼はエマに礼儀正しく頭を下げてから、大伯父に向かって、ゆっくりと微笑みかけた。「ミス・マーロウが撃たれた日には、ぼくもあの谷にいたのです。すでにローゲン大佐には、そこにいるドケットがミス・マーロウを銃撃した真犯人にまちがいない、と証言した書状を送りました」

「このくそ野郎め！」ドケットが叫び、鎖を引っぱった。「おまえのたまを食ってやる。いつか必ず食ってやる！」

グレイムが、自分を思うさまぶちのめした男のもとへ足を引きずっていき、目の前に顔を突き出して言った。「おれなら、その生意気な舌に気をつけるぜ。さもないと、切り取られちまうかもしれねえからな。縛り首になる前に」

ドケットの野蛮なうなり声を無視して、イアンは続けた。「その手紙には、ドケットが何年も前から大伯父に雇われていたこと、ミス・マーロウが命を落としかけた日には、大伯父の命令でのみ動いていたことも書きました」

「捕らえろ」大佐が伯爵を顎で示して、命じた。

人々が驚き、ぼう然と見守るなか、ふたりの若い兵士が前に進み出た。伯爵は早口で支離滅裂なことをまくしたてたが、ふたりはかまわず、彼の細い両手首をつかんで手錠をかけた。

わめきたてる伯爵の声が高まり、遠吠えのようになった。エマはこれっぽっちも哀れみを感じずに、伯爵が祭壇の前から引っぱられていくのを見ていた。だが兵士たちは、伯爵の四肢がどれほど細いか、考えていなかった。ジェイミーの前を通りかかったとき、伯爵はするりと手錠から手を抜いて、ジェイミーの腰ベルトから銃をもぎ取ったのだ。

伯爵はさっと振り向き、エマのドレスの真っ白なボディスにぴたりと狙いを定めた。聖堂の中に沈黙がおりた。兵士たちは後ろへ下がった。伯爵を刺激して発砲させてはならないと思ったのだ。

「このこずるい雌ギツネめ！」伯爵は吐き捨てるように言った。わななく手に握られた銃がぶるぶる震えている。「おまえは、はじめからこの不意打ちのことを知っていたんだろう」

またもやこの聖堂で銃を突きつけられたというのに、エマは奇妙に心が落ち着いているのを感じていた。「もちろん、知っていました。計画したのはわたしですから。少し助けてもらってね。あなたの又甥のイアンと、お孫さんに」

ヘップバーンの顔が、赤カブ色に染まったかと思うと、一気にナスのような紫色に変わった。「あの淫売娘《いんばい》がうちの息子をたらしこんでベッドに誘ったからといって、その卑しい小倅がわたしの孫ということにはならん！　おまえもあの女と似たり寄ったりだ。それに気づくべきだった。おまえも、はじめて言い寄ってきたさかりのついた若造に、待ってましたとばかりに脚を広げたんだろう」

エマの父親が立ちあがった。「伯爵、やめてください。もうたくさんだ！」

「そのとおりだ」ジェイミーが静かに言い、伯爵の手首をつかんで、力まかせにひねった。

銃が発射されて、窓ガラスが一枚割れ、いくつもの悲鳴が天井に響き渡った。ガラスが雨のように降ってきて、エマは両手で頭を覆ってかがみこんだ。

背中を起こすと、ジェイミーが銃を手にし、目に殺意をみなぎらせて、通路の真ん中に立っていた。伯爵が傷めた手首をつかんでゆっくり後ろへ下がろうとしている。

「何をする気なの？」エマは叫んだ。

ジェイミーは銃をあげて、片目をつぶり、長い黒っぽい銃身ごしに、伯爵の痩せた胸に照準を合わせた。「誰かがとうの昔にやるべきだったことを」

「その銃には、弾が一発しか入ってないと言ってたじゃないの」

「あれはうそだ」ジェイミーは答え、親指で撃鉄を起こした。

まだ引き金を引かないうちに、エマは「待って！」と叫んで彼の前にまわり、ふたりのあいだに割りこんだ。

ジェイミーはすぐに銃をおろした。「どいてくれ、エマ」

それを無視し、彼女は伯爵に向かってやさしく微笑みかけた。「ひとつ、言い忘れてたことがあるのよ、伯爵」

「エマリーン！」ジェイミーがうなるように言った。

「じつは……」エマは明るい声で言いながら、伯爵に近づいていった。「あなたは結婚する必要なんか、なかったのよ」

「なんの話だ？」伯爵は歯ぎしりしながらきいた。

エマは、伯爵のこめかみで脈打つ、太い紫色の血管に魅入られたように、さらに前へと歩を進めた。「あなたにはすでに跡継ぎがいるからよ。ジェイミーが生まれる前に、ご子息のゴードンとリアンナ・シンクレアは、れっきとした教会の牧師さまの前で結婚なさっていたの。わたしがそれを証明する結婚登録簿のページを持っている。リアンナは淫売なんかじゃなかったのよ、腹黒のおじいさん」エマは上体をかがめ、立ちすくんでいる伯爵の耳に、誰もが聞こえる程度に声を低くして言った。「ゴードンの妻だったのよ」

「妻だと？」ヘップバーンは苦しげに息をしながらきき返した。喉の奥で呼気がぜいぜいと音を立てている。

「どけ、エマ」ジェイミーは命令した。

エマは、もう少し時間をちょうだいと言う代わりに、指を一本立ててみせた。突然、伯爵が喉を引っ掻き、息苦しそうに、涙のたまった目を大きく見開いた。口の端からよだれが流れ出て、顎をつたった。とたんに伯爵は白目をむき、岩が落ちるようにして聖堂の床に倒れた。

エマが手を払い、満足げな笑みを浮かべると、みんなが近寄ってきてまわりを取り囲み、動かなくなった伯爵を見おろした。

だがブーツの爪先で伯爵の体をつついてみる大胆さを示したのは、ボンだけだった。「驚いたな、ジェイミー。この娘っこがじいさんを撃ち殺す手間を省いてくれたわけだ。いつもおれが言ってただろう？　こんなやつ、吹っ飛ばすのに使う火薬ほどの値打ちもないって」

「あるいは、縛り首に使う縄ほどの値打ちもな」大佐が冷ややかに付け加え、伯爵の遺体とドケットを聖堂から運び出すよう、兵士たちに合図をした。

「ちょっと待ってください」彼らが伯爵の遺体を持ちあげると、イアンが言い、大伯父の肩からヘップバーン氏族の肩掛けを無造作に引きはがした。「あっちではこれは必要ないでしょう。とてもあたたかいと聞いていますから」

兵士がヘップバーンの亡骸を運んで出ていくのを待って、イアンはその肩掛けを、まるで征服王に捧げるマントのように、ジェイミーの肩に掛けた。「おめでとう、シン！　シンクレア氏族がたった五百年で城を取り戻したことになるな。ひとつ言っておくと、いまやおまえは法律上ぼくの又いとこであり、新しいヘップバーン伯爵でもあるわけだから、ぼくとしては、おまえの莫大な財産から、気兼ねなく、絞り取れるだけのものを絞り取るつもりだよ。じつは最近、エディンバラ郊外にある小さな地所に関心があってね……」イアンはそう言いさして、ジェイミーの顔をのぞきこんだ。「どうした？　ぼくが〝領主さま〟と呼ぶのを忘れたから、もうむくれているのかい？」

ジェイミーは、赤と黒の上質ウールで仕立てられたヘップバーン氏族の肩掛けを、まるではじめて目にしたかのように撫でていた。それからおもむろに顔をあげ、信徒席を見渡した。聖堂内のすべての目が彼に注がれている。客たちは、新しい領主がヘップバーン、シンクレア両家の血を引いているという驚くべき事実を知り、それをなんとかして受けとめようとしていた。

ジェイミーは振り返ってエマを見た。その目に、動揺の色が浮かんでいる。「くそ、なんてことをしてくれたんだ？　おれはこんなことは望んでいないと言ったはずだ！」

エマは少しもひるまず、ヘップバーンに向きあったときと同じように、堂々と受けて立った。「じゃあ、あなたの望みは何？　これからも一生、あの山に隠れて過ごしたいの？　心が傷つかないよう、ありとあらゆる危険や痛みを避けて、孤独な老年を迎えたいわけ？　あなたのおじいさまのように？」エマは首を振った。「わからないの？　たいせつなのは、あなたが何を望んでいるかってことじゃない。あなたがどういう人かってこと。ご両親はヘップバーンとシンクレアの反目に終止符を打つことを望んでいらした。そして、夢にも思わなかったような成功をおさめられたの。ふたつの氏族を永遠に結ぶ絆《きずな》を産み出されたのよ。つまり、あなたを」

ジェイミーはエマの頬に手をあて、思いをこめてやさしく撫でた。その目は、すさまじいほどの悲しみに翳っていた。「すまない。だが、こんなふうに肩掛けを着せて、おれをヘップバーンと呼んでも、絆が結ばれたことにはならない。おれは、これからもずっとシンクレアだ。おれを城に閉じこめることはできない」

ジェイミーは肩掛けをとって、イアンに放り返した。エマは驚きに口もきけず、彼が背を向けて、出入り口のほうへつかつかと歩いていくのをただ見ていることしかできなかった。彼は自分の運命だけではなく、彼女の愛をも拒絶したのだ。エマは胸もとに下がった彼の母親のネックレスを握りしめ、古い十字架の重みに慰めを見いだそうとしていた。

「あなたの考えはわかってる」エマは、彼への愛が胸にあふれるのを感じながら、目に涙をためて呼びかけた。「でもあなたのご両親は、愛のために破滅したんじゃないわ。愛に救われたの。だって、愛があったから、あなたが生まれたんですもの。あなたがこの世に生きているかぎり、ご両親もあなたの中で生き続けるのよ」

ジェイミーはかまわず歩いていく。

彼が聖堂の出入り口から降り注ぐ陽光に近づいたとき、エマは、復讐心も癇癪玉も、決してシンクレア氏族だけの専売特許ではないことに気づいた。「逃げるがいいわ、ジェイミー・シンクレア！　一生にただ一度、心から愛した女からも逃げればいい。結局、あなたはヘップバーンが言うとおりの男だったのよ！　みっともない臆病者でしかないんだわ！　でもだいじょうぶ、ハイランドの長くて寒い冬も、思い出とプライドだけでベッドをあたためながら、楽しく過ごしていけるでしょうからね。ヒツジもいることだし！」

ジェイミーの足がとまった。

「あーあ、やっちまった……」ボンがため息まじりにつぶやいた。聖堂の中は、驚きに打たれたように静まり返っている。「なんでそこまで言わなきゃなんねえんだ？」

ジェイミーの手下たちが後ろへ下がってエマから離れた。ジェイミーがゆっくりと振り向き、瞳に激しい感情を燃え立たせて彼女を見つめた。かつてこの目を冷たいと思ったことがうそのようだ。突然、ほかの人の姿が消えてしまったような気がした。聖堂にふたりきりでいるような……この世に、ふたりきりでいるような……。

ジェイミーは首を振り、険しい目をして、顎を花崗岩《かこうがん》のように硬くし、大またでエマのほうへと歩いてきた。この表情は前にも見たことがある。彼が馬をあの通路に乗り入れてきて、エマを花婿から奪っていったときだ。

「何をする気なの？」エマは、期待と不安に引き裂かれる思いでささやいた。

「人生最大のあやまちを犯すんだ」彼は暗い声で言うと、いきなりエマを抱きしめ、息もできないほどの激しいキスで唇をふさぎ、エマの心をさらってしまった。

それは恋人のキスであり、征服者のキスであり、自分の運命をすすんで受け入れる決意を固めた男のキスだった。それだけではない。その運命のために――そしてエマのために――全身全霊をかけて、死ぬまで闘う覚悟を伝えてきたのだった。

ジェイミーは大きなあたたかい手で、信じられないほどやさしく、エマの頬を包んだ。その目に輝く熱い欲望――あるいは愛――をもはや隠していない。「おれは、長い年月をかけて、真実をさがしてきた。ほんとうはきみをさがしていなければならなかったのに。おれはきみを疵物になんかしていない。おれのほうが疵物にされたんだ。もうどんな女も嫁に来てくれないだろう」

エマは涙にくもる目で彼を見あげた。「じゃあ、わたしが結婚してあげるしかしようがないわね。ほかに引き受ける人がいないのなら」

ジェイミーはわざとらしく眉根を寄せ、しかめっ面をこしらえてみせた。「きみが欲の深いイングランド娘かもしれないのに？　伯爵の称号と財産が目当てで結婚するのかもしれないじゃないか」

「あら、わたしはそうよ！　すべてがほしいの！　宝石に毛皮に、土地に、黄金に……それから、ベッドをあたためてくれる若くてたくましい恋人をひとり」

「ひとりだけかい？」

エマはまじめな顔でうなずいた。「ひとりしかいらないわ」

ふたりの唇がまた重なり、熱くやさしいくちづけが交わされた。ボンが祭壇の上に身を乗り出して、裏側をのぞきこんだ。

牧師はまだそこに隠れていて、目をきつく閉じ、手を組みあわせて熱心に祈りを捧げていた。

「あんたのお祈りは聞き届けられたよ、牧師さま。新しい伯爵と花嫁がお待ちかねだ」

エピローグ

「まあ、見て！　あの娘さん、震えてる。うれしくってたまらないのね！」

「無理もないわ。この日を夢見てきたんでしょうから」

「ええ、若い娘の夢よね。なんでも願いをかなえてくれる、若くてハンサムな領主さまに嫁ぐなんて」

「それに、新郎のほうも神さまに感謝すべきよ。あんな絶世の美女を射止めたんだもの。あのそばかす、かわいらしいわね。わたしもガウランドの美白ローションなんか捨てちゃおうかしら」

　エマリーン・マーロウは女たちのささやき交わす声を聞いて微笑んだ。確かに、わたしはずっとこの日を夢見てきた。

　祭壇の前に立ち、心から慕う男性に愛と終生変わらぬ忠誠を誓う瞬間を。そういう漠然とした夢の中では、相手の顔ははっきり見えなかったが、いまはその男性が、たくましい広い肩と豊かな黒髪と、冴《さ》え冴《ざ》えとした緑の瞳の持ち主であることを知っている。エマを見るたび、その目に情熱が燃え立つことも。

せつなげなため息がエマの耳に届いた。「それに、あのかたを見て！　赤と黒の格子柄がよくお似合いじゃない？　ヘップバーンの肩掛け《プラッド》を、あんなに颯爽《さっそう》と着こなせるかたは見たことがないわ」

「ほんと！　誰もが自慢したくなるようなお婿さんだわね。それに、もうあの娘さんにぞっこんみたいだし」

ジェイミー・シンクレアは、その瞳にまぎれもない熱い炎をたたえながら、生涯エマを愛し、尊敬し、たいせつにすると誓った。牧師がふたりの結婚に神の祝福がありますように、と言いさえすれば、ジェイミーはその力強い腕でエマを抱きあげ、ヘップバーン家代々の当主が花嫁をわがものとしてきた塔の上の寝室へ運び去ることができるのだ。

そのあと、ジェイミーがエマをサテンの上掛けにあおむけに寝かせ、唇を重ねる。やさしく、だが熱くキスを繰り返しながら、絹のようにやわらかい銅色の巻き毛を指で梳いて……。

牧師が咳払いをして、エマを空想から引き戻し、眼鏡ごしにとがめるような目で見た。

エマもおとなしく誓いの言葉を口にしたが、ふたりが晴れて夫婦となったことを早く宣言してもらいたくて、うずうずしていた。

だが牧師はそうする代わりに、『共同礼拝規定書』のべつのページを開き、またもや長ったらしい一節を朗読しはじめた。

ジェイミーは顔をしかめた。しばらくその表情のままでいたかと思うと、彼はいきなり手を伸ばして本の背表紙をつかみ、ぴしゃっと閉じてしまった。「失礼だが牧師さま、もう終わりましたか」

牧師はまばたきをしてジェイミーを見あげた。肩掛けの内側から銃を取り出すのではないか、馬を連れてこさせて、みんなを踏みつぶす気ではないかと、おびえているようだ。「ええ……たぶん……」

「じゃあ、ミス・マーロウはおれの妻なんだな？」

「は、はい、領主さま」

「つまり、おれは彼女の夫というわけだ」

牧師はついに、恐怖のあまり口がきけなくなってしまい、ただ頭を小刻みに縦に振った。

ジェイミーはにやりとした。「それさえわかればいい」

シンクレア氏族の最後の夢と、ヘップバーン氏族の未来への希望を託された男は、花嫁を抱きあげ、聖堂の通路を歩きはじめた。ジェイミーの仲間たちがおーっと歓声をあげ、エマの妹たちもかん高い声で喜びを表現した。とんだ災難に遭った牧師は、気を失い、祭壇の前の階段にふらふらと倒れこんだ。

訳者あとがき

家族の絆はかけがえのないものです。しかしその絆がときに人を苦しめることがあるのもまた事実。本書『運命は花嫁をさらう』のヒロイン、エマも愛する家族のため、築二百年の屋敷を守るため、わが身を犠牲にして悲壮な覚悟で運命に立ち向かいます。

舞台は十九世紀はじめのスコットランド。季節は早春ですが、北部のハイランド地方では英国最高峰ベンネヴィス山がまだ雪をかぶり、凍えるように冷たい風が吹き荒れています。物語は、そこに広大な領地を保有するヘップバーン伯爵と、彼のもとに嫁ぐことになったエマとの結婚式の場面からはじまります。

新婦のエマことエマリーン・マーロウは、二十一歳。イングランドの貧しい準男爵の長女として生まれ、ランカシャーの荘園屋敷で三人の妹たちとのびのび明るく育った娘です。若い女性らしく、愛する人との結婚を誓う日をずっと夢見てきましたが、それはかないませんでした。ある事情から父が莫大な借金を背負い、酒と賭け事に溺れて債務者監獄に送られる寸前にまで追い詰められてしまったからです。食べるものにも事欠く生活が続き、両親はエマに最後の望みを託します。それは社交シーズンのロンドンで、なんとかして資産家の花婿をつかまえること。荒唐無稽な計画でしたが、ヘップバーン伯爵が舞踏会でエマを見初めて求婚し、窮地を救ってくれたのでした。

伯爵はハイランド地方の由緒あるヘップバーン氏族を束ねる長でもありましたが、なんと八十歳に手が届こうかという老人でした。それまでに妻を三人亡くし、その子供たちもすべて死んでしまったため、どうあっても跡継ぎを残したいと考えて花嫁をさがしていたのです。伯爵はエマの父親に莫大な結納金を贈り、一家を借金地獄から救い出してはくれましたが、その金でエマの子宮を買い取ったも同然だったのです。

家族への責任感から、祖父のような年齢の伯爵に嫁ぐ決意を固めたエマでしたが、いざ挙式がはじまると、体の震えを抑えることができませんでした。それでも気持ちを奮い立たせ、これが自分の運命なのだと覚悟を決めて誓いの言葉を述べようとしたそのとき、聖堂の扉がさっと開いて、若者が姿を現します。彼の名はジェイミー。ヘップバーン氏族に敵対するシンクレア氏族のリーダーでした。彼の登場により、エマは新たな運命にさらわれていくことになるのです……。

純粋無垢な乙女がハンサムでたくましい山賊の首領に――それも輝く緑の瞳と長い黒髪を持ったストイックな若者に――拉致されるとなれば、もうヒロインも読者も恋に落ちるしかありません。

著者のテレサ・マデイラスは、どんな作品でも冒頭から一気に読者を引きこむ凄腕の作家。今回も期待を裏切りません。安定感のあるスピーディーな筆運びで、ぐいぐいとストーリーを引っぱります。荒々しくも美しいハイランドの自然を背景に、ドラマチックなエピソードが次々に展開し、そのなかでエマとジェイミーの過去や、氏族間争いにまつわる悲劇の数々が語られ、ジェイミーがエマを誘拐した目的が明らかにされます。一見、自由奔放に野山を駆けまわって暮らしているように見えるジェイミーにもまた、氏族長の孫として果たすべき責任があることもわかってきます。

それでも山の暮らしが気に入っていると豪語する彼ですが、やがて人質にとったエマに惹かれていく自分を持て余し、悶々とするはめになります。禁断の恋に落ちたエマとジェイミーの心の動きが非常にていねいに官能的に描かれていて、せつなさを誘います。エマの両親やジェイミーの祖父、ヘップバーン伯爵の又甥イアンなど、それぞれにつらい思いをかかえた脇役陣の苦悩する姿も共感を呼ぶことでしょう。あらすじだけを読むと暗い話のように思えますが、そこかしこにユーモアがちりばめられ、ウィットにあふれた会話が交わされて、全体のトーンは不思議と明るいのです。これは著者の描写力の賜物《たまもの》でしょう。エマとジェイミーだけではなく、ふたりを愛する人みんながこの物語を生きることで人間として成長し、変容していく。そこに大きな魅力があります。決して奇をてらったストーリーではないのに、先がまったく読めず、ページを繰らずにはいられません。ロマンスの枠を超えて小説のおもしろさを堪能させてくれる作品と言えるでしょう。

本書の時代設定は、英国のジョージ四世が摂政皇太子を務めていた一八一〇年代のようです。これは、一七〇七年にスコットランドとイングランドが合邦してグレートブリテン王国が誕生してから、およそ百年を経たころにあたります。ひとつの国になったとはいえ、政治の中枢機関はイングランドに置かれており、誇り高いスコットランド人のなかにはそれを不満に思い、イングランド人に反感を持った人もいたことでしょう。本書でも伯爵やジェイミーがしばしばこうした思いを口にしています。

ロマンスのレビュー・ブログ、〝ロマンス・ディッシュ（http://www.theromancedish.com/）〟のインタビューでスコットランドを舞台に選んだ理由をきかれたマデイラスは、「ハイランド地方という設定にすると、読者をファンタジー小説のようなまったくの別世界に運んでいけるからです」と答えています。一八一〇年代を時代背景にすることで、中世の名残をとどめたハイランドと、文明化の進んだ摂政時代《リージェンシー》とのぶつかり合いを描くことができるのも楽しみのひとつなのだそうです。

二〇一〇年八月に本書が米国で発売されると、さっそくシカゴ・トリビューン紙が書評に取りあげ、「罪なまでにセクシーでありながら、内面的な深さをたたえたヒーロー」「誰にも屈しない強い意志を持った知的なヒロイン」と、主人公の人物造形を高く評価しました。ロマンティック・タイムズ・ブックレビュー誌も「マデイラスほどの語りの才に恵まれた作家にはそう出会えるものではない。この作品を手にとった読者は、最初のページから最後まで、魅力的なプロットと個性的なキャラクター、目くるめく官能に魅了され続けるだろう」と絶賛しています。多くのロマンス読者を満足させたことは言うまでもありません。

現代物やパラノーマル物もこなす多才なマデイラスですが、二〇一一年十二月にはヒストリカル・ロマンスの新作、*The Pleasure of Your Kiss* が刊行され、話題を呼んでいます。著者によれば、今度は「インディ・ジョーンズばりのバッドボーイが主人公」なのだそうです。世界中を旅していた冒険家が、モロッコのスルタンに誘拐された英国人女性を救出する物語だとか。またもや起伏に富んだ個性的なストーリーで読者を虜にしているようです。

何はともあれ、まずは雄大な自然の中で繰り広げられるエマとジェイミーの冒険物語を心ゆくまでお楽しみいただきたいと思います。

二〇一二年三月

ザ・ミステリ・コレクション

運命《うんめい》は花嫁《はなよめ》をさらう

著者　テレサ・マディラス
訳者　布施由紀子《ふせゆきこ》

発行所　株式会社 二見書房
東京都千代田区三崎町2-18-11
電話 03(3515)2311［営業］
03(3515)2313［編集］
振替 00170-4-2639

印刷　株式会社 堀内印刷所
製本　株式会社 村上製本所

落丁・乱丁本はお取り替えいたします。
定価は、カバーに表示してあります。

ISBN978-4-576-12030-0
http://www.futami.co.jp/

夜明けまであなたのもの
テレサ・マデイラス
布施由紀子［訳］

戦争で失明し婚約者にも去られた失意の伯爵は、看護師サマンサの真摯な愛情にいつしか心癒されていく。だが幸運にも視力が回復したとき、彼女は忽然と姿を消してしまい…

真珠の涙にくちづけて
キャサリン・コールター
栗木さつき［訳］

衝突しながらも激しく惹かれあう勇み肌の伯爵と気高き〝妃殿下〟。彼らの運命を翻弄する秘宝とは……ヒストリカル三部作「レガシーシリーズ」第一弾！

黄昏に輝く瞳
キャサリン・コールター
栗木さつき［訳］

世間知らずの令嬢ジアナと若き海運王。ローマの娼館で出会った波瀾の愛の行方は……？ C・コールターが贈る怒濤のノンストップヒストリカル、スターシリーズ第一弾！

涙の色はうつろいで
キャサリン・コールター
山田香里［訳］

父を死に追いやった男への復讐を胸に、ロンドンからはるかサンフランシスコへと旅立ったエリザベス。それは危険でせつない運命の始まりだった……！ スターシリーズ第二弾

忘れられない面影
キャサリン・コールター
栗木さつき［訳］

街角で出逢って以来忘れられずにいた男、ブレントと船上で思わぬ再会を果たしたバイロニー。大きく動きはじめた運命を前にお互いとまどいを隠せずにいたが…。

ゆれる翡翠の瞳に
キャサリン・コールター
山田香里［訳］

処女オークションにかけられたジュールは、医師モリスによって救われるが家族に見捨てられてしまう。そんな彼女を、モリスは妻にする決心をするが…。スターシリーズ完結篇！

二見文庫 ザ・ミステリ・コレクション

その夢からさめても
トレイシー・アン・ウォレン
久野郁子［訳］

大叔母のもとに向かう途中、メグは吹雪に見舞われ近くの屋敷を訪ねる。そこで彼女は戦争で心身ともに傷ついたケイド卿と出会い思わぬ約束をすることに……!?

ふたりきりの花園で
トレイシー・アン・ウォレン
久野郁子［訳］

知的で聡明ながらも婚期を逃がした内気な娘グレース。そんな彼女のまえに、社交界でも人気の貴族が現われ、熱心に求婚される。だが彼にはある秘密があって…

昼下がりの密会
トレイシー・アン・ウォレン
久野郁子［訳］

家族に人生を捧げた未亡人ジュリアナと、復讐にすべてを賭ける男・ペンドラゴン。つかのまの愛人契約の先に、ふたりを待つせつない運命とは…。シリーズ第一弾！

月明りのくちづけ
トレイシー・アン・ウォレン
久野郁子［訳］

意に染まない結婚を迫られたリリーは自殺を偽装し、冷酷な継父から逃れようとロンドンへ向かう。その旅路、ある侯爵と車中をともにするが…シリーズ第二弾！

甘い蜜に溺れて
トレイシー・アン・ウォレン
久野郁子［訳］

父の仇を討つべくガブリエラは宿敵の屋敷に忍びこむが銃口を向けた先にいたのは社交界一の放蕩者の公爵。しかも思わぬ真実を知らされて…シリーズ完結篇！

英国レディの恋の作法
キャンディス・キャンプ
山田香里［訳］

一八二四年、ロンドン。両親を亡くし、祖父を訪ねてアメリカからやってきたマリーは泥棒に襲われるも、ある紳士に助けられる。お礼を申し出るマリーに彼が求めたのは彼女の唇で…

哀しみの果てにあなたと
ジュディス・マクノート
古草秀子［訳］

十九世紀米国。突然の事故で両親を亡くしたヴィクトリアは、妹とともに英国貴族の親戚に引き取られるが、彼女の知らぬ間にある侯爵との婚約が決まっていて…!?

その瞳が輝くとき
ジュディス・マクノート
宮内もと子［訳］

家を切り盛りしながら〝なにかすてきなこと〟がいつか必ずおきると信じている純朴な少女アレックス。放蕩者の公爵と出会いひょんなことから結婚することに……

夜風にゆれる想い
ラヴィル・スペンサー
芹澤恵［訳］

一八七九年米国。ある日、鉄道で事件が発生し、町に負傷した男ふたりが運びこまれる。父を看取り、仕事を探していたアビーはその看病をすることになるが…

罪深き愛のゆくえ
アナ・キャンベル
森嶋マリ［訳］

高級娼婦をやめてまっとうな人生を送りたいと願う美女ソレイヤ。ある日、公爵のもとから忽然と姿をくらまして…。若く孤独な公爵との壮絶な愛の物語！

囚われの愛ゆえに
アナ・キャンベル
森嶋マリ［訳］

何者かに突然拉致された美しき未亡人グレース。非情な叔父によって不当に監禁されている若き侯爵の愛人として連れてこられたと知り、必死で抵抗するのだが……

その心にふれたくて
アナ・キャンベル
森嶋マリ［訳］

遺産を狙う冷酷な継兄らによって軟禁された伯爵令嬢カリスは、ある晩、屋敷から逃げだすが、宿屋の厩で身を潜めていたところを美貌の男性に見つかってしまい……

ほほえみを待ちわびて
スーザン・イーノック
阿尾正子［訳］

家庭教師のアレクサンドラはある事情から悪名高き伯爵ルシアンの屋敷に雇われる。つれないアレクサンドラに伯爵は本気で恋に落ちてゆくが…。リング・トリロジー第一弾

信じることができたなら
スーザン・イーノック
井野上悦子［訳］

類い稀な美貌をもちながら、生涯独身を宣言しているヴィクトリア。だが、稀代の放蕩者とキスしているところを父親に見られて…!? リング・トリロジー第二弾!

くちづけは心のままに
スーザン・イーノック
阿尾正子［訳］

女学院の校長として毎日奮闘するエマに最大の危機が訪れる。公爵グレイが地代の値上げを迫ってきたのだ。学院の存続を懸け、エマと公爵は真っ向から衝突するが…

いつもふたりきりで
リンゼイ・サンズ
上條ひろみ［訳］

美人なのにド近眼のメガネっ嬢《こ》と戦争で顔に深い傷痕を残した伯爵。トラウマを抱えたふたりの熱い恋の行方は? とびきりキュートな抱腹絶倒ラブロマンス

ハイランドで眠る夜は
リンゼイ・サンズ
上條ひろみ［訳］

両親を亡くした令嬢イヴリンドは、意地悪な継母によって〝ドノカイの悪魔〟と恐れられる領主のもとに嫁がされることに…。全米大ヒットのハイランドシリーズ第一弾!

待ちきれなくて
リンゼイ・サンズ
上條ひろみ［訳］

唯一の肉親の兄を亡くした令嬢マギーは、残された屋敷を維持するべく秘密の仕事——刺激的な記事が売りの覆面作家——をはじめるが、取材中何者かに攫われて!?

はじまりはいつもキス
ジャッキー・ダレサンドロ
酒井裕美［訳］

破産寸前の伯爵家の令嬢エミリーは借金返済のために出席した夜会で、ファーストキスの相手と思わぬ再会をするが、資産家の彼に父が借金をしていることがわかって…

誘惑のタロット占い
ジャッキー・ダレサンドロ
嵯峨静江［訳］

花嫁を求めてロンドンにやってきたサットン子爵。夜会で占い師のマダム・ラーチモントに心惹かれ、かりそめの関係から愛しあうように。しかしふたりの背後に不吉な影が…！

青き騎士との誓い
アイリス・ジョハンセン
酒井裕美［訳］

十二世紀中東。脱走した奴隷のお針子ティーアはテンプル騎士団に追われる騎士ウェアに命を救われた。終わりなき逃亡の旅路に、燃え上がる愛を描くヒストリカルロマンス

ふたりの聖なる約束
アイリス・ジョハンセン
阿尾正子［訳］

戦士カダールに見守られ、美しく成長したセレーネ。ふたりはある秘宝を求めて旅に出るが、そこには驚きの秘密が隠されていた…『青き騎士との誓い』待望の続篇！

黄金の翼
アイリス・ジョハンセン
酒井裕美［訳］

バルカン半島小国の国王の姪として生まれた少女テスは、ある日砂漠の国セディカーンの族長ガレンに命を救われる。運命の出会いを果たしたふたりを待ち受ける結末とは…？

星に永遠の願いを
アイリス・ジョハンセン
酒井裕美［訳］

戦乱続くイングランドに攻め入ったノルウェー王の庶子で勇猛な戦士ゲージと、奴隷の身分ながら優れた医術を持つブリンとの愛を描くヒストリカルロマンスの最高傑作！

二見文庫　ザ・ミステリ・コレクション